KB156445

부부 탐정

Partners in Crime

MYSTERY AGATHA CHRISTIE MYSTERY AGATHA CHRISTIE MYSTERY AGATHA CHRISTIE MYSTERY AGATHA CHRISTIE MYSTERY AGATHA CHRISTIE MYSTERY

애거서 크리스티 추리 문학 54

부부 탐정

이기원 옮김

AGATHA CHRISTIE MYSTERY AGATHA CHRISTIE MYSTERY AGATHA CHRISTIE

해문

■ 옮긴이 이기원

한양대학교 영문학과 졸업.
현재 전문 번역인으로 활동하고 있으며, 번역서로는 《크리스마스 살인》 외.

부부 탐정

초판 발행일	1988년 04월 20일
중판 발행일	2009년 03월 25일
지은이	애거서 크리스티
옮긴이	이 기 원
펴낸이	이 경 선
펴낸곳	해문출판사
주 소	서울시 마포구 합정동 392-2 써니힐 202호
TEL/FAX	325-4721~2 / 325-4725
홈페이지	http://www.agathachristie.co.kr
출판등록	1978년 1월 28일 (제3-82호)
가격	6,000원
ISBN	978-89-382-0254-3 04840 978-89-382-0200-0(세트)

※ 잘못된 책은 바꾸어 드립니다.

• 등 장 인 물 •

토머스 베레즈포드(토미)— 성격이 급하면서도 머리는 다소 둔한 편이지만 끈질기고, 기사도 정신이 투철한 영국 남자로 터펜스의 남편. 국제 탐정사무소의 소장인 데어도어 블런트가 되어 터펜스와 함께 사건을 해결한다.

프루던스 베레즈포드(터펜스)— 영국 시골 부주교의 딸로서 도덕 교육을 철저히 받긴 했지만 아무도 못 말리는 극성스런 왈가닥. 늘 말이 많고 재빠르며 '자존심이 강한' 여자. 키가 작고 볼품없이 생겼다.

앨버트— 15세 정도의 키 큰 소년으로 국제 탐정사무소의 접수처에서 일하면서 토미, 터펜스 부부를 돕는다.

차 례

차 례

아파트에 나타난 요정

토머스 베레즈포드 부인은 앉아 있던 긴 의자에서 허리를 펴며 시무룩하게 플랫식 아파트(한 층에 한 가구가 사는 아파트)의 창밖을 보았다. 창에서 바라보이는 전망은 그리 넓다고는 말할 수 없었다. 길 건너 맞은편의 작은 아파트밖에 보이지 않았으니까.

그녀는 한숨을 쉬고 하품을 한 번 하고는 이렇게 말했다.

"무슨 일이라도 좀 일어났으면 좋겠는데……."

그녀의 남편은 책망하듯 얼굴을 들었다.

"터펜스, 정신 차려요. 그런 통속적인 자극을 동경하면 위험한 법이라고."

터펜스는 한숨을 쉬고는 꿈을 꾸듯 눈을 감았다.

"그렇게 토미와 터펜스는 결혼했고 그 뒤 계속 행복하게 지냈어요. 6년이 지난 지금도 역시 둘 다 행복하게 지내고 있지요."

그녀는 노래 부르듯 말했다. 그러고는 평상시 어조로 바꾸었다.

"이런 건 좀 이상하지 않아요? 모든 일은 항상 예상했던 상태와는 아주 다르잖아요."

"정말 염려스런 말을 하는군. 그런데, 당신 독자적인 생각 같지는 않은데……. 소위 유명한 시인이나 지식인이라고 자처하는 자들이 일반적으로 이야기하는 투라서 말이야. 게다가, 미안하지만 당신보다는 표현을 잘했지."

그녀는 상관하지 않고 계속 말했다.

"6년 전에는 이렇게 단언했을 거예요. 사고 싶은 물건을 살 수 있을 만큼의 돈이 있고 또 당신이 내 남편이라면, 멋진 노래 같은 인생을 보낼 수 있을 거라고 말이죠. 당신이 잘 아는 체하는 한 시인의 표현을 빌리면요."

"당신이 따분해하는 원인이 나에게 있어? 그렇지 않으면 돈이야?"

토미는 쌀쌀하게 물었다.

"정확히 말하면 따분함과도 달라요." 터펜스는 단념하듯 말했다.

"나는 행복에 익숙해졌어요. 그것뿐이에요. 감기로 코가 막힐 때까지는 코로 숨을 쉴 수 있는 게 얼마나 고마운 일인지 깨닫지 못하는 것과 똑같은 거지요."

"그러면 내가 바람을 피우면 어떨까?" 토미가 제안했다.

"나이트클럽에 다른 여자들을 데리고 다니거나 하는 거 말이야."

"소용없어요. 다른 남자와 함께 있는 나와 마주칠 게 뻔하니까요. 게다가, 나는 당신이 다른 여자에게 관심을 가질 사람이 아니라는 걸 뻔히 알고 있지만, 당신은 내가 다른 남자에게 관심이 없다고는 확신할 수 없을걸요. 이런 문제엔 여자가 훨씬 철저하니까요."

"남자의 우수한 점을 열심히 일하는 것에서 찾는다는 건 너무 소극적인 관점일까?"

그녀의 남편은 계속 중얼거렸다.

"그렇다 치고, 당신, 왜 그러는 거야, 터펜스? 대체 뭐가 불만스러운 거지?"

"나도 모르겠어요. 무슨 일이라도 일어났으면 좋겠어요. 날 흥분시킬 만한 일 말이에요. 토미, 당신은 다시 한 번 독일 스파이를 추적하고 싶지 않나요? 이전엔 우리도 위험이 많고 파란만장한 날들을 보냈잖아요. 글쎄요, 당신은 지금도 약간은 첩보국에 관계하고 있기는 하지만, 사무적인 일뿐이니까요……."

"과격한 밀수업자나 무슨 첩보원이라도 되어 러시아에라도 파견되길 바라는 거야?"

"그래 봤자 아무런 도움도 되지 않아요. 나는 분명히 함께 파견되지 않을 테니까. 아무 거라도 하고 싶어서 근질근질한 것은 바로 나라니까요. '뭔가 할 일이 있으면 좋을 텐데.'라고 나는 온종일 중얼거리고 있답니다."

"여성의 영역이 있잖소?" 토미는 손짓까지 해가며 말했다.

"그런 일은 매일 아침식사 후 20분 정도만 일하면 충분해요. 손색없을 만큼 깨끗하게 아파트를 치울 수 있어요. 당신도 거기에 대해선 아무 불평 없지요?"

"당신의 가사 솜씨는 흠잡을 데가 없어. 완벽하다 못해 무미건조할 정도지."

"나도 칭찬받는 걸 매우 좋아해요."

이렇게 말한 터펜스는 다시 아까의 화제로 돌아갔다.

"당신에겐 일이 있어요. 그렇지만, 토미, 당신도 내심으로는 어떤 자극을 필요로 하지 않나요? 뭔가 사건이 일어나 주지 않을까 하는?"

"없어. 적어도 의식하지는 않지. 뭔가 사건이 벌어지길 원하는 건 괜찮지만, 그것이 유쾌하지 못한 사건이 되지 말라는 보장은 없잖아."

"남자들은 왜 한결같이 그렇게 신중할까?"

터펜스는 한숨을 쉬었다.

"당신은 정말 로맨스에 대해, 모험에 대해, 생에 대해, 남몰래 미치고 싶을 만큼의 동경을 가진 것이 그렇게도 없나요?"

"터펜스, 도대체 당신 요즘 무슨 책을 읽고 있는 거야?"

"좀 상상해보세요. 문을 격렬하게 두드리는 소리가 나서 열어보니 시체가 휘청거리며 쓰러진다면 얼마나 흥분될지."

"시체라면 휘청거릴 리가 없지." 토미는 말꼬리를 잡고 늘어졌다.

터펜스는 계속했다.

"당신도 알면서 그러세요. 언제든지 숨을 거두기 직전에 구르듯이 들어와 발밑에 쓰러지면서 간신히 수수께끼 같은 말만을 남기는 거 말이에요. '얼룩 표범이…….'라고요."

"나라면 쇼펜하우어나 칸트 공부를 계속하겠군."

"그런 건 당신 취향이죠. 당신은 그렇게 마음이 편하니까 살이 찌는 모양이군요."

토미는 화를 내며 말했다.

"그런 건 아냐. 당신이야 말로 살빼기 위해 헬스클럽에나 다니는 게 어떨까?"

"다들 그렇게 하더군요. 그러나 당신더러 살쪘다고 말한 건 사실 비유적인 표현이었어요. 당신은 항상 여유가 있고 영양도 충분하며 마음 편한 사람이니까요."

"정말 당신은 뭔가에 홀려 있는 것 같군!"

"모험정신이라는 거예요." 터펜스는 중얼거렸다.

"로맨스에 빠지는 것보다는 낫다고 생각해요. 때로는 로맨스에 빠질 수도 있지만요. 보기 드물 정도의 미남자와 만나는 걸 상상하면……."

"당신은 나를 만났잖아. 그것으로 충분하지 않을까?" 토미는 말했다.

"햇볕에 그을린데다가, 키가 크고 무서울 만큼 힘도 세고 밧줄로 야생마를 잡을 수도 있으며……."

"게다가, 양피 바지에 카우보이모자를 쓰고 말이지."

그는 비아냥거리듯 끼어들었다.

터펜스는 남편의 조소에도 상관하지 않고 말을 이었다.

"거기에다 들판에서 살아온 남자, 그런 남자가 나타나서 말이죠, 죽자 사자 할 만큼 나를 사랑해주면 좋을 텐데 하고 생각하죠. 물론 나는 하나님 앞에서 맹세한 결혼서약을 지키기 위해 상대를 무정하게 거절할 테지만, 속으로는 은근히 그 남성에게 빠져 버릴 게 틀림없어요."

"그렇게 말한다면, 나도 할 말이 있지. 이 세상에서 보기 드물 만큼의 미인과 만나고 싶다고 생각한 적이 많아. 금발을 한 여자 말이야. 나는 머리가 핑 돌 정도로 홀딱 반할 거야. 그렇지만, 내 경우엔 그 여자를 딱 잘라서 거절할 것 같지는 않아. 솔직히 말하면 나는 단호하게 딱 잘라 거절할 자신이 없거든."

"그거야말로 바람기라는 거예요."

터펜스는 마구 책망을 주었다.

"도대체 무슨 일이야, 터펜스? 지금까지는 그런 식으로 말한 적이 없었잖아?"

"없었죠. 그렇지만, 마음속에서는 오래전부터 부글부글 끓고 있었어요. 자신이 원하는 걸 뭐든지 갖고 있다는 것은 무척 위험한 거예요. 쇼핑할 수 있는 충분한 돈도 마찬가지고. 물론 모자는 항상 갖고 싶어요."

"모자라니! 당신은 벌써 40개쯤 갖고 있잖아? 게다가 모두 비슷한 것들뿐이고."

"모자니까 그렇죠. 그러나 실은 전혀 비슷하지 않아요. 각각 뉘앙스가 다르니까요. 오늘 아침에도 바이올렛에서 맘에 드는 걸 발견했어요."

"달리 좀더 건전한 일을 하기보다는 필요하지도 않은 모자 따위나 계속 사들인다면……."

"사실 바른 말이에요. 내게도 뭔가 좋은 일이 있기만 하다면……. 나도 뭔가 보람이 있는 일을 시작해야겠어요. 그래서 말인데요, 토미, 뭔가 자극받을 만한 사건이 일어나지 않을까요? 나는 어떤 예감을 갖고 있어요. 그렇게 되면 분명히 우리 생활에도 좋은 활력소가 될 텐데. 우리가 요정을 발견하기만 한다면……."

"아, 그래! 당신이 그런 생각을 하다니, 이상한 예감도 다 있군."

그는 일어서서 실내를 가로질러 갔다. 책상 서랍을 열고 작은 스냅사진을 꺼내더니 그것을 터펜스에게 가지고 왔다.

"아! 이거 현상시켰군요. 이건 누가 찍은 거죠? 당신이 이 방을 찍은 거, 아니면 내가 찍은 거?"

"내가 찍은 거야. 당신이 찍은 건 나오지 않았어. 노출부족이었던가 봐. 당신은 언제나 그러니까 말이야."

"하나라도 나보다 낫다고 생각하면 당신도 기분이 좋죠?"

"바보 같은 소리! 그렇지만, 지금은 못 들은 걸로 하리다. 여기야, 내가 보여 주고 싶었던 것은."

그는 사진의 작고 흰 반점을 가리켰다.

"필름이 긁힌 자국 아닐까요?" 별것 아니라는 듯 터펜스가 말했다.

"천만에. 이게 바로 요정이야, 터펜스."

"당신, 너무 엉뚱해요."

"자, 당신이 직접 잘 보라고."

그는 확대경을 건네주었다.

터펜스는 확대경을 통해 작은 그 반점을 살펴보았다. 확대경을 통해 다소 상상력을 비약해서 바라보니, 필름 긁힌 자국이 벽난로의 재 끝에 서 있는 날개가 있는 작은 생물을 나타내는 듯한 기분이 들었다.

"어머나, 날개가 있어요." 터펜스는 소리쳤다.

"기뻐요! 우리 아파트에 진짜로 살아 있는 요정이 들어왔다니. 코넌 도일에게 이걸 써 보내면 어떨까?(코넌 도일은 만년엔 심령과학에 심취해 있었다.) 저, 토미, 이 요정이 우리의 희망을 이루어주지 않을까요?"

토미는 대답했다.

"이제 곧 알 수 있지. 당신은 오늘 오후 내내 무슨 일이라도 일어나기를 기도하고 있었으니까."

그 순간 문이 열리고, 15세 정도의 키 큰 소년이 집사나 하인도 아니면서 짐짓 점잔을 빼는 태도로 물었다.

"부인, 집에 계셨군요? 지금 막 현관벨이 울렸습니다. 제가 나가 볼까요?"

터펜스는 그래도 좋다고 대답하고는, 앨버트가 내려가자 한숨 섞인 투로 말했다.

"앨버트도 영화 따위나 보러 다니지 않았으면 좋으련만. 요즘엔 롱 아일랜드의 집사 흉내만 내고 있어요. 손님에게 명함을 꺼낸다든지 쟁반을 들고 다니는 것만큼은 가까스로 그만두게 했지만……."

문이 다시 열리더니 왕후 귀족의 칭호라도 말하려는 듯 더욱 거만스런 어조로 앨버트가 말했다.

"카터 씨가 오셨습니다."

"대장이야." 토미는 환호성을 질렀다.

터펜스도 기쁜 듯 소리를 지르고, 즉시 의자에서 일어나 희끗희끗 센 머리에 눈이 날카롭고 지친 듯한 미소를 띤, 키가 큰 남자를 맞아들였다.

"카터 씨, 만나뵙게 되어 기뻐요."

"그렇다면 정말 고맙군요, 부인. 그래, 요즘 어떻게 지내고 계십니까?"

"만족하고는 있지만 따분해요." 터펜스는 눈을 빛내며 대답했다.

"더욱 잘 됐군요. 마침 신경을 흥분시킬 만한 일이 생길 것 같은데요."

"뭔지 모르지만 마음이 두근거릴 만한 얘기로군요."

터펜스가 말했다.

앨버트가 역시 롱 아일랜드의 집사처럼 차를 날라왔다. 그 연기가 큰 실수 없이 끝나고 그의 등 뒤로 문이 닫히자, 터펜스는 다시 들뜬 목소리로 말했다.

"뭔가 이유가 있는 거 같군요, 카터 씨. 우리를 러시아에라도 파견하시려고요?"

"아니, 그런 건 아닙니다." 카터 씨가 말했다.
"하지만, 뭔가 있을 것 같은데요?"
"그렇습니다. 부인은 모험에서 뒷걸음질칠 여성은 아니지요, 그렇죠?"
터펜스의 눈이 흥분으로 번뜩였다.
"우리 첩보국을 위해 꼭 완수해야만 할 일이 있습니다. 그것이 여러분이 해볼 만한 가치가 있는 임무가 아닐까 하고 문득 생각이 나서 이렇게 찾아왔답니다."
"어서 그 요점을 말씀해주세요."
터펜스가 재촉했다.
"댁에서도 '데일리 리더' 지(紙)를 구독하고 계실 겁니다."
카터 씨는 이렇게 말하고 테이블 위에 있던 그 신문을 들었다. 그는 광고란을 펴더니 어떤 광고를 가리키면서 토미에게 신문을 내밀었다.
"여기를 읽어 주겠나?"
토미는 그 말에 따랐다.
"국제 탐정사무소. 소장 데어도어 블런트. 비밀 수사의 원칙 준수. 신뢰할 만한 우수한 조사원 다수. 신중한 사건처리. 상담 무료. W. C. 할렘 가(街) 118번지."
그는 묻는 듯 카터 씨의 얼굴을 보았다.
카터 씨는 고개를 끄덕였다.
"그 탐정사무소는 요즘 체면이 말이 아닌 것 같네. 그래서 내 친구가 아주 헐값으로 사들였지. 다시 한 번 거길 운영해 보려고 하는 모양이야—시험적으로 반년 정도만이라도. 그러자니, 당연히 그 기간 중 소장역을 해줄 사람이 필요할 수밖에."
"데어도어 블런트라는 사람은 어떻게 되었습니까?" 토미가 물었다.
"블런트는 유감스럽게 좀 무분별한 짓을 저질렀지. 사실대로 말하면 경시청이 간섭할 수밖에 없었어. 블런트는 국가공금 유용으로 구속되어 있는데, 우리가 알고 싶은 것의 반도 말을 하지 않고 있네."
"사정은 알 수 있을 것 같습니다."

"내 생각으로는, 자네, 한 6개월간 휴가를 받으며 어떨까? 건강상의 이유로 말이야. 물론 그동안에 자네가 데어도어 블런트 이름으로 사립탐정사무소를 하더라도 나는 그 일엔 상관하지 않겠네."

토미는 상관의 얼굴을 쳐다보았다.

"우선 제가 해야 할 일은 무엇입니까?"

"블런트는 외국에서 발생한 사건도 취급했던 것 같네. 러시아 우표를 붙인 푸른색 봉투의 편지를 주의 깊게 보게. 몇 년 전에 피난민으로 이 나라에 와서 자기 아내를 찾고 있다는, 햄 장사를 하는 상인에게서 온 편지야. 우표를 적셔서 떼어 보면 그 뒷면에 16호라고 쓰여 있을 걸세. 그 편지의 내용을 복사하고 편지는 다시 돌려주게. 그리고 사무소에 와서 16이라는 숫자를 꺼내는 사람이 있으면 곧 나에게 알려주게."

"알았습니다." 토미는 대답했다.

"그건 그렇다 치고, 지금 지시 외의 문제가 있다면……?"

카터 씨는 테이블 위에 놔두었던 장갑을 들고 돌아갈 준비를 했다.

"자네가 흔쾌히 사립탐정사무소를 운영해 주겠다니 기쁘네. 사실(그의 눈이 조금 장난꾸러기처럼 빛났다), 탐정 일을 해보는 것이 부인에게는 다소 기분 전환이 될 수도 있다고 생각하거든. 자, 그럼 건투를 비네."

차라도 한잔

그리고 며칠 뒤 베레즈포드 부부는 국제탐정사무소에 앉아 있었다. 이 사무소는 블룸즈베리의 좀 낡고 허름한 건물 3층에 있었다. 똑바로 들어간 곳에 있는 좁은 사무실에서는 앨버트가 롱 아일랜드의 집사역을 그만두고 접수창구의 일을 맡아 보고 있었는데, 이것 역시 그의 명배우 기질을 십분 발휘하게 했다. 과자 부스러기가 얼마 들어 있지 않은 종이봉투를 옆에 놓고, 손가락은 잉크로 얼룩져 있으며, 머리카락은 빗질도 않은 듯 텁수룩하게 내버려 두는 것이 그 역할의 특징인 것 같았다.

바깥쪽에 있는 사무실에는 안으로 통하는 문이 둘 있었다. 그중 하나에는 '비서실'이라고 쓰여 있고 다른 하나에 '소장실'이라고 되어 있었다. 소장실의 문을 들어서면 좁으면서도 아늑한 방이 있고, 그 방 안에는 커다란 사무용 책상과 비록 안은 비어 있지만 예술적인 분위기를 자아내는 서랍들, 그리고 그 안에 들어갈 몇 개의 서류철과 탄탄한 가죽의자 등이 갖추어져 있었다.

책상 뒤에는 가짜 블런트 씨가 태어난 이후 죽 사립탐정업을 해온 듯한 표정을 지으려고 애쓰면서 앉아 있었다. 물론 그의 바로 옆에는 전화도 마련되어 있었다. 전화의 효과적인 이용법은 터펜스와 몇 번이나 연습했고, 앨버트에게도 여러 가지 경우에 따른 전화 받는 법을 지시해 두었다.

타이피스트 역인 터펜스가 앉아 있는 옆방은 대탐정의 사무실과 비교하면 질은 떨어지지만, 필요한 책상이나 의자는 갖추어져 있고 물을 끓일 가스난로도 놓여 있었다.

실제로 무엇 하나 빠진 것은 없었지만, 가장 중요한 의뢰인은 그림자도 비치지 않았다. 개업 전에 정신없이 기뻐할 때엔 터펜스도 몇 가닥 반짝이는 희망을 안고 있었다.

그녀는 들떠서 말했었다.

"멋진 일이에요. 우리가 살인범을 추적하고 분실한 가보를 찾아주며 행방불명된 사람을 수배하고 공금횡령한 사람을 잡기도 하는 거예요."

토미는 그녀의 꿈에 조금은 물을 끼얹어 줄 필요가 있다고 생각했다.

"자, 진정해요, 터펜스. 당신이 즐겨 읽는 싸구려 소설 따위는 잊어버리라고. 이런 곳에 오는 의뢰인은(가령 한 사람이라도 의뢰인이 있다고 하면 말이지) 아내의 미행을 부탁하는 남편이나, 남편의 미행을 부탁하러 오는 부인으로 정해져 있으니까. 이혼을 위한 증거수집이 사립탐정사무소의 유일한 돈벌이야."

"시시하군요!"

터펜스는 말하고는 괴팍스럽게 코를 찡그렸다.

"이혼문제 따위에 관계하는 건 사절하겠어요. 우리가 새롭게 손댄 이 직업의 격조를 높일 필요가 있다고요."

"글쎄." 토미는 자신 없는 듯한 대답을 했었다.

그런데, 탐정업을 시작한 지 1주일이 지난 지금은 둘 다 풀이 죽은 모습으로 이런 의견이나 나누고 있는 것이었다.

"주말에 남편이 집을 비웠다고 한 바보 같은 여자가 셋 있었을 뿐이오."

토미는 한숨을 쉬고 물었다.

"내가 점심을 먹으러 간 사이에는 아무도 없었나?"

"바람둥이 남편을 가진 뚱보 할머니뿐이었어요."

터펜스도 아무렇지 않은 듯 말하고는 한숨을 쉬었다.

"이혼의 폐해가 증가하기 시작했다고 벌써 몇 년 전부터 신문에서 떠들썩했지만, 왜 그런지 피부에 와 닿진 않았어요. 그런데, 이 1주일 동안에 비로소 깨달았어요. 나는 이제, '우리 사무소에서는 이혼문제는 취급하지 않습니다.'라고 거절하는 데에도 진절머리가 날 지경이에요."

"그 문구는 광고에도 넣기로 했잖아. 이제는 그런 문제로 시달릴 일은 없을 거야."

토미는 위로했다.

"사람들의 눈을 끌 만한 뭐 좋은 문구가 없을까요?"

터펜스는 침울한 소리로 말했다.

"어쨌든 나는 여기에서 무릎을 꿇을 수는 없어요. 부득이하다면 내가 직접 범죄를 저지르고 당신이 그걸 찾아내게라도 하겠어요."

"그런 짓을 해서 무슨 도움이 되겠어? 보 가(街)에서 당신에게 눈물을 흘리면서 이별을 고할 내 기분도 생각해줘요. 아, 거기가 아니고, 바인 가(街)였던가?"

"당신, 독신생활을 은근히 기대하는 건 아니겠지요?"

터펜스는 날카롭게 언성을 높였다.

"아, 맞아, 맞아. 올드 베일리(런던의 중앙형사재판소)였어."

"어쨌든 뭔가 대책을 세워야 돼요." 터펜스가 말했다.

"우리는 차고 넘치는 재능을 갖고 있음에도, 그걸 사용할 기회가 없다니 도대체 의미가 없어요."

"당신의 편한 낙관주의에는 옛날부터 감동하고 있었어. 당신은 자신이 갖고 있는 재능에 대해 전연 의문을 느끼지 않는 것 같군."

"물론이지요."라고 말하고는 터펜스는 눈을 휘둥그렇게 떴다.

"그래서, 당신은 전문적인 지식 따위는 전혀 알려고도 하지 않는군!"

"그렇지만, 요 10년 동안에 출판된 탐정소설은 한 권도 빠짐없이 다 읽었다고요."

"그건 나도 마찬가지인데, 그런 건 실제로는 별로 도움이 될 것 같지 않아."

"당신은 그전부터 비관론자였어요. 토미, 자신을 가져요. 그것이 무엇보다 중요해요."

"당신은 누구 못지않게 자신만만하니까."

그녀의 남편은 대꾸했다.

"그거 역시 탐정소설에 잘 나오죠." 터펜스는 생각에 잠겼다.

"거꾸로 생각해 가는 거예요. 이미 결말은 아는 상태에서 거꾸로 실마리를 풀어나가면 되니까. 그렇게 말하니 왠지 모르게……."

그녀는 말을 중단하곤 눈썹을 찡그렸다.

"뭐라고?" 토미는 재촉했다.

"갑자기 묘안이 떠오르는 것 같아서요. 아직 확실히는 말할 수 없지만 뭔가 떠오르고 있어요."

그녀는 결심한 듯 일어섰다.

"전에 얘기한 그 모자를 사야겠어요."

"아니, 아니! 또 모자야!"

"멋진 모자예요."

그녀는 뽐내면서 되받아 말했다.

그녀는 굳게 결심한 표정을 띠고서 밖으로 나갔다. 그러고는 며칠 동안 토미는 한두 번 호기심이 일어나 터펜스의 그 묘안이 무엇인지 물어보았다. 그렇지만, 터펜스는 머리를 저을 뿐 좀더 여유를 달라고만 했다.

그러던 중, 어느 화창한 아침에 첫 의뢰인이 찾아왔기 때문에 그 일은 모두 잊어버리고 말았다.

사무실의 문을 노크하는 소리가 나더니, 새콤한 과일 사탕을 입에 막 문 앨버트가 알아듣기 어려운 목소리로, "들어오세요."라고 대답했다. 다음 순간 그는 놀라고 기쁜 나머지 새콤한 사탕을 그대로 삼켜 버리고 말았다. 뭐라고 할 것도 없이 이 사람은 아무래도 진짜 손님 같았기 때문이다.

멋진 양복을 단정히 갖추어 입은 키 큰 청년이 주저하듯 문 안으로 들어서는 것이 아닌가.

'아무리 봐도 이 사람은 상류계층 사람 같은데.'

앨버트는 생각했다. 이런 경우 그의 판단은 곧잘 맞았다.

그 청년의 나이는 스물넷 정도로 검은 머리카락은 단정하게 빗어 넘겨져 있었고, 눈언저리가 발그레하게 상기되어 있었으며, 턱은 모나지 않은 밋밋한 모양이었다.

앨버트는 기뻐서 어쩔 줄을 몰라 하며 책상 위의 버튼을 눌렀다. 그 순간 '비서실' 안에서 타이프 소리가 타다닥 하고 맹렬한 기세로 울리기 시작했다. 터펜스는 서둘러 자기 자리로 가서 바쁜 듯한 소리를 연출함으로써 손님을 더욱 위압하는 효과를 노린 것이었다.

"실례지만 여기가 그 탐정사무소입니까? 뛰어난 탐정만 모여 있는 블런트라는? 그런 문구를 본 것 같은데."

"블런트 씨와 직접 만나고 싶으신가요?"

앨버트는 그건 좀 건방진 일이 아니냐는 듯한 어조로 되물었다.

"아, 그런데요. 만나게 해주실 수 있겠습니까?"

"미리 약속을 해놓지 않으셨나요?"

손님은 더더욱 변명하는 태도가 되었다.

"예, 실은 그렇습니다만."

"먼저 전화해주셨으면 좋았을 텐데. 블런트 씨는 매우 바쁜 분이라서요. 지금도 전화로 상담 중이십니다. 경시청에서 상담 요청이 와서요."

청년은 그 말에 감명을 받은 모양이었다.

앨버트는 목소리를 낮추어 무슨 비밀이라도 털어놓듯이 친숙하게 말했다.

"정부의 어떤 부서에서 중요한 서류를 도둑맞았다나 봐요. 블런트 씨에게 그 사건을 맡아 달라고 하는 겁니다."

"굉장하군요! 대단한 분이신가 봅니다."

"우리 소장님으로 말할 것 같으면, 이 분야에선 타의 추종을 불허하리만큼 대단한 분이지요."

앨버트는 으스대며 말했다.

청년은 딱딱한 의자에 앉아 있었을 뿐, 교묘하게 장치된 구멍을 통해 두 쌍의 눈이 자신을 유심히 관찰하고 있다는 사실은 전혀 눈치 채지 못하고 있었다. 엿보고 있는 한 사람은 터펜스인데, 그녀는 마구잡이로 타이프를 두들기면서 엿보았던 것이다. 또 한 사람은 토미로, 그는 적당한 시간이 되기를 기다리는 동안 요리조리 뜯어보며 궁리하고 있었던 것이다.

이윽고 앨버트의 책상 위에 있는 벨이 매우 요란스럽게 울렸다.

"이제야 소장님께서 일이 끝나신 것 같습니다. 지금 만나실 수 있는지 어떤지 묻고 오겠습니다."

앨버트는 '소장실'이라 쓰인 문 안으로 사라졌다. 들어간 지 얼마 안 돼 그는 곧 다시 나왔다.

"자, 이쪽으로 오시지요."

손님이 '소장실'로 안내되어 들어가자 인상이 시원스레 좋고 유능해 보이는 붉은 머리의 젊은 남자가 일어나서 맞아들였다.
"앉으십시오. 저에게 상담하실 일이라도……? 전 블런트라고 합니다만."
손을 내밀어 악수를 청하며 블런트가 말했다.
"아, 그러십니까? 이렇게 젊은 분이시라곤 생각지 못했습니다."
"노장의 시대는 지났습니다." 운을 뗀 토미는 말을 이어나갔다.
"전쟁을 일으킨 사람들이 누굽니까? 우리 앞의 세대, 즉 노인들입니다. 요즘의 실업자 증가 문제 책임을 져야 할 사람은 누굽니까? 이것 또한 노인들이라고 생각되지 않나요?"
"맞습니다." 손님은 말했다.
"제가 아는 시인이 있는데요(적어도 자신이 시인이라고 자부하니까요). 그 남자도 항상 그런 말을 하더군요."
"아울러 말씀드리겠는데, 이 사무실에는 고도의 훈련을 거친 사원일지라도 스물다섯 살이 넘은 사람은 한 사람도 없습니다. 이것은 조금도 과장이 없는 그대로의 사실입니다."
고도로 훈련된 사원이라는 건 터펜스와 앨버트를 가리키는 것이었으므로, 이 말은 에누리없이 틀림없는 사실이었다.
"그러면, 어서 용건을 말씀해주시죠?"
가짜 블런트 씨가 말했다.
"사실은, 행방불명이 된 사람을 수배해주십사 부탁드리고 싶어서……."
청년은 밝혔다.
"흠, 자세한 사정을 말씀해주시겠습니까?"
"그러니까 그게……, 좀 성가신 것입니다. 요컨대 굉장히 미묘한 문제라고 할 수 있지요. 그녀에게 불끈 화가 나게 했을지도 모릅니다. 굉장히 설명하기 곤란한 문제라서……."
그는 안타까운 듯이 토미의 얼굴을 보았다.
토미는 초조해졌다. 그는 점심을 먹으러 외출하려던 참이었는데, 이 의뢰자에게 사건의 자초지종을 들어 보려면 굉장히 시간이 걸릴 것이 뻔했기 때문이다.
"그분은 스스로 자취를 감춘 겁니까? 그렇지 않으면 납치되었을 거라고 생각하십니까?"

"그건 저도 잘 모르겠습니다. 전혀 이유를 모르겠어요."

토미는 메모지와 연필로 손을 뻗었다.

"우선 당신의 이름을 말씀해주시죠. 우리 접수처에서는 절대로 이름을 묻지 않도록 해두고 있습니다. 그래야만 이곳을 찾은 손님들이 비밀에 부쳐야 할 사정이 전혀 바깥으로 새지 않도록 할 수 있으니까요."

"아! 그렇군요. 훌륭한 생각이십니다. 저는, 저, 저는 스미스라고 합니다."

"그러면 안 됩니다. 본명을 말씀해주시지요."

손님은 경이로운 눈으로 토미의 얼굴을 쳐다보았다.

"실은, 세인트 빈센트라고 합니다. 로렌스 세인트 빈센트."

"이상하게도 실제로 스미스라는 성은 매우 희귀한 편이지요."

토미가 말했다.

"제 개인적으로 아는 사람 중에도 스미스라는 성을 가진 사람은 한 사람도 없거든요. 그런데 본명을 감추려는 사람은 십중팔구는 스미스라는 성을 끌어낸답니다. 저는 이 문제에 관한 연구논문을 쓰려고 한 적도 있지요."

바로 그때 그의 책상 위에 장치된 버저가 울렸다. 이것은 터펜스가 사건을 인수하고 싶다는 신호였다. 토미도 점심을 먹고 싶었고, 세인트 빈센트에게는 별로 흥미가 없었기 때문에 기꺼이 상담역을 넘기고 싶은 참이었다.

"잠시 실례."라고 말하고 그는 수화기를 들었다.

일순 그의 얼굴에 여러 가지 표정이 엇갈렸다—경악, 당황, 자신만만함.

"뭐라고? 수상께서 직접? 물론 그런 일이면 곧 찾아봬야지."

그는 수화기를 본래대로 놓고 손님을 바라보았다.

"유감스럽게도 저는 이만 실례해야만 되겠군요. 긴급한 호출이 있어서요. 사건에 대한 상세한 얘기는 제 수석 비서에게 말씀해주시면 원만히 조처해줄 겁니다."

그는 성큼성큼 옆방 문 앞으로 갔다.

"로빈슨 양."

터펜스가 매끈하게 넘긴 검은 머리, 우아한 분위기를 풍기는 칼라와 커프스,

굉장히 신선감을 느끼게 하는 종종걸음으로 들어왔다. 토미는 필요한 소개를 간단히 마치고는 서둘러 나갔다.
“애인이 사라졌다는 거군요.”
터펜스는 천성적인 부드러운 목소리로 말하면서 블런트 씨의 메모지와 연필을 들었다.
“젊은 아가씨인가요?”
“예, 젊고, 그, 아주 아름다운 용모를 갖고 있답니다.”
세인트 빈센트가 대답했다.
터펜스의 표정이 지나칠 정도로 진지해졌다.
“큰일이군요.” 그녀는 중얼거렸다.
“부디 아무 일도 일어나지 말았으면 좋을 텐데…….”
“설마, 정말 그 사람의 신변에 무슨 일이 일어났으리라 생각하시는 건 아니겠죠?”
세인트 빈센트는 걱정스럽다는 표정으로 물었다.
“그건 저희로서는 희망을 걸 수밖에 도리가 없는 일이죠.”
이렇게 말하면서도 터펜스는 애써 쾌활한 목소리를 꾸미는 것이었다.
그러나 그녀의 일부러 꾸민 듯한 태도를 눈치 챈 세인트 빈센트는 완전히 풀이 죽어 버렸다.
“아, 부탁드립니다. 로빈슨 양, 어떻게든 좀 해주십시오. 비용은 상관없습니다. 그녀의 신변에 만일 무슨 일이 일어났다면 저는 도저히 그대로 있을 수가 없습니다. 당신이 매우 동정을 가지시고 관심을 써주시는 것 같으니까 저도 솔직히 털어놓겠습니다. 저는 그 여자의 발이 닿은 땅이라도 받들고 싶은 기분입니다. 멋진 여자예요. 그렇게 아름다운 여자는 본 적이 없답니다.”
“그분의 이름과 그분에 관한 모든 것을 아는 대로 말씀해주시죠.”
“이름은 재닛입니다. 성은 잘 모르겠지만. 모자가게에서 일하고 있어요. 브룩 가(街)의 ‘마담 바이올렛’ 가게 말입니다. 비록 그런 곳에서 일하고 있지만 세상에서 둘도 없이 착실한 사람입니다. 그 앞에서 수도 없이 시간을 보냈죠. 어제도 가게에 가봤습니다. 그 여자가 나오기를 기다렸지요. 그런데 다른 사람은 모두 나왔는데도 그 여자만은 보이질 않더군요. 그래서 물어보니, 어제 아침엔 출근하지도 않았다는 겁니다. 이렇다 할 연락도 없이 결근을 했다는 거지요. 그것 때문에 마담은 화가 머리끝까지 나 있었습니다. 저는 그 여자의 하숙집을 물어 그곳으로 가보았습니다. 그녀는 전날 밤부터 하숙집에도 돌아오지 않았고, 하숙집 사람들도 어디에 있는지 모른다고 하더군요. 저는 걱정이 되어 미칠 지경이었습니다. 경찰에 신고할까 하고도 생각해보았습니다. 그렇지만, 재닛의 신변에 아무 일도 없고, 그냥 잠시 여행이라도 떠난 거라면 쓸데없는 짓을 했다고 나중에 여러 가지로 핀잔을 받을지도 모른다는 생각이 들더군요. 그렇게 이러지도 저러지도 못하고 있는 중에, 언젠가 그녀가 댁의 신문 광고를 제게 가리키면서, 모자를 사러 왔던 어떤 여자가 이 탐정사무소의 족집게 같은 능력과 입이 무겁다는 것을 극구 칭찬하더라고 한 말이 떠오르더군요. 그래서 즉시 여기로 부랴부랴 달려온 겁니다."

터펜스는 말했다.

"그렇습니까? 그분의 하숙집은 어디인가요?"

청년은 그 소재지를 밝혔다.

"이 정도면 됐습니다." 터펜스는 잠시 생각에 잠겼다.

"그러니까, 그 젊은 여인을 당신의 약혼녀라고 생각해도 될까요?"

세인트 빈센트는 얼굴을 붉혔다.

"실은 그, 그렇게 말하긴 어렵습니다. 저는 아직 청혼도 하지 않았으니까요. 그렇지만, 이것만큼은 말씀드릴 수 있습니다. 이번에 만나면, 다시 한 번 만날 수만 있다면, 청혼할 겁니다."

터펜스는 메모지를 옆으로 치웠다.

"우리 사무실의 '24시간 이내 해결 특별 서비스'를 원하십니까?"

그녀는 사무적인 어조로 물었다.

"그러면 어떻게 되는 겁니까?"

"요금은 두 배가 되지만, 그 대신에 전 요원을 동원해서 이 사건을 해결한다는 특혜가 있지요. 만일, 그 아가씨가 살아 있다면 내일 이 시간까지는 그녀가 있는 곳을 알려 드릴 수 있습니다."

"그렇게 빨리요? 정말 대단합니다."
"저희들은 이 방면의 전문가만을 고용하고 있으니까요. 따라서 성과도 보증할 수 있습니다."
터펜스는 딱 잘라서 말했다.
"최고 수준의 유능한 요원들을 보유하고 계신 것만은 틀림없는 것 같군요."
"물론이고말고요. 그런데 그 젊은 아가씨의 인상을 아직 말씀하지 않으셨는데……."
"보기 드문 멋진 머리칼을 갖고 있습니다. 일종의 금발인데, 그보다는 좀 짙은 색깔의 아름다운 저녁놀 같은, 그래요. 아름다운 저녁노을과 똑 닮았어요. 실은 제가 저녁놀에 눈을 돌리게 된 것은 최근입니다. 시(詩)도 마찬가지예요. 시에는 제가 상상하던 것 이상으로 감동하게 하는 것이 있더군요."
"붉은 금발이군요."
터펜스는 아무렇지도 않게 대답하고는 그것을 메모해 놓았다.
"키는 얼마쯤 되지요?"
"아! 키는 큰 편입니다. 눈동자도 아름답고요. 짙은 파란색이었다고 생각하는데……. 그리고 행동은 거침없고 시원스럽습니다. 때때로 제가 하는 말을 도중에 끊어 버리는 일도 있었으니까요."
터펜스는 몇 자 적어놓고서 탁 소리가 나도록 수첩을 덮고 일어났다.
"내일 2시에 이쪽에 들러주신다면 정보를 전해 드릴 수 있을 것 같군요. 그러면 실례하겠습니다."

토미가 되돌아왔을 때는 터펜스는 데브렛 귀족 명단을 조사하는 중이었다.
"자세한 것은 전부 들었어요."
그녀는 간단히 보고했다.
"로렌스 세인트 빈센트는 체리턴 백작의 조카이며, 그의 후계자로 되어 있어요. 우리가 이 사건에 어떻게 해서든지 성공한다면 상류사회에 이름을 날릴 수 있는 좋은 기회가 될 거예요."
토미는 메모지의 기록으로 눈을 돌렸다.

"솔직하게 말해서 이 아가씨는 어떻게 된 것 같아?"

"글쎄요, 자기 마음속의 지시대로 도망쳤으리라 생각해요. 마음의 평온을 유지할 수 없을 만큼 그 청년을 사랑하는 것을 깨달았기 때문에 말이에요."

토미는 납득할 수 없는 듯 터펜스의 얼굴을 보았다.

"그야, 소설 속에선 그런 여자가 나온다지만, 현실생활에서는 어디 그런 행동을 하는 여자가 있을 법한 일인가?"

"없을까?" 터펜스는 혼잣말로 중얼거렸다.

"글쎄요. 당신 말대로 일지도 몰라요. 그렇지만, 로렌스 세인트 빈센트라면 그런 바보스런 이야기라도 그대로 믿어 버릴 거예요. 한창 로맨틱한 생각으로 머리가 가득 차 있을 테니까요. 그건 그렇고, 나는 24시간 내에 성과를 올리겠다고 장담했어요. 이 사무실의 특별 서비스라고 말이죠."

"터펜스, 당신은 앞뒤 재보지도 않고 어떻게 그런 어리석은 말을 한 거지?"

"문득 그런 즉흥적인 착상이 떠올랐어요. 그럴 듯하게 들리잖아요. 걱정하지 마세요. '엄마'에게 맡겨두세요. '엄마'는 뭐든지 알고 있으니까 말이죠."

그녀는 아주 불만스런 듯한 토미를 남겨두고 나가버렸다.

이윽고 그도 일어서서 터펜스의 기분 좋은 공상에 한숨을 쉬면서, 그러나 가능한 노력은 해봐야겠다는 생각으로 외출했다.

그가 네 시간 반 만에 지쳐서 돌아와 보니 터펜스는 서류철 안의 은밀한 곳에서 비스킷 봉지를 꺼내고 있었다.

그녀가 말했다.

"뭔가 불만스러운 듯 벌겋게 부어오른 모습이 보기 싫네요. 지금까지 뭘 하고 있었어요?"

토미는 진이 빠져 버린 듯 신음소리를 냈다.

"그 여자의 인상착의를 가지고 병원을 돌아다녔어."

"나에게 맡기라고 했잖아요."

터펜스가 따지듯이 말했다.

"당신 혼자서 내일 2시까지 그 여자를 찾아낼 수는 없잖아?"

"할 수 있어요. 벌써 찾아낸걸요."

"찾아내다니? 도대체 무슨 소리요?"

"간단한 문제예요, 왓슨, 극히 간단한 거죠."

터펜스는 자신이 홈스라도 된 듯 말했다.

"그 여자가 지금 어디에 있는데?"

터펜스는 한 손으로 어깨너머 뒤쪽을 가리켰다.

"바로 저기 내 방에 있어요."

"저기서 무얼 하고 있는데?"

터펜스는 쿡쿡 웃음을 터뜨렸다.

"그건요, 예전에 몸에 밴 생활을 말해주는 거예요. 주전자와 가스난로, 반 파운드의 홍차 봉지가 바로 눈앞에 놓여 있다고 하면 무얼 하고 있을지 그 결과는 처음부터 예상할 수 있는 거 아니겠어요? 그건 그렇고, 실은 말이죠……."

터펜스는 부드럽게 말을 꺼냈다.

"마담 바이올렛 가게는 내가 모자를 사러 간 곳인데, 그전에 우연히 거기에서 일하는 여자들 중에 육군병원 시절의 친구가 있는 것을 알았어요. 그 친구는 전쟁 뒤 간호사를 그만두고 모자가게를 시작했는데, 그만 실패해서 마담 바이올렛 가게에서 근무하게 되었대요. 이번 사건은 그 친구와 나 두 사람이 완전히 짠 거예요. 그 친구가 세인트 빈센트 청년에게 우리의 광고 문구를 잊지 않도록 단단히 새겨 놓고는 사라진 것이지요. 그다음엔 블런트의 우수한 탐정들이 멋지게 능력을 발휘하는 거지요. 그러면, 우리에게 있어서는 좋은 선전이 되고 세인트 빈센트 청년에게는 결혼을 청하는 데 필요한 자극을 주게 되겠죠. 재닛은 그 일로 상당히 고심하고 있었거든요."

"터펜스, 당신에게는 하도 어처구니가 없어서 말도 제대로 안 나오는군. 그런 부도덕한 말이 어디 있어? 당신은 그 청년을 부추겨서 신분이 다른 사람과 결혼을……."

"잘못된 생각이에요."

터펜스는 목소리에 힘을 주면서 말했다.

"재닛은 훌륭한 여자예요. 게다가, 신기하게도 그런 판단력이 없는 남자를 진심으로 사랑하고 있다고요. 당신도 곰곰이 생각해보면 그 남자의 가족에게 뭐가 필요한지 알 수 있을 거예요. 건강한 평민의 피를 섞어야만 해요. 재닛이라면 그 청년을 버젓한 한 남성으로 만들 수 있어요. 어머니가 아들을 다루듯 술이나 나이트클럽 같은 데를 멀리하게 하고, 건전한 시골 신사의 생활을 누릴 수 있게 도울 거예요. 자, 재닛을 만나보세요."

터펜스는 옆방의 문을 열었고, 토미는 그 뒤를 따라 들어갔다.

붉은빛을 띤 갈색머리에 인상이 좋고 키가 큰 여자가 손에 들고 있던 주전자를 아래에 내려놓고서 뒤돌아보며, 고르게 난 하얀 치아를 보이며 살짝 웃었다.

"화내지 마세요, 카울리 간호사가 아니라, 베레즈포드 부인이었지요? 나는 당신도 홍차가 마시고 싶을 거라고 생각했어요. 병원에 있었을 때는 새벽 3시경에 몇 번이나 당신이 홍차를 타주곤 했잖아요."

"토미, 제 옛 친구인 스미스 간호사를 소개할게요."

"스미스라고요? 그것참 이상하군!"

토미는 악수했다.

"아니, 아무것도 아닙니다. 내가 쓰려던 대수롭지 않은 논문에 대해 말한 거니까."

"토미, 정신 차리세요."

터펜스가 말했다. 그녀는 그에게로 홍차를 갖다 주었다.

"자, 그러면 모두 함께 마십시다. 국제탐정사무소를 위해 건배! 블런트의 우수한 탐정들을 위해! 부디 실패를 맛보지 않도록 건배!"

분홍색 진주 사건(상)

"도대체 뭘 하고 있어요?" 터펜스는 책망하듯 물었다.

국제 탐정사무소(슬로건—블런트의 우수한 탐정들) 안에 들어가 보고 자기 남편이 책을 가득 쌓아놓은 어지러운 바닥에서 네 발로 기고 있는 것을 발견했기 때문이다.

토미는 간신히 일어났다.

"이 벽장의 제일 위 선반에 책을 진열하려고 했어. 그런데 이 의자가 재수 없게 뒤집어지는 바람에 말이야."

그는 화가 난 듯 말했다.

"그렇다 치고, 무슨 책들이에요?" 터펜스는 한 권 집어올려 보았다.

"《바스커빌 가(家)의 개》, 아, 이거라면 나도 다시 한 번 읽고 싶어요."

"내가 뭘 생각하는지 알고 있어?"

토미는 말하면서 조심스레 옷에 묻은 먼지를 털었다.

"30분간의 대가(大家)들과의 만남이라고나 할까. 아무래도, 터펜스, 우리는 이 직업에서는 아마추어라는 열등감을 갖고 있음을 부인할 순 없잖아—그건 물론 어떤 의미로는 아마추어와는 다른 것이지만. 이 직업에 있어서 소위 그 기술이라고 할 만한 것을 익혀 두어도 해가 안 될 것 같아서 말이지. 여기에 있는 책들은 모두 그 분야의 거장들이 쓴 탐정소설들이야. 나는 여러 탐정 사례들을 분류하고, 그 각각의 형태를 분석해보고, 또한 그 결과를 비교해볼 작정이야."

"흠!" 남편의 말을 듣던 터펜스가 입을 열었다.

"이런 소설에 나오는 탐정들이 현실에서 부딪치는 사건을 얼마나 풀 수 있을는지는 모르겠지만……."

그녀는 다른 책 한 권을 집어들며 말했다.

"당신이 제2의 손다이크 박사(리처드 오스틴 프리먼(영국, 1862~1943)의 작품 《노래하는 백골》 등에 등장하는 명탐정)는 될 수 없을 것 같아요. 당신은 우선 의학 면에서 지식이 전혀 없고, 법률에 있어서는 더욱 그렇고, 그렇다고 해서 당신이 과학에 강하냐 하면 그렇지도 않잖아요?"

"그렇게 말하면 할 말은 없지." 토미도 동의했다.

"하지만, 그야 어쨌거나 나는 아주 성능이 좋은 카메라를 샀으니까 그것으로 발자국을 찍거나 해서 필름을 확대시켜 볼 생각이야. 그런데, '오, 친구여, 자네의 그 회색 뇌세포를 활용해보게나.' 당신은 이 말을 듣고 뭐 떠오르는 게 없어?"

그는 벽장 제일 아래 선반을 가리켰다. 거기에는 어딘지 모르게 미래파적인 디자인의 실내복과 터키제 슬리퍼와 바이올린이 놓여 있었다.

"그야말로 셜록 홈스 취향이군요."

그는 바이올린을 손에 들고 갑자기 활로 줄을 켜기 시작했다. 듣다 못한 터펜스가 참을 수 없다는 듯 비명을 질렀다.

그 순간에 책상 위의 버저가 울렸다. 바깥 접수처에 손님이 찾아왔으니 상담할 준비를 하라는 앨버트의 신호였다.

토미는 서둘러 바이올린을 선반에 다시 올려놓고 책을 책장 아래로 대충 밀어 넣었다. 그러면서도 입으로는, "별로 당황할 필요는 없는데……." 하고 중얼거리는 것이었다.

"앨버트는 내가 런던경시청과 전화 중이라는 거짓말을 할 테니까 말이지. 터펜스, 당신은 당신 방에 가서 타이프를 두드리기 시작해요. 그 소리는 사무실 안이 매우 바쁜 것처럼, 그래서 더불어 활기찬 느낌까지 주거든. 아, 오늘은 그만두지. 당신은 내가 말하는 걸 기록하는 여비서 역을 하는 걸로 해. 앨버트가 희생자를 들여보내기 전에 어디 잠깐 내다볼까?"

두 사람은 바깥 접수처가 훤히 건너다보이도록 고도의 기술을 짜내어 만든 그 구멍에 다가섰다.

의뢰인은 터펜스와 같은 나이 또래의 키가 큰 젊은 여자로, 다소 그늘지고 야윈 느낌이 드는 얼굴에 남을 얕보는 듯한 눈초리를 하고 있었다.

"입고 있는 옷은 현란하기만 한 싸구려야."

터펜스가 한마디 비평했다.

"토미, 들어오라고 하세요."

1분 후 그 여자는 유명한 블런트 씨라는 인물과 악수하고 있었다. 터펜스는 메모지와 연필을 들고 얌전하게 눈을 내리깔고 옆에 앉아 있었다.

블런트 씨는 악수를 한 후 소개했다.

"제 수석 비서인 로빈슨 양입니다. 이 사람 앞에서는 숨김없이 말씀하셔도 됩니다."

이어 그는 눈을 반쯤 감고 1분 정도 의자에 기대어 앉아 있다가 피곤한 듯한 목소리로 이렇게 말했다.

"이 시간에는 버스가 굉장히 혼잡할 텐데……."

"저는 택시를 타고 왔어요." 그 젊은 여자는 말했다.

"그러십니까?"

토미는 아무 생각 없이 말을 했다. 그 눈은 그녀의 장갑에서 삐죽 튀어나온 버스표를 책망하듯 바라보고 있었다. 젊은 여자는 그 시선을 따라가다가 히죽 웃고 차표를 꺼냈다.

"이거요? 길거리에서 주운 거예요. 옆집 아이가 표를 수집하고 있어서요."

터펜스가 헛기침을 하자 토미는 경멸이 담긴 눈으로 그녀를 흘겨보았다.

"본론으로 들어갑시다."

그는 힘차게 말했다.

"뭔가 우리 탐정사무소의 도움을 필요로 하시기에 찾아오셨겠지요. 미스……?"

"킹스턴 브루스라고 해요. 윔블던에 살고 있어요. 어젯밤에 저희 집에 묵었던 부인이 값비싼 분홍색 진주를 잃어버렸답니다. 세인트 빈센트 씨가 저희 집에서 저녁을 드실 때면 간혹 이 탐정사무소에 대한 이야기를 했어요. 그래서 오늘 아침, 그 사건을 조사해주십사 부탁하고 오라는 어머니의 말씀이 있었기에 이렇게 찾아온 거예요."

그녀의 말투에는 친근감이 느껴지지 않았고, 뭔가 유쾌하지만은 않은 구석이 있었다. 가령 이 문제에 대해 어머니의 의견이 엇갈렸다든가 하는, 분명히 싫으면서도 어쩔 수 없이 온 것 같은 표정이었다.

토미는 다소 머뭇거리면서 물었다.

"경찰에 신고하면 안 되는 겁니까?"

"신고해서는 안 돼요." 킹스턴 브루스 양은 대답했다.

"경찰을 불러왔는데 만일 그 애물단지가 난로 밑에라도 굴러 들어가 있었다면 웃음거리가 될 거 아니겠어요."

"아! 그러면 그 보석은 어딘가에 떨어져 있을지도 모르는 거로군요?"

킹스턴 브루스 양은 어깨를 으쓱하고는 중얼거렸다.

"사람들은 하찮은 일로 곧잘 큰 소동을 피우니까요."

토미는 헛기침을 한 번 하고 나서 점잔을 피우며 말을 했다.

"그런데, 제가 워낙 바쁘다 보니까 먼 곳은……."

"그러면 하는 수가 없군요." 하고 말하고는 젊은 여자는 일어섰다.

그녀의 눈에 번쩍 만족스러운 빛이 지나가는 것을 적어도 터펜스는 놓치지 않았다.

"그렇다고 해도 윔블던까지는 그다지 멀다고 할 수야 없지요. 주소를 가르쳐 주시겠습니까?"

"에지워스 로(路)에 있는 월계수 별장이에요."

"로빈슨 양, 적어두도록."

킹스턴 브루스는 잠시 망설였지만 곧 아무렇지 않게 인사를 했다.

"그러면 기다리겠습니다. 안녕히 계세요."

그녀가 나가자 토미가 말했다.

"이상한 여자군. 전혀 정체를 파악하지 못하겠는걸."

"저 여자가 그걸 훔친 장본인이 아닐까?"

터펜스는 생각에 잠겨 말했다.

"아무튼, 토미, 그 책들을 정리하고 어서 가보도록 해요. 그리고 당신은 누구 흉내를 낼 거죠? 역시 셜록 홈스?"

"그러려면 연습이 필요할 것 같군." 토미는 대답했다.

"그 버스표는 좀 실수를 한 것 같지?"

"그래요. 내가 당신이었다면 그 여자에게 굳이 그런 시험을 하지 않았을 거예요—바늘처럼 날카로운 여자니까. 게다가 불쌍하게도 불행한 처지인 것 같아요."

"그 여자에 대해 당신은 이미 뭐든지 알고 있는 것 같군. 나는 그저 그 여자 코의 생김새나 관찰했을 뿐인데 말이야." 토미는 비꼬아 말했다.

"월계수 별장에서 어떤 일을 발견하게 될지 내 생각을 말해볼게요."

터펜스는 남편의 빈정거림에 조금도 동요되지 않고 말했다.

"상류사회에 끼어 보려고 필사적으로 신사인 체하는 속물 가족일 거예요. 아버지는(만일 아버지가 있다고 하면 말이죠) 틀림없이 어떤 군대 직위를 갖고 있을 거예요. 그 딸은 그러한 자신의 가족을 경멸하면서도 모두의 생활양식에 어느덧 동조하고 있겠죠."

토미는 그제야 깔끔히 정돈된 서가에 마지막 시선을 보냈다.

"오늘 나는 손다이크가 되어 보기로 했어." 그는 생각에 잠겨 말했다.

"나라면 이 사건에는 법의학상의 문제 따위가 개입되어 있으리라고는 생각지 않겠어요." 터펜스가 참견했다.

"아마 그럴 거야. 하지만 나는 그 사놓기만 한 카메라를 사용하고 싶어서 참을 수가 없단 말이야! 그 카메라에는 지금까지 없었던, 적어도 있었다고는 생각할 수 없는 멋진 렌즈가 부착되어 있거든."

"그런 종류의 렌즈는 나도 알아요. 셔터 준비를 하고 렌즈의 조리개를 맞추고 노출을 조절하는 등 그렇게 계속 들여다보고 있노라면 골치가 지끈지끈해져서 결국 조작이 간편한 브라우니 카메라를 동경하게 될 거라고요."

"브라우니 같은 걸로 만족하는 사람은 야심이 없는 졸장부라고밖에 할 수 없지."

"그렇다면 내기를 해도 좋아요. 나는 브라우니로 당신보다도 나은 효과를 올릴 자신이 있으니까요."

토미는 이 도전에는 상대하고 싶지가 않았다.

"'담배 파이프 소제기'가 어디 없을까?" 그는 별로 탐탁지 않은 목소리로 말했다.
"그런 것은 어디에서 팔고 있지?"
"아라민타 숙모님이 작년 크리스마스에 주신 신안특허 코르크 마개 빼기가 있잖아요?" 터펜스가 가르쳐 주었다.
"아, 그래그래. 그때엔 이상한 모양을 한 파괴 도구라고만 생각했었지. 엄격한 금주주의자인 숙모님이 주셔서 조금 엉뚱하다 싶은 선물이었거든."
"나는 폴턴(손다이크 박사의 조수)이 되기로 했어요." 터펜스가 말했다.
토미는 한심하다는 듯이 그녀의 얼굴을 바라보았다.
"폴턴이라니, 당신은 그 남자의 발밑에도 갈 수 없어."
"무시하지 마세요." 터펜스는 되받아 말했다.
"나도 기분이 좋을 때는 양손을 비비는 일 정도는 할 수 있어요. 그 짓만 할 수 있으면 잘 될 거예요. 아마 당신은 석고로 발모양을 만들려고 일부러 자국을 내야 할걸요?"
여기에 토미는 더 이상 일언반구도 대꾸하지 않았다. 두 사람은 문제의 마개 빼기를 찾아 차고에 가서 차를 꺼내어 타고는 윔블던(런던 남쪽의 마을)으로 향했다.
월계수 별장은 상당한 저택이었다. 박공(지붕의 옆면 지붕 끝머리에 '∧' 모양으로 붙여 놓은 두꺼운 널빤지) 구조에 작은 탑들이 세워져 있고, 아주 최근에 페인트를 바꿔 칠한 것을 알 수 있었으며, 새빨간 제라늄이 만발한 아담한 화단으로 둘러싸여 있었다.
토미가 문을 두드리기도 전에 새하얀 턱수염을 짧게 깎고 딱딱한 군인풍의 태도를 과장한 키가 큰 남자가 문을 열었다.
"당신이 오는 걸 지켜보고 있었습니다."
그 남자는 몹시 성급한 어조로 말했다.
"당신이 블런트 씨지요? 내가 킹스턴 브루스 대령입니다. 자, 내 서재로 가십시다."
그는 집 안쪽의 작은 방으로 두 사람을 안내했다.

"세인트 빈센트 청년이 당신 사무소에 대해 여러 번 칭찬하더군요. 나도 댁의 광고를 알고 있습니다. '24시간 내에 명백히 사건을 해결해준다'는 문구, 그건 참 멋진 발상이더군요. 바로 우리 생각에 꼭 들어맞습니다."

토미는 그 멋진 발상을 생각해 낸 터펜스의 무책임함을 내심 저주하면서, "그렇습니까?"라고 대답했다.

"정말 난처하기 이를 데 없는 문제입니다."

"어서 사실을 말씀해주셨으면 좋겠군요."

토미는 다소 재촉하듯 말했다.

"말씀드리겠습니다. 우리 집에 아주 옛날부터 친한 친구인 레이디('레이디'는 귀족의 부인에게 붙이는 경칭) 로라 바턴이 손님으로 와 있습니다. 고(故) 카로웨이 백작의 따님이지요. 지금은 그분의 오빠가 백작인데 어제 상원에서 멋진 연설을 하셨습니다. 방금 말씀드린 대로 그 레이디 바턴은 우리의 오랜 친구인데, 얼마 전 미국에서 온 해밀턴 베츠 부부가 자꾸 그 부인과 만나고 싶어 하더군요. 그래서 '지금 우리 집에 머물고 있으니까 주말에 놀러 오십시오.'라고 말해주었지요. 당신도 알다시피 미국인들은 귀족이라면 껌벅 죽지 않습니까, 블런트 씨?"

"미국인이 아니라도 그런 무리가 때때로 있습니다, 킹스턴 브루스 대령님."

"물론이지요! 유감스럽지만 그렇습니다. 그런 속물만큼 싫은 사람도 없지요. 하여간 베츠 부부가 주말에 놀러온 겁니다. 어젯밤, 그때에는 모두 브리지를 하고 있었지요. 그런데 베츠 부인은 달고 있던 귀걸이 연결 쇠가 부서지는 바람에 그것을 떼어놓고 나중에 2층으로 올라갈 때 갖고 가려고 작은 테이블 위에 올려놓았지요. 그런데 갖고 가는 걸 잊어버린 겁니다. 미리 설명해 둘 필요가 있겠는데, 그 귀걸이는 날개 모양의 두 개의 작은 다이아몬드로 되어 있고, 거기에 커다란 분홍색 진주가 늘어뜨려져 있습니다. 귀걸이는 오늘 아침 부인이 놓았던 곳에서 찾았지만 진주만은, 매우 비싼 진주만은 어디에서도 보이지 않는 겁니다."

"귀걸이를 발견한 사람은 누굽니까?"

"거실 하녀입니다, 글래디스 힐이라는."

"그 하녀에게 의심할 만한 점은 없나요?"

"벌써 몇 년이나 우리 집에 있는데 아주 정직하다고 여겨집니다. 물론 인간이란 알 수 없긴 하지만……."

"그렇지요. 우선 댁의 하녀들에 대해 말씀해주시겠습니까? 그리고 어젯밤 만찬에 참석했던 분들에 대해서도."

"요리사가 있습니다(아직 우리 집에 온 지 2개월밖에 되지 않았지만). 거실에 갈 기회는 전혀 없었습니다. 부엌의 하녀도 마찬가지지요. 그리고 허드렛일을 하는 앨리스 커밍스, 이 하녀도 몇 년이나 일해 온 애입니다. 그리고 물론 레이디 로라에게 딸린 하녀도 있습니다. 프랑스 여자지요."

그렇게 말했을 때의 킹스턴 브루스 대령은 매우 의미 있는 듯한 표정이 되었다. 토미는 하녀의 국적을 들었어도 별 동요하는 기색 없이, "그리고 만찬회에 참석하신 분들은요?"라고 물었다.

"베츠 부부, 우리(아내와 딸이지요), 그리고 레이디 로라입니다. 세인트 빈센트 청년도 참석했고, 레니 군도 만찬 후에 잠시 들렀습니다."

"레니라니요, 누구입니까?"

"전염성이 농후한 영락없는 사회주의자예요. 그야 용모 바르고, 논쟁을 하면 그럴 듯한 이론을 펴기도 합니다. 그러나 내가 보기엔 어쩐지 믿음성 없어 보이는 인간이라고 공언하고 있지요, 위험한 인물입니다."

"그러니까 솔직히 얘기하면 당신은 레니 씨에게 혐의를 두고 계시다는 겁니까?" 토미는 냉정하게 말했다.

"그렇습니다, 블런트 씨. 그런 사상의 소유자니까 분명 도의 따위는 뭐 하나 마음에 두지도 않을 겁니다. 우리가 트럼프에 열중해 있을 때 살짝 진주를 빼낼 정도의 일은 그 작자로서는 그다지 양심에 거리낄 것이 없이 간단히 해치울 수 있는 일이 아니었을까요? 실제로, 카드놀이에 열중해서 아무것도 모를 때가 여러 번 있었으니까요. 지금도 기억하는데, 으뜸 패 없이 판돈을 배로 올렸을 때 아내가 운 나쁘게 리보크 반칙을 해서 쓸데없는 실랑이가 벌어졌던 순간 등 말이죠."

듣고 있던 토미가 말했다.

"흠, 한 가지 물어보고 싶은 게 있는데요, 이 사건을 당한 베츠 부인의 태도는 어떻습니까?"

"경찰을 부르라고 하더군요." 대령은 투덜투덜 대답했다.

"그건 진주가 어딘가에 떨어진 게 아닐까 하여 모든 곳을 뒤진 뒤의 일이었는데……."

"그런 것을 그만두도록 설득시킨 것은 대령이셨군요?"

"나는 그런 일이 공공연하게 표면화되는 걸 반대했고, 아내도 내 주장을 지지해 주었습니다. 그때 아내가 생각해 낸 것이 어젯밤 만찬에서 세인트 빈센트 청년이 얘기한 당신의 탐정사무소였지요. 24시간 이내에 해결할 수 있는 특별 서비스라는 것이 있다고 하더군요. 정말 그런가요?"

"예, 있습니다만." 토미는 무거운 마음으로 대답했다.

"아무튼 손해 볼 거야 없겠죠. 설사 오늘 경찰을 부르기로 했다고 해도, 우리는 그 보석이 어딘가에 굴러 떨어져 있으리라고 생각하고는 지금까지 찾고 있었을 테니까요. 미리 말해 두겠지만 오늘 아침에는 아무도 밖에 나가지 못하도록 했습니다."

"물론, 따님은 제외하고 말이겠죠?" 터펜스가 처음 입을 열었다.

"예, 딸아이를 제외하고는." 대령도 그 점은 인정했다.

"딸애는 자기가 가서 여러분에게 사건을 말씀드리겠다고 했거든요."

토미는 일어섰다.

"그러면 만족하시도록 힘써 보겠습니다. 거실과 귀걸이가 놓여 있었다는 테이블을 보고 싶군요. 베츠 부인에게도 두세 가지 질문을 해야겠고요. 그리고 나서는 하녀들도 만나겠습니다. 아니, 그건 제 조수인 로빈슨 양에게 맡겨도 되겠군요."

그는 하녀들에게 질문하는 걸 상상하자 오싹한 듯 신경이 곤두섰다.

킹스턴 브루스 대령은 기세등등하게 문을 열고 두 사람의 앞장을 서서 홀을 가로질러 갔다. 그 순간 그들이 다가간 열린 방문 틈에서 다음과 같은 말소리가 확실하게 들려왔다. 그건 그날 아침 두 사람을 찾아왔던 딸의 목소리였다.

"그 사람이 차 스푼을 토시에 감춰 가지고 돌아간 걸 어머니도 잘 아시잖아요?" 그녀는 말하는 중이었다.

곧바로 두 사람은 킹스턴 브루스 부인을 소개받았는데, 이 부인은 어딘가 울적해 보였다. 딸은 두 사람이 들어가자 조금 머리를 까닥할 뿐이었다. 아까보다도 훨씬 시무룩해져 있었다.

킹스턴 브루스 부인은 위세 좋게 말했다.

"나는 누가 가져갔는지 짐작이 간답니다."

그녀는 단정하듯 말했다.

"그 꼴 보기 싫은 사회주의자라고요. 러시아인과 독일인은 좋아하면서 영국인은 아주 싫어하니까, 아무리 봐도 그 남자가 한 짓 같지 않니?"

"그 사람은 손도 대지 않았어요."

딸은 격렬한 기세로 대들었다.

"저는 그 사람을 지켜보고 있었어요. 계속 말이에요. 그 사람이 가졌다면 제가 못 보았을 리가 없잖아요?"

그녀는 바짝 턱을 올리고 두 사람의 얼굴을 쳐다보았다.

토미는 화제를 돌리기 위해 베츠 부인을 만나고 싶다고 했다.

킹스턴 브루스 부인이 남편과 딸을 데리고 베츠 부인을 찾으러 나가자 토미는 휘파람을 불면서 생각에 잠겼다.

"차 스푼을 토시 속에 감추었다는 건 누굴까?"

그가 낮은 목소리로 중얼거렸다.

"나도 그걸 생각하고 있어요." 터펜스가 대답했다.

베츠 부인이 남편을 뒤에 두고 뛰어들어 왔다. 그녀는 또박또박한 말씨를 가진 덩치가 큰 여자였다. 소화불량에 걸린 것처럼 기운이 없는 남편의 표정과는 대조적이었다.

"블런트 씨, 당신은 사립탐정이며 매우 스피디하게 척척 사건을 해결하신다고 하던데요?"

"'척척'이 제 이름이 될 정도입니다, 부인." 토미는 대답했다.

"그러면 두세 가지 물어봐도 될까요?"

그러고 나서 조사는 척척 진행되어 갔다. 그는 진주가 빠진 귀걸이와 귀걸이가 놓여 있던 테이블을 보았고, 베츠 씨도 그 무거운 입을 열어 도둑맞은 진주의 값을 달러화로 환산해 가르쳐 주었다.

동시에 토미는 자신의 수사가 전혀 궤도에 오르지 않았다는 당혹감도 느껴야 했다.

"대강 이 정도면 되겠습니다." 그는 결국 질문을 중단했다.

"로빈슨 양, 미안하지만 홀에서 특수 카메라를 갖고 와 주겠소?"

로빈슨 양은 그 명령에 따랐다.

"겉보기엔 보통 카메라와 차이가 없지만, 이것은 제가 꾸준히 발명을 거듭한 끝에 얻어진 겁니다." 토미는 설명했다.

베츠 부부의 감동한 듯한 표정을 보고 그는 다소 만족감을 느꼈다.

그는 귀걸이와 그걸 놓아두었던 테이블을 사진 찍고 그 방 전체의 사진도 몇 장인가 찍었다. 로빈슨 양을 하녀들에게 질문하러 보내고 나서 토미는 킹스턴 브루스 대령과 베츠 부인의 얼굴에 떠오르는 열성적인 기대에 부응하기 위해서라도 뭔가 권위 있는 말을 할 필요가 있다고 느꼈다.

"이 사태는 다음과 같습니다. 진주는 아직 이 집 안에 있든가, 아니면 이미 이 집 안에는 없든가 둘 중 하나입니다."

"그런데요." 하고 대령이 대답했는데, 그 어조에는 지금 한 말의 뜻으로 보면 부적당하리만큼 경의가 담겨져 있었다.

"이 집 안에 없다면 그 밖의 어디에든지 있을 수 있지만, 이 집 안에 있다면 그건 반드시 어딘가에 감추어져 있다는 얘긴데……."

"따라서 수색할 필요가 있다는 거군요."

킹스턴 브루스 대령이 말참견을 했다.

"정말 말씀대로입니다, 블런트 씨. 나는 당신에게 백지위임장을 드리겠습니다. 이 집을 지붕 밑에서부터 지하실까지 샅샅이 뒤지십시오."

"오, 찰스!" 킹스턴 브루스 부인이 울먹이는 목소리로 중얼거렸다.

"그런 일을 해도 될까요? 하인들이 싫어할 텐데. 휴가를 달라는 말을 꺼낼 거예요."

"하인들의 방은 마지막에 하지요." 토미는 달래듯 말했다.

"훔친 사람은 무심히 지나칠 것 같은 곳에 감추어 두는 법이니까요."

"나도 그런 걸 어딘가에서 읽은 것 같군요." 대령도 동의했다.

"그건 그렇다 치고, 아마 당신도 렉스 대 베일리 사건을 기억하리라 생각하는데, 그것이 그 첫 번째 예입니다." 토미는 말했다.

"아, 그래, 그랬었군요."

대령은 당황한 표정으로 대답했다.

"따라서 제일 가능성이 없을 것 같은 장소라고 하면 베츠 부인의 방입니다." 토미는 그 뒤에 덧붙여 말했다.

"아! 어쩐지 그럴 것 같은데요."

베츠 부인이 감탄의 소리를 질렀다.

그녀는 즉시 토미를 자기 방으로 안내했고, 거기서도 토미는 특수 카메라를 사용해 보았다. 그러는 사이에 터펜스가 되돌아왔다.

"부인, 제 조수에게 옷장을 조사하게 해도 괜찮겠습니까?"

"예, 물론이죠. 저는 이제 여기에 없어도 되나요?"

토미가 남을 필요가 없다고 대답하자 베츠 부인은 나갔다.

그가 말했다.

"우리는 최후까지 계속 위장해야겠는데. 그렇지만 솔직히 말해서 나는 보석을 찾을 자신이라곤 손톱만큼도 없어. 이렇게 되니 당신이 원망스럽군. 24시간 이내에 해결하다니! 그런 쓸데없는 허풍을 떨어 놓았으니 이를 어쩐다?"

"그전에 내 얘기를 듣는 게 좋겠어요." 터펜스는 말했다.

"하인들에겐 문제가 없다고 생각하는데, 간신히 프랑스인 하녀에게서 캐낸 게 있어요. 레이디 로라는 1년 전에도 이 집에 묵은 일이 있는데, 킹스턴 브루스 일가의 친구 집에 차를 마시러 가서 돌아왔을 때 토시 사이에서 스푼이 굴러 떨어진 사건이 있었던 모양이에요. 모두 우연히 토시 속에 들어갔을 거라고 생각했대요. 그런데 비슷한 도난사건에 대해 이야기하고 나서 그 뒤에 여러 가지 사실을 발견할 수 있었어요. 레이디 로라는 항상 남의 집을 돌아다닌대요. 아무래도 무일푼인 것 같고, 아직 귀족의 직위를 중시하는 사람들을 찾아다니며 편안히 지내고 있는 것 같아요. 우연의 일치일지도 모르지만, 여러 가지 얘기를 종합해보면 뭔가 근거가 있을 것도 같아요. 그 사람이 여러 사람의 집에 묵고 있는 동안에 확실한 도난사건이 다섯 번은 일어났어요. 도둑맞은 건 작은 물건도 있고 값비싼 보석도 있었다고 해요."

"흠!" 토미는 신음소리를 내고는 엉겁결에 길게 휘파람을 불었다.

"그 노파의 방이 어디인지 알고 있어?"

"이 방의 바로 건너편이에요."

"그러면 몰래 들어가서 조사해 봐도 좋을 것 같군."

맞은편 방은 문이 약간 열려 있었다. 거기는 상당히 널찍한 방으로 흰 에나멜이 칠해진 가구와 장밋빛을 띤 핑크색 커튼이 갖춰져 있었다. 내부의 문 하나는 욕실과 통해 있었다. 그 문에서 홀쭉한 몸에 맵시 있는 복장을 하고 약간 검은 얼굴을 한 젊은 여자의 모습이 나타났다.

터펜스는 그 여자의 입에서 놀라는 소리가 새어나오는 것을 눈여겨보았다.

"블런트 씨, 이 사람이 엘리즈 양이에요. 레이디 로라의 하녀."

그녀는 소개했다.

토미는 문턱을 넘어 욕실을 들여다보며 그 호화롭고 현대적인 시설에 내심 감탄했다. 그는 책망하듯 뚫어지게 바라보는 프랑스 여자의 의혹에 잠긴 표정을 해소시키는 일에 착수했다.

"마드모아젤 엘리즈, 바쁜가 보군요?"

"예, 무슈. 저는 마님의 욕실을 청소해야 합니다."

"그보다도 내가 사진 찍는 걸 도와주셨으면 하는데요. 나는 특수 카메라를 사용한답니다. 이 집의 방 내부를 찍고 있죠."

그런데 갑자기 등 뒤의 침실과 연결된 문이 쾅 닫히는 바람에 그는 말을 중단하게 되었다. 엘리즈는 얼른 일어났다.

"무슨 일이지?"

"바람 때문인 것 같군요." 터펜스가 말했다.

"우리도 저 방에 들어가 보기로 합시다." 토미가 말했다.

엘리즈가 문을 열려고 했지만 단지 손잡이 소리만이 덜컥덜컥 울릴 뿐이었다.

"어떻게 된 거지?"

토미는 날카로운 목소리로 물었다.

"미안합니다, 무슈! 누군가가 저쪽에서 분명 잠근 것 같아요."

그녀는 수건을 들고 다시 한 번 해보았다. 그랬더니 이번엔 손잡이가 아무렇지도 않게 돌아가고 문이 쓱 열리는 것이었다.

"어머, 정말 이상하네! 분명히 뭔가로 걸려 있었는데." 엘리즈는 말했다.

침실에는 아무도 없었다.

토미는 카메라를 가지고 왔다. 터펜스와 엘리즈는 그의 명령에 따라 거들었다. 토미의 시선은 몇 번이나 아까의 그 문으로 되돌아갔다.

"이상하군!" 그는 중얼거렸다.

"왜 저 문이 잠겨 있었을까?"

그는 문을 자세히 조사하며 여닫아 보았다. 문은 꼭 들어맞았다.

"한 장만 더." 그는 한숨을 쉬며 말했다.

"마드모아젤 엘리즈, 그 장미색 커튼을 한쪽으로 치워 주겠어요? 감사합니다. 잠깐 그대로 놔두세요."

다시 찰칵 소리가 났다. 그는 유리 슬라이드를 엘리즈에게 맡기고 카메라 다리는 터펜스에게 들게 하고 카메라 뚜껑을 덮었다. 그러고는 간단한 구실을 만들어 엘리즈를 밖으로 내보내고 그녀의 모습이 문밖으로 사라지는 것을 기다리기 어려운 듯 터펜스를 붙잡고 빠르게 말했다.

"지금 문득 머리에 떠올랐어. 당신, 이 집을 죄다 돌아보지 않겠어? 방을 전부 조사해보는 거야. 그렇게 하면 시간을 벌 수 있으니까. 되도록 그 노파(레이디 로라 말이야)와도 만나보는 거야. 그렇지만 노파가 경계하게 해서는 안 돼. 거실 하녀에게 혐의가 있는 것처럼 이야기를 하는 거야. 그런데 한 가지, 어떤 수단을 써도 좋으니까 노파가 집 밖으로 나가지 못하도록 해줘. 나는 가능한 한 날아갔다 올게. 되도록 빨리 돌아올 테니까."

"알았어요. 그렇지만 너무 혼자 지레짐작해서 자신을 가지면 안 돼요. 당신은 지금 잊어버린 게 있어요. 바로 그 딸이죠. 그 딸에겐 이상한 점이 있어요. 사실은요, 나는 딸이 오늘 아침 집을 나간 시간을 알아냈어요. 우리 사무실에

오는데 두 시간이나 걸린 거예요. 말도 안 되는 소리 아니에요? 사무실에 오기 전에 어디에 들른 걸까요?"

"그 여자도 좀 의심스럽군." 토미도 그녀의 의견에 수긍했다.

"아무튼 당신 나름대로 증거를 찾아봐. 그렇지만 레이디 로라가 이 집에서 나가지 못하도록 해야 하오. 이건 뭐지?"

그의 예민한 귀는 우연히 밖의 계단 쪽에서 희미하게 난 옷자락 스치는 소리를 놓치지 않았다. 그는 성큼성큼 문으로 가보았지만 아무도 없었다.

"그러면 난 가보겠소. 되도록 빨리 돌아올 테니까."

분홍색 진주 사건(하)

그가 자동차를 타고 사라지는 것을 터펜스는 희미한 불안을 느끼면서 바라보았다. 토미는 매우 자신만만했지만 그녀는 조금도 자신이 없었다. 그녀에겐 도무지 이해할 수 없는 일이 한두 가지 있었던 것이다.

그녀가 아직 창가에 서서 도로를 지켜보고 있을 때 한 남자가 맞은편 문 뒤에서 나오더니 도로를 가로질러서 벨을 누르는 것이 눈에 들어왔다. 터펜스는 서둘러 집 밖으로 나와 계단을 뛰어내려 갔다. 거실 하녀인 글래디스 힐 역시 집 안에서 나왔지만, 터펜스는 권위를 담은 손을 흔들어 다시 들어가게 했다. 그리곤 현관으로 가서 문을 열었다.

몸에 맞지 않는 복장, 날카롭고 새까만 눈동자의 키가 껑충한 청년이 현관 앞에 서 있었다. 청년은 잠시 머뭇거리다가, "킹스턴 브루스 양이 있습니까?" 라고 물었다.

"어서 들어오세요." 터펜스는 대답했다.

그녀는 옆으로 비켜서서 청년을 들여보내고 문을 닫자마자 경의를 담은 목소리로 물었다.

"레니 씨지요?"

청년은 휙 고개를 돌려 그녀를 보았다.

"예, 그런데요."

"잠시 이쪽으로 들어오시겠어요?"

그녀는 서재의 문을 열었다. 서재에는 아무도 없었고, 터펜스는 그의 뒤를 따라 들어가 문을 닫았다. 청년은 얼굴을 찡그리며 그녀를 쳐다보았다.

"저는 킹스턴 브루스 양을 만나고 싶은데요."

"만나실 수 있을지 어떨지 의문이에요." 터펜스는 침착하게 대답했다.

"뭐라고요? 도대체 당신은 누굽니까?" 레니는 덤벼들듯 말했다.
"국제 탐정사무소 직원이에요."
터펜스는 딱 잘라 대답했다―그와 동시에 미처 감정을 숨길 여유도 없이 덜컥 놀라는 듯한 청년의 모습을 눈여겨보았다.
"레니 씨, 앉으시지요." 그녀는 말을 붙였다.
"우선 말씀해 두겠는데 킹스턴 브루스 양이 오늘 아침 댁을 방문한 것을 우리는 모두 알고 있습니다."
이건 대담한 추측이었지만 멋지게 맞았다. 터펜스는 상대의 안절부절못해 하는 모습을 보고 더욱더 자신감을 갖고 말을 계속했다.
"레니 씨, 진주를 되찾는 일이 무엇보다도 중요한 문제입니다. 이 집 사람들은 모두 그 사건이 세상에 알려지는 걸 바라지 않습니다. 우리에게 털어놓지 않겠습니까?"
청년은 그녀의 얼굴에 날카로운 시선을 던졌다.
"당신이 어느 정도까지 알고 있는지 모르겠지만, 잠시 생각할 여유를 주십시오." 그는 생각에 잠겨서 말했다.
그는 양손으로 머리를 감쌌다. 그러고는 전혀 생각도 하지 않았던 뜻밖의 질문을 했다.
"한 가지 묻고 싶은데, 세인트 빈센트가 약혼했다는 게 사실입니까?"
"틀림없습니다. 저는 약혼 상대에 대해서도 알고 있어요."
터펜스는 대답했다.
레니는 갑자기 다 털어놓겠다는 태도가 되었다.
"마치 지옥 같습니다." 그는 운을 떼었다.
"이 집의 부모님들은 밤낮없이 비어트리스를 들들 볶아댔습니다. 비어트리스를 그 남자에게 밀어붙이려고 말이죠. 그것도 언젠가는 그 남자가 작위를 이어받을 거라는 이유만으로요. 제 생각대로 할 수 있다면……."
"정치 얘기는 그만두시지요." 터펜스는 황망히 말을 중단시켰다.
"레니 씨, 괜찮으시다면 말씀해주셨으면 하는데요. 어째서 당신은 이 집의 따님이 그 진주를 가져갔다고 생각하는 건가요?"

"저는……, 잘 모르겠습니다."
"숨기셔도 소용없어요." 터펜스는 부드럽게 말했다.
"지금 당신은 탐정이 자동차로 나가는 것을 보고 방해자가 없다고 확신하고는 여기에 와서 그 사람을 만나시려는 것 아닌가요? 안 봐도 훤하군요. 당신이 그 진주를 가지셨다면 그렇게 동요할 리가 없잖아요."
"사실은 그 사람의 태도가 아무래도 이상했었습니다." 청년은 말했다.
"아침에 제게 와서 그 도난사건을 말하곤 사립탐정사무소에 갈 거라고 하더군요. 그렇지만 뭔가 말하고 싶은 것이 있으면서도 말하지 않는 것처럼 보였어요."
"제가 바라는 것은 그 진주뿐입니다." 터펜스는 말했다.
"당신과 얘기하길 잘한 것 같군요."
그런데 그 순간에 킹스턴 브루스 대령이 문을 열었다.
"로빈슨 양, 점심식사 준비가 다 되었습니다. 당신도 우리와 같이 식사를 해주시겠지요. 식당은……."
말을 하다 말고 그는 입을 다물고 레니를 흘겨보았다.
"어쩐지 저를 초대할 마음은 없으신 것 같군요. 알았습니다. 저는 돌아가겠습니다." 레니는 말했다.
"나중에 다시 와 주세요."
터펜스는 그가 옆을 지나칠 때 속삭였다.
처치곤란한 건방진 놈이라고 투덜거리는 킹스턴 브루스 대령의 뒤를 따라 답답한 느낌이 드는 식당으로 들어가 보니, 이미 모두들 앉아 있었다. 그중 한 사람만이 터펜스가 아직 모르는 얼굴이었다.
"레이디 로라, 이분이 우리를 위해 힘쓰고 계신 로빈슨 양입니다."
레이디 로라는 조금 머리를 숙여 안경 너머로 말똥말똥 터펜스를 쳐다보았다. 야위고 키가 큰 여자로 슬픈 듯한 미소, 아름다운 목소리, 아주 차가운 느낌이 드는 눈동자를 갖고 있었다. 터펜스도 지지 않고 마주 쳐다보자 레이디 로라가 먼저 눈을 아래로 내렸다.
식사 후 레이디 로라는 가벼운 호기심을 보이며 말을 걸어왔다.

"수사 진행 상황은 어떤가요?"

터펜스는 거실 하녀가 의심스럽다고 적당히 강조해서 말했는데, 실제로 그녀의 관심도 레이디 로라에게서는 멀어져 있었다. 이 노파는 홍차용 스푼과 그 외의 다른 물건은 몰래 자신의 옷 속에 감췄을지 모르지만, 분홍색 진주를 훔치지 않은 것만큼은 확신해도 좋을 것 같다고 터펜스는 생각했다.

이윽고 터펜스는 집 안 수사에 착수했다. 시간은 흘러가고 있었다. 토미는 전혀 모습을 나타내지 않을 뿐 아니라, 터펜스가 더욱더 걱정되었던 것은 레니도 전혀 나타나지 않는다는 점이었다. 터펜스는 어느 침실에서 나온 순간에 뜻하지 않게 비어트리스 킹스턴 브루스와 맞부딪쳤다. 비어트리스는 계단을 내려가려던 참이었다. 완전히 외출복 차림이었다.

"죄송하지만 지금 외출하시면 안 됩니다." 터펜스가 말했다.

상대방은 오만하게 그녀의 얼굴을 훑어보았다.

"제가 외출을 하던 하지 않던 당신과는 관계없어요."

그녀는 쌀쌀맞게 대꾸했다.

"그렇다고 해도 경찰에 연락을 하느냐 하지 않느냐는 저와 관계가 있답니다." 터펜스는 되받아 말했다.

그러자 그 여자의 얼굴이 창백해졌다.

"그런, 그런 일은, 제발 하지 마세요. 저도 외출은 하지 않을 테니까요."

그녀는 애원하듯 터펜스에게 달라붙었다.

터펜스는 웃으며 말을 걸었다.

"킹스턴 브루스 양, 이 사건은 처음부터 눈에 보이듯 훤했습니다. 나는……."

그런데 그 순간 방해자가 끼어들었다. 터펜스는 비어트리스와 부딪친 데에만 신경을 쓴 나머지 현관 벨이 울리는 것도 듣지 못했던 것이다. 그런데 반갑게도 갑자기 계단을 뛰어올라 온 것은 토미였을 뿐 아니라, 건장하고 커다란 남자가 아래층 홀에서 모자를 벗는 모습까지 보였다.

"런던경시청의 매리옷 경감님이요."

토미는 빙그레 웃으며 가르쳐 주었다.

비어트리스 킹스턴 브루스는 울음을 터뜨렸다. 그녀는 터펜스의 손에서 몸을 떼면서 정신없이 계단을 뛰어내려 갔다. 마침 계단 아래의 현관문이 열리고 레니가 들어서고 있었다.

"당신은 뭐든지 엉망진창으로 만들어 버려요."

터펜스는 원망조로 나무랐다.

"응?" 하고 대꾸하고는 토미는 곧 레이디 로라의 방으로 뛰어들어 갔다. 그는 곧장 욕실로 들어가 커다란 비누를 두 손에 들고 나왔다. 경감은 막 계단을 올라오고 있었다.

"그 여자는 얌전하게 따라갔습니다." 경감은 말했다.

"아무리 늙은 여우라도 만사가 끝났다고 각오했나 봅니다. 진주는 어떻게 되었습니까?"

"아마 이 안에 있을 것 같군요."

토미는 대답하고 가지고 있던 비누를 건네주었다.

경감의 눈이 '과연!' 하고 말하는 것처럼 빛났다.

"옛날부터 있던 교활한 수법이지요. 비누를 둘로 나누어 안을 도려내고 보석을 집어넣고는 다시 딱 맞추어 뜨거운 물로 갈라진 부분을 깨끗이 봉하는 거예요. 당신 머리도 아주 기발하고 민첩하게 움직이는군요."

토미는 그 찬사를 겸손한 태도로 받고 있었다.

그와 터펜스는 계단을 내려갔다.

킹스턴 브루스 대령이 달려와서 토미의 손을 꽉 쥐었다.

"정말 뭐라고 감사의 말씀을 드려야 될지 모를 정도입니다. 레이디 로라도 당신에게 감사를 드려 달라고……."

"아닙니다. 당신이 만족하신다니 저도 기쁩니다." 토미는 대답했다.

"그런데, 유감스럽게 꾸물거릴 시간이 없군요. 시간을 다투는 약속이 있어서요. 장관과 말이죠."

그는 서둘러 자기 차에 올라탔다. 터펜스도 그 옆에 얼른 탔다.

"아니, 토미, 레이디 로라를 체포하진 않았잖아요?"

그녀는 대들 듯이 말했다.

"아! 당신에겐 말을 아직 안 했군. 경찰은 레이디 로라를 체포하러 온 게 아니야. 엘리즈를 체포한 거지."

터펜스가 아연한 듯 앉아 있자 토미는 말을 이었다.

"나도 손에 비누를 묻힌 채로 문을 열려고 했던 경험이 몇 번 있지. 아무래해도 안 되거든, 손이 미끄러워서 말이야. 그러니까 엘리즈가 그런 식으로 손에 비누투성이가 되어 있었던 건 비누를 만지고 있었기 때문일 거라고 생각하게 됐던 거야. 당신도 기억하고 있겠지만, 그 여자는 수건을 들고 있어서 손잡이에는 전혀 비누 흔적이 남아 있지 않았지. 그런데 내게 문득 이런 생각이 들었어. 진짜 도둑이라면 항상 여러 집에 묵으며 돌아다니는 동안에 도벽이 있다는 소문이 난 부인의 하녀가 되는 것도 틀림없이 괜찮은 계획일 거라고 말이야. 그래서 나는 궁리 끝에 실내의 사진뿐만이 아니라 그 여자의 사진도 여러 컷 찍고 일부러 유리 슬라이드를 그 여자에게 만지게 해서는 옛날부터 친했던 경시청으로 달려간 거지. 번갯불처럼 재빠르게 인화를 하고 지문도 확인할 수 있었어. 물론 사진도. 엘리즈는 전부터 수배 중인 여자였더구먼. 편리한 곳이야, 경시청이라는 곳은."

터펜스도 그제야 겨우 말을 할 수 있게 된 듯했다.

"그러고 보니 소설에 나오는 대로 어리석은 바보 둘이 있으면 어처구니없는 의혹으로 서로를 의심하는 모양이군요. 그건 그렇다 치고, 나갈 때 왜 당신의 계획을 나에게 말해주지 않았죠?"

"우선 나는 엘리즈가 계단 쪽에서 엿듣지나 않을까 걱정이 되었고, 둘째로는……."

"둘째로는요?"

"내 박식한 친구께선 잊은 것 같은데, 손다이크 박사는 최후의 순간까지 아무것에 대해서도 입도 뻥긋하지 않는 남자라는 얘기지. 게다가, 터펜스, 당신과 당신 친구 재닛 스미스는 전번에 나를 감쪽같이 속였잖아? 이것으로 서로 원망할 일은 없겠지!"

이상한 불청객 사건(상)

"오늘은 정말 지독하게 따분한 날이군!"라고 말하며 토미는 하품을 했다.

"이제 곧 차 마실 시간이에요."라고 대답하며 터펜스도 하품을 했다.

국제 탐정사무소의 업무는 활발히 움직이지 않았다. 한결같이 기다리고 기다리는 햄 장수의 편지도 한 통 오지 않았고, 그럴듯한 사건 역시 찾아와 줄 것 같지도 않았다. 그러고 있는데 접수계의 앨버트가 봉인을 한 소포를 갖고 들어와서 테이블 위에 놓았다.

"봉인을 한 소포의 수수께끼라?" 토미가 중얼거렸다.

"러시아의 어마어마한 공작부인이 갖고 있던 비장의 진주라도 들어 있나? 그렇지 않으면 블런트의 우수한 탐정들을 아주 처참하게 죽여 버릴 만한 무서운 장치라도?"

터펜스는 포장지를 뜯으면서 설명했다.

"실은요, 내가 프랜시스 하빌랜드에게 보낼 결혼 축하 선물이에요. 자, 멋있지 않아요?"

토미는 그녀가 꺼낸, 은으로 만들어진 화려한 담배 케이스를 받아들었다. 그리고 그녀의 필적으로 '터펜스가 프랜시스에게'라고 새겨놓은 증정의 말을 관심 있게 읽어 보고는 케이스를 열었다 닫았다 해본 뒤, '이것 괜찮군.' 하는 뜻으로 고개를 끄덕이기만 할 뿐이었다.

"터펜스, 당신은 쓸데없는 데 과분한 지출을 하는군." 그가 말했다.

"나도 다음 달 생일에 이런 걸 받으면 좋을 텐데. 단, 금으로 만들어진 걸로. 이런 물건을 프랜시스 하빌랜드 따위에게 주다니 정말 할 일 없군. 그 녀석은 지금까지도 그랬지만 앞으로도 늘 세상에서 둘도 없는 멍청이로 남을 거요!"

"당신은 잊어버렸겠지만 나는 전쟁 중에 그 사람의 자동차를 운전했었어요.

그 사람은 당시엔 장군이었으니까. 아! 그 시절이 그리워요."
"나도 그래." 토미도 맞장구를 쳤다.
"미인들이 속속 병원에 와서 내 손을 꼭 잡아 주었던 걸 생각해봐. 그런데도 나는 그 모든 사람들에게 결혼 축하 선물 따위는 보내지 않아. 신부도 그런 선물은 그다지 반가워하지 않을걸."
"주머니에도 넣을 수 있을 만큼 아담한 크기죠?"
터펜스는 그의 말을 무시하고 말했다.
토미는 담배 케이스를 자기 주머니에 집어넣었다.
"꼭 맞는데." 그는 만족스러운 듯 말했다.
"아 참! 앨버트가 오후 우편물을 갖고 왔지. 분명히 퍼스시어 공작부인이 평소 귀여워하던 발바리 개의 수색이라도 의뢰해 왔을 거야."
두 사람은 함께 우편물을 분류했다.
갑자기 토미가 휘파람을 길게 불며 편지 한 통을 꺼내 들었다.
"러시아 우표를 붙인 푸른색 편지봉투야. 대장이 얘기한 것 기억나지? 이런 편지에 주의하라고 했잖아."
"가슴이 두근두근 거려요. 드디어 멋진 사건이 일어난 거예요. 내용이 예상대로인지 어떤지 어서 열어 보세요. 보낸 사람이 햄 장수인가요? 잠깐 기다려 보세요. 차 마시는 시간에 맞춰 우유가 배달되었을지도 몰라요. 아침엔 우유를 깜빡 잊었잖아요. 앨버트에게 갖고 오라고 할게요."
그녀가 앨버트를 심부름 시켜 놓고 접수계에서 되돌아와 보니 토미는 푸른색 편지지를 들고 있었다.
"터펜스, 우리가 예상했던 그대로야. 대장이 말한 대로 한마디도 틀리지 않는군."
터펜스는 그에게서 편지를 받아 단숨에 읽어 내려갔다.
그 편지는 다소 과장됐다 싶을 정도로 정중한 영어로 쓰여 있었고, 대강의 내용은 그레고르 페오도르스키라는 남자가 아내의 소식을 알고 싶다는 것이었다. 비용은 얼마가 들더라도 상관없으니까 국제 탐정사무소에서 최선을 다해서 아내의 행방을 밝혀 달라는 것이었다. 페오도르스키는 돼지고기 무역이 한

참 불경기인 때라서 지금 러시아를 빠져나올 수가 없다는 말도 덧붙였다.

"이 편지의 속뜻은 무엇일까?"

터펜스는 편지지를 테이블 위에 펼쳐 놓으면서 골똘히 생각에 잠겨 말했다.

"암호문이겠지." 토미가 말했다.

"하지만 그런 건 우리가 간섭할 영역이 아니야. 우리 임무는 이걸 되도록 빨리 대장에게 건네주는 거야. 그전에 우표를 적셔서 아래에 16호라고 씌어 있는지 확인해 봐야겠어."

"그렇게 해요. 그렇지만 나는……."

그녀는 말하다 말고 외마디 소리를 지르며 입을 다물었다. 깜짝 놀란 토미가 얼굴을 들어 보니 건장한 체구의 남자가 문을 가로막고 있었다.

탄탄한 몸집의 그 침입자에게서는 당당한 위용마저도 느껴졌으며, 그는 둥근 머리에 단단하게 보이는 턱을 갖고 있었다. 나이는 45세 정도 될 듯했다.

"실례하겠습니다."

갑작스러운 방문객은 모자를 벗어 손에 들고 안으로 들어왔다.

"접수처에는 아무도 없고 이 문이 열려 있기에 그만 엉겁결에 들어왔습니다. 여기가 블런트 국제 탐정사무소입니까?"

"예, 맞습니다."

"그러면 당신이 그 블런트 씨, 데어도어 블런트 씨입니까?"

"제가 블런트입니다. 제게 상담하실 일이라도? 이쪽은 제 비서인 로빈슨 양입니다."

터펜스는 얌전히 인사를 했지만 아래를 향한 속눈썹 밑으로 계속 이 정체불명의 남자를 자세히 관찰하고 있었다. 이 남자가 언제부터 문 앞에 서 있었는지, 이들의 대화를 어느 정도 들었는지 문제였다. 토미에게 말을 거는 동안에도 그 남자의 시선이 계속 그녀의 손에 들려 있는 푸른색 편지지에 멈춰져 있는 것도 터펜스는 놓치지 않았다.

경고하는 듯한 어조를 띤 토미의 날카로운 목소리에 그녀는 자기가 해야 할 임무를 상기했다.

"로빈슨 양, 기록을 부탁해요. 그러면 제게 조언을 구하시려는 그 문제에 대해 말씀해주시겠습니까?"
 터펜스는 메모지와 연필을 들었다.
 그 남자는 조금 귀에 거슬리는 목소리로 이야기를 시작했다.
 "내 이름은 바워, 찰스 바워입니다. 햄스테드에 살고 있고 거기서 병원을 하는 의사입니다. 당신을 방문한 이유를 말씀드리자면, 블런트 씨, 최근에 이상한 사건이 몇 차례 일어났기 때문입니다."
 "어떤……?"
 "지난주에 두 번 위급한 환자라는 전화가 와서 불려 간 적이 있습니다. 가 보니 모두 거짓 전화였습니다. 처음엔 누군가의 장난이라고 생각했는데, 두 번째는 집에 돌아와 보니 내 개인적인 서류들이 뒤섞여 엉망으로 되어 있더군요. 그래서……, 확실한 것은 아닙니다만, 나중에 생각해보니 처음의 경우에도 같은 일이 일어나지 않았는가 싶더군요. 철저하게 조사해본 결과 내 책상 속 전체가 제멋대로 휘저어져 있고 갖가지 서류를 매우 급하게 본래의 위치로 돌려놓은 듯한 흔적이 있다는 것을 알아냈습니다."
 바워 씨는 말을 끊고 토미의 얼굴을 쳐다보았다.
 "어떻게 된 일일까요, 블런트 씨?"
 "글쎄요, 바워 선생." 토미는 미소 지으며 대답했다.
 "당신은 이 사건을 어떻게 생각하십니까?"
 "글쎄요, 우선 그때의 상황에 대해 좀더 듣고 싶군요. 책상 안에는 어떤 물건이 들어 있었나요?"
 "내 개인적인 서류입니다."
 "아, 예. 그러면 그 개인적인 서류란 어떤 종류입니까? 말하자면, 흔히 도둑이 훔칠 만한, 남이 갖고 싶어 하는, 뭔가 가치 있는 것입니까?"
 "보통 도둑에겐 별로 가치가 없겠지만, 아직 세상에 알려지지 않은 알칼로이드에 관한 논문은(나는 그걸 아주 깊숙한 곳에 숨겨 두었지요) 전문지식을 가진 사람이라면 구미가 당길 만한 겁니다. 나는 최근 몇 년 동안 그에 관한 연구에 온 정열을 쏟아 왔습니다. 그 알칼로이드는 굉장한 독성을 가진 독약으로서 거의 흔적을 남기지 않는 특징을 가지고 있기도 하지요. 세상에 이미 알려진 보통 독약 같은 반응은 전혀 일으키지 않습니다."
"그러면 그 비밀을 손에 넣으면 돈이 되겠군요?"
"그렇죠. 법을 두려워하지 않는 사람이라면 말입니다."
"그렇다면 선생이 의심하고 있는 사람이라도 있습니까?"
의사는 듬직한 어깨를 움츠렸다.
"내가 아는 한 외부에서 문을 강제로 열어서 침입한 흔적은 없습니다. 그렇다면 집안사람들 중 누군가가 그랬다는 것이 되는데—물론 믿을 수 없는 일입니다만. 블런트 씨, 솔직히 말씀드려서 난 이 문제를 당신께 모두 맡기려고 합니다. 감히 경찰에 신고할 용기는 나지 않는군요. 세 명의 하인들만은 신뢰할 수 있다고 생각합니다. 오랫동안 충실하게 일해 준 사람들이니까요. 하기야 한치 사람 속은 또 모르는 거지만. 나는 버트램과 헨리라는 조카와 함께 살고 있습니다. 헨리는 선량하고(정말 착한 청년입니다) 한 번도 내게 걱정을 끼친 일이 없는 성실하고 생각이 깊은 훌륭한 젊은인데 반해, 유감스럽게도 버트램은 그 반대입니다. 자기 주관이 없고 방자하며 천하에 다시없는 게으름뱅이니까요."
"요컨대……." 토미는 생각에 잠겨 말했다.
"당신은 그 버트램이라는 조카가 이 사건에 연루되어 있지 않을까 의심하고 계시는군요. 그런데 저는 그 의견엔 찬성할 수 없군요. 저라면 오히려 그 선량한 청년, 헨리에게 의심을 두고 싶습니다."
"예? 왜 그런?"
"일종의 전통입니다. 전례가 있지요."
토미는 자신 있다는 듯 손짓까지 해가며 말했다.
"제 경험으로 볼 때 일차적으로 용의선상에 떠오른 사람은 알고 보면 대개 무관하지요. 진상은 오히려 그 반대입니다. 아무튼 저는 헨리에게 의심이 가는군요."
"블런트 씨, 말씀 중에 죄송합니다만……." 터펜스가 정중한 어조로 말을 가로막았다.
"바워 선생님께선 그, 알칼로이드에 관한 논문을 다른 서류들과 함께 책상 속에 넣어 두셨다는 말씀입니까?"

"그렇습니다, 아가씨. 책상 속에 넣긴 했지만 비밀서랍에 넣어 두었기 때문에 그 장소는 나밖에 모릅니다. 따라서 그들도 지금까지 찾아내지 못한 거지요."

"그러면 저희에게 부탁하시고자 하는 바가 정확히 어떤 거지요?"

토미가 물었다.

"누군가 또다시 집 안을 샅샅이 뒤질 거라고 생각하시는 겁니까?"

"그렇습니다, 블런트 씨. 그렇게 생각하는 데에는 확실한 이유가 있습니다. 오늘 오후에 본머스에서 휴양을 하고 있다는 어떤 환자로부터 전보를 받았습니다. 전보 내용은 그 환자가 위독하니까 곧 왕진을 와 달라는 것이었습니다. 나는 이미 말씀드린 대로 그런 사건이 있던 터라 혹시나 하고 그 환자에게 반신료가 붙은 전보를 쳐서 다시 물어보았지요. 그랬더니 그는 건강한 사람이며 결코 내게 진찰을 의뢰한 일이 없었다는 사실이 밝혀졌습니다. 그래서 이쪽에서 모르는 체 그 요구대로 본머스로 출발한 것처럼 꾸미고 잠복하고 있다가, 범인들이 일을 벌이는 현장을 덮치면 그들을 체포할 가능성이 클 거라는 생각이 문득 떠오른 겁니다. 놈들은(어쩌면 한 놈일지도 모르지만) 식구들이 잠들 때를 기다려 일을 시작할 게 틀림없습니다. 그러니까 내 계획은 이렇습니다. 오늘 밤 11시에 당신과 함께 우리 집 앞에서 잠복해보자 이겁니다."

"결국 범행현장을 덮치자는 거군요."

토미는 종이 자르는 칼로 테이블을 탁탁 두드리고 있었다.

"정말 훌륭한 계획입니다. 별로 이렇다 할 장해 요인도 없고 말이지요. 그러면 선생의 집은……?"

"사형집행인 골목의 낙엽송 별장입니다. 다소 인적이 드문 곳이지요. 그 대신에 히스가 우거진 경치는 아주 일품이지요."

"아, 예." 토미가 고개를 끄덕였다.

방문객은 일어섰다.

"블런트 씨, 그러면 오늘 밤 기다리고 있겠습니다. 장소는 낙엽송 별장 앞, 시간은 11시 5분 전이 어떨까요? 조금이라도 여유를 두기 위해."

"좋습니다. 11시 5분 전에 뵙기로 하죠. 그러면 안녕히 가십시오."

토미는 일어서서 책상 위의 버저를 눌렀다. 앨버트가 손님을 배웅해 주었다. 의사는 눈에 뜨일 만큼 절름거리고 있었지만 그래도 체격의 단단함은 걸음걸이에도 나타나 있었다.

"왠지 기분 나쁜 손님인걸." 토미는 중얼거렸다.

"터펜스, 당신은 어떻게 생각해?"

"한마디로 말할 수 있어요. 안짱다리예요."

"뭐라고?"

"안짱다리라고 했어요! 내 고전 연구가 헛되지는 않았나 봐요. 이봐요, 토미, 이건 책략이에요. 알칼로이드가 어쩌고저쩌고—그런 이치에 맞지 않는 이야기는 들은 적도 없어요."

"나도 납득이 가지 않는 면이 있어." 그녀의 남편도 동의했다.

"그 남자가 이 편지에 시선을 주던 걸 눈치 챘어요? 토미, 저 사람은 스파이일 거예요. 이미 당신이 가짜 블런트 행세를 하는 것도 알고 있을 것이며, 어쩌면 우리의 생명을 노리고 있는지도 몰라요."

"그렇다면……." 토미는 책장을 열고 진열되어 있는 책으로 눈을 돌렸다.

"우리의 역할도 선택하기 쉽군. 우리는 오크우드 형제가 되는 거요(안짱다리인 오크우드 형제는 발렌타인 윌리엄스가 만들어낸 탐정). 그러면 내가 데스몬드지."

그는 분명하게 덧붙였다.

터펜스는 어깨를 움츠렸다.

"좋아요. 좋으실 대로 하세요. 나는 프랜시스가 될래요. 그 두 사람 중에서는 프랜시스가 훨씬 머리가 좋아요. 데스몬드는 항상 함정에 빠지기만 하고 결국엔 정원사나 혹은 다른 모습으로 변장한 프랜시스가 나타나서 도와주니까요."

"아, 그랬나! 그렇지만 나는 낙엽송 별장에 도착하면 슈퍼 데스몬드가 될 거야."

터펜스는 남편의 기분 같은 것은 아랑곳하지 않고 그의 말을 중단시켰다.

"설마 당신 오늘 밤에 햄스테드에 갈 작정은 아니겠지요?"

"왜 그러면 안 될 일이라도 있소?"

"아예 눈을 감고 함정 속으로 뛰어들어 가는 것이나 마찬가지예요."

"그건 달라요. 나는 눈을 뜨고 호랑이굴 속으로 뛰어드는 거니까. 분명히 엄청난 차이가 있지. 바워 씨도 그런 나의 이면을 보고 깜짝 놀라게 될걸!"

"나는 찬성할 수 없어요. 데스몬드가 상관의 명령을 거부하고 자기의 판단대로 행동했을 때 어떤 책임을 지게 되는지는 당신도 잘 알잖아요. 우리에게 부여된 일은 아주 분명해요. 그런 편지는 곧 대장에게 넘기고, 뭔가 사건이 일어나면 곧바로 보고하는 일."

"당신 기억력이 그 정도라니, 별로 정확하다고 할 수도 없군. 여기에 와서 16이라는 숫자를 말하는 사람이 있으면 곧장 보고하게 되어 있어. 그런데 그런 사람은 아직 아무도 오지 않았잖아?"

"그런 건 억지 구실일 뿐이에요." 터펜스는 되받아 말했다.

"소용없어. 나는 독자적으로 생각하고 활동하고 싶은 마음뿐이오. 터펜스, 나에 대해 그렇게까지 걱정할 필요는 없어요. 나는 만일의 사태에 대비해 충분히 무장하고 갈 테니까. 무엇보다 중요한 것은 이쪽이 만반의 태세를 갖추고 접근한다는 것을 상대방은 모른다는 점이야. 대장도 오늘 밤 일은 잘했다고 어깨를 두드려 주실 거야."

"어쨌든 나는 당신을 보낼 수 없어요. 그 남자는 고릴라처럼 힘이 세 보이던데요."

"당치도 않아! 푸른 총구가 달린 내 자동권총도 장난감이 아니란 걸 알아야지."

바깥쪽 사무실 문이 열리고 앨버트가 들어왔다. 그는 뒷손으로 문을 닫고 나서 봉투를 손에 들고 두 사람에게 다가왔다.

"신사분이 와 계세요. 소장님은 경시청과 전화 중이라고 큰소리를 쳤지만, 그런 속 들여다뵈는 수작은 필요 없다면서 자신이 바로 그 경시청에서 왔다고 하는군요! 그리고 명함에 뭔가를 쓰더니 이 봉투에 넣어 주었어요."

토미는 봉투에서 명함을 꺼내 읽어 보았다. 명함의 문구를 읽던 그의 얼굴에 미소가 번졌다.

"앨버트, 이 사람이야말로 감쪽같이 자네를 놀린 거야. 이리로 안내해줘."

그는 그 명함을 터펜스에게도 보여 주었다. 거기에는 다임처치 형사라고 새겨져 있었고 그 위에 연필로 휘갈겨 쓴 글씨가 있었다—'매리옷의 친구'라고.

곧 그 경시청 형사가 방으로 들어왔다. 겉모습은 매리옷 경감과 비슷했는데 땅딸막한 몸집에 빈틈없어 보이는 눈매를 하고 있었다.

"안녕하십니까?" 그는 기운찬 목소리로 말을 걸었다.

"매리옷은 남부 웨일스로 출장을 갔는데, 가기 전에 당신들 두 사람과 함께 이 부근을 두루 살펴봐 달라고 내게 부탁하더군요. 아, 내 얘기를 마저 들으십시오."

그는 토미가 무슨 말을 하려고 하는 줄 알고 멈췄다가 다시 이어 말했다.

"우리 소관이 아니니까 직접 개입하거나 간섭하지는 않습니다. 그렇지만 이 사무소가 단순히 겉보기와는 다르다는 것을 냄새 맡은 사람이 있는 것 같습니다. 오늘 오후에도 여길 방문한 사람이 있었을 겁니다. 그 남자가 어떤 이름을 댔는지 진짜 이름이 뭔지는 모릅니다만, 그 사내에 대해선 어느 정도 알고 있습니다. 좀더 캐내 봐야겠다는 필요성을 느낄 만한 작자임에는 틀림없지요. 그 남자와 오늘 밤 어딘가에서 만날 약속을 했으리라 추측이 되는데, 어떻습니까?"

"맞습니다."

"그러리라 생각하고 있었지요. 장소는 핀즈버리 파크, 웨스터햄 로(路) 16번지. 그렇지요?"

"그 점은 잘못 알고 계시는군요." 토미는 미소 지었다.

"완전히 헛짚으셨어요. 햄스테드의 낙엽송 별장이니까요."

다임처치는 마치 토미가 거짓말이라도 하는 거 아니냐는 듯한 표정이 되었다. 전혀 예상 밖의 일이었던 모양이다.

"흠, 전혀 뜻밖이군." 그는 중얼거렸다.

"새로운 아지트인가? 햄스테드의 낙엽송 별장이라고요?"

"그렇습니다. 오늘 밤 11시에 거기서 그 남자와 만나기로 했습니다."

"그 약속은 없었던 걸로 하십시오."

"무슨 말씀이세요?" 대뜸 터펜스가 끼어들었다.

토미의 얼굴이 달아올랐다.

"경감님, 당신이 참견하실 일이……." 그는 흥분해서 말했다.

그러자 경감은 타이르듯 한 손을 들었다.

"자, 내 얘기를 들어주십시오. 당신이 오늘 밤 11시에 있어야 할 곳은 여기, 바로 이 사무실입니다."

"뭐라고요?" 터펜스가 놀라서 소리를 질렀다.

"이 사무실이에요. 그 문제의 '푸른' 편지 한 통이 오늘 여기에 도착하지 않았습니까? 아, 내가 그런 것까지 알고 있는 이유에 대해선 신경 쓰지 마십시오. 때로는 서로의 업무가 중복되는 경우도 있으니까요. 본론으로 돌아가서, 그러니까 그 사람이 그 편지를 노리는 작자입니다. 한밤중 당신을 햄스테드까지 불러내어 이 건물을 텅 비게 한 다음 이곳으로 몰래 들어와 시간을 갖고 찬찬히 뒤져 보려는 수작입니다."

"그러나, 그 편지가 이 사무실에 남아 있으리라는 보장이 없다는 생각을 할 수도 있을 텐데요? 내가 몸에 지니고 퇴근한다거나, 그렇지 않으면 누군가에게 건네줄지도 모른다는 정도는 상상할 수 있지 않을까요?"

"물론, 일리 있는 말씀입니다만 그 점까지 염두에 두지는 못했을 겁니다. 당신이 진짜 블런트 씨가 아니라는 정도는 눈치 챘을지도 모르죠. 그러나 당신을 기껏해야 이름 없는 사립탐정으로서 운 좋게 이 사무소를 물려받은 사람일 거라고 추측했을 겁니다. 그렇다고 가정했을 때 그 편지는 정규 업무용으로 취급될 것이고, 비슷한 종류의 서류철 속에 넣어질 거라고 쉽게 상상할 수 있는 법이죠."

"그도 그렇겠군요." 터펜스가 고개를 끄덕여 보였다.

"우리는 범인이 그렇게 생각하도록 유도하려던 참입니다. 그렇게 하면 오늘 밤 현행범으로 그자를 붙잡을 수 있을 테니까요." 다임처치가 말했다.

"아! 그럴 계획이셨군요?"

"그렇습니다. 이건 일생에 다시없는 기회지요. 그런데 지금 몇 시나 되었죠? 아, 6시군요. 보통 몇 시에 퇴근하십니까?"

"6시쯤 퇴근하지요."

“여느 때와 마찬가지로 일단 사무소를 닫는 것처럼 해둘 필요가 있습니다. 그러나 되도록 빨리 되돌아와야 하겠지요. 놈들도 11시경까지는 나타나지 않으리라 생각합니다만, 단정할 수야 없는 노릇이니까요. 나는 우선 바깥을 한 바퀴 돌면서 망보고 있는 사람이 있는지 없는지 살펴보고 오겠습니다.”

다임처치가 나가자 토미와 터펜스는 논쟁을 시작했다. 논쟁은 상당히 길어져서 양쪽 다 화만 돋웠을 뿐 해결이 나지 않았다.

결국 터펜스가 항복했다.

“그러면 좋아요. 이번엔 내가 진 걸로 하죠. 나는 집에 돌아가서 요조숙녀처럼 얌전히 집이나 지키고 있겠어요. 그동안 당신은 악당들과 싸우든지 형사들과 어울려 실컷 탐정놀이를 만끽하겠죠. 그렇지만 두고 보라고요. 이번에 이 흥미진진한 사건에서 따돌림당한 원망은 꼭 갚을 테니까.”

바로 그때 다임처치가 돌아왔다.

“내가 살펴본 바로는 아직 없는 것 같습니다. 그것 역시 단정 지어 말할 수는 없지만, 어쨌거나 평소대로 퇴근하는 편이 좋을 것 같군요. 여러분이 돌아가시면 놈들도 망을 보는 일은 그만둘 테니까요.”

토미는 앨버트를 불러 사무실의 문을 닫으라고 일렀다.

네 사람은 항상 자동차를 세워두는 근처의 주차장으로 향했다. 터펜스가 운전석에 앉고 앨버트가 그 옆에 앉았다. 토미와 경감은 뒷자리에 올라탔다.

어느 정도 달리던 그들의 차는 복잡한 교통에 걸려 세워졌다. 터펜스는 어깨너머로 뒤를 돌아보며 고개를 끄덕였다. 토미와 경감은 왼쪽 문을 열고 옥스퍼드 가(街)의 한가운데에 내렸다.

잠시 뒤 터펜스는 그대로 차를 몰고 달려갔다.

이상한 불청객 사건(하)

두 사람이 서둘러 할렘 가(街)로 되돌아왔을 때 다임처치가 속삭였다.

"곧바로 안으로 들어가지 않는 게 좋을 겁니다. 열쇠는 틀림없이 갖고 계시지요?"

토미는 끄덕였다.

"그러면 저녁식사라도 들기로 할까요? 아직 이른 시간이긴 합니다만, 바로 앞에 깨끗한 식당이 있군요. 창가 테이블에 앉으면 사무소를 지켜볼 수도 있겠고요."

경감의 제안대로 두 사람은 가벼운 식사를 아주 맛있게 먹었다.

다임처치는 이야기상대로는 꽤 재미있는 사람이었다. 그의 업무는 주로 국제 스파이 조직에 관계된 일이었던 것 같고, 사정을 모르고 듣는 상대가 눈을 휘둥그렇게 뜰 만큼 놀랄 만한 에피소드를 많이 갖고 있었다. 두 사람은 8시까지 그 작은 음식점에 앉아서 이런저런 얘기를 나누었다.

드디어 다임처치가 행동에 옮길 때가 됐다고 알려주었다.

"이제 완전히 어두워졌습니다. 아무도 눈치 채지 못하게 숨어 들어가는 겁니다."

그의 말대로 밖에는 짙은 어둠이 깔려 있었다. 두 사람은 거리를 가로질러 인적이 없는 골목으로 들어섰다. 혹 누군가 보는 사람이 없나 둘러보면서 현관으로 미끄러지듯 들어갔다. 그리고 계단을 올라가 토미는 탐정사무소의 접수처 문에 열쇠를 꽂았다.

그 순간 옆에 있던 다임처치가 휘파람을 부는 게 아닌가!

"휘파람을 불면 어떡합니까?"

토미는 낮은 소리로 꾸짖듯 말했다.

"난 불지 않았습니다."라고 말하면서 다임처치가 고개를 갸우뚱했다.

"난 당신이 분 줄 알았는데……."

"아무튼 누군가가……."

토미는 더 이상 말할 수가 없었다. 단단하고 억센 팔이 그를 등 뒤에서 꼼짝 못하게 죄는가 싶더니 순간 가슴이 답답해지고 달콤한 냄새가 나는 손수건이 입과 코를 막는 것이었다.

그는 안간힘을 쓰면서 저항했지만 아무런 효과도 없었다. 그는 클로로포름의 효과를 당할 수가 없었던 것이다. 머리가 빙빙 돌고 눈앞의 시야가 파도처럼 넘실거렸다. 그는 숨이 막힐 듯한 괴로움 속에 의식을 잃었다…….

정신을 차렸을 때는 몸이 욱신거렸지만 좀 전에 일어났던 일들은 모두 기억이 났다. 클로로포름은 그저 가벼운 정도였던 것 같다. 그가 소리를 지르지 못하도록 잠시 의식을 잃게 할 목적이었던 모양이다.

정신을 가다듬고 보니 그는 자기 사무실의 한구석에 반은 뒹군 듯한 자세로 벽에 기대어져 있었다. 두 남자가 뭐라고 욕설을 퍼부으면서 책상 서랍을 뒤집고 책꽂이를 마구 흩뜨려 놓아 사무실 안은 뒤죽박죽이 되어 있었다.

"대장님! 없는데요. 이 빌어먹을 방에 있는 건 모두 샅샅이 뒤져 봤지만 찾지 못했습니다."

키가 큰 남자가 쉰 목소리로 말했다.

"없을 리가 없어. 이놈의 몸에도 없는데 이 방 이외에 있을 만한 곳이 어디 있겠어?"

다른 한 남자가 대들 듯 말했다. 그렇게 말하면서 사내가 몸을 돌렸을 때 아직도 몽롱한 상태였던 토미는 아연실색해 버리고 말았다. 그 사내는 다름 아닌 다임처치 그 작자였던 것이다.

다임처치는 토미의 그런 표정을 읽었는지 입가에 미소를 띠고 말했다.

"오, 젊은 친구, 이제야 정신이 좀 드시오? 대단히 놀라신 모양인데, 하기야 놀랄 만도 하지. 하지만 대단할 것까지는 없어. 아주 간단했으니까. 우리는 이 국제 탐정사무소가 아무래도 좀 이상하다고 생각했지. 그래서 내가 그 사실 여부를 확인해보겠다고 자원하고 나선 거야. 만일 블런트라는 인물이 정말 스파이라면 분명히 의심이 많을 테니까, 우선 내 옛 친구 칼 바워를 보내 탐색하도록 했지. 의심이 가도록 행동하게 하고, 되지도 않는 말을 지껄이라고 일러두었지. 그 뒤에 내가 등장한 거야. 나를 믿게끔 하기 위해 부득이 매리웃 경감의 이름을 잠시 빌어야 했지. 그다음엔 자네도 알다시피 아주 쉬웠어."

그는 껄껄 웃었다.

토미도 지지 않고 한마디 해주고 싶었지만 목소리를 낼 수 없었다. 입에 수건 재갈이 물려 있었기 때문이다. 그뿐 아니라 그에게 달려들어 한 방 먹여주고 싶었지만 손과 발 역시, 유감스럽게도 꽁꽁 묶여 있었다.

무엇보다도 그를 어리둥절하게 한 것은 자신의 앞을 가로막고 서 있는 남자의 놀랄 만한 변모였다. 다임처치 형사라고 사칭했을 때의 그 남자는 전형적인 영국인이었다. 그런데 지금 이 남자는 사투리가 전혀 없는 거의 완전한 영어를 구사하는 교양 있는 외국인이라고밖에는 볼 수 없었다.

"코긴스!"

아까까지 형사였던 남자가 다른 일행을 향해 소리를 질렀다.

"자네, 권총을 들고 이리로 와서 이 녀석 옆에 서 있어 주게. 내가 이 자의 수건 재갈을 풀 테니까. 자, 친애하는 블런트 씨, 소리를 지른다는 것은 아무 쓸모도 없는 어리석은 짓이라는 것 정도는 자네도 알고 있겠지? 암, 모를 리가 있나! 자네는 나이에 비해 머리가 좋은 청년이니까 말이야."

그는 아주 노련하게 수건을 풀어 주고 뒤로 물러섰다.

토미는 굳어진 턱을 아래위로 움직여 보고 입속에서 혀도 움직여 보고는 두어 번 침을 삼켰다. 그렇지만 한마디 말도 입 밖으로 내뱉을 수가 없었다.

"자네의 자제력엔 나도 경의를 나타내겠네. 자네도 이제야 겨우 사태를 파악한 것 같군. 그래, 아무것도 말할 게 없나?"

"내가 말하고 싶은 건 일단 접어두기로 하겠소. 접어둬도 썩지는 않을 테니까." 토미가 대답했다.

"호! 그런데 내가 말하고 싶은 건 접어둬서는 안 되는 거야. 확실히 말하지. 블런트, 그 편지를 어디에 두었지?"

"유감스럽지만 그건 나도 모르오." 토미는 여유만만하게 대답했다.

"나는 갖고 있지 않소. 하긴 이미 몸수색을 했으니 알겠지만. 내가 당신이라면 계속 찾아보겠소. 당신과 코긴스가 보물찾기를 하는 걸 보고 있으면 유쾌하니까."

상대방의 얼굴이 붉으락푸르락해졌다.

"좀 건방지군, 블런트. 죽고 싶으면 무슨 말을 못 하겠나. 자네에게도 맞은편의 저 상자가 보일 텐데. 코긴스가 애용하는 장비지. 저 안에는 황산이 들어 있고, 또 불 속에 넣으면 뜨겁게 달궈질 달굼쇠도 있는데, 그걸 새빨갛게 달구어서……."

소름이 끼친 듯 토미가 머리를 흔들고는 중얼거렸다.

"아무래도 잘못 판단한 것 같군. 터펜스도 나도 이 모험을 잘못 분류해 버렸어. 이건 안짱다리류의 이야기가 아니야. 이 사건은 불도그 드러몬드 스타일이었고 당신은 비길 데 없는 칼 피터슨인 셈이지(불도그 드러몬드는 H. C. 마니클의 작품에 나오는 탐정)."

"뭐라고 알아듣지도 못하는 말을 지껄이고 있어!"

상대는 달려들 것처럼 소리를 질렀다.

"아! 당신은 고전이라곤 읽어 보지도 못한 무식쟁이로군. 이거 유감입니다."

"무식한 바보라고 했나? 내 말에 고분고분 따를 건가, 아닌가, 어느 쪽이야? 코긴스에게 준비된 기구를 꺼내오라고 해서 슬슬 시작해볼까?"

"그렇게 조급하게 굴 거야 없지 않소?" 토미가 말했다.

"물론 나는 당신이 요구하는 대로 해줄 준비가 돼 있소. 그것이 어떤 거라고 말해주기만 한다면 말이오. 설마 당신도 나를 생선처럼 토막 내서 석쇠에 구워 보자는 심사는 아니겠지? 나는 아픈 것은 딱 질색이거든."

다임처치는 모욕을 당했다는 눈빛으로 그를 쏘아보았다.

"쳇! 영국인이란 한결같이 비겁한 겁쟁이들뿐이라니까."

"사람이란 다 그런 거 아니겠소? 그런 걸 상식이라고 하지. 그 흉측한 황산 따윌랑 가만히 두고 실제 문제로 들어가는 것이 어떻겠소?"

"그 편지만 있으면 돼!"

"내가 갖고 있지 않다는 건 이미 당신에게 말했을 텐데."

"나도 알아, 현재 누가 갖고 있는지도. 분명히 그 여자겠지."
"꽤 그럴 듯한 추측이오." 토미도 수긍했다.
"당신의 동료 칼이 갑자기 들어왔을 때 터펜스가 슬며시 자기 핸드백에 집어넣었을지도 모르지."
"당신도 부정하지는 않는군. 그래, 그게 현명한 태도야. 아주 좋아! 그러면 자네가 말한 그 터펜스라는 여자에게 쪽지를 써서 당장 편지를 여기로 가져오라고 해."
"그건 곤란한데." 토미가 말했다.
상대는 그의 말이 끝나기도 전에 협박조로 잘라 말했다.
"뭐, 곤란하다고? 그러나 곧 순순히 말을 듣게 하는 방법이 있지. 코긴스!"
"어허, 그렇게 성미가 급해서야. 말은 끝까지 들어야지. 이 손이 묶여 있는데 어떻게 그렇게 할 수 있겠소. 내 말이 그런 뜻이란 걸 알아야지. 서두르다 보면 오해가 생기고, 결국 일을 그르치고 마는 법이오. 당신은 어떤지 몰라도 나는 코나 다리로 글을 쓰는 법을 아직 터득하지 못했으니까."
"그러면 쓸 텐가?"
"물론! 아까부터 그렇게 말했잖소. 나는 계속 호의적인 태도를 취하고 있는데, 물론 당신도 터펜스에게 불친절한 태도는 취하지 않겠지만. 당신 같은 신사라면 분명 그렇게 해주리라 생각하오. 터펜스는 아주 좋은 여자니까 말이오."
"나는 그 편지만 필요할 뿐이야."
다임처치는 말하면서 얼굴에 야릇하게 기분 나쁜 미소를 떠올렸다.
다임처치가 턱을 추켜올려 코긴스에게 신호를 보내자 그가 다가와 토미의 손에 묶인 밧줄을 풀어 주었다. 토미는 양손을 좌우로 움직여 보았다.
"이제야 조금 살 만하군." 그는 쾌활한 목소리로 말했다.
"미안하지만, 코긴스, 내 만년필을 집어 주겠소? 저기 잡동사니들이 있는 테이블 위에 있을 텐데."
코긴스는 상을 찌푸리며 만년필을 건네주고 종이도 한 장 내밀었다.
"쓸데없는 말은 쓰지 않는 게 신상에 좋아." 다임처치가 위협했다.
"문구는 자네에게 맡기겠지만 허튼수작을 했다가는 끝장인 줄 알아! 아주 서서히 죽여주겠어!"

"그렇다면 나도 최선을 다해야겠군." 토미가 대답했다.

그는 잠시 곰곰이 생각을 하더니 술술 써 내려갔다.

"이거면 되겠소?"

그는 다 쓴 편지를 건네주었다.

친애하는 터펜스에게,
그 푸른색 편지를 가지고 사무실로 와 주시오. 여기서 지금 곧 해독해보려고 하오. 서둘러 주시오.

프랜시스가

"프랜시스라니?"

가짜 형사는 눈썹을 치켜뜨며 의심스러운 듯 말했다.

"그 여자는 자네를 이렇게 부르나?"

"당신은 내가 세례받을 때 같이 있지 않았으니까 이것이 내 이름인지 아닌지 모르는 게 당연하지. 그렇지만 당신이 내 호주머니에서 담배 케이스를 꺼내 보면 내 말이 사실이라고 믿을 수 있는 좋은 증거를 얻을 게요."

상대는 테이블 너머로 손을 뻗어 담배 케이스를 꺼냈다. 그리고, '터펜스가 프랜시스에게'라는 문구를 읽고는 만족스러운 미소를 띠며 그 케이스를 있던 자리에 다시 집어넣었다.

그가 말했다.

"자네가 우리 일에 협조해주니 나도 기쁘네. 코긴스, 이 쪽지를 배실리에게 가져다줘. 밖에서 망을 보고 있을 거야. 서둘러서 이 편지를 전해 주라고 이르게."

코긴스가 나간 뒤 20분간은 시간이 느릿느릿 지나가더니, 그 뒤 10분간은 좀처럼 시간이 가질 않았다. 구두 소리를 내면서 사무실 양끝을 왔다 갔다 하던 다임처치의 얼굴에는 차츰 초조한 빛이 짙어져 갔다.

한번은 토미의 멱살을 쥐고 으르렁거렸다.

"만일 우리를 속인 거라면, 너를 지옥으로 보내줄 테다!"

"사무실에 트럼프를 갖다놓았으면 좋았을걸. 카드놀이를 하면 시간 보내기가 훨씬 수월할 텐데." 토미는 따분한 듯이 말했다.

"여자는 늘 남자를 기다리게 하는 귀여운 습성이 있거든. 그녀가 늦는다고 해서 당신이 그녀에게 무슨 무례한 태도를 취하지는 않겠지?"

"오, 물론! 당신들은 같은 곳으로 가게 될 거야—함께 말이야."

"맘대로 해봐라, 이 비열한 놈!"

토미는 이를 갈며 중얼거렸다. 그때 갑자기 바깥 사무실 쪽에서 무슨 인기척이 났다. 처음 보는 얼굴의 한 남자가 머리를 디밀더니 러시아어로 뭐라고 낮은 목소리로 웅얼거렸다.

"좋아." 다임처치가 대답했다.

"그 여자가 오고 있다는군. 혼자서 말이야."

한순간 희미한 불안이 토미의 마음을 엄습해 왔다.

다음 순간 터펜스의 목소리가 들려왔다.

"아! 당신도 계셨군요, 다임처치 경감님. 편지를 가지고 왔어요. 프랜시스는 어디 있나요?"

그 말을 하면서 그녀가 문으로 들어오는데 갑자기 배실리가 등 뒤에서 한 손으로 그녀의 입을 막았다. 다임처치는 잽싸게 그녀의 핸드백을 낚아채어 그 안을 정신없이 뒤졌다.

갑자기 그는 기쁜 환호성을 지르면 러시아 우표가 붙어 있는 푸른색 봉투를 꺼냈다. 코긴스도 쉰 목소리를 지르며 좋아했다.

그들이 승리를 자축하는 바로 그 순간에 다른 한쪽 문, 터펜스의 사무실로 통하는 문이 소리도 없이 열리더니 권총을 든 매리옷 경감과 두 사람의 부하가 들어서며 날카로운 목소리로 외쳤다.

"손들어!"

격투가 일어날 여지는 전혀 없었다. 방심하고 있던 적은 불시에 습격을 받고 어리둥절해 있을 뿐이었다. 다임처치의 자동권총은 테이블 위에 놓인 그대로였고, 다른 두 사람—코긴스와 배실리는 무기를 갖고 있지 않았다.

마지막 수갑을 탁 채우면서 매리옷 경감은 만족스러운 웃음을 지었다.

"멋진 솜씨였어. 아주 훌륭해. 무엇보다 조직 전체를 빠짐없이 체포할 수 있게 되었으니 말이야."

다임처치는 분노를 억누를 수 없는 듯 새파랗게 질려서 터펜스를 쳐다보았다.

"음, 깜찍한 악마 같으니라고!"

꽉 다문 이빨 사이로 신음처럼 새어나온 소리였다.

"이놈들을 데리고 온 게 너지."

터펜스는 소리 내어 웃었다.

"전부 내가 한 일이라고는 할 수 없지요. 오늘 오후 당신이 16이라는 숫자를 말했을 때 내가 당연히 의심했어야 했다는 건 인정해요. 그렇지만 사태를 확실하게 파악한 건 토미의 편지를 받고 나서였어요. 나는 우선 매리옷 경감님께 전화를 걸고 앨버트에게는 사무소의 여벌 열쇠를 가지고 경감님을 마중가라고 이르고서 이 푸른 편지 봉투만을 들고 온 거예요. 안에 든 편지는 이미 받은 지시대로 오늘 오후 당신들 두 사람과 헤어지자마자 곧 보냈지요."

그렇지만 그녀의 말 중에서 한마디가 상대방의 신경을 자극한 모양이었다.

"토미라니?" 다임처치는 이상하다는 듯 물었다.

그제야 완전히 몸이 자유로워진 토미가 그들 쪽으로 다가가며 말했다.

"프랜시스 그 친구가 한몫 단단히 한 셈이군."

그는 터펜스의 양손을 힘껏 쥐었다. 그리고 다임처치를 향해 한마디 충고를 덧붙였다.

"아까도 말했지만, 당신은 정말 고전을 좀 읽어야겠소."

킹을 조심할 것

그날은 국제 탐정사무소에 스산한 기운이 감도는 수요일이었다. 터펜스는 손에 들고 있던 신문, '데일리 리더' 지가 미끄러져 떨어지는 것도 그냥 내버려 두었다.

"토미, 내가 무슨 생각을 하고 있는지 알아맞혀 봐요."

"그건 불가능해. 당신은 여러 가지 생각을 동시에 떠올리니까 말이야."

그녀의 남편이 말했다.

"우리가 예전처럼 춤추러 가도 될 때가 아닌가 생각해요."

토미는 황급히 '데일리 리더' 지를 주워 올렸다.

"우리 광고가 굉장히 돋보이지 않아?"

그는 자랑스러운 듯 고개를 끄덕이며 말했다.

"블런트의 우수한 탐정들! 당신도 기억하고 있겠지, 터펜스? 블런트의 우수한 탐정들이라야 당신과 나뿐이란 걸 말이야. 험프티 덤프티(영국의 자장가에 나오는 달걀같이 둥근 남자)가 말한 대로 당신에게도 영광이 돌아간 거야."

"난 춤에 대해 말하고 있어요."

"내가 관찰한 바로는 신문에는 이상한 점이 있더군. 당신도 눈치 챘는지 모르겠지만. '데일리 리더' 지 3일치를 가지고 예를 들어 보자고. 당신은 이 신문들의 차이점을 식별할 수 있겠어?"

터펜스도 그제야 호기심이 당기는지 신문을 받아들었다.

"그야 간단하잖아요?"

그녀는 쓸데없이 그런 뻔한 걸 질문한다는 투로 남편에게 말했다.

"하나는 오늘 신문이고, 하나는 어제, 또 하나는 그저께 거잖아요."

"그것참 재치가 반짝이는 대답이로군. 그렇지만 나는 지금 농담을 하자는 게 아니야. 여기 'The Daily Leader'라는 제호를 주의해서 봐요. 이 세 개의 신문을 비교해서 볼 때 이들의 제호 가운데 어디에 차이점이 있는 것 같아?"

"어딘지 모르겠어요. 차이점은커녕 다 똑같은 걸 가지고 뭘 그래요?"

토미는 한숨을 쉬며 그 유명한 셜록 홈스처럼 양손의 손가락 끝을 맞추었다.

"그건 그래. 당신은 나만큼, 오히려 나보다 더 신문을 많이 읽고 있으니까. 그러나 내가 관찰한 걸 당신은 지나친 모양이군. 오늘 신문의 'Daily Leader'라는 글자를 잘 봐요. 'D'의 직선 한가운데 작은 흰 점이 있고, 'L'에는 그같이 점이 또 하나 있는 걸 알 수 있잖아. 그런데 어제 신문에는 'Daily' 어디에도 그런 흰 점이 없지. 그 대신 'Leader'의 'L'에 흰 점이 둘이나 있어. 그저께 신문에는 'Daily'의 'D'에 두 개의 점이 있고. 즉, 점이 하나든 둘이든 그 점의 위치가 매일 달라진다는 거야."

"왜 그렇죠?" 터펜스가 물었다.

"그게 바로 신문잡지 특유의 비밀이라는 거겠지."

"당신도 모르고, 추측할 수도 없다는 말인가요?"

"이것만큼은 말할 수 있지. 이런 것은 모든 신문에 공통적으로 있는 거라고."

"당신은 머리가 좋은 것 같군요. 특히 남의 주의를 끄는 화제를 잘 끄집어낼 줄도 알고요. 그럼 아까 하던 얘기로 돌아가죠."

"무슨 얘길 하고 있었지?"

"스리 아츠 무도회에 대해서요."

토미는 신음 소리를 냈다.

"그건 안 돼, 터펜스, 스리 아츠 무도회라니! 나는 이제 그런 축에 끼일 만큼 젊지가 않아. 아무리 생각해도 나는 그런 곳에 갈 나이는 지났어."

"내가 아직 젊고 꽃다운 처녀였을 때는요. 남자들이란(특히 유부남들 말이에요) 술 마시고 춤추며 밤새 노는 걸 굉장히 좋아한다고 들었어요. 유별나게 뛰어난 미인이거나 머리가 월등히 좋은 아내가 아니면 남편을 집에 붙어 있게 할 수 없다고. 그런데 또 하나의 환영이 사라지고 말았어요! 내가 아는 아내들은 모두 남편과 댄스홀에 가기를 동경하고 있는데, 남편이란 사람들은 9시 30

분이면 벌써 침실용 슬리퍼를 갈아 신고 침대로 들어가는 통에 울음을 터뜨린다고 해요. 그런데 토미, 당신은 춤 솜씨도 일품이잖아요."
"비행기 태우는 일일랑 적당히 해둬요, 터펜스"
"사실은요, 내가 거기 가고 싶어 하는 것은 단지 즐기고 싶어서 그러는 게 아니에요. 이 광고에 흥미가 있어서 그래요."
그녀는 다시 '데일리 리더' 지를 들고 소리를 내어 읽었다.
"나는 하트 3에 걸겠다. 12점을 딴다. 스페이드 에이스. 킹을 조심할 필요가 있다."
"브리지를 배우기엔 너무 어려운 방법이군."
토미가 비아냥거렸다.
"날 무슨 바보나 되는 듯이 여기지 말아요. 브리지와는 아무런 관계도 없는 일이에요. 내가 어제 어떤 여자와 스페이드 에이스라는 음식점에서 점심을 먹었다는 것은 알죠. 그 음식점은 첼시(런던 시내 남부의 자치구. 예술가들이 많이 모여 살고 있음)에 있는, 지하로 되어 있는 자그마한 곳인데 어딘가 색다른 데가 있었어요. 그 여자 말에 의하면, 커다란 모임이 열릴 때는 베이컨이나 달걀 또는 웰시 래빗(치즈를 녹여 맥주를 섞어 구운 빵에 바른 요리)을 바퀴 달린 왜건 같은 것에 담아 돌리는 게 대유행인 것 같아요. 말하자면 집시형 식사지요. 그 가게에는 칸막이를 친 자리가 빽빽하게 있어요. 뭐랄까, 좀 자극적인 분위기가 풍기는 곳이라고 하는 게 좋겠네요."
"그런데 당신의 흥미를 끈 게 뭐지?"
"하트 3이라는 건 내일 밤 스리 아츠 무도회이고 12점을 딴다는 것은 12시를 의미하며 스페이드 에이스라는 말은 스페이드 에이스 음식점을 뜻하는 게 아닐까 해서요."
"그렇다고 킹을 조심할 필요가 있다는 건 무슨 뜻이지?"
"그러니까 그걸 우리가 알아내러 가자는 게 아니겠어요."
"당신의 추리가 맞을지 의심한다는 게 아니라……."
토미는 점잖게 말을 꺼냈다.
"그렇지만 당신이 다른 연인들의 밀회에 간섭한다는 건 좀 이해하기 힘든

데…….”

“간섭할 마음은 전혀 없어요. 내가 제안하는 건 참신한 탐정기술을 실험해 보자는 거예요. 우리에겐 다양한 연습이 필요하니까 말이에요.”

“그래, 우리의 사업이 그다지 활발하게 돌아가고 있다고는 할 수 없지.”

토미도 시인했다.

“그렇다 해도, 터펜스, 당신이 진짜로 원하는 건 스리 아츠 무도회에 가서 춤추고 싶다는 거 아니야? 당신이야말로 그럴 듯한 이야기로 사람을 끌어들이는 덴 명수로군.”

터펜스는 요란스럽게 웃음을 터뜨렸다.

“토미, 기운을 내요. 당신이 서른둘이라는 나이나 왼쪽 눈썹에 흰 눈썹이 하나 난 일 같은 건 잊었으면 하고 한번 해보는 거예요.”

“나는 전부터 여성이 관련된 일에는 약하잖아.”

그녀의 남편이 중얼거렸다.

“나도 그럴 듯하게 꾸미면 바보 같지는 않겠어?”

“물론이에요. 그렇지만 그건 나에게 맡기세요. 내게 멋진 생각이 있으니까.”

토미는 다소 불안이 담긴 눈으로 그녀의 얼굴을 쳐다보았다. 터펜스의 멋진 생각이라는 것에는 전부터 깊은 불신감을 갖고 있었으니까…….

다음 날 밤, 그가 아파트에 돌아오자 터펜스가 침실에서 뛰어나왔다.

“왔어요.”

그녀가 기세등등하게 말했다.

“뭐가 왔다는 거야?”

“의상 말이에요. 보러 가요.”

토미는 따라갔다. 침대 위에 펼쳐져 있는 것은 소방관의 옷이었는데, 번쩍번쩍 빛나는 헬멧까지 갖춰져 있었다.

“아니, 이게 뭐야!”

토미는 신음 소리를 냈다.

“나더러 웸블리 소방대원이 되라는 거야?”

“다시 한 번 생각해서 맞춰 보세요. 당신은 아직 내 생각을 파악하지 못했군요. 당신의 회색 뇌세포를 움직여 봐요, 친구! 지능을 번뜩여 봐요, 왓슨. 투우장에서 10분 이상씩이나 뽐내는 투우처럼 필사적으로 힘을 내는 거예요."

"좀 기다려 봐." 토미가 말했다.

"알겠어. 여기엔 무언가 비밀스런 목적이 감춰져 있는 것 같군. 터펜스, 당신은 뭘 입을 작정이지?"

"당신의 낡은 옷에 미제 모자, 그리고 각진 안경."

"초라하군." 토미가 말했다.

"그래, 당신 생각을 알겠어. 《미행 매카티(이자벨 오스트랜더의 대표작. 매카티는 서장)》의 흉내를 내자는 거군. 내가 리오던이고. 그렇지?"

"맞았어요. 우리는 영국 탐정만이 아니라 미국 탐정도 연습해볼 필요가 있다고 생각해요. 이번만큼은 내가 스타가 되는 거니까 당신은 그 부하 조수가 된다는 걸 명심하세요."

"잊지 말아 줘. 매카티는 언제나 단순한 데니의 천진난만한 말 덕분에 올바른 실마리를 찾을 수 있거든."

토미는 경고하듯 말했다.

그렇지만 터펜스는 단지 의미심장하게 웃기만 했다. 그녀는 아주 의기양양해 있었다.

그날 밤은 대성공이었다. 북적대는 사람들, 음악, 기상천외함을 겨루는 의상들—모든 것이 합쳐져서 젊은 두 사람을 즐겁게 만들었다. 토미도 억지로 끌려나온 고리타분한 남편의 역할을 잊어버리고 맘껏 즐길 수 있었다.

12시 10분 전에 두 사람은 자동차를 타고 그 유명한(악명 높다고 할 수 있을지도 모르지만) '스페이드 에이스' 음식점으로 달렸다.

터펜스가 말했듯이 그곳은 지하 음식점이었고, 언뜻 보아서는 화려하다거나 눈을 끌 것이라곤 없는 곳이었지만 실내는 가장의상을 입은 남자와 여자들로 붐비고 있었다. 벽을 따라 줄지어 칸막이를 한 좌석들이 늘어서 있고 토미와 터펜스도 그중 하나를 차지하고 앉았다. 두 사람은 가게 안의 모습을 볼 수 있도록 일부러 문을 조금 열어놓았다.

"글쎄, 문제의 두 사람 말이에요." 터펜스가 말했다.

"저 맞은편에 빨간 의상을 입은 악마와 함께 있는 콜럼바인(희극의 여자 광대)은 어때요?"

"나는 저 흉측한 중국 관리와 자신을 전함이라고 부르는 여자, 그 두 사람이 더 흥미가 있어. 저건 전함이라기보다 쾌속 순양함이야."

"저 남자가 수상하지 않아요?" 터펜스가 말했다.

"저렇게 술에 완전히 취해 가지고! 지금 들어온 하트 퀸의 분장을 한 사람은 누구일까. 아주 세련된 분장이네요."

문제의 여자는 일행인 남자를 따라 토미와 터펜스가 있는 옆 칸막이로 들어갔다. 남자는 《이상한 나라의 앨리스》에 나오는 '신문지 옷을 입은 신사'의 분장을 하고 있었다. 둘 다 가면을 쓰고 있었다. 어찌 되었든 가면을 쓰는 게 '스페이드의 에이스'에서는 예삿일인 것 같았다.

"우리는 어울리지 않는 자리에 와 있는 것 같아요."

터펜스는 유쾌한 듯 얼굴을 빛내며 말했다.

"주위에 좋지 못한 스캔들투성이에요. 사람들이 모두 야단법석을 떨고 있군요."

옆 칸막이에서 항의하는 듯한 고함소리가 나고, 이어서 고압적인 남자의 커다란 웃음소리가 들렸다. 모두 웃거나 노래하고 있었다. 여자들의 카랑카랑한 높은 목소리가 남자들의 굵직한 목소리를 위압하며 울리고 있었다.

"저 양치기 여자는 어때?" 토미가 물었다.

"저 우스꽝스러운 프랑스 남자와 함께 있는 여자 말이야. 저 두 사람이 우리를 노리고 있을지도 몰라."

"그렇게 생각하기 시작하면 모두 그런 것처럼 보이는 법이에요. 나는 이미 신경을 쓰지 않기로 했어요. 무엇보다도 중요한 건 우리 자신이 즐기는 거예요."

터펜스가 솔직히 말했다.

"나도 이런 의상을 입지 않았다면 더욱 유쾌했을 거야. 당신은 잘 모르겠지만 난 너무 더워."

토미는 불평을 털어놓았다.

"기운을 내요. 당신은 멋져 보여요."

"고맙군. 하기야 당신보다는 낫겠지. 당신처럼 우습고 작은 남자는 본 적도 없으니까."

"말을 좀 삼가세요, 데니 씨. 어머나! 신문지 옷을 입은 신사가 상대 여자를 내버려두고 나가는군요. 어디 갈까요?"

"음식이라도 재촉하러 가지 않을까? 나도 그러고 싶은 마음이 드니까 말이야."

"그런데 시간이 너무 오래 걸리지 않아요?"

4~5분 지났을 때에 터펜스가 말했다.

"토미, 당신은 내가 당치도 않은 바보 같은 짓을 한다고 생각할는지도 모르지만……."

그녀는 말을 끊었다. 갑자기 그녀가 벌떡 일어났다.

"바보라고 해도 좋아요. 나는 옆 좌석에 들어가 볼래요."

"잠깐, 터펜스, 안 돼……."

"뭔가 불길한 일이 일어난 듯한 기분이 들어요. 그걸 느낄 수 있어요. 멈추게 하지 않으면……."

그녀는 재빨리 칸막이 문을 열고 나갔다. 옆 칸막이 좌석의 문은 닫혀 있었다. 터펜스가 그걸 밀고 토미도 바로 뒤를 따라 들어갔다.

하트 퀸의 분장을 한 여자는 기묘하게 웅크리고 앉아 한구석 벽에 기대어 있었다. 눈만은 가면을 통해서 뚫어지게 두 사람을 바라보고 있었지만 전혀 미동도 하지 않았다. 입고 있던 드레스는 빨강과 흰색의 화려한 디자인이었는데, 왼쪽 옆구리 부분엔 그 색깔이 섞여 있는 것처럼 보였다. 전혀 어울리지 않는 곳에까지 빨갛게 물들여져 있다니…….

"앗!" 하고 외치며 터펜스는 달려갔다. 동시에 토미의 눈에도 그녀가 본 것이 비쳤다. 심장의 바로 밑에 튀어나와 있는 보석이 박힌 단도의 손잡이.

터펜스는 그 여자의 곁에 무릎을 꿇고 앉았다.

"빨리, 토미, 아직 숨이 남아 있어요. 지배인에게 빨리 의사를 부르라고 하세요."

"알았어. 그 단도의 손잡이에 손을 대면 안 돼, 터펜스"
"조심하세요, 빨리 서둘러요."
터펜스는 그 여자의 어깨에 한 손을 두르고 그녀를 일으켰다. 여자가 약간 몸을 움직였으므로 터펜스는 가면을 벗겨달라는 뜻이라고 생각했다. 터펜스는 얼른 가면을 벗겼다. 신선한 꽃과 같은 얼굴, 공포와 고통과 망연한 망설임이 뒤섞인 표정을 띤 커다란 별과 같은 눈동자가 나타났다.
터펜스는 부드럽게 말을 걸었다.
"저, 말을 할 수 있겠어요? 그러면 누가 그랬는지 말해봐요."
그녀는 그 눈동자가 자신의 얼굴을 쳐다보는 것을 느꼈다. 여자는 한숨을 쉬었다. 약해진 심장 깊숙이에서 나오는 떨리는 듯한 한숨이었다. 그러면서도 역시 그녀는 뚫어지게 터펜스를 쳐다보고 있었다. 그러다가 입술을 움직였다.
"빙고……, 예요……."
그녀는 쥐어짜내듯 말했다. 그 순간 양손이 툭 떨어지고 몸은 터펜스의 어깨에 기댄 채 그대로 늘어졌다.
토미가 두 남자를 데리고 들어왔다. 풍채가 좋은 남자가 권위를 띤 태도로 앞으로 나왔다. 의사라는 직업이 몸에 밴 남자였다.
터펜스는 자신에게 기대어 있던 무거운 몸을 그 남자에게 맡겼다.
"이미 숨이 끊어진 것 같아요."
그녀는 목이 멘 듯 말했다.
의사는 재빠르게 진찰했다.
"그래요. 이제 손쓸 도리가 없습니다. 경찰이 올 때까지 이대로 두는 게 좋을 것 같군요. 어떻게 된 겁니까?"
터펜스는 주저하듯 사정을 이야기하면서, 자신이 이 칸막이에 들어온 이유도 간단히 설명을 했다.
"이상한 사건이군요." 의사는 말했다.
"아무 소리도 들리지 않았습니까?"
"이 여자의 비명 같은 게 들렸지만, 곧이어 상대방 남자의 웃음소리가 들려서……, 당연히 저는……."

"눈치 채지 못한 것이 당연하겠군요."

의사도 그 점은 인정했다.

"상대 남자는 가면을 쓰고 있었다고 말씀하셨지요? 그러면 지금 만나도 모르겠군요."

"모르죠. 토미, 당신은 어때요?"

"불가능해. 그렇지만 그 남자가 입고 있던 의상이 있으니까……."

"우선 이 불쌍한 여자의 신원을 밝혀내야겠죠." 의사는 말했다.

"신원을 알면 경찰도 진상을 파악하는 데 그렇게 시간이 걸리지 않을 테니까요. 그렇게 복잡한 사건이라고는 생각되지 않는군요. 아! 경찰이 왔습니다."

신문지 옷을 입은 신사

부부가 녹초가 되어 비참한 기분으로 집에 도착했을 땐 이미 새벽 3시가 지나있었다. 그러고도 몇 시간이나 터펜스는 잠을 이루지 못했다. 공포에 사로잡혀 떨고 있었던 눈동자와 꽃과 같은 얼굴이 자꾸 눈앞에 아른거려서 그녀는 뒤척이고만 있었다.

여명이 창살로 비쳐 들어오기 시작할 무렵이 되어서야 비로소 터펜스는 간신히 잠이 들었다. 피곤에 지치고 흥분한 뒤였기 때문에 그녀는 꿈도 꾸지 않고 푹 잤다. 눈을 떴을 때에는 벌써 해가 중천에 떠 있었는데, 이미 일어나서 옷을 갈아입은 토미가 침대 곁에 서서 그녀의 손을 잡고 부드럽게 흔들고 있었다.

"아, 잠이 깼군. 매리옷 경감이 어떤 남자를 데리고 왔는데, 당신을 만나고 싶어 한다는군."

"지금 몇 신데요?"

"정각 11시야. 앨리스에게 말해서 곧 홍차를 갖고 오라고 할까?"

"예, 부탁해요. 매리옷 경감님에게는 10분 안에 내려가겠다고 말씀드려 줘요."

그리고 15분 뒤에 터펜스는 서둘러서 거실로 내려갔다. 몹시 긴장하여 굳은 채 위엄 있게 앉아 있던 매리옷 경감이 일어서서 그녀를 맞아주었다.

"안녕하세요, 부인? 이분은 아서 메리베일 경입니다."

터펜스는 초췌한 눈에 백발이 성성한 머리카락을 한 껑충한 남자와 악수했다.

"어젯밤의 그 가슴 아픈 사건에 대해선대요." 매리옷 경감이 말했다.

"제게 한 이야기를 직접 부인께서 아서 경에게 들려주셨으면 합니다. 그 불쌍한 부인이 숨을 거두시기 직전에 한 말을요. 아서 경은 도저히 믿을 수 없다고 말씀하시는군요."

"나는 믿을 수도 없고, 믿고 싶지도 않습니다."

아서 경이 끼어들어 말했다.

"빙고 헤일은 비어의 머리카락 하나에도 손을 대지 못할 사람이에요."

매리옷 경감이 말을 계속했다.

"수사는 어젯밤 꽤 진척을 보았습니다. 우선 그 부인이 메리베일 부인이라는 걸 알아냈습니다. 그래서 우리는 여기에 계신 아서 경에게 연락했지요. 경께서 곧 시체를 확인했는데 말할 수 없을 만큼 경악하신 건 물론입니다. 그리고 제가 빙고라는 이름을 아느냐고 물어보았습니다."

"부인도 알아주셨으면 하는데……." 아서 경이 말을 덧붙였다.

"친구들 사이에서는 빙고라는 애칭으로 통하는 헤일 대위는 나의 가장 친한 친구입니다. 우리 집에서 함께 살고 있다고 해도 될 정도로 사이가 좋지요. 오늘 아침 경찰에 체포될 때도 우리 집에 있었습니다. 나로서는 부인이 틀림없이 잘못 들었을 거라고 밖에는, 아내가 말한 것이 그 남자의 이름은 분명히 아니었을 거라고밖에 생각되지 않습니다만."

"잘못 들었을 가능성은 조금도 없습니다." 터펜스는 부드럽게 말했다.

"그분은 이렇게 한마디 했어요. '빙고예요.'라고요."

"들으셨지요, 아서 경?" 매리옷이 말했다.

불행한 남자는 의자에 무너지듯 앉으며 양손으로 얼굴을 감쌌다.

"믿을 수 없어. 도대체 동기가 뭐지? 매리옷 경감님, 당신의 생각은 나도 모르는 바가 아닙니다. 당신은 헤일과 내 아내가 애인 사이였다고 생각하고 계시지요? 가령 그렇다고 하더라도, 나는 그걸 조금도 인정할 수 없습니다. 아내를 살해할 동기가 전혀 없지 않습니까?"

매리옷 경감은 헛기침을 했다.

"이런 말씀은 드리고 싶지 않지만, 헤일 대위는 최근 미국 태생의 어떤 젊은 여성에게 완전히 빠져 있었습니다. 상당한 재산이 있는 여자지요. 가령 메리베일 부인이 비뚤어진 태도를 취하려 했었다면 아마 그 결혼을 방해할 수도 있었을 겁니다."

"경감님, 그런 무례한 말씀을……."

아서 경은 벌컥 화를 내며 일어섰다.

경감은 달래는 듯한 몸짓으로 아서 경을 진정시켜 앉게 했다.

"정말 죄송합니다, 아서 경. 그건 그렇고, 경께서도 헤일 대위와 함께 무도회에 참석하시기로 되어 있었다고 하셨죠? 그때 부인께선 어딘가에 가셔서 집에 계시지 않았으니까 부인이 무도회에 참석하신 것은 전혀 모르고 계셨겠군요?"

"전혀 몰랐습니다."

"베레즈포드 부인, 부인이 말씀하신 그 광고를 보여 주시죠."

터펜스는 그대로 했다.

"이것으로 사정은 충분히 명백해졌으리라 봅니다. 헤일 대위는 경의 부인이 보시도록 이 광고를 낸 겁니다. 두 사람은 이미 그곳에서 만날 약속이 되어 있었던 거지요. 그런데 경께서도 무도회에 참석하겠다고 하니까 그걸 부인에게 알릴 필요가 있었던 겁니다. '킹을 조심할 필요가 있다'라는 문구는 그것으로 설명이 되지요. 경께서도 극장 관계 회사에 가장의상을 주문하셨지만, 헤일 대위의 분장은 자신이 직접 준비한 것이었습니다. 대위는 신문지로 만든 옷을 입은 남자로 분장해서 참석했으니까요. 아서 경, 아시겠습니까? 돌아가신 부인이 뭘 손에 꽉 쥐고 있었는지. 그건 신문지 조각이었습니다. 제 부하들에게 헤일 대위의 가장의상을 댁에서 가지고 오라고 명령해 두었습니다. 제가 경시청에 돌아갈 때쯤이면 그것이 도착해 있을 겁니다. 만일 그 의상에서 떨어져 나간 조각과 부인의 손에 있던 조각이 일치한다면, 그렇게 되면 이 사건은 완전히 해결되는 거지요."

"그런 일은 없을 겁니다. 나는 빙고 헤일이라는 사람을 잘 알고 있답니다."

아서는 말했다.

두 사람은 터펜스에게 사과를 하고 작별인사를 했다.

그날 밤 늦게 현관 벨이 울리고는 놀랍게도 매리옷 경감이 들어왔다.

"블런트의 우수한 탐정들도 수사의 진척 상황을 듣고 싶으실 거라는 생각이 들어서요." 그는 미소를 지었다.

"그렇습니다. 정말 듣고 싶군요." 토미가 말했다.

"차라도 한잔……."

그는 부랴부랴 마실 것을 매리옷 경감 앞에 갖다놓았다.

경감은 잠시 뒤 이야기를 시작했다.

"이건 아주 명백한 사건입니다. 단도는 피해자 자신의 소지품이었지요. 외견상으로는 분명 자살이라고 보였지만 당신들이 그곳에 때맞춰서 나타나는 바람에 그 계획이 실패해 버린 겁니다. 우리는 몇 통의 편지도 발견했습니다. 그 두 사람은 확실히 꽤 오래전부터 좋은 사이였던 것 같습니다. 아서 경의 눈을 속인 거지요. 결국 우리는 최후의 실마리를 발견했습니다."

"최후의 뭐라고요?" 터펜스는 즉시 되물었다.

"사건의 최후의 고리, 즉, '데일리 리더' 지의 조각 말입니다. 그건 그 남자가 입고 있던 의상에서 찢어진 것이었습니다. 꼭 맞았으니까요. 이건 자명한 사건입니다. 여기 이 두 가지 증거물을 찍은 사진을 가지고 왔습니다. 당신들도 흥미를 느낄 것 같아서요. 이렇게 뻔한 사건은 좀처럼 없으니까."

터펜스는 경시청 경감이 되돌아가자 토미에게 즉시 이렇게 말했다.

"토미, 왜 매리옷 경감이 저렇게 반복해서 완전히 자명한 사건이라고 말할까요?"

"글쎄, 만족해서 그러는 게 아닐까?"

"틀렸어요. 우리를 책망하는 거예요. 예를 들면, 토미, 푸줏간 주인은 고기에 대해선 훤히 잘 알 것 아니겠어요?"

"그건 그런데, 도대체 무슨……."

"그와 마찬가지로 채소 장수는 채소에 대해선 뭐든지 알고, 어부는 고기에 대해, 탐정도 전문 탐정이라면 범죄자에 대해 정통할 거예요. 그러니 탐정들은 진짜 범죄자라면 언뜻 보아도 알 수 있을 거고, 범인이 아닌 경우도 구분이 갈 거예요. 매리옷 경감의 전문적인 지식과 경험이 헤일 대위는 범인이 아니라고 말하고 있는 거예요. 그런데 모든 사실이 대위에게 불리하게 되어 있어요. 그러니까 마지막 수단으로서 매리옷 경감은 우리를 부추겨 보자는 거지요. 대수롭지 않은 작은 사실이라도 생각해주지 않을까 하는 헛된 희망을 걸고, 뭔가 어젯밤에 일어난 일을, 그 사건에 다른 실마리를 던져줄 수 있는 그런 사실을 말이에요. 토미, 자살일 리가 없다는 것은 확실하잖아요?"

"그 여자가 당신에게 한 말을 상기해봐요."

"알아요. 그렇지만 그걸 다른 식으로 해석해 보는 거예요. 그 부인을 자살로 몰아넣은 게 빙고의 짓이었다. 즉, 그 남자의 행동 탓이었다는 식으로 말이에요. 그런 사정이 있을 수 없는 건 아니잖아요."

"그건 그렇지만 그 해석을 가지곤 신문지 조각에 대한 설명을 할 수 없잖아."

"매리옷 경감이 가지고 온 사진을 한번 보기로 하죠. 아, 참! 매리옷 경감에게 헤일의 진술 내용을 묻는 걸 잊었군요."

"그건 아까 현관에서 내가 물어봤어. 헤일은 무도회에서 메리베일 부인에게 한마디도 말을 걸지 않았다고 했다는군. 누군가가 '오늘 밤엔 나에게 말을 걸려고 하지 마세요. 아서가 의심하고 있으니까.'라는 쪽지를 전해 주었다고도 하고. 하지만 그 남자는 그 편지를 증거로 제출할 수도 없을 테고, 그 말도 그다지 신빙성이 없는 것 같아. 어쨌든 그 남자가 그 부인과 함께 '스페이드 에이스'에 와 있었던 건 당신과 내가 알고 있는 그대로야. 우리는 그 남자의 모습을 분명히 봤으니까."

터펜스는 고개를 끄덕이며 두 장의 사진을 가만히 쳐다보았다. 한 장은 'Daily Le'까지 글자가 보이는 신문지와 나머지 찢어진 신문 조각이 찍힌 것이었다. 또 한 장은 윗부분에 둥글고 작게 찢어진 구멍이 있는 'Daily Leader'지의 제1면이었다. 그 점에서는 의문의 여지가 전혀 없었다. 그 조각들은 서로 아귀가 딱 들어맞았다.

"그 옆에 붙어 있는 자국들은 뭐지?" 토미가 물었다.

"꿰맨 자국이에요. 다른 부분에 꿰매어져 있던 자국은 아닐까?"

"나는 또 이것도 새로운 점 표시는 아닐까 하고 생각했지."

토미는 좀 진저리를 쳤다.

"터펜스, 내가 한 말을 생각하면 왠지 소름이 끼쳐. 어제 아침 당신과 제호에 찍힌 점에 대해 얘기하고 그 수수께끼 같은 광고문을 풀려고 여러 가지로 생각했을 때를 생각하면 말이야. 그저 가벼운 마음으로 말했던 것인데……."

터펜스는 대답을 하지 않았다. 토미는 그녀의 얼굴을 본 순간 멈칫했다. 터펜스는 입을 약간 벌리고 당황한 표정을 띠고는 뚫어지게 앞쪽을 응시하고 있었다.

"터펜스……."

토미는 그녀의 팔을 잡아 흔들면서 부드럽게 말을 걸었다.

"왜 그래? 발작이라도 일으킨 거야?"

그렇지만 터펜스는 역시 미동도 하지 않았다. 이윽고 그녀는 먼 곳에서 들리는 듯한 목소리로 이렇게 말했다.

"데니스 리오던이야."

"응?" 토미는 뜻밖의 소리에 어리둥절해서 물었다.

"당신이 말한 대로예요. 단순하게 분명한 표시예요! 금주의 '데일리 리더'지를 모두 찾아봐 주세요."

"뭘 하려고?"

"난 매카티예요. 조금 전까지 머리가 온통 헝클어져 복잡했는데 당신 덕분에 문득 좋은 생각이 떠올랐어요. 이것은 화요일자 신문의 제1면이에요. 내 기억으로는 화요일 신문에는 'Leader'의 'L'에만 점이 둘 있을 거예요. 그런데 이 조각엔 'Daily'의 'D'에도 점이 하나 있지요. 신문을 갖고 와서 확인해보세요."

두 사람은 눈을 크게 뜨고 신문을 조사해보았다. 분명 터펜스의 기억이 틀림없었다.

"이 조각은 화요일 신문에서 찢어낸 게 아니에요."

"그러나 터펜스, 그건 단정할 수 없어. 인쇄가 달리 되었을지도 모르니까."

"그럴지도 모르지만, 어쨌든 내게 어떤 생각이 문득 떠올랐어요. 우연의 일치 같은 게 아니에요. 그건 분명해요. 만일 내 생각이 옳다면 이 일이 일어날 수 있는 경우는 단 하나뿐이에요. 토미, 아서 경에게 전화를 걸어 주세요. 곧 이쪽으로 와 달라고요. 내가 알려 드리고 싶은 중대한 뉴스를 입수했으니까 오라고. 그리고 매리옷 경감도 부르세요. 벌써 집에 돌아갔을지도 모르지만 경시청에서 주소를 알 수 있을 거예요."

아서 메리베일 경은 이 소식에 대단히 관심을 갖고 있음을 입증하듯 30분도 채 되기 전에 아파트에 도착했다. 터펜스가 나가서 인사했다.
"이렇게 번거롭게 오시라고 해서 죄송합니다. 그렇지만 남편과 제가 발견한 것이 있어서 곧 알려 드려야겠다고 생각했어요. 이쪽으로 앉으세요."
아서 경이 앉자 터펜스는 말을 계속했다.
"경께서 친구 분의 혐의를 풀어 드리고자 애쓰고 계신 걸 알고 있습니다."
아서 경은 슬픈 듯 머리를 흔들었다.
"이전엔 그랬지만 너무나 분명한 증거에는 굴복할 수밖에 없군요."
"만일 제가 우연히 그분의 모든 혐의를 확실히 풀어 드릴 만한 증거를 입수했다고 말씀드리면 어떠시겠어요?"
"그렇다면 더 이상 기쁜 일이 어디 있겠습니까?"
"가령……." 터펜스는 말을 계속했다.
"제가 어젯밤 12시경, 즉, 헤일 대위가 '스페이드 에이스'에 있던 그 시각에 말이죠. 그분과 실제로 춤을 추고 있던 여성을 만났다고 하면요."
"그거라면 되겠군요!" 아서 경은 소리쳤다.
"나도 어딘가 잘못되었다는 건 알고 있었지요. 결국 불쌍한 비어는 틀림없이 자살한 거로구먼."
"그렇게는 생각할 수 없습니다." 터펜스는 말했다.
"경께선 또 한 남자를 잊고 계시는군요."
"또 다른 남자라니?"
"그 칸막이에서 나가는 것을 남편과 제가 본 남자지요. 그러니까 무도회에서 신문지 옷을 입은 사람이 한 사람 더 있었던 게 틀림없습니다. 그건 그렇고, 아서 경께서는 어떤 가장을 하고 계셨습니까?"
"내 가장 의상? 나는 18세기 사형집행인으로 분장하고 갔습니다."
"어머, 굉장히 어울리네요." 터펜스는 작게 말했다.
"어울리다니, 베레즈포드 부인, 어울린다는 건 무슨 의미입니까?"
"경께서 연기하신 역할과 말이에요. 아서 경, 이번 사건에 대한 제 해석을 밝혀 볼까요? 신문지로 만든 옷은 사형집행인 의상 위에라도 손쉽게 입을 수 있습니다. 헤일 대위에겐 미리 부인에게 말을 걸지 말라는 간단한 쪽지가 쥐여져 있었습니다. 그런데 부인은 그 편지에 대해 전혀 몰랐던 거지요. 그녀는 약속 시간에 '스페이드 에이스'로 가서는, 거기서 만날 거라고 기대한 사람의 모습을 봤지요. 두 사람은 칸막이 안으로 들어갑니다. 남자는 아마 그녀를 안고 키스를 했겠죠—예수를 판 유다의 키스처럼. 그와 동시에 그 남자는 단도로 그녀를 찔렀습니다. 그녀는 약한 비명을 질렀을 뿐이고 남자는 그것을 감추기 위해 웃음소리를 냈지요.

이윽고 남자는 나가고 고통과 두려움에 떠는 여자는 최후의 순간까지 자기 애인의 손에 안겨 살해되었다고 믿었겠죠……. 그녀는 남자의 가장의상의 한 부분을 꽉 쥔 채 놓지 않았어요. 범인은 그걸 눈치 챘습니다. 그는 세심한 곳까지 주도면밀하게 주의를 기울이는 사람이었어요. 이 사건을 희생자에게 덮어씌우기 위해서는 그 조각이 헤일 대위의 가장의상에서 찢긴 것처럼 보이게 할 필요가 있었습니다. 이건 매우 어려운 일이지만 두 남자는 우연히 같은 집에 살고 있었지요. 따라서 아주 간단히 해결할 수 있었을 겁니다. 범인은 헤일 대위의 가장의상에도 아주 똑같이 찢어진 자국을 만든 다음, 자신의 가장의상은 태워 버리고 충실한 친구 역을 연기할 준비를 하는 겁니다."

터펜스는 잠시 말을 끊었다.

"어떻습니까, 아서 경?"

아서 경은 갑자기 일어서며 그녀에게 목례를 했다.

"소설에 심취한 매력 있는 여자다운 아주 훌륭한 공상입니다."

"정말 그렇게 생각하십니까?" 토미가 끼어들어 말했다.

"이번엔 아내를 지지하는 남편인가? 그런 말을 진지하게 들어줄 사람이 있을 것 같지 않은데."

그는 큰소리로 날카롭게 웃었다. 그러자 터펜스는 의자에 앉은 채 몸이 경직되었다.

"저 웃음소리는……, 맹세해도 좋아요. '스페이드 에이스'에서 들은 소리예요." 그녀가 말했다.

"그런데 당신은 우리 두 사람을 잘 모르고 계신 것 같군요. 베레즈포드가 본명이긴 하지만 우리는 다른 이름을 갖고 있지요."

그녀는 테이블에서 명함을 한 장 집어 그에게 건네주었다. 아서 경은 그걸 소리 내어 읽었다.

"국제 탐정사무소……." 그는 숨을 들이마셨다.

"그러니까 이게 당신들의 정체로군! 매리옷이 오늘 아침 나를 여기로 데리고 온 이유도 이제 알겠어. 함정이었어."

그는 비틀거리며 창가로 다가갔다.

"꽤 멋진 전망이군. 런던 시내가 한눈에 바라다보이고."

"매리옷 경감님……." 토미가 날카롭게 외쳤다.

그 순간 경감이 맞은편 벽의 옆방으로 통하는 문에서 모습을 나타냈다.

아서 경의 입가에 언뜻 미소가 떠올랐다.

"그러리라 생각했지. 그렇지만 애석하게도 이번엔 당신도 나를 잡을 수는 없을 거요. 나는 스스로 갈 길을 택해 나갈 작정이니까."

그가 문턱에 두 손을 걸쳤다고 생각했는데, 눈 깜짝할 사이에 훌쩍 창문을 뛰어넘었다.

터펜스는 외마디 소리를 질렀다. 그리고 이미 머릿속으로는 상상하고 있었지만, 저 아래에서 날 그 끔찍한 소리를 듣지 않으려고 양손으로 귀를 막았다.

매리옷 경감은 신음소리를 냈다.

"창문도 생각했어야 했는데……, 무엇보다 그자의 범행을 입증하기가 상당히 어려웠어요. 나는 내려가서 뒤처리를 해야겠소."

"가엽게……." 토미는 느릿느릿 말했다.

"그 남자도 부인을 사랑했었나 보죠……."

그렇지만 경감은 화가 난 듯한 목소리로 그의 말을 중단시켰다.

"사랑했다고? 그럴지도 모르지요. 그 남자는 어디에서 돈을 끌어들여야 할지 아주 난처한 지경에 빠져 있었습니다. 메리베일 부인에겐 거액의 재산이 있는데, 그것은 그대로 아서 경에게 돌아가게 되지요. 그런데 만일 부인이 젊은 헤일과 달아나기라도 한다면 그는 그 돈을 한 푼도 사용할 수 없는 무일푼의 처지로 떨어지게 되어 있었단 말입니다."

"그게 원인이었습니까?"

"물론, 나는 처음부터 아서 경이 범인이라고 헤일 대위는 무죄라는 걸 알고 있었어요. 우리 경시청에선 상당히 속사정을 잘 알고 있었으니까. 그렇지만 사실과 우리의 짐작이 잘못될 경우엔 아무래도 다루기가 어려워지지요. 그러면 나는 이제 내려가 봐야겠습니다. 베레즈포드 씨, 내가 당신이라면 부인에게 브랜디 한 잔을 드릴 겁니다. 부인에게 있어선 기분 전환이 될 만한 사건이었으니까요."

무슨 일에도 동요하지 않는 경감의 등 뒤로 문이 닫히자 터펜스는 나지막한 소리로 말했다.

"채소 장수, 푸줏간 주인, 어부, 형사들—내가 말한 대로지요? 그 사람은 알고 있었어요."

찬장 앞에서 계속 뭔가를 하고 있던 토미가 커다란 잔을 들고 그녀의 곁으로 다가왔다.

"이걸 마셔 봐요."

"뭐예요? 브랜디?"

"아니, 칵테일. 개가를 올린 매카티에게 어울리는 것이지. 확실히 매리옷의 과녁은 처음부터 빗나가지 않았어. 그게 방법이었어. 이것이 트럼프라면 대담한 피네스(높은 점수의 패를 남겨두고 낮은 점수의 패로 판돈을 따오는 것)를 쓰고 3회 승부를 걸었다고 할 수 있겠지."

터펜스는 끄덕였다.

"그렇지만 그 사람은 좀 다른 방법으로 술책을 썼던 거예요."

"그러니까 킹이 쫓겨나게 되었던 거야."

부인 실종사건

블런트 씨—즉, 국제 탐정사무소의 소장인 데어도어 블런트 씨의 책상에 있는 버저가 울리고 있었다. 토미와 터펜스 두 사람은 접수처가 엿보이도록 만든 구멍으로 달려갔다. 접수처에서 갖가지 종류의 방법을 동원해 의뢰자들을 지연시키는 것이 앨버트의 임무였다.

"계십니다만……." 그는 말하는 중이었다.

"저희 소장님은 너무나 바쁘셔서요. 지금은 경시청과 전화하고 계십니다."

"기다리겠습니다." 방문객은 말했다.

"명함을 갖고 오지 않았는데 제 이름은 가브리엘 스태번슨입니다."

방문객은 키가 6피트(182㎝) 이상은 되어 보이며, 이상적인 남성이라고 할 수 있는 멋진 체격을 갖고 있었다. 얼굴은 붉은 구릿빛이어서 항상 비바람을 맞고 지낸 듯한 느낌이 들었고 새파란 눈동자는 햇볕에 그을린 피부색과 놀랄 만큼 대조를 이루고 있었다.

토미는 재빨리 결심했다. 그는 모자를 쓰고 장갑을 들고 문을 열었다. 그는 문턱 위에서 멈춰 섰다.

"소장님, 이분이 뵙고 싶다고 기다리시는데요." 앨버트가 말했다.

토미의 얼굴에 휙 곤란한 표정이 스쳤다. 그는 회중시계를 꺼내 보았다.

"11시 15분 전에 공작의 저택에 가기로 되어 있는데……."

그리곤 방문객을 날카로운 시선으로 쳐다보았다.

"2~3분 정도는 시간을 낼 수 있으니까 이쪽으로 들어오시지요."

손님은 바짝 그 뒤를 따라 사무실로 들어갔다.

터펜스는 메모지와 연필을 간단하게 갖추고 있었다.

"제 수석 비서인 로빈슨 양입니다." 토미는 소개했다.

“그러면 자세한 사정을 말씀해주시겠습니까? 아주 긴급한 용건이 있으시다는 것과 당신이 택시로 오신 것, 최근까지 북극에(그렇지 않으면 남극일지도 모르지만) 계셨던 것 외엔 아무것도 아는 게 없으니까요.”

손님은 놀란 모습으로 뚫어지게 토미의 얼굴을 쳐다보았다.

“멋지군요. 탐정이 그런 능력이 있다는 건 소설에서만 가능하다고 생각하고 있었는데요. 접수처 소년에게 아직 제 이름조차도 듣지 않으셨을 텐데!”

토미는 탄식하듯이 한숨을 쉬었다.

“아니, 이런 건 굉장히 쉽습니다. 극지권 내의 심야의 태양광선은 피부에 특수한 영향을 미치지요. 자외선은 어떤 종류의 특성을 갖고 있으니까요. 저는 그 문제에 대해 논문을 쓸 생각입니다. 아, 그런데 이야기가 빗나가 버렸군요. 뭔가 걱정거리가 있으신 것 같은데, 저희 사무소에 오신 용건이 무엇입니까?”

“블런트 씨! 우선 저는 가브리엘 스태번슨이라는…….”

“아! 과연.” 토미가 끼어들며 말했다.

“유명한 탐험가이시군요. 최근 북극지방에서 돌아오셨다는?”

“3일 전에 영국에 도착했습니다. 북해를 돌던 친구가 자기 요트로 데려다 주었지요. 그렇지 않았다면 2주일 뒤에나 돌아올 수 있었을 겁니다. 그건 그렇고, 블런트 씨, 제가 말씀드릴 것은, 2년 전 이번 탐험을 출발하기 직전에 저는 운 좋게도 모리스 리 고든 부인과 약혼을…….”

토미가 다시 끼어들어 말했다.

“리 고든 부인이라고 하신 분의 결혼 전 이름은?”

“랜체스터 경의 둘째 딸로 허미언 크레인이라고 하죠.”

터펜스가 술술 설명했다.

토미는 흘끗 감탄이 담긴 시선을 그녀에게 보냈다.

“첫 남편은 전사했어요.” 터펜스는 덧붙였다.

가브리엘 스태번슨은 고개를 끄덕였다.

“맞습니다. 지금 말씀하셨듯이 전 허미언과 약혼했습니다. 그래서 저는 이번 탐험여행을 취소하려고 했지만 그녀가 그러지 말라고 하더군요. 고마운 여성이지요. 탐험가의 아내로서 적합한 여성이었습니다. 영국에 상륙했을 때도 제일 먼저 생각한 것이 그녀를 만나는 일이었습니다. 저는 사우댐프턴에서 전보를 치고 첫 열차를 타고 런던에 왔습니다. 폰트 가(街)에 사는 그녀의 고모인 수전 클론레이 부인의 집에서 그녀가 머물고 있다고 알고 있었기 때문에 곧 그곳으로 갔지요. 그런데 실망스럽게도 허미는 노덤벌랜드에 있는 친구에게 놀러 가고 집에 없었습니다. 수전 부인은 친절하게 얘기를 해주었지만 제 모습을 보고는 놀란 것 같았습니다.

아까도 말씀드렸듯이 전 2주일 뒤에나 돌아올 예정이었으니까요. 수전 부인 말로는 허미는 2~3일 안에 돌아온다고 하더군요. 그래서 제가 주소를 물었더니 그 부인은 이상하게 대답을 피하는 겁니다. 허미는 두세 집에 머물 예정인데 어떤 순서로 방문할지는 자신도 전혀 모르겠다는 겁니다. 미리 이야기해 두는 편이 좋겠는데, 블런트 씨, 수전 부인과 저는 그다지 사이가 좋지 않습니다. 그 사람은 턱이 두 개나 되는 뚱뚱한 여자예요. 저는 뚱뚱한 여자는 매우 싫어하거든요—이전부터 말이에요. 뚱뚱한 여자와 살찐 개는 하나님도 아주 싫어하는 존재 아닙니까. 그런데 불행하게도 그 둘은 아주 어울리는 쌍이지요. 그런 혐오는 저의 별난 성질 때문이라는 건 알지만, 도저히 어쩔 수 없어요. 저는 뚱뚱한 여자와는 아무리 해도 잘 지낼 수가 없습니다."

"요즘의 경향도 당신의 취미와 일치하고 있습니다, 스태번슨 씨."

토미는 별것 아니라는 듯이 말했다.

"누구나 싫어하는 게 있지요. 고(故) 로버트 경의 경우는 고양이였지요."

"오해하지 마십시오. 수전 부인이 별로 매력이 없는 여성이라고 하는 건 아니니까요. 매력이 있는 분일지도 모르지만 제가 좋아질 것 같지 않다는 겁니다. 저는 전부터 그 부인이 우리의 약혼에 찬성하지 않는다고 생각하고 있었고, 분명히 허미의 마음을 돌리려고 한다는 느낌이 들었습니다. 이건 솔직한 제 심정을 말씀드리는 겁니다. 제 편견이라고 생각하시고 흘려들어도 괜찮습니다. 제 이야기를 계속하겠는데, 저는 뭐든지 제 식으로 해야 하는 완고한 사람입니다. 그래서 폰트 가의 수전 부인 집을 떠나기 전에 끝까지 졸라서 기어코 허미가 찾아갔을 듯한 사람들과 그 주소를 알아냈습니다. 그리곤 우편열차를 타고 북부로 떠났지요."

"음, 당신은 행동파이시군요, 스태번슨 씨." 토미는 빙긋 웃었다.

"이 사건은 마치 폭탄처럼 저에게 덮쳐왔습니다. 블런트 씨, 그 사람들은 모두 최근에 허미를 만난 적이 없다고 하는 겁니다. 세 집 중 한 집에서만 허미가 오기로 되어 있었다지만(다른 두 집에 대해선 수전 부인이 틀림없이 잘못 들었을 것 같습니다), 나중에 방문을 연기한다고 전보로 연락해 왔다고 하더군요. 물론 저는 서둘러서 런던에 돌아와 곧 수전 부인에게 갔습니다. 그 부인도 매우 당황해 하더군요. 도대체 허미가 어디로 갔는지 자기도 전혀 짐작이 가지 않는다는 겁니다. 그러면서도 경찰에 수색 요청을 내는 건 강력히 반대하지 뭡니까. 허미는 세상 물정을 모르는 어린애가 아니라 언제나 자기의 계획은 스스로 결정짓는 독립심이 강한 여자라며, 아마 분명히 뭔가 자신의 생각이 있어서 행동했을 거라고 하더군요. 저도 허미가 자기 행동을 하나에서 열까지 모두 수전 부인에게 보고하지 않았다고 해도 이상하게 생각하지 않습니다. 그렇지만 걱정이 되어서……, 뭔가 좋지 않은 일이 일어나고 있을 것 같은 불길한 예감이 듭니다. 제가 바로 그 집에서 나오려고 할 때 수전 부인에게 전보 한 통이 배달되었습니다. 그 부인은 안심한 듯한 표정으로 다 읽곤 그걸 제게 건네주더군요. 그 전보에는 이렇게 쓰여 있었습니다. '계획 변경 일주일 예정으로 몬테카를로로 감—허미.'"

토미는 한 손을 내밀었다.

"그 전보를 갖고 오셨습니까?"

"아니오, 없습니다. 그건 서리 군의 말든(런던 남쪽의 도시)에서 보낸 것이었습니다. 저는 발신지를 주의 깊게 봤지요. 뭔가 이상한 기분이 들었거든요. 말든에 무슨 볼일이 있어서 갔을까요? 거기에는 제가 아는 한 친구는 한 사람도 없는 데 말입니다."

"당신이 전번에 북부에 가셨을 때처럼 이번엔 몬테카를로에 가 보시지 그러십니까?"

"물론 그것도 생각해봤습니다. 그렇지만 그만두기로 했습니다. 블런트 씨, 수전 부인은 그 전보로 완전히 사태를 이해하는 듯했지만 전 그렇지 않습니다. 저는 허미가 전보를 치고 편지를 쓰지 않은 것이 이상하게 생각되더군요.

한두 줄이라도 그녀의 필적으로 쓴 걸 본다면 제 불안도 가라앉을 텐데 말입니다. 사실 전보에 '허미'라고 서명하는 정도는 누구든지 할 수 있는 것 아니겠습니까. 그런 걸 생각하면 할수록 저는 더욱 불안해지더군요. 그래서 결국 말든까지 가보았지요, 바로 어제.

말든은 아담한 마을이더군요. 좋은 골프장이 있고 호텔도 두 개 있었습니다. 생각이 미치는 대로 물어봤지만 허미가 그곳에 있었다는 증거는 뭣 하나 없었습니다. 기차로 돌아오는 도중에 이곳의 광고를 읽고 당신에게 상담해보자고 결심했지요. 허미가 실제로 몬테카를로로 출발했다고 해도 경찰에서 수색하게 하면 나쁜 소문을 만드는 결과나 되지 않을까 걱정이 되고, 또 찾을 길도 없는데 혼자서 뒤쫓자니 막막하기도 해서 말이죠. 저는 런던에 머물 예정입니다. 어쩌면, 어쩌면 뭔가 사건이 터질지도 모르니까요."

토미도 곰곰이 생각하며 고개를 끄덕였다.

"분명히 말해서 어떤 걸 염두에 두고 계시죠?"

"저도 확실히는 말씀드릴 수 없습니다만, 뭔가 좋지 않은 일이 일어날 듯한 기분이 듭니다."

스태번슨은 주머니에서 케이스를 꺼내어 열고 두 사람의 눈앞에 놓았다.

"이 사람이 허미언입니다. 맡겨 두겠습니다."

그 사진은 키가 크고 버들가지 같은 몸매를 가진 여자를 찍은 것이었다. 싱싱한 젊음은 없어졌지만 매력 있고 담백한 미소, 사랑스러운 눈동자를 가지고 있었다.

"그러면, 스태번슨 씨, 그 외에 잊고 말씀하지 않으신 건 없습니까?"

"예, 없습니다."

"하찮은 것이라도, 아무리 작은 일이라도 말이죠?"

"없는 것 같습니다."

토미는 한숨을 쉬었다.

"그러면 더욱더 일이 어렵겠군요. 범죄 기사를 읽으시고 당신도 종종 느끼셨으리라 생각하는데, 스태번스 씨, 위대한 탐정이 실마리를 잡는 데 필요한 게 얼마나 평범하고 하찮은 사실인 줄 아십니까? 그런데 이 사건에는 좀 별난 특징이 몇 개 있다고 해도 좋을 겁니다. 저는 이미 부분적으로는 사건의 실마리를 파악했습니다만 시간이 지나면 모두 명백해지리라 생각됩니다."

그는 테이블 위에 놓여 있던 바이올린을 들어 두어 번 활로 줄을 켰다. 터펜스는 이를 갈았고 탐험가조차 얼굴이 창백해졌다. 연주자는 악기를 내려놓았다.

"모스고프스켄스키의 선율이야." 그가 중얼거렸다.

"스태번스 씨, 주소를 적어 주시면 모든 수사 진행 상황을 알려 드리겠습니다."

손님이 사무소를 나가자 터펜스는 바이올린을 들어 책장 속에 집어넣고 자물쇠에 꽂힌 열쇠를 돌렸다.

"셜록 홈스를 흉내 내고 싶다면 정밀한 주사기와 코카인 상표가 붙은 약병도 사올게요. 제발 부탁이니까 바이올린만은 켜지 마세요. 그 인상 좋은 탐험가가 어린 아이처럼 단순한 사람이 아니었다면 당신의 정체를 벌써 알아차렸을 거예요. 당신, 계속 셜록 홈스 흉내를 낼 거예요?"

"나는 지금까지 잘 해왔다고 자부하는데……."

토미는 만족스럽게 말했다.

"그 추측이 꼭 맞았잖아? 택시를 타고 오는 건 당연할 수밖에 없어. 생각해보면 여기에 올 수 있는 가장 상식적인 방법이라 하면 택시밖에 없으니까."

"나도 오늘 아침 '데일리 미러' 지에서 그 사람의 약혼 기사를 읽었어요. 운이 좋았지요." 터펜스도 말했다.

"그래, 그건 블런트의 우수한 탐정들의 능력을 입증한 거야. 이건 아무리 봐도 셜록 홈스식의 사건이야. 《레이디 프랜시스 카팍스의 실종(《홈스의 마지막 인사》에 나오는 단편)》과 비슷하다고 생각하지 않아?"

"그러면 당신은 리 고든 부인이 관 속에서 발견되리라 생각하세요?"

"이론적으로 그렇다는 말이지. 역사는 반복되는 거니까. 사실이, 그런 거야. 당신은 어떻게 생각해?"

"그래요. 제일 알기 쉬운 해석은 그 사람이 허미라고 부르는 여성은 어떤 이유로든 약혼자와 만나기를 두려워하고 있고, 수전 부인이 그녀를 도와주고 있다고 보는 거예요. 좀더 확실하게 말하자면 뭔가 큰 실수를 저질러서 만나기를 겁내고 있는 거지요."

"그런 해석은 나도 할 수 있어." 토미가 말했다.

"그렇지만 스태번슨과 같은 남자에겐 그런 설명을 비추기 전에 사실을 분명하게 알아보는 게 좋다고 생각해. 어때? 내친김에 말든에 가보는 게? 골프 클럽을 갖고 가는 것도 나쁘지는 않을 것 같은데……."

터펜스도 찬성했으므로 그동안 국제 탐정사무소는 앨버트에게 지키도록 당부했다.

말든은 유명한 주택지였지만 그리 넓은 지역은 아니었다. 토미와 터펜스는 가능한 한 모든 방면을 조사해봤지만 헛수고로 끝나 버렸다. 그런데 런던으로 돌아오는 길에 터펜스의 머리에 문득 멋진 생각이 떠올랐다.

"토미, 그 전보에는 왜 말든, 서리라고 쓰여 있었을까요?"

"말든이 서리 군에 있으니까 그런 거 아니야. 바보 같은……."

"바보는 당신이에요. 나는 그걸 말하는 게 아니에요. 예를 들면 헤이스팅스나 토키에서 전보를 보낼 경우 마을 뒤에 군(郡) 이름을 쓰진 않아요. 그렇지만 리치먼드에서 온 전보라면 리치먼드, 서리라고 쓰겠어요. 리치먼드라는 곳이 두 군데 있으니까요."

운전하던 토미는 차의 속도를 늦추었다.

"터펜스, 당신의 생각도 그렇게 쓸데없는 건 아닌 것 같은데."

그는 감탄한 듯 말했다.

"맞은편 우체국에서 물어보는 게 어떨까?"

두 사람은 마을의 큰길 중심에 있던 자그마한 건물 앞에 차를 멈췄다. 말든이라는 곳이 두 군데 있다는 정보를 알아내는 덴 불과 2~3분으로 충분했다. 한 곳은 서리의 말든, 또 한 곳은 서식스의 말든으로, 후자는 작고 추운 마을이지만 우체국은 있었다.

"그곳이에요." 터펜스가 말했다.

"스태번슨은 말든이라는 마을이 서리에 있다는 것만 생각하고는 말든의 뒤에 'S'로 시작되는 글자를 제대로 살펴보지도 않고 서리라고 생각한 거예요."

"내일은 그 서식스의 말든을 조사해보기로 하지." 토미가 말했다.

서식스 군의 말든은 서리 군의 그 마을과는 굉장히 사정이 달랐다. 정거장에서도 4마일이나 떨어져 있고 마을에는 선술집이 둘, 거기에 과자점과 그림엽서 가게를 겸한 우체국과 일곱 채 정도의 작은 농가가 있을 뿐이었다. 터펜스는 상점 쪽을 돌고, 토미는 '수탉과 제비'라는 간판이 붙은 선술집으로 갔다. 두 사람은 30분 뒤에 다시 만났다.

"어때요?" 터펜스가 물었다.

"맥주가 꽤 맛있더군. 그런데 정보는 하나도 없어."

"그럼 당신은 '왕의 머리' 쪽을 알아보세요. 난 우체국 쪽으로 가보겠어요. 우체국에는 꽤 까다로운 노파가 있는 것 같은데, 저녁 먹으라고 고함치는 목소리를 들었으니 다른 사람도 있을 거예요."

그녀는 우체국으로 가서 여러 가지 그림엽서를 보고 있었다. 신선한 얼굴을 한 딸인 듯한 아가씨가 아직 입을 우물우물 거리면서 방으로 나왔다.

"이걸 사고 싶어요." 터펜스가 말했다.

"그러고 나서 이쪽 만화풍 엽서도 보고 싶으니까 조금 기다려 주세요."

그녀는 한 묶음의 그림엽서 중에서 눈에 띄는 걸 고르며 아가씨에게 말을 걸었다.

"아가씨도 우리 언니의 주소를 모른다면 정말 실망할 거예요. 언니는 이 부근에 있다고 하는데 주소가 적힌 편지를 잃어버렸지 뭐예요. 리 우드라고 하는데."

아가씨는 고개를 흔들었다.

"그런 이름은 잘 모르겠는데요. 이 우체국을 거치는 우편물은 그렇게 많지 않거든요. 그러니까 그런 이름의 우편물을 보았다면 저도 기억날 텐데……. 그레인지 저택 말고는 이 부근에는 큰 집이 별로 없어요."

"그레인지 저택? 주인이 누군데요?" 터펜스가 물어보았다.

"호리스턴 의사의 집이에요. 지금은 요양소로 변했지요. 신경성 환자가 대부분인데, 진정요법으로 요양이 필요한 부인들이 찾아오죠. 여기라면 소문도 나지 않으니까 아무도 모르거든요."

아가씨는 쿡쿡 웃었다.

터펜스는 서둘러 몇 장의 그림엽서를 골라 값을 치렀다.

"어머! 지금 저기 오는 것이 호리스턴 선생님의 자동차예요."

그 처녀가 외쳤다.

터펜스는 문쪽으로 달려갔다. 2인승 소형차가 지나갔다. 운전석에 앉아 있는 사람은 단정하게 다듬은 검은 턱수염에 소름끼칠 정도로 굳은 표정, 키가 커 보이는 거무스름한 얼굴의 남자였다. 자동차는 곧바로 거리를 달려갔다. 터펜스도 도로를 가로질러 자기 쪽으로 달려오는 토미의 모습을 발견했다.

"토미, 알 것 같아요. 호리스턴 의사의 요양소예요."

"나도 그 요양소에 대한 얘길 '왕의 머리'에서 듣고 거기에 뭔가 있을 듯한 기분이 들었어. 그러나 그 부인이 심한 정신쇠약 같은 것에 걸렸다면 그녀의 고모나 친구들도 알고 있을 텐데……."

"그렇지요. 전 그런 의미로 말한 건 아니에요. 토미, 아까 2인승 자동차에 타고 있던 남자를 봤어요?"

"소름끼칠 정도로 싫은 표정을 한 남자? 봤지."

"그가 호리스턴 의사예요."

토미는 '흠!' 하며 고개를 끄덕였다.

"교활한 표정이었어. 터펜스, 어때? 그 저택에 가볼까?"

두 사람은 간신히 그 집을 찾았는데 손질을 전혀 하지 않아 몹시 황폐해진 정원에 둘러싸인 커다란 집이었으며, 뒤쪽에는 물레방아용으로 빠르게 흐르는 시내가 있었다.

"뭔가 기분 나쁜 집이군. 등이 오싹오싹해져. 당신도 알겠지만 나는 이 사건이 처음에 생각했던 것보다 훨씬 중대한 사건이 될 듯한 예감이 들어."

토미가 말했다.

"그런 불길한 말은 하지 말아요. 적절하게 때를 맞춰서 온 것이라면 좋겠는데……. 그 여자는 뭔가 위험에 빠져 있어요. 나는 그걸 분명하게 느낄 수 있어요."

"멋대로 상상하면 좋지 않아."

"상상하지 않을 수 없어요. 나는 그 남자를 도저히 믿을 수 없거든요. 이제부터 어떻게 할까요? 우선 나 혼자 가서 벨을 누르고 대담하게 리 고든 부인에 대해 물어보는 것도 좋은 방법이 아닐까 생각해요. 단지 상대의 태도를 타진해 보기 위해서 말이에요. 아무런 꺼림칙한 데 없이 떳떳한 태도를 취할지도 모르니까요."

터펜스는 그 계획을 실행에 옮겼다. 벨을 누르자 거의 사이를 두지 않고 곧 무신경한 듯한 얼굴의 하인이 문을 열었다.

"리 고든 부인을 만나고 싶은데요. 몰라볼 만큼 건강해졌다고 해서……."

그녀에겐 하인의 눈꺼풀이 한순간 흠칫하고 움직인 듯한 느낌이 들었지만 상대는 아무렇지 않게 술술 대답했다.

"그런 이름을 가진 분은 안 계시는데요."

"아, 그렇습니까? 여기가 호리스턴 의사댁이고 그레인지 저택이라고 하는 곳이 아닌가요?"

"그건 그렇습니다만, 리 고든 부인이라는 분은 계시지 않습니다."

어쩔 수 없이 터펜스는 되돌아와서 문밖에서 기다리는 토미와 상의를 했다.

"그게 사실일지도 몰라. 뭐라고 해도 우리는 어차피 모르는 거니까."

"아니에요. 그 남자는 거짓말을 하고 있어요. 확신해요."

"그럼 의사가 돌아올 때까지 기다리자고. 돌아오면 내가 신문기자가 되어서 선생의 진정요법에 대해 알고 싶어서 찾아왔다고 하지. 그렇게 하면 안에 들어가 내부의 모습을 살펴볼 기회를 잡을 수도 있으니까."

의사는 30분이 지나서 돌아왔다. 토미는 5분 정도 여유를 두고 나서 당당히 현관으로 들어갔다. 그렇지만 그도 곧 쫓겨서 돌아왔다.

"선생은 진찰 중이라서 조금도 짬이 없고, 게다가 신문사 사람들과는 절대로 만나지 않는다고 하는군. 터펜스, 당신이 말한 그대로야. 이 집엔 수상한 점이 있어. 장소도 이상적이고—어디에서든 수 마일은 떨어져 있으니까. 여기라면 무슨 일을 벌이더라도 아무도 눈치 챌 수 없을 거야."

"좋아요. 해보는 거예요." 터펜스가 결심을 다지듯 말했다.

"뭘 하려는 거지?"

"담을 뛰어넘어서 아무에게도 들키지 않고 집 근처까지 갈 수 있을지 해볼 생각이에요."

"좋아. 나도 함께 가지."

정원 안은 상당히 많은 나무들이 제멋대로 자라 있었으므로 숨을 곳은 꽤 있었다. 토미와 터펜스는 들키지 않고 집 안쪽으로 기어갈 수 있었다.

집에는 넓은 테라스가 있고, 거기서 아래로 내려올 수 있는 무너진 돌계단이 있었다. 한가운데에 테라스로 나오는 쌍여닫이문이 열려 있었지만 두 사람은 들킬까 봐 그쪽으로 다가가지는 못했다. 그러나 그들이 웅크리고 있는 위쪽의 창문들은 너무 높아서 엿볼 수가 없었다. 이래서는 두 사람의 정찰이 별로 효과를 거두지 못하겠다고 생각하고 있을 때 갑자기 터펜스가 토미의 팔을 잡고 있던 손에 힘을 주었다.

몇 사람인가가 바로 옆방에서 말을 하고 있는 것이었다. 창문이 열려 있었으므로 이야기 소리가 확실하게 들려왔다.

"빨리 들어오고 문을 닫아. 한 시간쯤 전에 어떤 여자가 와서 리 고든 부인에 대해 물었다는 얘기가 뭐야?"

남자의 목소리가 책망하듯 말했다.

대답을 하는 남자는 아까의 그 무신경한 얼굴의 하인임을 터펜스는 곧 알 수 있었다.

"그런 사람이 있었습니다."

"물론 여기에 없다고 말했겠지?"

"당연하지요."

"다음엔 또 신문기자 녀석이야?" 상대는 화가 난 듯 말했다.

그가 갑자기 창가로 다가와서 소리를 질렀기 때문에 무성한 나무 뒤에 숨어서 엿보던 두 사람은 그가 호리스턴 의사임을 알았다.

"무엇보다 걱정이 되는 건 그 여자란 말이야." 의사는 말을 이었다.

"어떤 모습이었어?"

"젊고, 인상이 좋고, 세련된 옷을 입었습니다."

"걱정하던 대로군." 의사는 목소리를 낮추어 말했다.

"그 리 고든이라는 여자의 친구임이 틀림없어. 굉장히 귀찮게 되었군. 뭔가 빨리 조치를 취하지 않으면……."

뒤는 말하지 않았다. 토미와 터펜스의 귀에 문이 닫히는 소리가 들렸다. 주위는 다시 조용해졌다.

토미는 앞서서 조심스럽게 물러났다. 말소리가 들릴 걱정이 없는 데까지 가서는 그가 말을 했다.

"터펜스, 사태는 심각해. 놈들은 위해(危害)를 가하려고 하고 있어. 곧 런던으로 돌아가서 스태번슨과 만나야 할 것 같은데."

놀랍게도 터펜스는 고개를 저었다.

"우리는 여기에 있어야 해요. 그 남자가 무슨 조치를 취하겠다는 걸 당신도 들었잖아요."

"난처한 건 경찰에 신고하려고 해도 증거가 없어서……."

"저, 토미, 이 마을에서 스태번슨에게 전화를 걸어 보면 어떨까요? 난 이 주위에서 방법을 찾아볼 테니까."

"아마 그게 최상책일지도 모르겠군." 그녀의 남편도 동의했다.

"그렇지만, 터펜스……."

"예?"

"당신 조심해야 해. 알았지?"

"물론 조심할게요. 당연한 걸 가지고……. 빨리 갔다 오세요."

토미가 돌아온 것은 그러고 나서 두 시간이 지나서였다.

터펜스는 문 가까운 곳에서 기다리고 있었다.

"어떻게 되었어요?"

"스태번슨에겐 연락이 되지 않아. 그리고 수전 부인에게도 걸어 봤는데 외출 중이더군. 그래서 브래디에게 전화를 걸어 보았어. 그 사람에게 의사 명단에서 호리스턴에 대해 조사해 달라고 부탁했지."

"그랬더니 브래디 의사가 뭐라고 해요?"

"그 이름이라면 안다고 하더군. 호리스턴은 예전엔 실력 있는 의사였는데 무슨 실순가를 저지른 것 같다고 하는군. 브래디의 말에 따르면 그런 무분별한 사기꾼 의사도 없다면서. 자기는 그가 무슨 짓을 했다고 해도 놀라지 않을 거라는 거야. 이제 문제는 우리가 이제부터 어떻게 하면 좋을까 하는 거야."

"여기에 있어야만 해요." 터펜스는 즉시 말했다.

"난 그들이 오늘 밤 안에 뭔가 계획을 세울 거라는 예감이 들어요. 토미, 그때 난 정원사가 사다리를 어디에 두는 지 잘 봐놓았어요."

"철저하군." 토미는 칭찬의 말을 아끼지 않았다.

"그러면 오늘 밤……."

"어두워지면……."

"즉시……."

"시작해요."

이번엔 토미가 교대로 집 주위를 망보는 동안에 터펜스는 마을로 가서 식료품을 샀다.

이윽고 그녀가 되돌아오자 두 사람은 함께 감시하기로 했다. 9시가 되자 행동을 개시해도 될 거라고 판단했다. 이번엔 아무런 들킬 염려 없이 집 주변을 돌 수 있었다. 갑자기 터펜스가 토미의 팔을 잡았다.

"귀를 기울여 봐요."

그들의 주의를 끌 만한 소리가 밤공기를 타고 다시금 희미하게 들려왔다. 그건 여자의 괴로운 듯한 신음소리였다. 터펜스는 2층의 창문을 가리켰다.

"저 방에서 들려요." 그녀는 속삭였다.

다시 낮은 신음 소리가 밤의 정적을 깨뜨렸다.

귀를 기울이던 두 사람은 첫 계획을 실행에 옮길 결심을 했다. 터펜스는 정원사가 사다리를 놓아둔 장소로 안내했다. 아래층 창문에는 전부 발이 내려져 있었지만 2층의 그 문제의 창문만은 발이 내려져 있지 않았다.

토미는 되도록 소리가 나지 않도록 사다리를 벽에 기대 세웠다.

"내가 올라갈게요." 터펜스는 속삭였다.

"당신은 밑에 있어요. 나는 사다리 타는 덴 자신 있고 당신은 사다리를 지탱할 힘이 있으니까요. 만일 그 의사가 저 모퉁이를 돌아올 경우에도 당신이라면 상대할 수 있겠지만 나는 안 되잖아요."

그녀는 민첩하게 사다리로 기어 올라가 창문 안을 들여다보려고 조심스럽게 머리를 들었다. 그러나 재빨리 머리를 숙였다. 그리고 1~2분 뒤에 또 슬며시 머리를 들었다. 그녀는 5분 정도 그렇게 방 안을 살피다가 아래로 내려왔다.

"그녀예요." 터펜스는 숨을 죽이며 짧게 말했다.

"그런데, 토미, 오싹해요. 신음하면서 몸부림치고. 내가 올라갔을 때 간호사 복장을 한 여자가 들어오더니 팔에 무슨 주사를 놓곤 나갔어요. 이제 어떻게 해야 하죠?"

"의식은 있는 것 같아?"

"그래요. 확실해요. 침대에 묶여 있는지도 모르지요. 다시 한 번 올라가서 가능하면 그 방에 들어가 보겠어요."

"잠깐, 터펜스……."

"내가 위험에 빠지면 큰소리로 외칠게요. 안녕."

그 이상 아무 얘기도 하지 말라는 듯 터펜스는 서둘러서 또 사다리를 올라갔다. 토미는 그녀가 창문을 들여다보곤 곧 소리도 없이 창틀을 오르는 걸 보았다. 다음 순간에 그녀의 모습은 안쪽으로 사라져 버렸다.

토미에게 있어서 고통스러운 몇 분이 지나갔다. 처음엔 아무 소리도 들리지 않았다. 터펜스는 리 고든 부인과 소곤소곤 말하고 있음이 틀림없었다. 곧 낮게 중얼거리는 듯한 말소리가 들려왔기 때문에 그는 안심의 한숨을 토해 냈다. 그런데 갑자기 그 목소리가 멈춰졌다—죽음과 같은 정적.

토미는 세심히 귀를 기울였다. 아무 소리도 들리지 않았다. 도대체 두 사람은 뭘 하고 있는 것일까?

갑자기 어깨에 손을 얹는 자가 있었다.

"나예요." 어둠 속에서 터펜스의 소리가 들렸다.

"터펜스! 어떻게 온 거야?"

"현관으로요. 자! 나가요."

"이 집에서 나가자는 거야?"

"그래요."

"그러면 리 고든 부인은?"

터펜스는 불쾌함을 토해 내는 듯한 어조로 이렇게 대답했다.

"살을 빼려고 그러는 거예요."

의아스럽다는 눈초리로 토미는 그녀의 얼굴을 똑바로 쳐다보았다.

"뭐라고?"

"지금 말한 대로예요. 살 빼려고 그러는 거예요. 날씬한 몸매, 체중 감소. 당신도 스태번슨이 뚱뚱한 여자를 아주 싫어한다고 한 말을 들었죠? 그 사람이 없는 2년 동안에 허미는 체중이 늘었던 거예요. 그런데 그가 돌아온다고 하니까 너무나 당황해서 급히 호리스턴 의사의 최신 치료를 받으러 온 거지요. 그 치료법은 무슨 약을 주사하는 것인데 그 남자는 그걸 비밀로 하고 불법적으로 무지막지한 치료비를 탈취하고 있어요. 분명히 그 남자는 사기꾼이에요. 사기꾼으로서는 대성공을 한 부류지요. 하여간 스태번슨이 예정보다 2주일이나 빨리 돌아온 거예요. 겨우 치료를 시작했을 때인데 말이에요. 수전 부인도 비밀을 지키기로 합의를 한 거죠. 그런데 우리는 이런 곳까지 와서 터무니없이 얼간이 흉내를 낸 셈이니!"

토미는, '휴!' 하며 한숨을 토해 냈다.

"왓슨!" 그는 위엄 있게 말했다.

"내일 퀸스 홀에서 멋진 음악회가 있다고 하는군. 우리도 거기에 맞게 도착할 수 있을 거야. 그리고 이번 사건은 기록하지 않는 편이 좋을 것 같군. 이 사건엔 뭣 하나 두드러진 특징도 없으니까."

장님 놀이

"알았습니다." 토미는 수화기를 내려놓았다. 그리곤 터펜스를 쳐다보았다.

"대장이 건 거야. 우리도 오싹할 일을 당하신 모양이야. 우리가 쫓고 있는 집단이 내가 진짜 데어도어 블런트가 아니라는 사실을 안 것 같아. 그래서 당신에게 집으로 돌아가 있으라는데. 더 이상 이 문제에 휘말리지 않도록 말이야. 우리가 건드린 말벌 소굴은 아무도 상상할 수 없을 만큼 큰 것 같아."

"나에게 집에 틀어박혀 있으라니. 바보 같은 소리 하지 말아요."

터펜스는 딱 잘라 말했다.

"내가 집에 있으면 누가 당신을 보호해주나요? 게다가 나는 흥분되는 일을 매우 좋아해요. 요즘 사무소는 별로 활발하지도 않잖아요."

"그렇게 매일 살인사건이나 도난사건이 들어올 리가 없지. 지나친 기대는 하지 마. 내게 한 가지 생각이 있는데, 이렇게 불경기일 때에는 집에서 매일 일정한 양의 연습을 할 필요가 있다고 생각해."

토미는 말했다.

"누워서 다리를 교대로 움직이는 그런 운동 연습?"

"그렇게 비꼬아서 해석하지 마. 내가 연습이라고 하는 게 탐정기술 연습인 걸 알잖아! 즉, 거장들의 방법을 그대로 해보는 거지. 예를 들면……."

토미는 옆의 서랍에서 커다란 암녹색의 안대를 꺼내어 양 눈을 가렸다. 그리곤 이리저리 움직이며 그 위치를 바로잡았다. 다음에 주머니에서 회중시계를 꺼냈다.

"오늘 아침에 이 유리가 깨졌어. 덕분에 이 민감한 손가락으로 살짝 만져볼 수밖에 없는 유리 뚜껑 없는 시계가 되었지 뭐야."

"조심해요. 요전에도 당신은 작은 바늘을 떨어뜨려 버렸잖아요."

"잠깐 손을 내놔 봐."

그는 터펜스의 손을 잡고 손가락으로 맥박을 쟀다.

"아! 규칙적인 박동. 부인은 심장병은 없습니다."

"아무래도 당신은 손리 콜튼(크린튼 스타그의 작품에 나오는 장님 탐정) 흉내 내는 것 같군요."

터펜스가 말했다.

"맞아. 맹인 해결사지. 당신은 뭐라던가 하는 검은 머리에 발그스레한 뺨을 가진 비서……."

"강둑에 떨어져 있는 한 꾸러미의 아기 옷 속에서 주운 아이."

터펜스가 마무리 지었다.

"그리고 앨버트는 피, 별명은 작은 새우."

"그렇게 되면 그 아이에겐 '깜짝이야!'라고 소리치는 것을 가르쳐야겠군요. 그런데 그 아이의 목소리는 날카롭지가 않아요. 매우 쉰 목소리지요."

"그 문 옆의 벽에 가느다란 중간 키 정도의 지팡이가 세워져 있는 것이 보일 거야. 그것을 이 민감한 손으로 잡으면 여러 가지를 알 수 있지."

그는 일어나자마자 의자에 부딪혔다.

"빌어먹을! 여기에 의자가 있는 것을 잊고 있었군."

"눈이 보이지 않으면 틀림없이 괴로울 거예요."

터펜스가 동정심을 담아 말했다.

"그럴 거야." 토미도 진심으로 맞장구를 쳤다.

"나는 전쟁에서 시력을 잃은 불쌍한 사람들에게 가장 동정을 느껴. 그렇지만 암흑 속에서 살고 있으면 실제로 특수한 감각이 발달한다고 하잖아. 그래서 나도 그렇게 될 수 있나 해보는 거야. 깜깜한 어둠 속에서라도 다소 도움이 될 수 있도록 자신을 훈련시켜 두면 아주 편리하지 않겠어? 터펜스, 선량한 시드니 테임스 역을 해줘. 저 지팡이 있는 곳까지 몇 걸음이나 될까?"

터펜스는 열심히 세어 보았다.

"앞으로 세 걸음, 왼쪽으로 다섯 걸음." 그녀는 결단을 내려서 말했다.

토미는 미덥지 못한 듯 고개를 갸우뚱하며 걷기 시작했는데, 터펜스는 그가 왼쪽으로 네 걸음만 걸으면 부딪칠 듯한 기분이 들어서 갑자기 소리를 질러서 멈추게 했다.

"대단한 일이군요, 이건." 터펜스가 말했다.

"몇 걸음 걸으면 될지 판단하기가 이렇게 어려운지 미처 몰랐어요."

"꽤 흥미가 있군." 토미가 말했다.

"앨버트도 불러오지. 양손으로 악수를 해서 어느 손이 누구의 손인지 알아보는 시험을 해봐야겠어."

"좋아요. 그렇지만 앨버트에게 우선 손을 씻으라고 해야겠어요. 그 지긋지긋한 사탕을 끊임없이 입에 넣고 다니니까 분명 손이 끈적끈적할 거예요."

앨버트에게도 이 놀이를 알려주자 상당히 재미있어했다.

악수가 끝나자 토미는 만족스러운 듯 미소 지었다.

"역시 맥박이 다르군." 그가 중얼거렸다.

"처음이 앨버트고 두 번째가 터펜스야."

"틀려요!" 터펜스가 날카롭게 소리를 질렀다.

"맥박으로 알아낸 게 아니죠? 당신은 내 결혼반지로 판단한 거예요."

그 밖에도 여러 가지 실험을 해봤지만 하찮은 성과밖에 올리지 못했다.

"처음부터 능숙할 수는 없지." 토미가 말했다.

"실패 없이 잘되는 건 없으니까. 그런데 마침 점심시간이군. 터펜스, 함께 블리츠 호텔에 가지 않겠소? 맹인과 그 보호자로서 말이야. 어때? 그곳이라면 뭔가 놀랄 만한 정보를 얻을 수 있지 않을까 싶은데……."

"그렇지만, 토미, 그러다 곤란한 지경에 처하면 어떡해요."

"아니, 그런 일은 없어. 나는 작은 몸집의 신사처럼 얌전히 행동할 테니까. 그렇지만 식사가 끝나기 전까지 분명히 당신을 깜짝 놀라게 할 사건이 일어날 거야."

이런 어조로 모든 항의를 무정하게 거절해 버리고 15분 뒤에 토미와 터펜스는 블리츠 호텔의 구석 테이블에 기분 좋게 자리 잡고 있었다.

토미는 메뉴 위에서 가볍게 손가락을 움직였다.

"나는 새우 필라프에 구운 닭고기로 하지." 그가 중얼거렸다.

터펜스도 주문을 하자 웨이터는 물러갔다.

"지금까지는 잘 되었어." 토미는 말했다.

"그러면 이제부터 더욱 야심적인 모험을 해볼까. 저 짧은 스커트의 여자는 정말 아름다운 다리를 갖고 있군. 지금 들어온 여자 말이야."

"토미, 어떻게 그런 걸 알죠?"

"미끈한 다리는 바닥에 특수한 진동을 전달해서 그것이 이 지팡이로 울려오거든. 솔직히 말해서 큰 레스토랑에서는 대개 아름다운 다리의 여자가 입구에서서 친구를 찾다가, 짧은 스커트가 살짝 흔들리면 때를 만난 것처럼 자랑스레 다리를 과시하거든."

식사가 시작되었다.

"우리 두 테이블 건너의 남자는 부유한 암거래상인 것 같군."

토미가 거침없이 말했다.

"유대인이 아닐까?"

"잘 맞췄어요." 터펜스는 감동한 듯 말했다.

"이번엔 뭐라고 할 말이 없군요."

"하나하나 설명해줄 수는 없어. 볼만한 장면을 놓치게 되니까. 오른쪽 세 번째 테이블에서는 지배인이 샴페인을 따르고 있군. 검은 옷을 입은 뚱뚱한 여자가 우리 테이블 옆을 지나가고 있고."

"토미 도대체 어떻게……?"

"하하하! 당신도 이제야 내 힘을 깨달은 것 같군. 당신의 뒤 테이블에서 일어난 저 갈색 옷을 입은 젊은 여자, 정말 인상이 좋은데."

"엉터리! 회색 옷을 입은 청년이에요." 터펜스가 말했다.

"뭐라고?" 토미도 언뜻 당황한 것 같았다.

그 순간 아까부터 그리 멀리 떨어지지 않은 테이블에 앉아 이 젊은 부부를 매우 흥미 있게 지켜보고 있던 두 남자가 불쑥 일어서서 구석 테이블 쪽으로 다가왔다.

"실례하겠습니다."

나이가 많은 듯 보이며 안경을 끼고 희끗희끗한 짧은 콧수염에 키가 크고 멋진 양복을 입은 남자가 말을 걸어왔다.
"혹시 데어도어 블런트 씨 아니십니까?"
토미는 다소 뜻밖인 듯 조금 당황했지만 곧 꾸벅 인사를 했다.
"맞습니다. 제가 블런트입니다만."
"이건 뜻밖의 행운이군요! 블런트 씨, 실은 저는 식사를 끝내고 당신의 사무소를 찾아갈 예정이었습니다. 지금 저는 곤란한 사정에 빠져 있습니다. 중대한 난관에 직면해 있지요. 그런데, 이런 걸 물으면 실례일지 모르지만, 눈을 어떻게 다치셨습니까?"
"아니오." 토미는 우울한 듯한 목소리로 대답했다.
"저는 맹인입니다. 전혀 보이지 않지요."
"뭐라고요?"
"놀라신 것 같군요. 그렇지만 맹인 탐정이 있다는 건 들으셨으리라 생각하는데요."
"그야 소설에서죠. 현실 세계에선 한 번도 들은 적이 없습니다. 특히 당신이 맹인이란 것은 전혀 소문도 듣지 못했는데요."
"대부분의 사람들은 이 사실을 눈치 채지 못하지요." 토미는 중얼거렸다.
"오늘은 번쩍거리는 빛으로부터 안구를 보호하기 위해 안대를 댔습니다만, 이걸 떼면 대개의 사람들은 제게 육체적 결함이(글쎄, 그렇게 부른다고 하면) 있으리라곤 꿈에도 생각하지 못하는 듯하더군요. 그래서 저는 부득이 눈을 속여야 했지요. 아, 그런 이야기는 이 정도로 해 두겠습니다. 곧 제 사무소로 가시겠습니까? 그렇지 않으면 여기서 그 사건을 상세히 말씀해주시겠습니까? 아무래도 여기서 하시는 게 좋을 것 같은데요."
웨이터가 의자를 더 갖다 주었으므로 두 사람은 합석을 했다. 한마디도 말을 하지 않은 두 번째 남자는 이야기를 하는 남자보다 키가 작고 탄탄한 체형으로 매우 거무스름한 얼굴을 하고 있었다.
"매우 미묘한 문제입니다."
연상의 남자가 비밀처럼 목소리를 낮추어서 말하기 시작했다. 그리곤 마음에 걸리는 듯 터펜스를 보았다. 블런트 씨는 그 시선을 깨닫는 모습이었다.

"소개하겠습니다. 이쪽은 제 비서인 갠지스 양입니다. 그 이름 그대로 인도의 강가에서 얻었지요. 그저 아기 옷 꾸러미가 떨어져 있는 줄만 알았지요. 정말 불쌍한 과거를 갖고 있습니다. 갠지스 양은 제 눈과 같습니다. 제가 가는 곳이면 어디든 따라와 주니까요."

그렇게 소개를 하자 그 미지의 남자도 인사를 했다.

"그렇다면 저도 마음 놓고 말씀드리겠습니다. 블런트 씨, 실은 제 딸이(열여섯 살이 됩니다만) 좀 특수한 사정하에 유괴를 당했습니다. 저는 사실은 30분 전에 알았습니다. 사정이 사정이라서 경찰을 부를 수는 없었습니다. 그래서 당신의 사무소로 전화를 걸었습니다. 사무소 사람의 말로는 당신은 점심식사 하러 가셨는데 2시 30분까지는 돌아오신다고 하더군요. 저는 친구인 하커 대위와 여기 들어와서……."

키가 작은 남자가 꾸벅 고개를 숙이며 뭔가 입속으로 중얼거렸다.

"그런데 정말 운이 좋게 당신도 여기서 식사를 하고 계셨던 거지요. 한시도 꾸물거릴 수 없습니다. 지금 곧 저희 집까지 같이 가셨으면 하는데요……."

토미는 아주 예의 바르게 거절했다.

"30분 뒤에는 방문할 수 있습니다. 일단 사무소로 돌아가 봐야 하니까요."

하커 대위는 흘끗 터펜스를 돌아봤는데 그녀의 입술 끝이 한순간 웃음을 참는 듯한 모습이라 약간 놀란 모양이었다.

"아니, 아니, 그러지 마시고 꼭 저와 함께 가주시지요."

희끗희끗한 콧수염의 남자는 주머니에서 명함을 꺼내어 테이블 너머로 건넸다.

"저는 이런 사람입니다."

토미는 그것을 손가락으로 만져 보았다.

"제 손가락도 이걸 읽을 수 있을 만큼 민감하지는 않습니다."

그는 빙긋이 웃으며 명함을 터펜스에게 건네주자 터펜스가 낮은 소리로 읽어 주었다.

"블레어고리 공작."

그녀는 흥미진진한 눈으로 이 의뢰자를 쳐다보았다.

블레어고리 공작이라면 굉장히 오만하고 접근하기 힘든 귀족으로 악명 높은데, 자기보다 한참이나 나이가 어리고 발랄한 성격을 지닌 시카고의 푸줏간집 딸을 아내로 맞이한 남자였다. 그런데 현재는 두 사람 사이에 불화설이 나돌고 있었다.

"곧 다녀오실 수 있습니까, 블런트 씨?"

공작은 까다로운 성미를 드러내며 재촉했다.

토미도 어쩔 수 없다는 듯 양보했다.

"그러면 갠지스 양과 함께 가겠습니다." 그는 조용히 대답했다.

"그전에 블랙커피를 큰 잔으로 한 잔 마실 동안만 잠시 기다려 주시겠습니까? 곧 가져올 겁니다. 저는 눈이 좋지 않아서 심한 두통에 시달리는데 커피를 마시면 신경이 좀 가라앉지요."

그는 웨이터를 불러 커피를 주문했다. 그리고 터펜스에게 말을 했다.

"갠지스 양, 나는 내일 프랑스 경시총감과 여기서 오찬을 함께 하기로 되어 있어요. 그러니 내일 나올 요리를 적어서 지배인에게 주고 여느 때의 테이블을 잡아 달라고 해주겠소? 나는 어떤 중요한 사건으로 프랑스 경찰의 힘을 좀 빌려는 거요. 보수는……." 그는 잠깐 말을 끊었다.

"상당한 액수가 될 거요. 준비는 되었지요, 갠지스 양?"

"예." 터펜스는 만년필을 잡았다.

"우선 이 음식점의 일품요리인 작은 새우 샐러드부터 시작하지. 그리고, 맞아, 다음엔 블리츠 오믈렛과 이국풍의 과자 두 개가 좋을 것 같군."

그는 공작의 눈초리를 의식한 듯 중얼거렸다.

"기다리시게 해서 죄송합니다. 아! 그래, 수플레 앙 쉬르프리즈가 좋겠군. 그것으로 식사를 끝내기로 하지. 아주 재미있는 사람입니다. 그 프랑스 경시총감 말이죠. 어쩌면 알고 계실지도."

상대는 모른다고 대답하고, 터펜스는 일어나서 지배인에게 갔다. 이윽고 커피가 날라져 왔을 때에 그녀도 되돌아왔다.

토미는 커다란 잔의 커피를 천천히 홀짝거리며 마시곤 곧 일어났다.

"갠지스 양, 내 지팡이는? 고맙소. 방향은?"

터펜스에겐 고민되는 순간이었다.

"오른쪽으로 한 걸음, 곧바로 열여덟 걸음. 다섯 걸음 째 옆 좌측 테이블에서 웨이터가 음식을 나르고 있습니다."

토미는 지팡이를 뽐내는 듯 흔들며 걷기 시작했다. 터펜스는 바로 곁에 붙어서 넌지시 토미를 선도하기에 애썼다. 모든 일은 잘되어갔지만 바로 입구를 지나칠 때 실수를 했다. 조금 빠른 걸음으로 들어온 남자가 터펜스가 미처 눈이 보이지 않는 블런트 씨에게 경고할 새도 없이 블런트 씨와 쾅 부딪친 것이다. 덕분에 사과를 하고 나왔다.

블리츠 호텔 입구에서 랑돌레 형의 스마트한 자동차가 기다리고 있었다. 공작은 직접 블런트 씨가 차를 타는 것을 도왔다.

"하커, 자네 차도 갖고 왔나?" 그는 어깨너머로 물었다.

"응, 바로 저기에."

"그러면 갠지스 양을 태워 주겠나?"

한마디 다른 말을 할 새도 없이 그는 토미의 옆에 민첩하게 올라타고 자동차는 미끄러지듯 달려나갔다.

"매우 미묘한 문제입니다만 이제 곧 자세한 사정을 알게 될 겁니다."

공작은 중얼거리듯 말했다.

토미는 한 손을 머리에 얹었다.

"이제 이 안대를 벗어도 될 것 같군요." 그는 기쁜 듯이 말했다.

"단지 음식점의 번쩍거리는 인공적인 광선을 피하기 위해 끼고 있던 것이니까요."

그렇지만 그 순간 그의 팔은 무자비하게 홱 비틀려졌다. 동시에 뭔가 둥글고 딱딱한 것이 겨드랑에 닿는 것을 느꼈다.

"그건 안 되지, 블런트"

공작이 말했다. 그 목소리는 갑자기 다른 사람이 된 것 같았다.

"그 안대는 벗지 말고 그냥 계시지. 얌전히, 움직이지 말고. 알겠나? 나도 이 권총의 총알을 날려 보내고 싶지는 않으니까 말이야. 이제 알게 될 테지만 나는 블레어고리 공작인지 뭐 그런 나부랭이가 아니야. 그런 고명한 의뢰자라면 자네도 거절하지는 않을 거라는 생각에 그 이름을 잠시 빌렸던 것뿐이지. 나는 아주 무미건조한 사람이야. 아내를 잃어버린 햄 장수니까."

그는 상대가 움찔하는 것을 깨달은 것 같았다.

"이제야 뭔가 깨달으신 것 같군." 그는 웃음소리를 냈다.

"젊은 친구, 자네, 믿을 수 없을 정도로 멍청하군. 안됐지만, 정말 불행한 일이지만 자네의 활동은 오늘 이후론 끝장이 날 거야."

그는 어떤 불길한 징조를 바닥에 깔고 마지막 말을 내뱉었다.

토미는 미동도 하지 않고 앉아 있었다. 상대의 조소에는 한마디도 대꾸하지 않았다.

이윽고 자동차는 속도를 늦추고 멈췄다.

"좀 기다려."

가짜 공작이 말했다. 그는 토미의 입에 수건을 물리고 그 위에 스카프를 씌웠다.

"도와 달라고 소리치는 그런 어리석은 짓은 생각하지 않는 게 좋을 게요."

역겨운 정중함을 가장하여 말했다.

자동차 문이 열리자 운전사가 밖에 서서 기다리고 있었다. 운전사와 가짜 공작이 양쪽에서 그를 껴안듯 추켜올려 빠른 걸음으로 몇 갠가 돌계단을 올라가 집 현관으로 들여 놓았다.

문이 등 뒤로 닫혔다. 동양풍의 냄새가 진하게 주위에 감돌고 있었다. 발이 벨벳 천 보풀에 푹신하게 들어갔다. 그는 다시 계단으로 밀려 올라가 집의 안쪽이라고 생각되는 한 방으로 끌려갔다. 거기서 두 남자는 그의 양손을 묶었다. 운전사는 나가고 다른 한 남자가 수건 재갈을 풀어 주었다.

"이제 마음껏 지껄여도 좋아." 그는 유쾌한 듯 말했다.

"어때? 말할 게 있나?"

토미는 헛기침을 해서 입가의 통증을 좀 가라앉게 했다.

"내 지팡이를 없애지는 않았겠지? 그걸 만드는 데 상당한 돈이 들었으니까."

그는 침착하게 말했다.

"자네도 상당한 배짱이 있군." 상대는 잠시 사이를 두고 말했다.

"아니면 바보거나. 자네는 지금 바로 내 수중에 들어와 있다는 걸 모르나? 자넨 완전히 내 재량에 달렸어. 자네를 아는 사람들은 이제 두 번 다시 자네의 얼굴을 볼 수 없을걸."

"그런 멜로드라마 같은 얘기는 뺄 수 없겠소?" 토미는 비참한 듯 말했다.

"나도 '이 악당, 코가 납작해지도록 해주마.'라고 해야 하겠소? 그런 표현은 이제 너무나 시대에 뒤진 게요."

"그 여자는 어떨까?" 상대는 그를 지켜보면서 물었다.

"그러면 자네도 좀 흔들릴걸."

"아까 침묵을 강요당하는 동안 2와 2를 더해 본 결과 이런 불가피한 결론에 도달했소. 그 일을 도모한 젊은 하커도 무모한 짓을 하는 동료임이 틀림없다. 따라서 내 운이 나쁜 비서도 이 보잘것없는 티 파티에 참가하게 될 거라는……."

"그 결론의 한 가지는 맞지만 또 하나는 틀리는군. 베레즈포드 부인은(우리는 당신에 대해 뭐든지 속속들이 알고 있지) 여기로 데려오지 않을 거야. 그건 내 철저한 경계책이지. 아마 자네의 상관이 자네를 미행할지도 모른다고 생각했기 때문에 그럴 경우를 대비해 추적을 둘로 나누는 거야. 두 마리의 토끼를 쫓는. 게다가 내 손엔 이미 자네가 있고. 내가 지금 기다리는 건……."

문이 열렸으므로 그는 말을 멈췄다. 아까 그 운전사의 목소리가 들렸다.

"이쪽은 아무도 뒤를 밟지 않았습니다. 전혀 그림자도 보이지 않는데요."

"좋아. 자네는 가도 좋네, 그레고리."

문은 다시 닫혔다.

"지금까지는 잘 되었어." '공작'이 말했다.

"그런데 베레즈포드 블런트, 자네를 어떻게 처치하면 좋을까?"

"이 볼썽사나운 안대를 빼고 싶은데."

"그렇게는 할 수가 없지. 그걸 하고 있으면 자네는 정말 눈이 보이지 않으니까 말이야. 벗으면 자네도 나만큼은 볼 수 있을 것 아닌가. 그러면 내 철저한 계획도 형편없어지지. 나도 계획하는 바가 하나 있거든. 자네는 소란스러운 사건을 좋아하는 것 같아, 블런트. 자네 부부가 오늘 벌인 그 어지간한 놀이가 그걸 설명하고 있지. 그런데 나도 상당한 놀이를 계획하고 있네. 상당히 재치 있는 놀이가 될 거야. 설명을 하면 자네도 그걸 분명히 인정할 거야. 자네도 알 거라고 생각하는데, 자네가 서 있는 이 바닥은 금속판으로 되어 있고 그 표면에는 몇 개의 돌기가 있지. 내가 스위치를 만지면……."

철컥하는 날카로운 소리가 났다.

"이 속에 전류가 통하는 거야. 그 작은 돌기 중 어느 것이라도 밟으면 죽는 거지. 죽어! 알았어? 눈이 보인다면—그런데 자네는 눈이 보이지 않지. 어둠 속에 있는 셈이야. 그것이 내가 계획하는 놀이지. 죽음의 장님 놀이. 자네가 무사히 문 입구까지 갈 수 있다면, 자유야! 그렇지만 입구에 도착하기 전에 자네는 틀림없이 위험한 돌기 하나쯤은 밟을 거라고 생각하는데. 이건 상당히 재미있는 구경거리가 될 거구먼, 나로서는 말이야!"

그는 옆으로 다가와서 묶여 있던 토미의 양손을 자유롭게 해주었다. 그리곤 조금 비아냥거리는 듯이 인사를 하고는 지팡이도 건네주었다.

"맹인 해결사 양반, 자네가 이 문제를 풀지 한번 보기로 할까. 나는 권총을 들고 여기 서 있기로 하지. 만일 자네가 그 안대를 풀려고 머리로 손을 올리면 그대로 쏘겠어. 그 점은 잘 알고 있겠지?"

"너무나 잘 알고 있소."

토미는 대답했다. 그는 다소 창백해졌지만 의연한 태도로 말했다.

"나에겐 지푸라기만큼의 기회도 없군."

"아! 그건……." 상대는 어깨를 으쓱했다.

"당신은 아주 교묘한 악당이로군." 토미가 말했다.

"그렇지만, 당신도 하나 잊은 게 있소. 그런데 담배 하나 피워도 되겠소? 불쌍한 내 심장이 두근두근 거리고 있어서 말이오."

"담배 정도는 피워도 좋아. 그렇지만 이상한 속임수는 하지 않는 게 신상에 좋을 거야. 권총을 겨누고 있다는 걸 잊지 말라고."

"서커스단의 개도 아니고, 나는 마술 같은 건 못한다오."

그는 담배 케이스에서 담배를 하나 꺼내고 다음에 성냥갑을 더듬어 찾았다.

"걱정하지 않아도 돼요. 권총을 찾는 건 아니니까. 게다가 내가 무기를 갖고 있지 않다는 건 당신도 충분히 알고 있을 거고. 그건 그렇다 치고 아까 말한 대로 당신은 한 가지 잊은 게 있소."

"뭐지?"

토미는 성냥갑에서 성냥을 하나 꺼내고는 여느 때처럼 태연함을 가장했다.

"나는 장님이고 당신은 눈이 보이고—그 점은 시인합니다. 물론 당신이 유리하지요. 그런데 가령 우리 둘 다 어둠 속에 있다고 하면 어떻겠소? 그럴 경우에도 당신이 유리할까?"

그는 성냥을 그었다.

가짜 공작은 바보 같은 웃음소리를 냈다.

"전등 스위치를 쏘려고 생각하나? 실내를 어둡게 하려고? 그런 건 불가능하지."

"그건 그렇소. 내가 이 방을 어둡게 할 수는 없지. 그렇지만 당신도 알다시피 끝과 끝은 항상 만나는 법이오. 빛이라면 어떨까?"

그렇게 말을 함과 동시에 그는 성냥불을 한 손에 쥐고 있던 뭔가에 붙여서 그걸 테이블 위로 내던졌다.

눈이 부실 만큼 번쩍이는 빛이 실내를 가득 채웠다.

아주 한순간 강렬한 빛이 눈부시게 비치자 공작은 엉겁결에 눈을 깜빡거리면서 뒷걸음질을 치고 권총을 들고 있던 손을 아래로 떨어뜨렸다. 그가 다음에 눈을 떴을 때에는 가슴에 뭔가 날카롭게 찌르는 것이 닿아 있음을 느꼈다.

"그 권총을 버려!" 토미가 소리쳤다.

"빨리 버리지 못해! 지팡이 같은 건 아무런 도움이 되지 못한다는 점엔 나도 당신과 동감이야. 그래서 나는 지팡이를 갖고 다니지 않지. 그렇지만 속에 칼이 들어 있는 지팡이라면 아주 유용한 무기지. 그렇게 생각되지 않나? 마그네슘 전깃줄에 못지않게 쓸모가 있지. 그 권총을 어서 버리시지."

날카로운 끝으로 윽박지르자 상대는 권총을 떨어뜨렸다. 그러곤 곧 웃음소리를 내며 홱 물러섰다.

"그렇지만 아직 유리한 건 나야." 그는 비웃었다.

"왜냐하면 자네는 눈이 보이지 않지만 나는 보이니까 말이야."

"그 점이 당신이 착각한 점이지." 토미는 되받아 말했다.

"난 완전히 눈이 보이거든. 이 안대는 겉치레일 뿐이야. 터펜스를 감쪽같이 속일 작정으로 장난을 좀 쳤지. 처음에 한두 가지 실수를 하다가 점심식사가 끝나기 전에 완전히 기적적인 곡예를 해보일 심산이었어. 물론 여기서 그 돌기를 전부 피해서 입구까지 걸어가는 정도는 문제없이 할 수 있지. 그렇지만 당신 같은 사람이 스포츠맨다운 페어플레이를 하리라곤 믿을 수 없었지. 당신은 절대로 나를 살려서 여기서 내보내지는 않을 테니까. 앗! 조심해!"

그 순간 공작은 화가 나서 얼굴이 붉으락푸르락 일그러지더니 발밑을 주의해야 한다는 것도 잊어버린 채 뛰어나갔다.

갑자기 '팍!' 하는 소리와 함께 푸른 불꽃이 튀기며 그의 몸은 뻣뻣한 통나무처럼 풀썩 쓰러졌다. 고기가 타는 듯한 냄새가 오존의 강한 냄새에 섞여 실내를 가득 채웠다.

"휴!" 토미는 한숨을 쉬었다.

그는 얼굴의 땀을 닦았다. 그리곤 신중한 발걸음으로 극도로 조심하면서 벽으로 다가가서 조금 전 그 남자가 조작한 스위치를 만졌다.

그는 실내를 가로질러 입구로 가서 슬며시 문을 열고 바깥을 살폈다. 주위에는 아무도 없었다. 그는 계단을 내려가서 현관을 통해 밖으로 나왔다.

무사히 거리로 나오자 토미는 몸서리를 치며 그 집을 올려다보고 주소를 기억해 두었다. 그리곤 가까운 공중전화로 달려갔다.

긴장과 고통의 한순간이 지나고 곧 친근한 목소리가 들려왔다.

"터펜스? 고맙군. 다행이야."

"그래요. 나는 무사해요. 당신의 암시는 전부 알았어요. 즉 작은 새우를 블리츠로 오게 해서 정체불명의 두 사람을 추적하라는 뜻이었지요. 앨버트는 시간 맞춰 와서 우리가 각각 다른 차로 나가는 것을 보고 택시로 내 뒤를 쫓았어요. 그리고 내가 붙잡혀 간 집을 확인하고 경찰에 신고를 해주었지요."

"앨버트는 영리한 소년이야." 토미는 말했다.

"신사도 정신도 갖고 있고. 분명히 당신의 뒤를 쫓을 거라고 나도 생각했지. 그래도 계속 걱정이 되었어. 내가 수수께끼처럼 한 말을 당신이 잘 모르면 어떡하나 해서 말이야. 지금 곧바로 집으로 갈게. 도착하면 무엇보다도 우선 세인트 던스탠 병원(전쟁에서 두 눈을 잃고 실명이 된 상이군인들의 요양소)에 큰맘 먹고 기부금을 내기로 합시다. 완전히 눈이 보이지 않는다는 것은 얼마나 괴로운 일이겠소."

안개 속의 남자(상)

토미는 인생에 도무지 살맛이 나지 않는 것 같았다. 블런트의 우수한 탐정들도 불운을 만나 돈지갑은 고사하고 자존심에까지 비참한 타격을 받았던 것이다. 애들링턴의 애들링턴 홀에서 일어난 진주 목걸이 도난사건 수수께끼를 해결하기 위해 전문가로서 초청받았던 블런트의 우수한 탐정들은 결국 그 우수성을 증명하지 못한 셈이다.

토미는 도박가인 어떤 백작 부인을 범인으로 추정하고 로마 가톨릭교의 사제로 변장해서 그녀의 뒤를 쫓는 한편, 터펜스는 터펜스대로 골프장에서 그 집 조카와 '친해지고' 있는 동안에, 그곳 경찰의 경감이 멋들어지게 용의자 한 명을 체포하여 그 남자가 이름난 도둑이었음을 알아냈을 뿐 아니라 본인도 술술 자백해 버렸던 것이다.

그래서 토미와 터펜스는 잃어버린 체면들을 가능한 한 주워 모아 그곳을 철수해서, 지금은 그랜드 애들링턴 호텔에서 칵테일을 들이켜며 위로하는 중이었다. 토미는 아직 사제복을 그대로 입고 있었다.

"브라운 신부(G. K. 체스터튼이 탄생시킨 가톨릭 신부 탐정. 언제나 낡은 우산을 들고 다닌다)의 솜씨라고 하기는 힘들지." 그는 어두운 얼굴로 말했다.

"나는 마침 우산까지 갖고 있었는데……."

"그건 브라운 신부가 다룰 문제도 아니었어요." 터펜스가 말했다.

"그러려면 처음부터 어떤 분위기가 필요한 거예요. 아주 사소한 일에서 이상야릇한 사건이 벌어지곤 하잖아요. 그게 브라운 신부의 사건이죠."

"유감스럽지만 우리 런던으로 돌아갈 수밖에 없어." 토미가 말했다.

"아마 정거장으로 가는 도중에도 뭔가 괴이한 사건이 일어날지도 몰라."

그는 손에 들고 있던 잔을 입으로 가져갔다. 그 순간 잔에 든 액체가 갑자기 흔들렸다. 묵직한 손이 탁 그의 어깨를 치면서 그 손에 어울리는 굵은 목소리가 인사를 했기 때문이다.

"틀림없군! 토미! 부인도 함께. 도대체 무슨 바람이 불어서 이런 곳까지 왔지? 얼굴도 못 보고 소식 들은 지도 꽤 오래되었는데."

"아니, 뚱보 아니야?"

토미도 말하곤 넘쳐흐른 칵테일 잔을 내려놓고 갑자기 나타난 사람을 쳐다보았다. 단단하고 넓은 어깨에 벙글벙글 웃음을 띤 둥글고 불그스레한 얼굴의, 골프복을 입은 30세가량의 남자였다.

"보고 싶었네, 뚱보!"

"그건 그렇고 정말 놀랐는걸!"

뚱보는(그의 이름은 머빈 에스트코트지만) 말했다.

"자네가 신부가 되리라곤 꿈에도 생각하지 못했어. 자네가 사제라니!"

터펜스는 웃음을 터뜨렸고, 토미는 쥐구멍에라도 들어갈 듯한 표정을 지었다. 그런데 그때 갑자기 네 번째 인물이 있음을 깨달았다.

키가 크고 늘씬한 모습, 대단히 아름다운 금발에 둥글고 푸른 눈, 실재의 인물이라고는 생각할 수 없을 만큼의 미모. 게다가 멋진 모피와 틀림없이 값비쌀 듯한 검은 의상, 아주 커다란 진주 귀걸이로 그 미모에 효과를 높이고 있는 그런 여성이 미소를 짓고 있었던 것이다. 그 미소는 많은 것을 말하고 있었다. '나는 영국에서는 물론, 아마 전 세계적으로도 볼만한 가치가 있는 존재라는 것을 나도 잘 알고 있어요.'라고. 그녀는 그 사실을 별로 자랑하는 것 같지는 않았지만 그것이 사실이라는 것은 확실히 알고 있는 느낌이었다.

토미도 터펜스도 모두 이 여성이 누군지를 곧 알아차렸다. 두 사람은 '마음의 비밀'에서 그녀를 세 번이나 보았고, 또 대성공을 거둔 연극 '불기둥'에서도 그만큼 보았을 뿐 아니라, 그 외의 무수한 연극에서도 그녀의 모습을 보았으므로 쉽게 알 수 있었다. 아마 영국에서 길다 글렌 양만큼 대중의 마음을 사로잡은 여배우는 없을 것이다. 그리고 동시에 그녀만큼 머리가 나쁜 배우도 없다는 소문도 전해지고 있었다.

"글렌 양, 내 옛 친구입니다."

에스트코트가 잠시 이렇게 빛나는 사람의 존재를 잊었던 것을 사과하는 듯한 어조로 말했다.

"토미 그리고 부인, 이쪽은 길다 글렌 양입니다."

착각했나 할 정도의 과장됨이 그의 목소리 속에 섞여 있었다. 단지 함께 있는 것을 두 사람에게 보였다는 것만으로 글렌 양은 그에게 커다란 영광을 주고 있다는 느낌이었다.

그 여배우는 노골적인 흥미를 갖고 토미를 빤히 쳐다보고 있었다.

"당신은 정말 신부세요? 로마 가톨릭교 신부인가요? 전 신부는 결혼하지 않는다고 알고 있는데."

에스트코트가 또 깨질 듯한 웃음소리를 울렸다.

"이 친구는 도대체! 술래잡기 놀이를 좋아하더니—토미, 여전하군. 부인! 이 사람의 장난이나 허황된 행동에 부인이 완전히 물들지 않았으면 좋을 텐데."

길다 글렌은 그의 말엔 전혀 주위를 기울이지 않았다. 변함없이 이상하다는 듯한 눈으로 토미를 응시하고 있었다.

"당신은 정말 신부세요?" 그녀는 추궁하듯 다시 물었다.

"외견상으로는 그렇습니다." 토미는 부드럽게 대답했다.

"제 직업은 신부와 별반 다르지가 않지요. 하지만 저는 죄를 용서하지는 않습니다. 참회는 들어줍니다만."

"이 남자가 말하는 걸 진지하게 듣지 말아요. 속이려는 거니까."

에스트코트가 곁에서 말참견을 했다.

"신부가 아니라면서 왜 신부복을 입고 계신지 저로선 이해가 가질 않네요."

그녀는 여전히 이상하다는 듯 말했다.

"그러면 혹시……."

"특별히 경찰의 눈을 피하는 범죄자는 아닙니다. 오히려 그 반대지요."

"아—."

그녀는 눈썹을 찡그리며 어리둥절해하는 아름다운 눈동자로 그를 쳐다보았다.

'이 사람이 지금 내 말을 이해하는지 의심스럽군. 확실하게 말로 설명하지 않으면 이해할 것 같지가 않은데.' 토미는 마음속으로 생각했다.

그는 에스트코트에게 말했다.

"뚱보, 런던행 열차 시간을 알고 있나? 우리는 빨리 돌아가야 하는데 정거장까지는 얼마나 걸리지?"

"걸어서 10분이야. 그렇지만 지금 서둘러 봐야 소용없네. 다음 열차는 6시 35분인데, 아직 6시 20분 전밖에 안 됐으니까. 지금 막 앞 열차가 출발했거든."

"여기서 정거장으로는 어떻게 가지?"

"호텔을 나가서 곧바로 왼쪽으로 가면 돼. 그러니까, 음……, 모건 가(街)를 지나가는 게 제일 좋지 않을까?"

"모건 가라고요?"

글렌 양은 놀라서 겁에 질린 눈으로 그를 쳐다보았다.

"당신이 뭘 생각했는지 알겠어요." 에스트코트가 웃으면서 말했다.

"유령이죠? 모건 가의 한쪽은 공동묘지인데 소문으로는 참살당한 순경이 무덤에서 나와 이전의 자신의 순찰지역인 모건 가를 왔다 갔다 한다는 거야. 유령 순경이 나온다! 그런 걸 헛소문이라고 할 수 있을까? 진짜 유령을 봤다고 말하는 사람이 많거든."

"순경이?" 글렌 양이 말했다. 그녀는 조금 몸서리를 쳤다.

"그렇지만 유령이 정말 있을까요? 실제로는 없을 거야."

그녀는 일어서서 숄을 목에 감았다.

"안녕—."

그녀는 누구에게 라고 할 것 없이 인사를 했다. 그녀는 처음부터 죽 완전히 터펜스의 존재를 무시하고 있었는데, 지금도 터펜스에겐 시선도 주지 않았다. 그렇지만 그녀는 어깨너머로 토미에게 수수께끼 같은 의문의 눈길을 던졌다.

바로 입구까지 갔을 때 그녀는 희끗희끗한 머리에 둥글고 불그스름한 얼굴의, 키가 큰 남자와 만났는데 상대는 의외라는 듯 소리를 질렀다. 그 남자는 그녀의 팔을 잡고 활기찬 모습으로 얘기를 하면서 함께 나갔다.

"아름답지?" 에스트코트가 말했다.

"머리는 비었지만……. 여하튼 리콘버리 경과 결혼한다는 소문이야. 입구에서 만난 남자가 바로 리콘버리지."

"저 사람이라면 결혼상대로서는 별로 호감이 가는 남자라고 생각되지 않네요." 터펜스는 평가했다.

에스트코트는 어깨를 으쓱거렸다.

"귀족이라는 직위에 대해 사람들은 지금도 아직 일종의 선망 같은 걸 갖고 있는 모양이야. 더구나 리콘버리는 가난한 귀족은 아니니까, 저 여자는 사치스럽게 지낼 수 있을 테고. 저 여자의 출생에 대해선 아무도 아는 사람이 없어. 어차피 밑바닥일 거라고 나는 생각하고 있지. 어쨌든 저 여자가 이런 곳에 와 있는 데엔 뭔가 수수께끼가 숨어 있을 거야. 호텔에 묵고 있는 것도 아니고. 내가 어디에 묵고 있는지 물어보면 핀잔을 준다네—정말 저속한 표현으로. 그런 표현밖엔 모르니까. 어떤 이유로 그런 태도를 취하는지 난 전혀 모르겠지만."

그는 흘끗 자신의 시계를 보더니 매우 소란스럽게 소리를 질렀다.

"나는 가야 하네. 만나서 기뻤어. 가까운 시일 내에 다시 만나서 꼭 한잔하세. 그럼 잘 가게."

그는 급하게 나가고 대신에 종업원이 쟁반에 편지를 가지고 다가왔다. 편지에는 이름과 주소가 쓰여 있지 않았다.

"이건 손님께 왔습니다. 길다 글렌 양이 보낸 겁니다."

종업원이 토미에게 말했다.

토미는 다소 호기심에 끌려 봉투를 뜯고 읽기 시작했다. 편지라고 해야 지저분한 필체로 갈겨서 그저 몇 줄 적었을 뿐이었다.

잘은 모르겠지만 당신은 제 힘이 되어 주실 수 있지 않을까 생각합니다. 그리고 그 길을 지나 정거장으로 가실 테니까, 6시 10분에 모건가의 화이트 하우스에 들러주시지 않겠습니까?

길다 글렌

토미는 종업원에게 고개를 끄덕여 보이고 종업원이 물러가자 편지를 터펜스에게 건네주었다.

"이상해요!" 터펜스가 말했다.

"아직 당신을 신부라고 오해하고 있는 모양이죠?"
"아니야." 토미는 생각에 잠겨 심각한 얼굴로 말했다.
"아마 내가 신부가 아니라고 겨우 깨달았기 때문이겠지. 아니, 저건 뭐지?"
'저것'이란 타는 듯한 붉은 머리카락, 투쟁적인 턱에 깜짝 놀랄 만큼 신기한 복장을 한 청년을 말하는 것이었다. 그 청년은 아까부터 실내에 들어와 있었는데 지금은 뭐라고 중얼중얼 거리면서 성큼성큼 실내를 돌아다니고 있었다.
"빌어먹을! 나는 확실히 말하겠어. 빌어먹을!"
붉은 머리의 청년은 힘을 주어 소리쳤다. 그는 젊은 부부에게서 가까운 자리에 털썩 앉아 화가 난 듯 두 사람을 노려보았다.
"내 분명히 말하지. 여자 따윈 모두 지옥으로 떨어져라."
청년은 험상궂은 표정으로 터펜스를 째려보는 것이었다.
"소란을 피우면 좀 어때. 어차피 호텔에서 날 내쫓으면 그만이잖아. 이런 짓은 처음이 아니니까. 내가 생각하는 대로 말하는 것이 뭐가 나빠? 내 감정을 숨기고 거짓 웃음을 만들고 다른 놈들과 똑같은 표현을 할 필요가 뭐가 있어? 나는 기분이 좋지 않아서 예의 바르게 행동할 마음이 들지 않아. 누군가의 목을 꽉 잡아 목 졸라 죽이고 싶을 정도란 말이야."
그는 말을 끊었다.
"어떤 특정한 사람인가요? 아니면 아무라도 말인가요?" 터펜스가 물었다.
"특히 어떤 사람을!" 청년은 강경하게 내뱉었다.
"매우 흥미 있는 얘기네요. 좀더 자세히 들려주시지 않겠어요?"
터펜스가 말했다.
"나는 라일리, 제임스 라일리라고 합니다." 붉은 머리 남자가 말했다.
"당신도 어쩌면 들어 봤을지도 모르겠군요. 난 평화주의자의 시를 모은 작은 시집을 한 권 냈지요. 내 자랑 같지만 좋은 시들입니다."
"평화주의자 시라니요?" 터펜스가 물었다.
"그런데요, 그러면 안 됩니까?"
라일리는 정색을 하며 따지듯이 물었다.
"아뇨, 그냥, 아무것도 아니에요."

터펜스는 당황해서 황급히 대답했다.

"난 항상 평화를 사랑하고 평화의 편에 서 있습니다."

그리고 라일리는 당장에라도 싸울 듯이 시비조로 말했다.

"전쟁 같은 건 사라져라. 그리고 여자도! 여자도 말이야! 당신도 아까 여기를 마구 헤매고 돌아다니던 그 여자를 봤지요? 길다 글렌이라고 하며 다니는 여자 말이오. 길다 글렌! 아, 내가 얼마나 그 여자를 숭배했는지, 게다가 사실대로 말하면 그 여자도 나에게 마음이 끌렸을 거야. 한때 나를 사랑한 적도 있고, 나에겐 다시 한 번 그 사람을 되돌아오게 할 힘도 있어. 그런데 그 여자가 저런 쓰레기 같은 리콘버리 녀석에게 몸을 팔다니, 그런 짓을 하게 내버려두느니 차라리 이 손으로 그 여자를 목 졸라 죽여 버리고 싶다고."

그렇게 말하곤 그는 갑자기 벌떡 일어나 밖으로 뛰쳐나갔다.

토미는 눈썹을 추켜세웠다.

"흥분을 잘하는 청년이군." 그는 중얼거렸다.

"터펜스, 우리도 나가 보는 게 어떨까?"

호텔에서 선선한 바깥 공기 속으로 나오니 뽀얗게 안개가 끼기 시작했다. 두 사람이 에스트코트가 일러준 대로 곧바로 왼쪽으로 돌아 몇 분 걷자 모건 가라고 표시된 팻말이 서 있는 길모퉁이가 나왔다.

안개는 짙어갔다. 습기 찬 흰 안개가 작은 소용돌이를 만들면서 두 사람의 곁을 쓱 흘러갔다. 왼쪽에는 묘지의 높은 담이 계속되고 오른쪽에는 작은 집들이 처마를 맞대고 나란히 있었다. 이윽고 집의 대열은 끊기고 높은 산울타리가 이어졌다.

터펜스가 말을 걸었다.

"토미! 난 왠지 떨려요. 이 안개 때문이야. 그리고 이 고요함. 마치 사방 몇 마일이나 떨어진 외진 곳에 있는 느낌이에요."

"정말 그런 느낌이군." 토미도 말했다.

"세상에서 외톨이가 된 것 같아. 안개 때문에 전혀 앞이 안 보이니까."

터펜스는 고개를 끄덕였다.

"단지 우리 발소리만 도로에 울리고 있어요. 그런데 저건 뭐지?"

"저거라니, 어디?"
"우리 뒤쪽에서 다른 발소리가 들리는 것 같아요."
"그렇게 신경을 곤두세우면 지금 눈앞에 유령이 보이는 것도 같다고."
토미는 부드럽게 말을 했다.
"너무 신경 쓰지 말아요. 당신은 유령 순경이 지금이라도 어깨에 손을 얹지 않을까 하고 생각하고 있지?"
터펜스가 갑자기 소리를 질렀다.
"토미, 다가와요. 괜히 그런 상상을 하는 게 아니에요."
그녀는 어깨너머로 고개를 빼고 자신들을 둘러싼 흰 베일 속을 들여다보려고 했다.
"봐요, 또 들려요." 그녀는 조그맣게 속삭였다.
"틀려. 이번엔 앞쪽이에요. 토미, 당신은 저 소리가 들리지 않나요?"
"분명 뭔가 들려. 그래, 저건 우리 뒤에서 들리는 발소리야. 분명 기차를 타러 가는 사람일 거야. 어쩌면……."
그 순간 그는 갑자기 멈춰 서서 움직이지 않았고, 터펜스는 신음소리를 냈다.
그들의 앞쪽에서 안개가 아주 부자연스런 느낌을 주며 갑자기 쓱 양쪽으로 나누어지는 것 같더니 20피트도 떨어지지 않은 곳에 마치 안개가 사람 형태를 띠고 있기라도 한 듯 갑자기 커다란 몸집의 순경이 모습을 나타냈기 때문이다. 그리곤 언뜻 모습이 보이지 않는다 생각하면 또 다른 순간에 다시 나타나는 것이었다. 적어도 지켜보는 두 사람의 좀 지나친 상상력에는 그런 식으로 비쳤다. 이윽고 안개가 다시 뒤쪽으로 흘러감에 따라 마치 무대 위에 설치해 놓은 장치 같은 광경이 펼쳐졌다.
큰 체구에 푸른 제복을 입은 순경, 새빨간 우체통, 그리고 길 오른쪽에는 하얗게 칠해진 집의 윤곽이 나타났다.
"빨강과 흰색, 푸른색. 완전히 그림 같군. 터펜스, 와 봐. 아무것도 무서울 건 없어."
왜냐하면 좀 전에 본 순경은 진짜 순경이었기 때문이다. 게다가 이 순경은 처음에 안개 속에서 불쑥 나타났을 때 생각했던 것처럼 실제로는 그렇게 큰 남자가 아니었다.

그런데 두 사람이 걷기 시작하자 등 뒤에서 발소리가 들려왔다. 한 남자가 잰걸음으로 그들을 지나쳐 갔다. 그 남자는 하얀 집의 문으로 돌아 들어가서 돌계단을 올라가 귀에 울릴 만큼 세게 노크를 했다.

순경은 우뚝 서서 그 남자의 뒷모습을 쳐다보고 있었다. 토미와 터펜스가 순경의 옆까지 갔을 때 그 남자는 집 안으로 들어갔다.

"그 사람 꽤 서두는군." 순경은 혼잣말을 했다.

생각이 정리될 때까지 시간이 좀 걸리는 머리를 가진 사람처럼 느릿느릿하고 생각 깊은 목소리로 말했다.

"저 사람은 항상 안절부절못하는 남자랍니다." 토미가 말해다.

"친구입니까?" 그가 물었는데 그 목소리에는 확실한 의혹이 담겨 있었다.

"아닙니다." 토미가 대답했다.

"친구는 아니지만 우연히 이름을 알게 되었지요. 라일리라는 사람입니다."

"아! 그럼 전 이제 그만 가보겠습니다." 순경이 말했다.

"화이트 하우스가 어딘지 가르쳐 주시겠습니까?" 토미가 얼른 물었다.

순경은 휙 고개를 옆으로 추켜올렸다.

"이 집입니다. 허니콧 부인 댁이지요."

그는 잠시 말을 끊었는데, 그러다 곧 어떤 귀중한 정보라도 주는 듯 이렇게 나지막이 덧붙였다.

"신경질적인 사람입니다. 항상 강도가 주변을 서성거리는 것 같다면서 집 주위를 돌아봐 달라고 요구하지요. 중년 여성은 그렇게 되기 십상이랍니다."

"중년이라고요? 이 집에 젊은 여자가 있는지는 모르십니까?"

토미가 물었다.

"젊은 여자요?" 순경은 생각해 내려고 노력하는 목소리였다.

"젊은 여자라? 글쎄, 도무지 짐작이 가지 않습니다만."

"토미, 어쩌면 그 여자가 여기에 묵고 있는 게 아닐지도 몰라요."

터펜스가 끼어들었다.

"어쩌면 아직 오지 않았을지도 모르고. 우리가 나오기 바로 전에 나갔으니까요."
"참!" 갑자기 순경이 소리를 질렀다.
"지금 생각해보니 젊은 여자가 이리로 들어갔습니다. 제가 이 길을 지날 때 그 모습을 봤지요. 3~4분쯤 된 것 같습니다."
"모피를 걸쳤던가요?" 터펜스가 물었다.
"목에 흰 토끼털 목도리를 둘렀더군요." 순경이 대답했다.
터펜스는 미소 지었다. 순경은 다시 그들이 아까 온 방향으로 걸어갔고, 두 사람은 화이트 하우스의 문을 열고 들어갔다.
갑자기 희미하고 분명치 않은 비명이 집 안에서 들려왔다. 그리고 곧 현관문이 열리고 제임스 라일리가 계단을 뛰어 내려왔다.
창백한 얼굴이었고 휘둥그레 뜬 눈동자는 멍하니 앞을 바라보고 있었다. 그는 술 취한 듯 휘청거리고 있었다. 그는 소름끼칠 정도의 기분 나쁜 어조로 반복해서 이렇게 내뱉으면서 마치 두 사람의 모습이 눈에 보이지 않는 듯 토미와 터펜스의 옆을 지나쳐 갔다.
"하나님! 하나님! 아, 하나님!"
그는 몸을 똑바로 세우려는 듯 대문 기둥을 꽉 붙잡고 있다가 갑자기 공포감에 휩싸인 표정을 하고 순경이 간 것과는 반대 방향으로 전속력을 다해 뛰어갔다.

안개 속의 남자(하)

토미와 터펜스는 어이가 없어서 서로 얼굴을 쳐다보았다.

"아무래도 라일리를 두려움에 떨게 한 일이 이 집에서 일어난 것 같아."

토미가 말했다.

터펜스는 무의식적으로 손가락을 대문 기둥에 대어 보고는 말했다.

"저 사람은 어딘가에서 마르지 않은 붉은 페인트라도 만진 게 분명해요."

"음, 빨리 집 안으로 들어가 보는 게 좋겠군. 나는 도무지 이해가 가지 않으니까."

현관에는 흰 모자를 머리에 쓴 하녀가 화가 너무 나서 말이 나오지 않는다는 표정을 하고는 우뚝 서 있었다.

토미가 현관 앞 계단을 올라가자 하녀가 갑자기 떠들기 시작했다.

"신부님, 이런 일이 있을 수 있나요? 저 남자는 여기에 와서 젊은 부인이 있느냐고 묻고는 이유도 말하지 않고, 들어오라고 하지도 않았는데 2층으로 뛰어올라 가는 거예요. 부인은 성난 살쾡이 같은 비명을 지르셨지요. 그러자 어처구니없게도 그 남자는 유령이라도 본 것 같은 창백한 얼굴로 곧 다시 뛰어 내려가는 거예요. 도대체 어떻게 된 일인지요?"

"엘렌, 현관에서 누구와 얘기하고 있는 거냐?"

날카로운 목소리가 홀 안에서 꾸짖는 듯 들려왔다.

"마님이세요."

엘렌은 말했는데 그 목소리에는 좀 귀찮다는 듯한 느낌이 들어 있었다.

그녀는 뒤로 물러서고 토미는 백발이 성성한 중년 여인과 마주 섰다. 차가운 푸른 눈으로 안경 너머로 쳐다보는, 유리구슬 장식이 붙은 검은 옷을 입은 야윈 여자였다.

"허니콧 부인이십니까? 저는 글렌 양을 만나러 왔습니다만……."

토미가 말했다.

허니콧 부인은 날카로운 눈으로 그를 흘끗 쳐다보곤 터펜스에게 시선을 돌려 그녀의 얼굴을 아주 세밀하게 관찰했다.

"아! 그러세요? 자, 들어오시죠."

그녀는 앞장서서 홀에서 정원 쪽으로 향한 안쪽 방으로 안내했다.

상당히 넓은 방이었으나 의자나 테이블이 꽉 차 있었기 때문에 실제보다는 좁게 보였다. 난로에는 따뜻한 불이 타오르고 있었고, 한쪽엔 사라사 덮개를 씌운 소파가 놓여 있었다. 벽지는 회색의 가는 줄무늬가 있는 것이었는데 위쪽에는 장미 꽃다발이 그려져 있었다. 벽에는 판화와 유화가 어지럽게 장식되어 있었다.

길다 글렌 양의 사치스런 인품과는 도무지 어울리지 않는 방이었다.

"앉으세요." 허니콧 부인이 말했다.

"우선 실례 같지만, 전 로마 가톨릭교를 좋게 보지 않는 사람이란 것을 미리 말씀드리겠어요. 이 집에서 로마 가톨릭교 신부님을 만나게 되리라곤 꿈에도 생각한 적이 없어요. 그런데 길다가 세속화한 로마 가톨릭교로 개종했으니. 그 아이 같은 생활을 하는 사람에게나 예상할 수 있는 일이지요. 감히 말하자면 더 나쁠 수도 있어요. 그 애는 신앙심 같은 건 전혀 가지지 않았을지도 몰라요. 저는 신부님들이 결혼하신다면 로마 가톨릭도 다시 볼 용의가 있어요. 전 언제나 생각대로 말해버리는 여자예요. 게다가 수녀원이란 것도 생각해보세요. 젊고 예쁜 그 많은 아가씨들이 그런 곳에 갇혀, 결국 어떻게 되는지 아무도 모른다니, 생각만 해도 오싹하지 않나요?"

그리고 허니콧 부인은 말을 끊고 깊게 숨을 들이쉬었다.

토미는 신부의 독신생활 문제나 그녀가 말한 다른 논쟁점에 반론을 펴는 것을 보류하고는 곧바로 요점으로 들어갔다.

"부인, 글렌 양이 집에 있다고 하던데……."

"있습니다. 미리 말씀드리겠는데 전 동의하지는 않아요. 결혼은 결혼이고, 남편은 남편이니까요. 사람은 자기가 한 만큼은 받는다고 생각합니다."

"전 사정을 잘 모릅니다." 토미는 당황해서 말을 했다.
"저도 그럴 거라고 생각했지요. 그래서 여기로 모시고 온 거예요. 우선 제 솔직한 이야기를 들으시고 그 아이에게 가주세요. 그 애는 제게 와서(생각해보세요. 저렇게 몇 년이나 지났으니까요!) 힘을 빌려 달라고 한답니다. 그 남자와 만나서 이혼을 승낙하도록 설득해 달라고 말이죠. 전 솔직하게 말했죠. 아무것도 해줄 수 없다고. 이혼은 벌 받을 짓이에요. 그렇지만 아무리 그래도 여동생이 우리 집에 머무는 것까지 마다할 수는 없지 않습니까?"
"부인 동생이라니요?"
토미는 아무 생각 없이 소리쳤다.
"예, 길다는 제 동생이에요. 그 애가 신부님에게 말하지 않았나요?"
토미는 벌린 입을 다물 생각도 않고 그녀의 얼굴을 쳐다보았다. 아무리 상상을 해보아도 있을 수 없는 일 같았다. 이어서 그는 길다 글렌이 천사 같은 미모로 몇 년 동안이나 완전히 관중을 사로잡은 사실을 기억해 냈다. 그는 그저 소년이었을 때 그녀의 무대를 보러 다녔던 것이다. 그렇다. 잘 생각해보니 있을 수 없는 일은 아니다. 그렇다 해도 정말 엄청난 대조였다. 길다 글렌도 중류계급의 견고함 속에서 태어나 자란 여자였다. 정말 감쪽같이 그 비밀을 숨겼던 것이다.
"전 아직 잘 모르겠습니다만 동생은 결혼했습니까?"
그는 물어보았다.
"열일곱 살 때 결혼했지요." 허니콧 부인이 간단히 대답했다.
"상대는 훨씬 신분도 낮은 평범한 남자였어요. 저희 아버지는 목사였는데도 불구하고 말이죠. 불명예였지요. 그런데 그 애는 남편도 버리고 무대에 선 거예요. 연극을 한다니! 난 지금까지 한 번도 그따위 연극을 보러 극장에 간 적이 없답니다. 전 절대로 사악함과 관계를 맺을 순 없어요. 그런데 지금에 와서, 이렇게 몇 년이나 지나고 나서, 그 애는 그 남자와 이혼하고 싶다는 거예요. 분명히 어떤 훌륭한 남자와 결혼하려는 것일 겁니다. 그런데 저 애의 남편은 아무래도 이혼을 해주지 않아요. 아무리 떼어 버리려고 돈을 준대도 소용없어요. 그런 점에서 전 그 남자도 멋지다고 생각합니다."

"그 사람 이름은 뭔가요?" 토미가 불쑥 물었다.
"글쎄요, 이상하게 생각나지 않네요. 제가 그 이름을 들은 게 20년쯤 전이라서. 아버지는 그 남자의 이름을 입에 담는 것조차 금하고 있었어요. 게다가 전 길다가 그에 대해 의논하려는 것도 거절했거든요. 그 애도 제 성질을 알고 있어서 얘기는 항상 거기서 중단된답니다."
"혹시 상대의 이름이 라일리가 아닙니까?"
"그럴지도 몰라요. 정확하게 말씀드릴 수는 없지만."
"제가 말하는 사람은 조금 전 여기 들어온 남자인데요."
"그 남자! 전 또 정신병원을 탈출한 정신병자인가 생각했어요. 전 엘렌에게 지시할 게 있어서 부엌에 있었지요. 그리고 막 이 방으로 돌아와서 무슨 소리가 나기에 길다가 돌아왔나 보다고 생각했지요. 그 애는 현관 열쇠를 가지고 있거든요. 1~2분 홀에서 서성거리더니 곧 2층으로 올라가더군요. 그리고 약 3분 뒤에 현관문을 마구 두드리는 소리가 나기 시작했어요. 홀에 나와 보니 2층으로 올라가는 남자의 모습이 언뜻 보이더군요. 그리고 2층에서 비명 같은 소리가 들리고 곧 그 남자가 다시 내려와서는 미친 듯 뛰어나가더군요. 도무지 이유를 모르겠어요."
토미는 일어섰다.
"부인, 저희도 곧 2층으로 올라가 보겠습니다. 걱정이 되어서……."
"뭐가요?"
"혹시 댁에 페인트칠이 덜 마른 데는 없습니까? 빨간 페인트 말입니다."
"아니, 그런 건 없어요."
"제가 두려워하는 대로군요." 토미는 침통한 목소리로 말했다.
"아무튼 지금 곧 동생의 방으로 안내해 주십시오."
허니콧 부인은 잠시 입을 다물고 있다가 일어서서 안내했다. 홀에 나가자 엘렌이 당황하여 뒷걸음질치는 모습이 언뜻 눈에 들어왔다.
허니콧 부인은 계단을 올라가 첫 번째 방문을 열었다. 토미와 터펜스도 바로 그 뒤에 달라붙어 안으로 들어갔다.
갑자기 허니콧 부인이 신음을 내며 뒤로 물러섰다.

검정 옷과 모피를 걸친, 눈 하나 꿈쩍하지도 않는 모습이 소파 위에 길게 누워 있었다. 성숙한 아이가 잠들어 있는 듯한 그 혼 없는 얼굴은 더 말할 나위 없이 아름다웠다.

상처는 머리 옆이었다. 둔기로 두개골이 갈라질 만큼 강하게 맞은 듯했다. 바닥은 붉게 물들어 있었고 상처에는 이미 피가 멎어 있었다.

토미는 새파래져서 축 늘어져 있는 시체를 조사했다.

"결국 그 남자도 교살은 하지 않았군."

그는 간신히 중얼거렸다.

"그건 무슨 뜻이죠? 누가? 그 애가 죽었다고요?"

허니콧 부인이 울부짖었다.

"예, 이미 숨은 끊어졌습니다. 타살입니다. 문제는 범인은 누구냐—그것도 큰 문제는 아닐 겁니다. 그렇지만 이해할 수가 없군요. 그렇게 폭언을 퍼붓고 다녀도 그 남자에겐 이런 일을 저지를 만한 배짱은 없을 것 같았는데……."

그는 잠시 말을 끊고 결심한 듯 터펜스를 바라보았다.

"당신, 밖으로 나가 경찰관을 좀 데리고 오겠소. 그렇지 않으면 어디 경찰서로 전화를 해줘."

터펜스는 고개를 끄덕였다. 그녀는 창백해져 있었다.

토미는 허니콧 부인을 아래층으로 데리고 내려왔다.

"분명히 말씀해주십시오. 동생이 들어온 정확한 시간을 아십니까?"

"압니다." 허니콧 부인이 대답했다.

"마침 벽시계를 고치고 있을 때라서, 매일 밤 시간을 맞추지요. 하루에 꼭 5분씩 늦거든요. 제 시계는 분명 6시 8분이었는데, 이건 절대로 1초도 틀리지 않는 시계예요."

토미는 고개를 끄덕였다. 그 점은 아까 순경의 말과 딱 일치한다. 그 순경은 흰 모피 숄을 두른 여자가 집으로 들어가는 모습을 보았고, 아마 그와 터펜스가 그 집 앞에 도달한 것은 그러고 나서 3분쯤 지난 뒤였을 것이다. 그는 문을 들어갈 때 흘끗 시계를 보고 약속시간보다 1분 정도 늦은 걸 알았었다.

누군가가 2층 그녀의 방에서 길다 글렌을 기다렸을 가능성은 희박하지만,

그렇다고 생각할 수 없는 일도 아니었다. 가령 그렇다고 하면 분명 그 사람은 아직 집 안에 숨어 있을 것이다. 제임스 라일리 이외엔 아무도 집에서 나간 사람이 없으니까…….

그는 2층으로 뛰어올라 가 재빨리, 그렇지만 효과적으로 2층 전체를 수색했다. 그렇지만 어디고 숨어 있는 사람은 없었다.

그리고 그는 엘렌과 이야기해보았다. 나쁜 소식을 알리고 그녀의 비탄과 애도의 말이 한 차례 끝날 때까지 기다려서 두세 가지 질문을 했다.

오늘 오후, 누군가가 글렌 양을 찾아온 사람은 없었나? 전혀 없었다.

당신은 오늘 밤 한 번도 2층에 올라가지 않았나? 여느 때처럼 커튼을 치려고 올라갔다. 6시경에, 어쩌면 6시를 조금 지났을지도 모른다. 그건 그 난폭한 남자가 노크를 하기 바로 전이었다. 자기는 계단을 뛰어 내려가 문을 열었다. 사람을 죽이려고 작정하고 온 그런 흉악한 남자였는데…….

토미는 그쯤에서 중단했다. 그렇지만 역시 이상하게도 라일리가 불쌍했고, 흉악범이라고는 믿어지지가 않았다. 그러나 길다 글렌을 살해했을 거라고 짐작되는 사람은 아무도 없었다. 집에 있던 사람은 허니콧 부인과 엘렌 단 두 사람뿐이었으니까.

홀에서 말소리가 들려 나가보니 터펜스와 밖을 순찰하던 아까 그 순경이 있었다. 순경은 수첩과 심이 뭉툭한 연필을 꺼내 그 연필 끝을 살짝 혀로 핥았다. 그는 2층으로 올라가 감각이 둔한 표정으로 시체를 조사하긴 했지만 자기가 만지기라도 하면 경감에게 심한 꾸중을 들을 거라고 말했을 뿐이었다.

그는 허니콧 부인이 외치는 신경질적인 한탄과 혼란스런 설명에 귀를 기울이며 때때로 뭔가를 수첩에 기록했다. 그는 조용하고 부담을 주지 않는 사람이었다.

순경이 본서로 전화하러 나갈 때, 토미는 잠깐 밖에서 그와 이야기를 했다.

"저, 잠시만! 당신은 피해자가 문으로 들어가는 걸 봤다고 했지요? 그 사람이 혼자였던 게 분명합니까?"

"틀림없이 혼자였습니다. 아무도 일행은 없었습니다."

"그때부터 우리와 만날 때까지 아무도 이 문에서 나온 사람이 없습니까?"

"한 사람도 없었습니다."

"있었다면 당신이 보셨겠지요?"

"분명히 그랬겠지요. 그 정신이상자 같은 녀석이 뛰어나올 때까진 아무도 없었습니다."

이 법의 존엄함을 수행하는 남자는 엄숙하고 무게 있게 계단을 내려가서 빨간 손의 흔적이 남아 있는 흰 문기둥 옆에 잠시 멈춰 섰다.

"이런 걸 남기고 가다니! 분명 처음인 모양이군."

그는 불쌍하다는 듯 혀를 찼다. 그리곤 천천히 바깥으로 나갔다.

사건이 일어난 다음 날이었다. 토미와 터펜스는 여전히 그랜드 호텔에 머물고 있었는데 토미는 사제복을 벗는 편이 현명하다고 판단하여 옷을 갈아입었다.

제임스 라일리는 체포되어 유치장으로 들어가 있었다. 그의 변호사 마블은 이 범죄사건에 대해 토미와 상당히 긴 얘기를 끝낸 참이었다.

"제임스 라일리가 이런 일을 저질렀다곤 도저히 믿지 못하겠습니다."

그는 단호히 말했다.

"항상 난폭한 말을 하는 남자긴 하지만 그냥 그런 사람일 뿐이라서."

토미도 고개를 끄덕였다.

"말에 에너지를 몽땅 소비해 버리면 행동으로 옮길 에너지는 거의 남지 않으니까요. 제가 지금 마음에 걸리는 건 제가 중요한 증인의 한 사람으로서 그 사람에게 불리한 증언을 하게 된다는 점입니다. 범죄가 일어나기 바로 전에 그 사람이 저에게 한 말이 굉장히 심한 것이었으니까요. 하지만 그런 모든 사실에도 불구하고 저는 그 사람에게 호의를 느끼고, 그 사람 외에 의심할 만한 사람이 한 사람도 없는데도 저는 그 사람이 무죄라고 믿습니다. 본인은 어떻게 진술했습니까?"

변호사는 입술을 오므렸다.

"자기가 찾아갔을 때 이미 길다는 죽어 있었다고 하더군요. 그렇지만 물론 그런 일은 있을 수 없습니다. 맨 먼저 머리에 떠오른 거짓말을 했을 뿐입니다."

"가령 그 사람의 말이 사실이라면 그 말 잘하는 허니콧 부인이 범죄를 저

지른 게 되는데, 그건 도저히 상상에 불과합니다. 역시 그 남자의 짓이 틀림없는 것 같습니다."

"하녀가 길다의 비명을 들었다고 했잖습니까?"

"그렇지, 하녀가……." 토미는 잠시 침묵에 잠겼다.

이윽고 그는 생각에 잠긴 채 이렇게 말했다.

"사실 인간이란 남을 잘 믿는 동물이지요. 우리는 증거를 절대 확실한 사실처럼 믿습니다. 그런데 실제 증거란 무엇입니까? 감각에 따라 머리에 전해진 인상에 불과합니다. 가령 그것이 잘못된 인상이었다면 어떻게 되겠습니까?"

변호사는 어깨를 으쓱거렸다.

"그렇죠. 신뢰할 수 없는 증인도 있다는 건 우리도 모두 알고 있지요. 정말로 속일 작정은 아니었더라도 시간이 지나야 조금씩 더 기억을 해내는 증인 말입니다."

"전 그런 의미로 말한 게 아닙니다. 인간의 전반적인 것에 대해 말하는 겁니다. 우리는 사실과는 다른 말을 해놓고도 전연 그것을 눈치 채지 못하는 경우가 종종 있지요. 예를 들면 당신도 저도 과거 언젠가 '집배원이 왔다'라고 말한 적이 있을 겁니다. 실제로 그 말은 노크 소리가 두 번 나고 편지통이 덜커덩거리는 소리를 들은 것을 의미합니다. 십중팔구는 그 말대로 집배원이었을 테지만 아마 열 번째는 개구쟁이 꼬마가 장난쳤을지도 모르는 겁니다. 제 말의 의미를 아시겠습니까?"

"예……, 글쎄요……." 마블은 천천히 대답했다.

"그런데 무슨 목적으로 그런 말을 꺼내시는지 모르겠군요."

"그렇습니까? 사실 그런 말을 하는 저 자신도 확실히는 모르겠습니다. 그렇지만 어렴풋이나마 사실이 보이는 것 같군요. 터펜스, 이건 나무토막 같은 거야. 잘 생각해봐요. 나무토막의 한 끝은 어떤 방향을 가리키지. 그런데 다른 한 끝은 항상 그 반대 방향을 가리키고 있어. 문제는 나무토막의 어느 쪽을 잡느냐에 달렸지. 문은 열려. 그런데 닫히기도 하지. 사람은 계단을 올라가지만 내려오기도 해. 상자는 닫히기도 하지만 열리기도 하는 것이나 마찬가지야."

"도대체 무슨 말을 하려는 거예요?"

터펜스가 궁금한 듯 물었다.

"실제는 바보스러울 만큼 간단한 거야. 그런데 나도 지금에야 눈치 챘지. 사람이 언제 집 안으로 들어오는지 당신은 어떻게 알지? 만일 문이 열리고 쾅 닫히는 소리가 들릴 때 누군가가 들어올 거라고 미리 예상할 경우엔 그 사람이 들어온 거라고 믿을 거야. 그렇지만 그것이 나가는 소리였을 가능성도 분명 같은 정도로 있잖아?"

"그렇지만 글렌 양은 집에서 나가지 않았잖아요?"

"그건 그렇지. 그녀가 나가지 않은 건 나도 알고 있어. 그렇지만 다른 사람이 나갔지. 살인범 말이야."

"그러면 글렌 양은 어떻게 들어갔지요?"

"허니콧 부인이 부엌에서 엘렌에게 일을 시키고 있을 동안에 들어간 거야. 그 두 사람에겐 그녀가 들어가는 소리가 들리지 않았던 거지. 허니콧 부인은 응접실로 돌아와 벽시계를 고쳤다고 했어. 그런데 누군가가 들어와서 2층으로 올라가는 발소리가 나기에 동생이라고 생각했던 거야."

"그러면 그건 누구였을까요? 2층으로 올라간 발소리의 주인공은?"

"그건 커튼을 닫으러 올라간 엘렌이었어. 허니콧 부인이 동생이 2층으로 올라가기 전에 좀 서성거렸다고 말한 것은 당신도 기억할 거야. 그 서성거리던 시간이 엘렌이 부엌에서 나와 홀로 들어가는 데 걸리는 시간과 딱 맞아. 엘렌은 간발의 차이로 범인의 모습을 놓쳐 버린 셈이지."

"그러면, 토미, 글렌 양이 지른 비명은 어떻게 된 거죠?"

터펜스가 흥분해서 물었다.

"그건 제임스 라일리의 소리였어. 감정이 극도로 고조된 순간에는 남자도 종종 여자처럼 갑자기 비명을 지르는 경우가 있는 거야."

"그러면 범인은? 그렇다면? 우리가 범인의 모습을 발견했어야 하잖아요?"

"실제로 봤어. 우리는 범인과 마주 서서 얘기도 했고. 당신도 그 순경이 갑자기 나타난 것이 생각나지? 그건 도로에 안개가 개인 직후에 그 남자가 문에서 나왔기 때문이었어. 덕분에 우리가 기절할 뻔했었잖아? 그땐 그런 걸 전혀 염두에 두지 않았지만. 아무튼 순경도 역시 인간이고, 다른 사람들과 똑같이 사랑도 하고 증오도 할 거야. 결혼도 하고 말이야. 길다 글렌은 문 바로 밖에서 뜻밖에도 남편을 만나게 되어 이혼문제를 타협할 작정으로 집에 데리고 들어간 거라고 생각해. 그런데 그 순경에겐 라일리처럼 난폭한 말로 화풀이를 하는 재간이 없었어. 그 남자는 화가 나서 불끈 피가 거꾸로 솟은 거야. 게다가 손에는 경찰봉도 갖고 있었고……."

위조 지폐범을 찾아라(상)

“터펜스—.” 토미가 말을 걸었다.

“우리도 더 넓은 사무실로 이사해야 할 것 같아.”

“말도 안 되는 소리 좀 하지 말아요. 당신도 너무 자만심이 강해져서 마치 백만장자라도 된 기분인가 보군요. 별 볼일 없는 시시한 사건을 두셋, 그것도 다행히 운이 좋아서 해결해 놓곤…….”

“그걸 운이라고 하는 사람이 있을 테지만 수완이라고 말하는 사람도 있어.”

“당신이 자신을 셜록 홈스, 손다이크, 매카티와 오크우드 형제를 전부 합친 그런 사람이라고 믿는다면 더 이상 할 말은 없어요. 하지만 나 개인적으로는 이 세상에 있는 모든 수완을 익혔다기보다는 행운이었다고 보는 게 좋을 것 같군요.”

“당신의 말에도 일리는 있는 것 같군.” 토미는 양보했다.

“그건 그렇지만, 터펜스, 우리에겐 더 넓은 사무실이 꼭 필요해.”

“왜요?”

“고전 때문이야. 에드거 월리스의 대표작을 전부 갖추려면 책꽂이가 몇 미터나 더 필요해질 테니까.”

“그러고 보니 우리는 아직 에드거 월리스 식의 사건은 경험하지 못했군요.”

“영영 경험하지 못하고 끝날지도 몰라.” 하고 토미는 말했다.

“당신도 알지 모르겠지만 그 작가는 아마추어 탐정에겐 그다지 기회를 주지 않거든. 모두 삼엄한 경시청 일만을 다뤘지. 게다가 실화뿐이고 허구에 근거를 둔 건 없어.”

접수계의 앨버트가 문을 열고 들어오며 알렸다.

“매리옷 경감님이 오셨습니다.”

"경시청의 수수께끼 인물?" 토미는 중얼거렸다.
"참견꾼(형사) 중에서도 가장 참견꾼." 터펜스도 말했다.
"그렇지 않으면 형사를 '개'라고 했나? 난 언제나 참견꾼과 개를 혼동해요."
경감이 붙임성 있는 웃음을 띤 얼굴로 다가왔다.
"여, 어떠시오? 굉장한 모험이라도 하진 않았소?" 그가 기운차게 물었다.
"없었어요. 오히려 경감님께 멋진 일이 없나요?"
터펜스가 말했다.
"글쎄, 그렇게 표현해도 될지 어떨지, 뭐라고 말해야 좋을지 모르겠소."
그는 아주 조심스럽게 대답을 했다.
"매리옷 경감님, 오늘은 무슨 바람이 불어서 예까지 오셨나요? 설마 우리 안부를 걱정해서 오시진 않았을 테고……." 토미가 물었다.
"물론, 재기발랄한 블런트의 탐정들에게 일을 갖고 왔소."
"아! 그러면 우리도 재기발랄한 표정을 지어야겠네요."
"실은, 베레즈포드 씨, 하나 제안할 것이 있는데, 대단히 규모가 큰 갱단을 일망타진할 마음 없소?"
"그런 갱단이 실제로 있습니까?" 토미는 물었다.
"무슨 의미지?"
"갱단이란 대도둑이나 초인간적인 범죄자와 마찬가지로 소설의 세계에만 있는 거라고 나는 전부터 생각하고 있었거든요."
"그런 대도둑은 그렇게 흔하지 않지. 그렇지만 몰인정한 갱이라면 얼마든지 득실득실 하다오."
"갱을 상대로 해서 내 능력을 최고로 발휘할 수 있을지 의문이군요. 아마추어 범죄, 조용한 가정생활에서의 범죄—그런 사건이라면 내 재능이 빛을 발할 수 있을 것 같다고 자부합니다. 가정 내의 뿌리 깊은 이해관계를 포함한 드라마, 그런 거라면 제격이죠. 터펜스가 옆에서 신경이 둔한 남자가 빠뜨리기 쉬운 극히 중요한, 여성적인 세심한 사실을 제공해 줄 테고."
그 순간 말도 되지 않는 소리를 그만두라는 듯 터펜스가 그에게 쿠션을 던지자 그의 얘기는 중단되었다.

"어때, 즐거움을 좀 느껴 보겠소?"

매리옷 경감은 말하고, 두 사람에게 부모 같은 미소를 던졌다.

"이런 말을 하면 화를 낼지도 모르지만, 난 당신들처럼 인생을 즐기는 젊은 두 사람을 보면 흐뭇해요."

"우리가 인생을 즐긴다고요?" 터펜스가 눈을 휘둥그렇게 뜨면서 말했다.

"그렇군요. 즐기는 것 같아요. 전엔 그에 대해 한 번도 생각해본 적이 없었지만요."

"아까 하던 갱단 이야기로 돌아가죠." 토미는 말했다.

"내가 지금 많은 사사로운 문제들—공작부인, 백만장자, 날품팔이 여자들의 문제를 다루고 있기는 합니다만, 그래도 경감님을 위해 이 사건을 조사해 드리죠. 경시청이 망설이고 있으면 놓칠 수도 있고, 또 우물쭈물하고 있으면 곧 데일리 메일 지가 분명히 당신들을 비난할 테니까요."

"좀 전에도 말했듯이 당신들도 즐거움을 맛볼 수 있을 거요. 아무튼 사정은 이렇소."

그는 의자를 앞으로 끌어당겼다.

"실은 지금 위조지폐가 많이 나돌고 있소. 수백 장이나 되는 거요. 얼마나 많은 위조지폐가 나돌고 있는지 안다면 분명히 깜짝 놀랄 거요. 더구나 굉장히 정교하게 만들어져 있어요. 여기 한 장을 갖고 왔지."

그는 주머니에서 1파운드짜리 지폐를 한 장 꺼내어 토미에게 건네주었다.

"어김없는 진짜 지폐처럼 보이지요?"

토미는 흥미로운 눈으로 그 지폐를 조사해보았다.

"정말! 난 이 지폐에 이상한 점이 있는지 전혀 발견하지 못하겠는데요."

"대개는 찾지 못할 거요. 내가 진짜와 어떻게 다른지 가르쳐주지. 아주 미세한 차이지만 당신들도 곧 구별할 수 있게 될 거요. 이 확대경으로 들여다봐요."

5분 정도 가르침을 받은 뒤 토미와 터펜스는 상당한 전문가가 된 듯했다.

"경감님, 우리에게 무엇을 시킬 생각이죠? 이런 위조지폐를 조심하라는 것뿐인가요?" 터펜스가 물었다.

"그게 아니라 훨씬 더 커다란 임무를 맡아 주셨으면 합니다, 부인. 당신들을 믿고 이 사건의 진상을 규명하는 임무를 맡아달라는 거지요. 우리 쪽에서는 이러한 지폐가 웨스트 엔드(런던의 서구. 부호의 저택이 많으며 큰 상점, 공원 등도 있음)에서 유출되고 있다는 걸 알아냈소. 상당히 사회적 지위가 높은 사람이 유통 역할을 담당하고 있소. 이 지폐는 영국 해협 너머로도 건너가고 있어요. 그런데 여기에 매우 흥미를 끄는 인물이 있소. 레이들로 소령이죠. 아마 그 이름은 들은 적이 있으리라 생각하는데?"

"들어 본 것 같습니다. 혹시 경마와 관계가 있는 사람 아닙니까?"

토미가 말했다.

"그렇소. 레이들로 소령은 경마 관계에선 상당히 잘 알려진 인물이오. 구체적으로는 이렇다 할 위반 사항이 있는 것은 아니지만 한두 가지 수상한 거래에서 지나칠 정도로 빈틈이 없었다는 막연한 인상을 남겼소. 속사정을 잘 아는 사람들은 그 남자의 이름이 나오면 탐탁지 않은 표정을 짓지요. 그 남자의 과거의 경력이나 어디 출신인지를 아는 사람이 한 사람도 없어요. 아주 매력적인 프랑스인 부인이 있는데, 그 부인은 항상 숭배자들을 거느리고 거의 곳곳에 모습을 나타낸다는군. 레이들로 부부는 꽤 상당한 돈을 뿌리고 다니는데, 난 그 돈이 어디에서 나오는지 알고 싶은 게요."

"그 숭배자들의 무리에서 나온 것인지도 모르죠."

토미는 즉시 머리에 떠오른 것을 말해보았다.

"일반적으로는 그렇게 생각할 수 있지. 그렇지만 그렇게는 말할 수 없을 것 같소. 우연의 일치일지도 모르지만 레이들로 부부와 그 일당이 자주 드나드는 어떤 근사한 도박 클럽에서 상당한 지폐가 거래되고 있소. 경마와 도박에 빠진 그 무리가 현금으로 상당히 많은 돈을 풀어놓고 있는 거지요. 위조지폐를 유통시키기에 이만큼 편리한 방법은 없을 테니까 말이오."

"그래서 우리의 역할은 뭔가요?"

"이런 거요. 세인트 빈센트 부부는 분명히 당신들의 친구지요? 그 사람들도 레이들로 일당과 상당히 친한 모양이오. 지금은 예전만큼은 아니라고 해도 말이오. 우리 경찰은 접근하기가 아주 어렵지만 당신들이라면 두 사람을 통해서 손쉽게 그 동료가 될 수 있을 거요. 일당들에게 정체를 들킬 염려도 없고 말이오. 당시들이라면 결정적인 기회를 잡을 수 있을 거라 생각하는데……."
"정확히 말해서 어떤 걸 찾아내면 되는 겁니까?"
"어디에서 위조지폐를 입수하는가 하는 거요. 만일 그 일당들이 그걸 유통시키고 있다고 하면 말이지."
"음!" 토미는 끄덕였다.
"레이들로 소령은 텅 빈 여행용 가방을 들고 외출하는데, 돌아올 때에는 그 가방 속에 터질 만큼 지폐가 차 있다. 과연 어떤 방법을 사용하느냐? 그 남자를 조사해서 그걸 찾아낸다. 그런 말씀이군요?"
"대강 그렇소. 그러나 그 남자의 부인이나 그녀의 아버지 에룰라드도 소홀히 여겨서는 안 되오. 위조지폐가 영불해협 양쪽에서 사용되고 있다는 걸 잊지 않도록."
"뜻밖의 말씀을 하시는군요. 매리옷 경감님."
토미는 기분 나쁘다는 듯 말했다.
"블런트의 우수한 탐정들은 소홀이라는 단어의 뜻을 모릅니다."
경감은 일어섰다.
"그러면 행운을 빌겠소."라고 말하고 그는 나갔다.
"슬러시라는 건……." 터펜스는 들뜬 목소리로 말했다.
"응?" 토미가 당황하여 물었다.
"위조지폐예요." 터펜스는 가르쳐 주었다.
"위조지폐를 슬러시라고 하고 있어요. 확실히 맞을 거예요. 토미, 우리도 드디어 에드거 월리스 식의 사건을 다루게 되었어요. 드디어 참견꾼(형사)이 되는 셈인가요?"
"맞아. 우리, 이제부터 크래클러(Crackler)를 체포하는 데 온 힘을 다해서 멋지게 성공해봅시다."
"잠깐, 지금 한 말 말이에요. 그게 무슨 뜻이지요?"
"내가 만들어 낸 최신어야." 토미는 말했다.
"위조지폐를 유통시키는 사람을 묘사한 말이지. 지폐는 바삭바삭 소리가 나잖아. 그래서 위조지폐를 만드는 사람을 바삭바삭한 과자를 만드는 크래클러라고 부르는 거야. 어때? 이만큼 간단명료한 말은 없을 거야."

"그럴 듯한 발상이군요. 눈에 보이는 것 같은 기분을 불러일으키네요. 그렇지만 나라면 좀더 사실적이고 악의 있는 말을 쓸 텐데. 러슬러(Rustler, 와삭거리는 소리를 내는 것)라든지……."

"그건 안 돼. 내가 처음에 크래클러라고 붙였으니까 난 그 말을 고수할 거야."

"이번 사건은 재미있을 것 같아요." 터펜스가 말했다.

"나이트클럽이나 칵테일을 충분히 즐길 수 있을 테니까. 내일은 마스카라를 사야겠어요."

"그런 걸 사용하지 않아도 당신의 속눈썹은 검잖아." 그녀의 남편이 반대했다.

"더욱더 검게 하는 게 좋을 거예요." 터펜스는 되받아 말했다.

"그리고 분홍색 립스틱도 도움이 될 것 같아요. 지나치게 명석한 사람들에게는요."

"터펜스, 당신의 마음속 저 밑바닥엔 닳고 닳은 여자들의 본성이 숨어 있는 것 같군. 나 같은 착실한 중년 남자와 결혼해서 구제된 거지."

"두고 보겠어요. 당신이 파이슨 클럽에 드나드는 동안 그렇게 착실한 사람이 아니란 걸 알 수 있을지도 모르니까."

토미는 찬장에서 여러 가지 술병과 두 개의 잔과 칵테일 혼합용 쉐이커를 꺼내왔다.

"지금부터 시작합시다. 크래클러, 우리는 너를 추적한다. 반드시 붙잡을 것이다."

위조 지폐범을 찾아라(하)

레이들로 부부와 친해지는 것은 문제가 없었다. 토미도 터펜스도 젊고 옷차림이 좋고 생활도 즐기는 데 열심이고, 또 돈도 태워 버릴 만큼 갖고 있다고 했으므로 곧 레이들로 부부가 속해 있는 일당들 속에 자유롭게 출입할 수 있게 되었다.

레이들로 소령은 흰 살결에 금발의 전형적인 영국인 타입의 외모에, 언행도 스포츠맨답게 활기찼다. 그런데 그런 모습과는 어울리지 않는 듯한 느낌이 드는 주름살이 눈 주위에 깊게 패여 있었다. 때때로 흘끗 재빨리 주위를 둘러보는 시선도 일반적으로 상상이 되는 그의 성격과는 기묘하게 어울리지 않는 점이었다.

그는 트럼프를 할 때는 아주 교묘해서, 판돈이 클 경우에는 돈을 잃고 자리에서 일어나는 일이 좀처럼 없다는 사실을 토미는 알았다.

마르게리트 레이들로는 또 전혀 다른 인격의 소유자였다. 숲의 요정 같은 호리호리한 몸매에 그뢰즈(1725~1805, 프랑스 화가)의 그림 그대로의 얼굴을 가진 매력적인 여자였다. 그녀의 멋진 영어도 매력이 있기에, 대부분의 남자가 그녀에게 반하는 것도 이상한 일은 아니라고 토미는 생각했다.

그녀도 처음부터 토미가 완전히 마음에 든 것 같았으므로 토미는 자신의 역할에 따라 그녀의 추종자 무리에 끼게 되었다.

"나의 토미, 난 토미가 없으면 낮도 밤도 존재하지 않아요."

그녀는 자주 말했다.

"그 머리칼, 그건 저녁놀 색이죠, 그렇죠?"

그녀의 아버지는 훨씬 기분 나쁜 인물이었다. 매우 정확하고 단정한 태도, 짧고 검은 턱수염, 빈틈이라곤 조금도 없는 표정의 남자였다.

수사가 진척되고 있음을 처음에 알려온 건 터펜스였다. 그녀는 토미에게 10장의 1파운짜리 지폐를 갖고 왔다.

"이걸 좀 봐요. 이상하지 않아요?"

토미는 그 지폐를 조사하고 나서 터펜스의 판단이 맞았음을 확인했다.

"어디서 입수했어?"

"지미 포크너라는 청년에게서요. 마르게리트 레이들로가 이것으로 마권을 사 달라고 그 청년에게 주었다는군요. 내가 소액 지폐가 갖고 싶다고 하면서 10파운드짜리 지폐와 바꿨지요."

"전부 새 거라 빳빳하군." 토미는 심각하게 말했다.

"여러 사람의 손을 거치고 있지는 않은 것 같아. 포크너에겐 별로 이상한 점도 없는 것 같은데, 어때?"

"지미요? 그는 사랑스러운 청년이에요. 우리는 아주 친해졌어요."

"나도 그 점은 알아." 토미는 차갑게 말했다.

"그렇게까지 할 필요가 있다고 당신은 진심으로 생각해?"

"그건 우리 업무와는 다른 거예요."

터펜스는 명랑하게 대답했다.

"즐거워요. 그렇게 좋은 청년을 그 여자의 마수에서 구출할 수 있다고 생각하니 기뻐요. 당신은 상상도 할 수 없을 만큼 그녀는 그에게 돈을 마구 쓰고 있어요."

"난 그 남자가 당신에게 좀 반한 게 아닐까 생각돼, 터펜스"

"나도 그렇게 생각될 때가 종종 있어요. 내가 아직 젊고 매력이 있구나 하고 느끼는 건 기분 좋은 일이잖아요?"

"정말 당신의 도덕관은 한심할 정도로 엉망이구먼. 터펜스, 당신은 이런 문제를 잘못된 관점에서 보고 있는 것 같아."

"이렇게 기쁜 마음을 가진 적이 지난 몇 년 동안 한 번도 없었어요."

터펜스는 태연하게 말을 했다.

"그건 그렇다 치고 그러는 당신은 어때요? 요즘 통 얼굴도 볼 수 없던데요. 아주 마르게리트 레이들로의 포로가 되어 버린 거 아니에요?"

"일이야." 토미는 딱 잘라 말했다.
"그래도 그 여자, 매력 있잖아요."
"내가 좋아하는 타입은 아니야. 난 그런 여자에게 빠지지는 않아."
"거짓말쟁이."
터펜스는 웃음소리를 냈다.
"그래도 난 바보보다는 거짓말쟁이와 결혼하는 게 낫다고 항상 생각했어요."
"남편이 그 어느 쪽이어야 한다는 절대적인 필요성은 없다고 생각하는데."
토미는 말했다.
그렇지만 터펜스는 단지 불쌍히 여기는 듯한 시선을 던지고 멀어져 갔다.
레이들로 부인의 추종자 무리 속에서 행크 라이더라는 이름을 가진 단순하지만 굉장한 부자가 있었다.
라이더는 미국의 앨라배마 주에서 온 남자였는데, 처음부터 토미에게 접근해서 뭐든지 숨김없이 얘기를 하곤 했다.
"정말 아름다운 여자지요?"
라이더는 감탄한 듯한 눈으로 사랑스러운 마르게리트의 모습을 쫓으면서 말을 걸어왔다.
"하나에서 열까지 세련되고 멋있어요. 역시 쾌활한 프랑스인이라 그런가 봐요. 난 그녀의 옆에 있으면 나 자신이 창조주의 초창기 실험 작품 같은 기분이 든답니다. 창조주도 상당히 숙련을 거듭하지 않으면 저렇게 나무랄 데가 없는 아름다운 여성을 창조하지는 못할 테니까 말이오."
토미가 예의상 그렇게 수긍해 보이면 라이더 씨는 기분이 좋아져서 마음을 털어놓고 다른 일들도 말하는 것이었다.
"저렇게 아름다운 여자가 돈 때문에 고생을 하다니 기막힌 노릇입니다."
"저 여자가 고생을 하다니요?"
토미가 물어보았다.
"예, 이상한 녀석이에요. 레이들로라는 남자는 말입니다. 그녀는 그 남자를 무서워하고 있답니다. 나에게 그렇게 말했지요. 얼마 되지 않는 청구서에 대해서도 감히 그에게 말을 못 꺼낸다고요."

"정말 얼마 되지 않습니까?"

"그건, 내가 보기엔 그렇습니다. 어쨌든 뭐니 뭐니 해도 여자는 옷에 신경을 써야죠. 그런데 옷이 별로 많지 않으면 당연히 옷값이 많이 지출되지 않겠어요? 게다가 그런 아름다운 여자가 작년 시즌 때와 똑같은 복장으로 돌아다니는 건 스스로도 원하지 않을 것 아닙니까. 트럼프도 그래요. 불쌍하게 그녀는 트럼프에서도 묘하게 계속 운이 없답니다. 바로 어젯밤에도 나에게 50파운드를 잃었거든요."

"그저께 밤에는 지미 포크너에게 200파운드를 땄는데요."

토미는 내뱉듯이 말했다.

"정말입니까? 그렇다면 내 마음도 조금은 편하군요. 그런데 요즘에 당신 나라에서는 위조지폐가 멋대로 나돌아다닌다고 하던데요. 오늘 아침에도 내가 거래 은행에 예금하러 갔는데 그중 25장이 위조지폐였어요. 그 창구의 직원이 정중하게 그렇게 일러 주더군요."

"상당히 많군요. 모두 새 지폐였습니까?"

"막 인쇄된 빳빳한 것이었어요. 맞아, 그 지폐는 레이들로 부인에게서 받은 것 같아요. 그 사람은 어디에서 손에 넣은 것일까? 경마할 때 받은 게 틀림없을 거예요."

"예, 아마 그랬겠죠." 토미는 말했다.

"실은, 베레즈포드 씨, 난 이런 상류생활은 처음이에요. 멋진 상류사회의 부인들과 어울려 노는 것 말입니다. 내 재산은 최근에 축적된 겁니다. 세상 구경을 하려고 유럽으로 건너왔지요."

토미는 고개를 끄덕였다. 마르게리트 레이들로가 도와주면 분명 라이더도 충분히 세상을 배울 것이고 매달 지불해야 할 금액도 점점 늘어날 거라고 그는 머릿속으로 생각하고 있었다.

하여간 위조지폐가 아주 가까운 곳에서 유통되고 있고, 또한 마르게리트 레이들로가 그 지폐의 유통에 한몫 끼고 있다는 두 번째 증거를 잡은 셈이다.

그 다음 날 밤에 토미는 자신의 눈으로 그 증거를 잡을 수 있었다.

매리옷 경감이 말한 선택된 몇몇 사람들만이 모인 장소에서의 일이었다. 거기에는 댄스홀도 있었는데, 진짜로 매력적인 장소는 사람을 위압하는 듯한 미닫이문의 안쪽에 있었다. 그 안에는 방이 두 개 있는데, 녹색의 나사보를 깐 테이블이 놓여 있고 밤마다 거액의 돈이 오가고 있었다.

마르게리트 레이들로가 마지막으로 테이블에서 일어서면서 토미의 손에 상당한 양의 소액 지폐를 건네주었다.

"토미, 부피가 커서……, 좀 바꿔 주지 않을래요? 너무 많아요. 제 가방은 작은데 불룩하니까 이상한 것 같아요."

토미는 그녀가 원하는 백 파운드짜리 지폐를 갖고 왔다. 그리고 인적이 드문 구석에서 그녀에게서 받은 지폐를 조사해보았다. 적어도 4분의 1은 위조지폐였다.

그녀는 어디서 이렇게 위조지폐를 공급받는 것일까? 그 점에 대해선 그도 아직 전혀 해답을 얻지 못했다. 앨버트의 협력으로 조사해본 결과 레이들로가 그 공급자가 아닌 것은 확실한 것 같았다. 그의 행동을 자세히 감시하도록 지시했지만 아무런 수확도 얻지 못했다.

토미는 마르게리트의 아버지인 기분 나쁜 에룰라드라는 남자에게 의심을 돌렸다. 이 남자는 상당히 자주 프랑스와 영국을 왕래하고 있었다. 그러니 해협을 넘어 지폐를 운반하는 정도는 무리 없이 할 수 있지 않을까? 트렁크에 비밀 바닥을 만들어 놓거나, 뭔가 그런 수단을 쓰면.

이런 생각에 깊이 빠져서 토미는 어슬렁어슬렁 그 클럽을 나왔는데 뜻밖에 눈앞에서 벌어진 사태에 주의를 기울였다. 큰길에 행크 라이더 씨가 있었는데 술에 취해 있음이 분명했다. 그는 자동차의 라디에이터에 모자를 걸려고 애를 쓰고 있었는데 손을 뻗칠 때마다 몇 인치나 빗나가곤 했다.

"에잇, 빌어먹을! 모자걸이가 이따위야!" 라이더가 소리쳤다.

"미국은 이렇지 않아. 매일 밤 모자 정도는 제대로 걸 수 있었는데, 매일 밤 말이야. 아니 당신은 모자를 두 개 쓰고 있군. 한 사람이 모자를 두 개나 쓴 건 본 적이 없어. 아, 기후 탓이군."

"아마 난 머리가 둘이기 때문일 겁니다."

토미는 진지하게 대답했다.

"정말 그렇군." 라이더 씨가 말했다.

"그것참 이상하군. 이런 일은 좀체 없었는데. 칵테일이라도 한잔 마시지 않겠소? 금주법인가—그것 덕분에 난 지독히 혼났어요. 아무래도 난 술에 취한 것 같은데……, 그렇지만 합법적으로 취한 거야……. 칵테일을 마셨어요. 섞은 걸……, 천사의 키스……, 그게 마르게리트인 겁니다……. 사랑스러운 여자……, 날 얼마나 좋아하는지. 마티니를 두 잔……, 파멸에의 길을 석 잔, 그걸 모두 섞어서 맥주 컵에 마셨지. 취하지 않는다고 장담했어요……. 내가 말했어요……. 내가 말했다고……."

토미가 상대의 말을 가로막았다.

"잘 알았습니다. 집으로 돌아가는 게 어떻겠습니까?"

"돌아갈 집이 없어요."

라이더는 슬픈 듯이 말하고 울기 시작했다.

"어느 호텔에 묵고 계시죠?"

다시 토미가 물었다.

"집에는 돌아갈 수 없어. 보물찾기예요. 멋진 일이지. 그 여자가 그걸 했어요. 화이트 채플……, 순백색 마음……, 슬픔에 잠긴 백발……."

"너무 마음 쓰지 마세요." 토미가 말했다.

"어디로……."

그런데 라이더가 갑자기 정신을 차렸다. 몸을 똑바로 세우더니 놀랄 만큼 똑똑하게 말하는 것이었다.

"젊은 양반, 당신에게 얘기하지요. 마기가 날 데리고 가줬어요. 자동차로 말이오. 보물찾기에……. 영국 귀족들은 모두 하는 거랍니다. 길의 돌 밑을 보았지요. 500파운드예요. 중대한 일이지요, 중대한 일이에요. 당신이니까 말해주는 거예요. 나에게 친절히 대해 주었으니까. 난 당신을 걱정하고 있어요. 진심으로 우리 미국인들은……."

토미는 아까보다도 더욱 무례하게 상대의 말을 끊었다.

"뭐라고요? 레이들로 부인이 당신을 자동차로 데리고 갔다고요?"

미국인은 점잔을 빼며 고개를 끄덕였다.

"화이트 채플에?"

그가 다시 점잔을 빼며 끄덕였다.

"거기서 당신은 500파운드를 찾았다고요?"

라이더는 곧바로 말이 나오지 않는 것 같았다.

"그, 그 여자가 찾은 거요." 그는 토미의 말을 고쳤다.

"나를 밖에 내버려두었지요. 문밖에요. 항상 문밖에 내버려져 있었지요. 기가 막히는 일이야. 밖이라니, 항상 밖이지요."

"거기로 가는 길을 알 수 있으세요?"

"알 겁니다. 행크 라이더는 방향을 잃는 그런 남자는 아니니까."

토미는 좀 무례하다 싶게 자신의 자동차를 세워둔 곳으로 그를 끌고 갔다. 곧 두 사람은 동쪽으로 차를 달렸다. 차가운 공기 덕분에 라이더도 제정신을 차렸다. 처음 얼마 동안은 정신을 잃은 듯 토미의 어깨에 기대어 있었지만 눈을 떴을 때에는 머리도 맑아지고 기분도 상쾌해진 것 같았다.

"잠깐, 여기가 어디지?" 그가 물었다.

"화이트 채플." 토미는 딱 잘라 말했다.

"당신이 오늘 밤 레이들로 부인과 함께 왔다고 한 곳이 이 부근입니까?"

"그러고 보니 본 적이 있는 것 같군."

라이더는 주위를 둘러보면서 대답했다.

"이 부근에서 왼쪽으로 돈 것 같은데……, 아, 저기야, 저 길이오."

토미는 그의 말대로 그 모퉁이를 돌았다.

라이더는 차례차례 지시했다.

"저곳이오, 틀림없어요. 다음에 오른쪽으로 돌고, 좀 역겨운 냄새가 나지 않소? 맞아, 저 모퉁이의 주점 앞을 지나서 직각으로 돌아 저 좁은 골목 입구에 멈추었소. 그런데 도대체 계획이 뭐요? 말해주지 않겠소? 아직 일행이 몇 남아 있을 것 같다는 건가? 감쪽같이 속일 생각이오?"

"그렇습니다. 일행을 감쪽같이 속이자는 겁니다. 재미있지 않습니까?"

"그렇군." 라이더도 동의했다.

"그렇지만 나는 좀 머리가 둔해서 뭐가 뭔지 잘 모르겠는데."

그는 걱정되는 듯 덧붙였다.

토미는 차에서 내려 라이더를 부축했다. 두 사람은 골목으로 들어갔다. 왼쪽에는 다 무너져 가는 집들이 줄지어 있었는데 대개의 집들의 문은 골목에 면해 있었다. 라이더는 그중 한 집 문 앞에 멈춰 섰다.

"그 여자는 여기로 들어갔어요. 이 입구였어. 분명해요."

"문들이 모두 똑같은 것 같은데요. 병사와 왕녀의 이야기가 생각나는군요. 그 두 사람은 어느 입구였는지 구별할 수 있도록 문에 +자 표시를 했지요. 우리도 그렇게 할까요?"

그는 웃으면서 주머니에서 분필을 꺼내어 문 아래쪽에 대충 +자를 표시했다. 골목의 높은 담 위에는 크고 작은 희미한 그림자가 이리저리 배회하고 있었다. 그중 하나가 피가 얼어붙은 듯한 무시무시한 비명을 질렀다.

"이 주변엔 고양이가 많은 모양이군요." 그는 밝게 말했다.

"어떻게 할 거요? 안으로 들어갈 생각이오?" 라이더가 물었다.

"적당히 주의해서 들어가 봅시다." 토미가 말했다.

그는 골목의 좌우로 흘끗 눈을 돌리고 나서 살짝 문을 밀어 보았다. 문은 움직였다. 그는 문을 열고 어두운 정원을 살펴보았다.

그는 라이더를 바로 뒤에 따라오게 하고 소리 없이 들어갔다.

"잠깐, 정원을 걸어오는 사람이 있소." 라이더가 말했다.

그는 다시 살짝 밖으로 나갔다. 토미는 1분 정도 가만히 서 있었지만 아무런 소리도 들리지 않았다. 그는 주머니에서 회중전등을 꺼내어 아주 잠시(1초나 될까) 앞을 비추었다. 그 순간 안으로 들어가는 길이 언뜻 보였다. 그는 앞으로 나아갔다. 앞에 다시 문이 나타났으나 이 문도 움직였으므로 살짝 밀고 안으로 들어갔다.

그는 잠시 동안 가만히 우뚝 서 있다가 귀를 기울여 보고는 회중전등 스위치를 켰다. 그 빛과 함께 마치 그것을 신호로 삼은 듯 주위에서 뭔가 불쑥 솟아오르는 것 같았다. 그의 눈앞에 두 사람이 나타났고 등 뒤에는 두 사람이 있었다. 그들은 토미를 포위하고 위에서 눌렀다.

"불 켜!" 한 목소리가 소리쳤다.

가스 백열등이 켜졌다. 그 빛으로 토미도 주위 사람들의 기분 나쁜 얼굴을 볼 수 있었다. 그는 슬며시 눈을 돌려 그 방에 있는 물건들을 쳐다보았다.

"아! 내 짐작이 틀림없어. 여기가 위조지폐의 본거지로군."

그는 유쾌한 듯 말했다.

"입 다물어!" 한 명이 화를 내며 소리쳤다.

토미는 등 뒤에서 문이 열리고 닫히자 귀에 익은 듯한 상냥한 목소리가 났다.

"그놈을 잡았군. 됐어. 자, 참견꾼 나리, 이제 자네도 끝장인 셈이군."

"참견꾼이라는 건 애정이 담긴 말 같은데." 토미는 말했다.

"그 말을 들으니 감격스러운걸. 맞아, 난 경시청의 수수께끼 인물이야. 아니, 행크 라이더 씨잖아? 이건 정말 의외로군."

"그것도 자네의 본심이겠지. 난 오늘 저녁 내내 자네를 길들이느라고 대단히 즐거운 시간을 가졌어. 마치 어린 아이처럼 내가 말하는 대로 여기까지 따라왔으니까. 게다가 자기 꾀에 빠질 정도로 영리했어. 그런데 난 처음부터 자네를 주목했지. 자네는 타산 없이 호사로운 기분으로 그런 무리 속에 낀 것이 아니었으니까 말이야. 난 잠시나마 끈을 느슨하게 풀고 즐기게 해주려고 했는데, 자네가 사랑스러운 마르게리트를 진짜로 의심하는 것 같기에 나 자신에게 말했지. '드디어 이놈을 처리할 시기가 왔다.'라고. 여기 있으면 아마 당분간 자네 동료들이 네놈의 소식을 알기 힘들어질 거야."

"나를 잠재우겠다고? 분명 그런 말투인데. 당신은 계속 나를 노려왔던 모양이군."

"신경이 예민한 모양이군. 아니, 우리는 폭력을 휘두르진 않아. 말하자면 감금만 할 뿐이지."

"그건 잘못 판단한 것 같은데. 난 당신이 말한 '감금' 상태가 될 생각은 조금도 없으니까."

라이더는 빙긋 붙임성이 있어 보이는 미소를 지었다. 밖에서 고양이 한 마리가 달을 향해 기분 나쁜 울음소리를 냈다.

"문에 쓴 +자 표시를 생각하나!" 라이더가 말했다.

"나라면 그런 헛기대는 하지 않을 텐데. 물론 나도 자네가 말한 옛날이야기는 알고 있어. 어렸을 때 들은 적이 있지. 난 골목으로 되돌아가서 짐차 바퀴 같은 커다란 눈동자를 가진 개 역할을 하고 왔지. 자네가 골목으로 나가 보면 그 골목의 어느 문에도 똑같이 +자 표시가 되어 있는 걸 볼 수 있을 거야."

토미는 실망한 듯 고개를 숙였다.

"자신이 매우 영리하다고 생각했겠지!" 라이더가 말했다.

그 말이 그의 입에서 떨어진 순간에 문을 마구 두드리는 소리가 들렸다.

"누구지!" 라이더는 가슴이 철렁한 듯 외쳤다.

동시에 그 집의 입구에서 습격이 시작되었다. 문은 허술한 것이어서 금방 자물쇠가 부서지고 매리옷 경감이 입구에 나타났다.

"매리옷 경감님, 잘하셨습니다." 토미가 말했다.

"아주 때맞춰 잘 오셨군요. 행크 라이더 씨를 소개할까요? 이 사람은 옛날이야기의 걸작은 다 아는 사람입니다. 라이더 씨, 이제 알았겠지만 나도 당신을 의심하고 있었어."

그리고 그는 부드럽게 덧붙였다.

"앨버트(큰 귀를 가진 멋진 소년이 앨버트지)에게 당신과 내가 언제 어디로 드라이브를 하더라도 오토바이로 뒤를 미행하라고 일러두었지. 그리고 당신의 주의를 끌기 위해 대문에 분필로 +자 표시를 해놓고, 그러면서 쥐오줌풀로 만든 약을 땅바닥에 뿌렸던 거야. 그건 매우 역겨운 냄새가 나지만 고양이는 아주 좋아하는 거지. 그래서 앨버트와 경찰이 왔을 때에는 이 부근의 고양이가 전부 입구에 모여 있어서 문제의 그 문 표시가 되어 주었던 거지."

그는 낭패한 듯한 표정으로 서 있는 라이더에게 웃음을 지어 보이곤 일어섰다.

"난 크래클러를 잡아 주겠다고 장담했는데, 이제 약속대로 붙잡은 셈이지."

"도대체 무슨 뜻이지? 그, 크래클러라는 게?" 라이더가 물었다.

"이다음에 나오는 범죄 용어 사전을 보면 실려 있을 거야. 어원 불명이라고 말이야."

토미가 대답했다.

그는 행복한 듯한 미소를 띠고 주위를 둘러보았다.

"게다가 한 사람의 '개'의 손도 빌지 않고 해치운 거야."

그는 유쾌한 듯이 중얼거렸다.

"매리옷 경감님, 안녕히 계세요. 나는 이제 이 이야기의 해피엔드가 기다리고 있는 곳에 돌아가야만 합니다. 착한 여성의 사랑이 보상은 아니지만, 그 착한 여성의 사랑이 집에서 나를 기다려 주고 있죠—글쎄, 내 희망이지만요. 요즘은 한치 앞도 알 수 없으니까 잘 모르겠네요. 매리옷 경감님, 이번 일은 매우 위험한 임무였습니다. 경감님은 지미 포크너 대위를 알고 계신가요? 그 남자의 댄스는 아주 멋졌고 칵테일 취향도 역시 그렇더군요. 매리옷 경감님, 하여간 이번 사건은 굉장히 위험한 일이었습니다."

서닝데일의 수수께끼(상)

"터펜스, 오늘 우리가 점심 먹으러 어디로 가는지 알 수 있겠어?"

베레즈포드 부인은 그 질문에 곰곰이 생각하는 듯했다.

"리츠 호텔?"

그녀는 기대된다는 듯 말했다.

"다시 한 번 생각해봐."

"소호의 어느 깔끔한 집?"

"틀렸어." 토미의 어조는 뽐내는 듯했다.

"ABC 숍이야. 결국 이곳이지."

그는 방금 말한 가게로 재빨리 그녀를 데리고 들어가, 한쪽 구석의 대리석으로 된 테이블 쪽으로 갔다.

"아, 정말 멋진데."

토미는 앉자마자 만족한 듯이 말했다.

"이보다 더 멋진 가게는 없을 거야."

"이런 소박한 집에 그렇게 감탄하다니, 도대체 어찌된 거예요?"

터펜스는 나무라듯이 물었다.

"왓슨, 자네는 눈으로 보고는 있어도 관찰하지는 않는군. 그런데 저기에 서 있는 아가씨들은 아무도 우리 쪽을 쳐다보지 않을 생각인가? 굉장하군. 한 사람이 이쪽으로 천천히 오고 있어. 저 여자는 뭔가 다른 일에 정신을 팔고 있는 것이 분명한데, 잠재적으로는 햄 에그나 홍차 같은 문제도 생각하고 있겠지. 갈비와 감자튀김을 부탁해요. 그리고 이 부인에게는 커피와 버터 바른 빵과 혓바닥 고기 한 접시."

종업원 아가씨는 경멸의 어조로 주문을 되풀이했는데, 터펜스가 갑자기 몸을 앞으로 내밀어 끼어들었다.

"아니에요. 갈비와 감자튀김이 아니고, 이분에게는 치즈 케이크와 우유를 갖다 줘요."

"치즈 케이크와 우유요?"

종업원은 아까보다 더한 경멸조로 그렇게 말했다. 그리고 역시 뭔가 다른 것에 홀린 듯한 모습으로 천천히 떠나갔다.

"쓸데없는 말참견을 했군."

토미가 쌀쌀하게 말했다.

"어째서요. 내가 뭘 잘못했나요? 당신은 지금 '다방 구석의 노인(오르츠이 남작 부인의 작품에 나오는 탐정)'을 흉내 내는 거잖아요. 끈은 웬 것이죠?"

토미는 주머니에서 길게 꼬인 끈을 꺼내더니 재빨리 매듭을 두 개 만들었다.

"사소한 점까지도 완벽해야지."

그는 중얼거렸다.

"그런데 당신은 음식 주문에 약간 실수를 했어요."

"여자들이란 이렇게 융통성이 없으니……."

토미가 말했다.

"나는 우유를 싫어해. 그리고 치즈 케이크도 몹시 싫어하지. 담즙 같아서."

"예술적 양심을 가지세요." 터펜스는 말했다.

"내가 찬 혓바닥 고기를 먹는 걸 지켜봐요. 정말로 맛있어요. 자, 이제 나는 신문기자인 폴리 버튼(오르츠이 남작 부인의 작품에 나오는 인물) 양이 될 준비를 끝냈어요. 큰 매듭이라도 만들어서 시작해보시죠."

"우선 첫째로, 비공식적으로 다음의 사실을 지적하고 싶군."

토미가 말했다.

"우리의 업무는 최근 그다지 활발하지 않은 것 같아. 일이 없으면 우리 쪽에서 일을 찾아야 하지. 요즘 세상을 떠들썩하게 하는 이상한 사건에 주목해 보기로 할까. 다시 말해서, 바로 그 '서닝데일의 수수께끼 사건' 말이야."

"아! 서닝데일의 수수께끼요!"

터펜스는 흥미롭다는 듯이 소리를 질렀다.

토미는 주머니에서 구겨진 신문을 꺼내 테이블 위에 펼쳤다.

"이것이 '데일리 리더' 지에 실린 세슬 대위의 가장 최근 사진이야."

"그래요? 나는 사람들이 왜 이러한 신문을 법정에 고소하지 않는지 모르겠어요. 이 사진으로는 남자라는 것밖에는 알 수가 없군요."

"나는 아까 서닝데일의 수수께끼 사건이라고 말했지만, 사실은 '소위 서닝데일의 수수께끼 사건'이라고 말해야 했어."

토미는 빠르게 다음 말을 계속했다.

"아마 경찰에게는 수수께끼이겠지만 현명한 사람에게는 그렇지 않아."

"다시 한 번 매듭을 만들어요."

터펜스는 말했다.

"그 사건을 당신이 어느 정도까지 기억하고 있는지 모르겠어."

토미는 조용히 말을 계속했다.

"기억은 하고 있지만, 당신에게 능력을 마음껏 발휘할 기회를 주겠어요."

터펜스는 말했다.

"바로 3주 전의 일이었는데……." 토미는 시작했다.

"그 유명한 골프장에서 사람을 오싹하게 만드는 일이 일어났어. 이른 아침 골프를 즐기고 있던 두 명의 클럽 멤버가 7번 홀에 쓰러져 있는 한 남자를 발견한 거야. 엎드려 있었는데 굳이 바로 얼굴을 보지 않아도 세슬 대위라는 것을 그들은 알 수 있었지. 왜냐하면 세슬 대위는 언제나 독특한 신선함을 띤 골프용의 푸른색 윗도리를 입고 있어서, 그곳 골프장에서는 누구나가 다 알고 있었기 때문이지. 세슬 대위가 아침 일찍 골프장에서 골프 연습을 하는 것은 가끔 있는 일이었기 때문에, 처음에는 심장마비로 쓰러진 것이라고 생각했어. 그런데 의사의 검시 결과 타살이며, 여자의 모자 핀이라는 의미심장한 흉기로 심장을 찔렸다는, 왠지 기분 나쁜 사실이 판명된 거야. 또한 죽은 지 이미 12시간이나 지났다는 것도 알게 되었지. 이리하여 사건은 완전히 다른 양상을 띠게 된 셈인데, 그 뒤 몇 가지 흥미 있는 사실이 나왔어. 세슬 대위가 살아 있을 때 그와 마지막으로 만났던 사람은 그의 친구이기도 하고 또 같은 회사의 동업자이기도 한, 포큐파인 보험회사의 홀러비라는 남자였는데, 그 남자는 다음과 같이 진술했어.

세슬과 그 남자는 그날 일찍부터 골프를 쳤대. 차를 마신 뒤 세슬은 어두워지기 전에 몇 홀 더 돌지 않겠느냐고 제안했지. 홀러비는 동의했고, 세슬은 매우 원기 왕성하고 건강 상태도 좋아 보였다는군. 그 골프장에는 공식통행로로 되어 있는 작은 지름길이 가로질러 나 있었는데, 마침 두 사람이 여섯 번째 골프 코스까지 왔을 때 홀러비는 한 여자가 그 지름길로 걸어가는 것을 보았어. 상당히 키가 크며 갈색 드레스를 입고 있었는데 자세한 것은 알지 못했고, 세슬은 그 여자를 전혀 눈치 채지도 못한 것 같았다는군."

토미는 이야기를 계속했다.

"문제는 지름길은 7번 홀 출발점 앞을 가로질러 있었던 거야. 그 여자는 그곳을 지나가서는 멀리 떨어진 곳에서 기다리고 있기나 한 듯이 서 있었대. 홀러비는 홀의 핀을 제자리에 돌려놓고 있었으므로 출발점에 먼저 간 것은 세슬 대위였지. 홀러비는 그쪽으로 걸어가다가 세슬과 그 여자가 이야기하는 것을 보고 깜짝 놀랐어. 게다가 그가 가까이 가자 두 사람은 급히 방향을 돌려 걸어갔어. 세슬은 어깨너머로 '곧 되돌아올게.' 하고 소리를 질렀고, 두 사람은 계속해서 무슨 얘기인지를 열심히 주고받으면서 어깨를 나란히 하고 걸어갔지. 지름길은 거기에서 코스가 갈라져 서로 마주한 두 집 정원의 좁은 담 사이를 지나서 윈들셤으로 통하는 길과 만나게 되어 있지.

세슬 대위는 약속을 지켰어. 2~3분 뒤에 금방 나타났으므로, 홀러비는 별말을 하지 않았어. 다른 골퍼 두 명이 그들 뒤를 쫓아왔을 즈음에 주위는 곧 어두워지기 시작했어. 그들은 골프를 계속했지만, 홀러비는 상대방이 도저히 침착하지 못하는 것 같은 기분이 들었어. 세슬 대위는 골프 치는 방법이 엉터리였을 뿐 아니라, 얼굴 표정도 몹시 어두웠고, 이마엔 깊은 주름이 잡혀 있었어. 동료의 말에도 거의 대답을 하지 않고, 골프도 제대로 치는 것 같지 않았어. 분명히 무슨 일이 일어난 듯했어. 두 사람이 그 홀과 8번 홀을 끝냈을 때, 세슬 대위가 너무 어두워졌으니 집으로 돌아가겠다고 말했어. 마침 그 주위에는 역시 윈들셤으로 통하는 다른 좁은 길이 지나고 있었으므로 세슬 대위는 그 길로 돌아갔지. 그 길은 문제의 길 부근에 있는 그의 집(작은 방갈로이지만)으로 가는 지름길이기도 했다는군.

다른 두 명의 골퍼가(버나드 소령과 레키라는 남자였는데) 쫓아왔기에 홀러비는 세슬 대위의 급격한 태도의 변화에 대해 이야기했어. 그들도 세슬 대위가 갈색 드레스의 여자와 이야기하는 것을 보기는 했지만, 멀리 떨어져 있었기 때문에 그녀의 얼굴은 볼 수 없었다는군. 세 사람 모두 그 여자한테 무슨 이야기를 들었길래 자기들의 친구가 저렇게까지 정신을 못 차릴까 하고 이상해 했어. 그들은 모두 클럽 하우스로 돌아왔는데, 그때 이들은 세슬 대위의 살아 있는 모습을 마지막으로 본 셈이지. 그날은 수요일이었고, 수요일은 런던행 차표를 할인해 주는 날이어서 세슬 대위의 작은 방갈로에서 일하는 부부도 평소와 마찬가지로 런던에 갔다가 밤늦게 열차로 돌아왔어. 그들은 방갈로에 돌아와서 주인이 당연히 자신의 방에서 잠자고 있다고 생각했지. 세슬 대위의 아내는 다른 집에 가서 집에 없었고.

세슬 대위 살인사건은 잠시 세상을 떠들썩하게 하는 것으로 끝났어. 그 동기를 설명할 수 있는 사람이 아무도 없었지. 키가 큰 갈색 드레스의 여자가 누구인가에 대해서도 많은 논란이 있었지만, 아무런 결론도 나오지 않았어. 따라서 경찰은 게으르다는 비난을 받고 말았지—나중에 밝혀졌지만 그건 좀 부당한 비난이었어. 그러고 나서 1주일 뒤에 도리스 에반스라는 젊은 여자가 체포되어 앤터니 세슬 대위 살해 혐의로 기소되었어.

경찰은 조사를 진행하려고 했지만 단서가 거의 없었어. 피해자의 손가락에 감겨 있던 금발 한 가닥과 푸른색 윗도리의 단추에 붙어 있던 붉은색의 털실이 몇 개 있었을 뿐이었으니까. 그 뒤에 철도역과 그 밖에 여러 곳을 다니면서 조사해본 결과 다음과 같은 사실이 밝혀졌어.

붉은색 윗도리의 스커트를 입은 여자가 그날 밤 7시에 기차로 도착하여, 세슬 대위의 집으로 가는 길을 물었어. 그 여자는 두 시간 뒤에 다시 나타났는데 모자는 비뚤어지고, 머리는 헝클어졌으며 몹시 흥분해 있는 모습이었지. 그녀는 런던으로 돌아가는 기차 시간을 묻고, 뭔가를 무서워하기라도 하듯이 계속 어깨너머로 뒤를 돌아다보는 것이었어. 우리나라의 경찰은 여러 가지 면에서 멋진 능력을 갖고 있지. 지금 이야기한 매우 적은 증거를 가지고, 그들은 마침내 그 여자의 자취를 더듬어서 그녀가 도리스 에반스라는 것을 알아낸 거야. 그녀는 살인 혐의로 고발되고 그녀가 서술하는 것은 모두 다 불리한 증거로써 이용될지도 모른다고 경고했지만, 그녀는 끝까지 진술을 계속했지. 그뿐만 아니라 그 뒤의 취조에도 같은 진술을 반복했고, 그 내용에도 본질적인 차이는 전혀 없었어.

그녀의 얘기는 다음과 같았어. 그녀의 직업은 타이피스트인데, 어느 날 밤 영화관에서 잘 차려입은 남자와 친하게 되었고, 그 남자로부터 자신을 좋아한다는 말을 들었지. 그는 앤터니라고 자기 이름을 이야기하며 서닝데일에 있는 자신의 방갈로에 놀러 오지 않겠느냐고 했다더군. 그녀는 그때는 물론 그 이후에도 그에게 아내가 있다는 것을 전혀 몰랐지. 그녀는 그 다음 주 수요일에(수요일이라면 당신도 기억하고 있겠지만, 하인들도 집을 비우고 아내도 외출하는 날이야) 놀러 가기로 약속을 했어. 마지막에 그 남자는 앤터니 세슬이라고 완전한 이름을 말하고 집의 위치도 가르쳐 주었어.

그녀는 약속대로 그 문제의 밤에 방갈로에 도착하여 골프장에서 막 돌아오던 세슬과 만난 거야. 세슬은 말로는 와 주어서 기쁘다고 했지만 그의 태도는 처음부터 이상했고, 더구나 전과는 많이 변해 있었다고 그 여자는 진술했어. 그녀는 불안이 온몸으로 엄습해 와서, 오지 말았어야 했을 것을 하고 몹시 후회했다더군. 미리 준비되어 있던 간단한 식사를 마치자, 세슬은 산책하러 가자고 제안을 했어. 그들은 집에서 함께 나와 길을 걷다가 지름길로 꺾어져 골프코스 쪽으로 향했대. 그런데 7번 홀을 가로지르고 있을 때, 그가 갑자기 완전히 미친 사람처럼 행동했다는 거야. 주머니에서 권총을 꺼내어 그것을 휘두르면서 자신은 이제 막다른 골목에 와 있다면서 외쳤지.

'뭐든지 다 때려 부술 테다! 나는 이제 파멸이야—이젠 끝장이라고. 너도 나와 함께 가야 해. 우선 너를 쏘아 죽이고 나도 자살하겠어. 내일 아침에는 여기에 나란히 죽어 있는 우리의 시체가 발견되겠지. 동반자살이 되는 거야.'

그런 식으로 횡설수설 외쳐댔대. 도리스 에반스는 그가 미쳤다고 깨닫고, 그에게 잡혀 있던 한쪽 팔을 비틀어 빼 보려고 했으나 그것이 잘 안 되자 권총을 빼앗으려고 발버둥을 쳤대. 두 사람은 뒤얽혀 싸웠기 때문에 격투하는 동안 머리카락을 쥐어뜯기기도 하고, 윗도리의 털이 단추에 휘감기기도 한 게 틀림없다는 거야. 결국 필사의 노력으로 빠져나온 그녀는 당장에라도 권총에 맞아 쓰러질 것 같았기에 겁에 질려 정신없이 골프장에서 도망쳤어. 나무에 걸려 두 번이나 뒹굴면서 간신히 정거장으로 가는 길에 이르고 나서야 그가 뒤따라오지 않는다는 걸 알았지.

이상이 도리스 에반스의 진술 내용인데, 그녀는 그 뒤에도 한 번도 진술을 번복하지 않았어. 자기방어를 위하여 모자 핀으로 상대방을 찔렀다는 것은 강력하게 부정하고 있지. 그러한 상황에서는 부득이하게 할 수도 있었을 텐데. 그러니 그 진술은 사실이 아니라고 취급되는 거지. 하여간 그녀의 진술을 증명이라도 하는 듯이, 시체가 누워 있던 장소 가까이 있는 수풀 속에서 권총이 발견되기는 했지. 그 권총은 한 발도 발사되지 않았어.

도리스 에반스는 재판에 회부되었지만 사건의 의문은 전혀 풀리지 않은 채 그대로 남아 있어. 그녀의 진술이 사실이라면, 세슬 대위를 죽인 범인은 누구일까? 그 여자의 출현으로 그가 몹시 마음이 동요되었다는, 갈색 드레스를 입은 키가 큰 다른 한 명의 여자는 누구일까? 현재로서는 그 여자와 이 사건의 관계를 설명할 수 있는 사람이 아무도 없어. 그녀는 마치 하늘에서 내려오기나 한 듯이 갑자기 골프장에 나타났다가, 골프장의 지름길을 지나가 사라진 채로 끝이야. 그 여자는 누굴까? 그 지방 주민일까? 아니면 런던에서 온 사람일까? 만일 그렇다면 자동차로 왔을까, 혹은 기차로 왔을까?

그 여자에 대해서는 키가 크다는 것 이외에는 전혀 아는 것이 없고, 그 얼굴을 제대로 본 사람도 전혀 없는 것 같아. 그 여자가 도리스였을 리는 없어. 도리스 에반스는 자그마한 금발의 아가씨이고, 더구나 그 시각에 막 정거장에 도착했다니까."

"부인은 아닐까요? 그 부인은 어떻게 된 거죠?"

터펜스가 말참견을 했다.

"지극히 당연한 생각이지. 그러나 세슬의 부인도 자그마한 여자야. 더구나 부인이라면 홀러비도 충분히 잘 알 테고, 그녀가 실제로 집을 비웠다는 것도 의문의 여지가 없어. 그런데 한 가지 사실이 분명해짐으로써 이 사건은 좀더 진전을 보았지. 그것은 포큐파인 보험회사가 파산할 지경에 이르게 되었다는 거야. 회사 장부에 의하면 몹시 대담한 공금횡령이 이루어지고 있었다는 것을 알 수 있어. 세슬 대위가 미치광이와 같은 말을 도리스 에반스에게 한 이유도 그것으로 명백해졌어. 과거 수년 동안 그는 계획적으로 공금을 횡령해 온 것이 틀림없거든. 홀러비나 그 아들도 그러한 일이 행해졌으리라고는 전혀 생각지도 못한 거야. 그들은 실제로 파산한 것이나 마찬가지야.

사건은 실제로 이렇데 된 셈이야. 세슬 대위는 횡령한 사실이 발각되어 파멸의 위기에 있었지. 따라서 자살이 당연한 돌파구로 떠올랐을 테지만, 시체의 부검 결과로 볼 때는 그런 해석은 성립하지가 않아. 누군가가 그를 살해한 거야! 도리스 에반스의 소행일까? 그렇지 않으면 갈색 드레스를 입은 의문의 여인의 소행일까?"

토미는 말을 멈추고 우유를 한 모금 마시더니 묘한 표정으로 찡그리면서 치즈 케이크를 입에 넣었다.

서닝데일의 수수께끼(하)

우물거리면서 그는 말을 이었다.

"물론, 나는 이 사건의 문제점이 어디에 있는지, 어느 부분에서 경찰이 미로에 빠지게 되었는지를 곧 찾아내겠어."

"그래서요?" 터펜스는 긴장된 목소리로 재촉했다.

토미는 난처하다는 듯이 머리를 숙였다.

"실제로 그렇게 말할 수 있으면 좋지만, 터펜스, '다방 구석의 노인' 흉내를 내는 것은 어느 점까지는 쉬워. 그러나 막상 해결을 하자니 능력의 한계가 느껴지는데. 범인이 누구인지, 나는 역시 모르겠다고."

그는 주머니를 뒤적여 신문에서 오려낸 몇 장의 기사를 꺼냈다.

"추가 증거물이야. 홀러비, 그 아들, 세슬의 아내, 도리스 에반스."

터펜스는 마지막 신문 조각을 집어들고서, 그것을 잠시 바라보다가 이윽고 이렇게 말했다.

"이 여자는 그를 죽이지 않았어요. 모자 핀 같은 건 갖고 있지도 않아요."

"어떻게 그렇게 확신하듯이 말할 수 있지?"

"이 여자는 왠지 몰리와 비슷한 느낌이 들어요. 머리형태도 밥 스타일로 하고 있고요. 요즘 모자 핀을 꽂고 다니는 여자는 20명 중에 한 명꼴도 될까 말까예요. 머리가 길거나 짧거나 간에 말이에요. 요즘의 모자는 꼭 맞고 단단히 눌러쓰게 되어 있으니까, 모자 핀 같은 건 전혀 필요하지 않거든요."

"그렇지만, 이 여자가 모자 핀을 갖고 있었을지도 모르잖아."

"오, 여보, 그런 물건을 가보로 지니고 다니는 여잔 없어요! 그리고 일부러 서닝데일까지 모자 핀을 갖고 갈 리도 없잖겠어요?"

"그렇다면 범인은 다른 여자, 갈색 옷의 여자임이 틀림없어."

"그 여자의 키가 크지 않았다면 좋았을 텐데. 그렇다면 문제의 시각에 집에 없어서 사건과는 아무런 관계도 없는 듯한 아내가 바로 범인이라고 할 수 있을 텐데. 이런 경우 언제나 아내들을 의심할 수 있어요. 남편이 어느 젊은 여자와 바람을 피우고 있다는 것을 알면, 아내가 모자 핀으로 남편을 찌르는 것도 이상한 일은 아니라고요."

"그것참, 나도 조심할 필요가 있을 것 같군." 토미는 말했다.

그러나 터펜스는 깊은 생각에 빠져 그의 농담에 맞장구치려고 하지 않았다.

"세슬 부부는 어땠죠?" 그녀가 갑자기 물었다.

"그 두 사람에 대해서 세상 사람들이 어떻게 얘기하고 있죠?"

"내가 알고 있는 한에서는 매우 평판이 좋은 부부였던 것 같아. 서로 깊이 사랑하고 있었지. 그렇다고 보면 그 젊은 아가씨와의 사건은 매우 기묘해. 아무리 보아도 세슬 같은 남자가 그럴 리가 없다고 생각되기 때문이야. 당신도 알고 있듯이 퇴역군인이잖아. 상당액의 돈을 갖고 군복무를 그만둔 뒤, 아까 말한 그 보험회사를 차린 거야. 아무리 생각해도 그 남자가 그런 짓을 할 사람이라고는 생각할 수 없어."

"그가 공금을 횡령했다는 것은 분명해요? 오히려 그런 짓을 한 것이 나중의 두 사람이라는 생각이 들진 않나요?"

"홀러비 부자(父子)? 그 두 사람은 파산했다고 소문이 자자해."

"세상의 소문 같은 거! 일설에 의하면 다른 이름으로 모두 은행에 예금했을지도 모른대요. 표현이 서투른지는 모르지만, 내 말의 의미는 알겠죠? 만일 그 부자가 세슬에게는 비밀로 하고 훨씬 이전부터 회사의 돈으로 투기를 하다가 그것을 완전히 날려 버리게 되었다면 어떻게 되죠? 마침 그때 세슬이 죽어주면 그 두 사람에게는 아주 좋을지도 모르잖아요."

토미는 손끝으로 홀러비의 사진을 두드렸다.

"그러면 당신은 이 버젓한 신사에게, 친구이기도 하고 동업자이기도 한 남자를 살해했다는 혐의를 씌우려는 거야? 당신은 잊었겠지만, 홀러비는 버나드와 레키가 보고 있는 곳에서 세슬과 헤어졌고, 그날 밤은 클럽 하우스에서 보냈어. 더구나 모자 핀은 어떻게 설명할 거야?"

"도대체 언제까지 모자 핀에 얽매일 거예요."
터펜스는 짜증스러운 듯이 말했다.
"모자 핀이, 그것이 여자가 저지른 범죄라는 것을 암시하고 있기라도 한 것처럼 생각하고 있나 보죠?"
"당연하지. 당신은 그렇게 생각하지 않나?"
"그럼요! 남자들이란 정말 기가 막힐 정도로 시대에 뒤떨어져 있어요. 전시대의 선입관을 버리지 않기 때문에 모자 핀이나 머리핀이라고 하면 반드시 여자와 결부시키고 '여자의 흉기'라고 말하죠. 그 시대에는 그랬을지도 모르지만, 요즘에는 이미 소용없어요. 실제로 나도 지난 4년 동안 모자 핀이나 머리핀을 사용해본 적이 한 번도 없으니까요."
"그렇다면, 당신은 범인이……?"
"세슬을 죽인 범인은 남자예요. 모자 핀은 단지 여자의 소행으로 보이기 위해서 사용한 것이에요."
"당신의 말에도 일리가 있는데." 토미는 천천히 말했다.
"정말 이상해. 당신의 논리를 듣다 보면 사건이 색다른 모습으로 비치거든."
터펜스는 끄덕였다.
"모든 것이 반드시 논리적으로 되어가지는 않아요, 올바르게 관찰해보면. 그리고 이전에 매리옷 경감이 아마추어의 관점에 대해서 한 말을 생각해봐요. 아마추어의 관점은 자신의 생활에서 배어 나온 것이라는 말. 우리는 세슬 대위 부부 같은 사람들의 일이라면 약간 알고 있지요. 그런 사람들이 어떤 행동을 취하고, 어떤 행동은 취하지 않는다는 것을. 그리고 우리는 각각 특수한 지식을 갖고 있어요."
토미는 빙긋이 웃었다.
"결국 당신은 머리를 밥 스타일로 한 여자는 어떤 물건을 갖고 있을 것이라는 점에 대해서는 권위자이고, 아내는 어떤 식으로 느끼며 어떤 행동을 한다는 문제에 대해서도 해박한 지식을 갖고 있다는 말인가?"
"대강 그런 의미예요."
"그렇다면 나는 어떻게 된 거지? 내가 갖고 있는 특수한 지식이라는 것은 뭐야? 남편은 여자와 바람을 피우고 싶어 한다는 것인가?"

"아니에요!" 터펜스는 말했다.

"당신은 골프장에 대해 잘 알고 있어요(그곳에서 골프를 친 적도 있으니까). 단서를 찾는 탐정으로서가 아니라 단순한 골퍼로서요. 예를 들면 골프를 치는 사람이 어떤 경우에 경기에서 이탈하기 쉽다든가 하는 것에 대해서요."

"세슬이 경기에 주의를 집중시키지 못했다면 뭔가 상당히 중대한 일이 있어났음이 틀림없어. 그 남자의 핸디는 2인데 7번 티에서는 마치 어린애 같은 경기를 했다는 얘기야."

"누가 그렇게 말했어요?"

"버나드와 레키가 그러더군. 그 두 사람은 당신도 기억하고 있겠지만, 바로 뒤에서 골프를 하고 있었으니까."

"그것은 세슬 대위가 그 여자와 갈색 옷의 키가 큰 여자와 만난 직후였죠. 대위가 그 여자와 이야기하는 것을 두 사람도 보고 있지 않았나요?"

"그래, 적어도……."

토미의 말은 갑자기 끊겼다.

터펜스는 그의 얼굴을 쳐다보고는 어리둥절해졌다. 그는 손에 들고 있던 끈을 바라보고 있었지만, 그 눈은 전혀 다른 것을 보는 듯했다.

"토미, 왜 그래요?"

"터펜스, 잠시 가만히 있어 봐. 나는 지금 서닝데일의 6번 홀에서 골프를 치는 중이야. 내 앞쪽의 6번 잔디에서는 세슬과 홀러비가 그곳 홀을 막 끝냈어. 주위는 어두컴컴해졌지만, 나에게는 세슬 대위의 선명한 푸른색 윗도리가 분명하게 보여. 그러고 나서 내 왼쪽으로 난 지름길을 따라 한 여자가 오고 있어. 그녀는 부인용 코스를 가로질러 온 것이 아니야. 그것은 오른쪽에 있으니까. 만일 그렇다면 좀더 전부터 그 모습을 보았어야 했어. 그런데 그전의 지름길에서, 가령 5번 티에서는 그 여자의 모습이 보이지 않았다는 것이 이상해."

그는 잠시 말을 중단했다.

"터펜스, 당신은 조금 전에 나도 그 코스를 알고 있다고 말했어. 그곳의 6번 티 바로 뒤에는 작은 오두막이(비를 피하는 장소와 같은 것이지만) 있어. 그러니까 누구라도 그곳에서 기다릴 수 있었어—적당한 순간이 올 때까지. 그곳에서라면 옷을 바꿔 입을 수도 있어. 결국, 터펜스, 여기에서도 소위 당신의 특수한 지식이 효력을 나타내는 경우이니까 한 가지 묻고 싶은데, 남자가 여장을 했다가 다시 남자 옷으로 갈아입는 것이 어려울까? 가령 골프 바지 위에 치마를 걸치는 따위의 일이 불가능한 거냐고?"

"그것은 가능해요. 약간 몸집이 큰 여자로 보이겠지만 그것뿐이에요. 가령 긴 갈색 치마, 남녀 누구나 입을 수 있는 갈색 스웨터, 양쪽에 하나씩 깃털이 달린 여성용 펠트 모자. 그 정도라면 충분하다고 생각해요. 물론 멀리에서는 여자로 보인다는 뜻이죠. 당신이 묻는 의도도 그걸 알고자 하는 것일 테니까요. 스커트와 털이 달린 모자를 벗고 대신 준비해 둔 남자용 테두리 없는 모자를 쓰면, 재빠른 변장 완료—이미 본래의 남자로 되어 있는 거지요."

"그 변장에 필요한 시간은?"

"여자에서 남자로는 약 1분 30초, 아마 더 짧은 시간으로도 할 수 있을 거예요. 그 반대는 좀더 오래 걸리겠죠. 깃털이 달린 모자를 얼굴에 맞추어야 하고 스커트를 골프 바지 위에 입는 것은 짧은 시간으로는 힘들다고 생각해요."

"그건 상관없어. 문제는 처음의 상태로 갈아입는 데 필요한 시간이야. 아까도 말했듯이 내가 6번 홀에서 골프를 치고 있었다고 하자고. 갈색 옷의 여자는 지금 7번 티를 가로질러 가 기다리는 거야. 푸른 윗도리를 입은 세슬이 그 여자 쪽으로 다가가지. 두 사람은 약 1분 정도 서서 이야기하다가, 지름길을 따라 숲을 돌아가서는 이윽고 모습이 보이지 않게 되고. 홀러비는 혼자서 티 옆에 서 있다. 2~3분이 지난다. 나도 지금은 그 잔디 위에 와 있어. 푸른 윗옷을 입은 남자가 돌아와서 매우 서투른 방법으로 게임을 계속한다. 주위는 점점 더 어두워져 간다. 나와 상대는 앞으로 나아간다. 우리의 앞쪽에는 그 두 사람이 있는데 세슬은 슬라이스를 하거나 볼의 위쪽을 잘못 치거나 하면서 계속 실수만 하고 있고, 8번 잔디까지 오자 세슬이 성큼성큼 걸어서 오솔길을 지나 모습을 감추는 것이 내 눈에 비치는 거야. 도대체 무슨 일이 있었기에 그는 마치 전혀 다른 사람처럼 서투른 게임을 했을까?"

"갈색 옷의 여자 탓이에요. 그렇지 않으면 남자—당신이 남자라고 생각한다면.”

“그럴 듯해. 게다가 그 두 사람이 서 있었던 곳에는 수풀이 우거져 있었던 거야. 뒤에 있는 사람들에게는 보이지 않는 곳이지. 그곳이라면 시체를 놓아둬도 다음 날 아침까지는 사람들 눈에 띄지 않는다는 건, 우선 확실하다고 말할 수 있어.”

“토미! 당신 말대로라면 그때, 누군가가 우연히라도 무슨 소리를 들었어야 할 것 아니에요.”

“무슨 소리? 의사들도 즉사였다는 데 의견을 같이하고 있어. 나는 전쟁 중에 즉사한 사람들을 보아왔지. 대개의 경우 비명을 지르지 않아. 다만 한숨이나 이상한 기침 같은 소리를 내지. 세슬이 7번 티 쪽으로 가자, 여자가 다가와서 말을 건다. 아마 그는 그녀가 누구인지 알았음이 분명해. 자신이 알고 있는 남자가 변장한 모습이라는 것을. 무엇 때문에 그가 그렇게 변장했는지 알고 싶은 호기심에 이끌려서 세슬은 인적이 없는 지름길로 따라가지. 나란히 걷고 있는데 갑자기 무서운 모자 핀으로 공격해 온다. 세슬은 쓰러지고, 숨이 끊어진다. 상대방 남자는 시체를 수풀이 무성한 곳으로 끌고 들어가서, 푸른 윗도리를 걸치고 테두리 없는 모자를 쓰고는 티로 되돌아온다. 그러기에는 3분이면 충분하지. 뒤에 있는 사람들에게는 그의 얼굴이 보이지 않아. 모두가 잘 아는 독특한 푸른색의 윗도리만 보일 뿐이지. 그 남자가 세슬이라는 것에 그들은 아무런 의심도 품지 않을 거고. 그러나 그 남자는 세슬 특유의 골프 방법을 쓰고 있지 않아. 마치 다른 사람처럼 게임을 이끌어갔다고 목격자들이 말했지. 물론 그럴 수밖에. 그 남자는 실제로 다른 사람이었으니까.”

“하지만…….”

“두 번째 점인데, 세슬이 여자를 데리고 왔다는 것도 세슬답지 않은 행동이었어. 영화관에서 도리스 에반스와 우연히 만나 서닝데일에 놀러 오라고 유혹한 남자는 세슬이 아니었던 거야. 세슬이라고 자칭한 남자였을 뿐이지. 생각해 봐. 도리스 에반스는 사건이 있은 뒤 2주 만에 체포되었어. 그녀는 시체를 보지도 못했어. 만일 보았다면, 이 남자는 그날 밤 자신을 골프장으로 데리고 가서, 함께 죽어 버리자고 미치광이 짓을 한 남자가 아니라는 증언을 하여 모두를 혼동시켰을지도 모르지. 이 범죄는 사전에 계획된 거야.

그 여자는 세슬의 집에 아무도 없다는 수요일에 초대받았고, 모자 핀을 이용해 그 범행이 여자의 짓이라는 것을 나타내기 위해 끌어들여진 것뿐이었어. 범인은 그 여자를 맞이하여 방갈로로 데리고 들어가 저녁식사를 마친 다음, 골프장으로 데리고 가서 범행현장까지 오자 권총을 들이대면서 그녀를 죽일 듯이 날뛰었지. 그녀는 도망쳐 버렸고, 그런 다음에는 시체를 끌어내어 티에 놓아두면 그것으로 끝나는 거야. 권총은 수풀 속에 던져 놓았고, 스커트와 모자는 깔끔하게 꾸러미로 묶어(이건 나의 추측에 불과하지만) 아마 6~7마일 떨어져 있는 워킹까지 걸어가서 그곳에서 시내로 돌아갔을 거야."

"잠깐만요. 당신의 설명에 빠진 점이 하나 있어요. 홀러비는 어떻게 된 거죠?"

"홀러비?"

"그래요. 뒤에 있는 사람들에게는 그 사람이 진짜 세슬인지 어떤지 분별하기 어렵다는 것은 나도 인정해요. 하지만 함께 골프를 쳤던 남자까지도 푸른 윗도리의 최면술에 걸려서 상대방의 얼굴을 쳐다보지 않았다는 것은 아무래도 믿을 수가 없어요."

"잘 지적했어." 토미는 대답했다.

"바로 그 점이야, 문제의 핵심은. 홀러비는 분명히 알고 있었던 거야. 좋아, 당신의 이야기를 받아들이겠어. 실제는 홀러비와 그의 아들이 회사 돈을 횡령하고 있었어. 범인은 세슬에 대해서 매우 자세하게 아는 사람이 아니면 안 돼. 가령 수요일에는 언제나 하인이 외출하고 아내도 집에 없다는 것 등을. 그리고 또 세슬의 집 현관 열쇠의 형태를 잘 아는 사람이어야 하고. 그러한 모든 조건에 들어맞는 자는 홀러비와 아들뿐이라고 나는 생각해. 나이나 키도 대강 세슬과 비슷하고. 둘 다 항상 깨끗하게 면도를 하는 남자들이거든. 도리스 에반스도 아마 신문에 실린 피해자의 사진은 몇 장 보았겠지. 하지만 당신이 아까 말한 그대로, 그것으로는 기껏 남자라는 것만을 알 수 있을 뿐이야."

"에반스는 법정에서 그 아들을 보지 못했나요?"

"아들은 이번 사건에 전혀 등장하지 않았어. 등장할 이유가 없잖아? 증언할 것이 아무것도 없으니까. 사건 전체를 통해서 주목을 받은 사람은 완벽한 알리바이를 가진, 아버지인 홀러비 쪽이었어. 아무도 그 아들이 문제의 밤에 무엇을 하고 있었는가를 조사해보려고도 하지 않은 거지."

"모든 것이 딱 들어맞는군요." 터펜스도 동의했다.

그녀는 잠시 있다가 이렇게 물었다.

"지금의 이 이야기를 모두 경찰에게 알릴 생각이에요?"

"경찰이 들어줄지 어떨지가 의문이야."

"경찰은 틀림없이 들어줄 겁니다."

등 뒤에서 생각지도 않은 소리가 났다.

토미가 재빨리 뒤돌아보자 매리옷 경감이 웃고 있었다. 경감은 옆 테이블에 앉아 있었던 것이다. 그의 앞에는 반숙한 달걀이 놓여 있었다.

"점심식사를 하러 이곳에 자주 오지요."

매리옷 경감이 말했다.

"방금 말했듯이, 경찰은 틀림없이 들어줄 겁니다—실제로 내가 듣고 있기도 했지만. 당신들이니까 말하겠는데, 경찰에서도 포큐파인 회사의 재정 문제에 대해서 전부터 의심을 품고 있었지요. 따라서 홀러비 부자에 대해서는 우리 쪽에서도 주시하고 있었는데, 전혀 아무런 증거가 없어요. 그들이 철저하게 은폐하는 바람에 우리 손에는 잡히지 않았던 거지요. 그런데 이번 살인사건이 일어나자, 우리의 생각이 완전히 잘못되었던 것으로 보였죠. 그러나 당신들 덕분에 도리스 에반스를 홀러비의 아들과 만나게 해서 얼굴을 대면시키기만 하면 사건은 해결되겠군요. 나는 아무래도 그 아가씨가 그를 보았을 것 같다는 생각이 드는군요. 푸른 윗도리에 대한 당신들의 착상은 감탄할 정도였소. 이 공훈은 블런트의 우수한 탐정들에게 돌아가도록 조처하겠습니다."

"당신은 정말로 좋은 분이시군요, 매리옷 경감님."

터펜스가 기쁜 듯이 말했다.

"경시청에서도 당신들 두 사람에게 크게 감탄할 겁니다."

그 무표정한 남자가 대답했다.

"당신들의 상상 이상으로 말입니다. 그런데 실례지만 그 끈엔 무슨 의미가 있소?"
"별로, 아무것도."
토미는 대답하고는 끈을 얼른 주머니에 집어넣었다.
"나의 나쁜 버릇이 나온 것뿐입니다. 이 치즈 케이크와 우유는……, 사실 나는 식이요법을 하고 있거든요. 신경성 소화불량이지요. 바쁜 사람들이 걸리기 쉬운 병이에요."
"허어!" 경감은 의외라는 듯이 말했다.
"나는 또 어떤 소설이라도 읽고……, 그러나 그런 것은 아무래도 좋아요."
그러면서 경감의 눈이 번쩍하고 빛났다.

죽음이 숨어 있는 집(상)

"어째서……." 터펜스는 말을 하다가 멈췄다.

그녀는 '비서실'이라고 쓰인 방에서 옆에 있는 블런트 씨의 방에 막 들어가다가, 그녀의 남편이 접수처를 볼 수 있게 된 비밀 구멍에 눈을 갖다 대고 있는 것을 보고 깜짝 놀랐다.

"쉿—." 토미는 경고했다.

"벨 소리가 들렸잖아? 젊은 여자야. 게다가 상당히 괜찮은 여자인 것 같아. 앨버트가 소장은 런던경시청과 전화하고 있다고 너스레를 떠는 중이야."

"나도 좀 봐요."

터펜스가 말했다.

토미는 약간 옆으로 비켜섰다. 이번에는 터펜스가 그 비밀스럽게 만들어진 구멍에 눈을 갖다 댔다.

"못생긴 여자는 아니군요." 터펜스도 그의 말을 인정했다.

"더구나 입고 있는 옷이 온통 최신 유행하는 것뿐이네요."

"흠잡을 데 없는 미인이야." 토미는 말했다.

"메이슨의 소설에 나오는 여자 같아. 당신도 알고 있겠지. 이상하게 사람의 주의를 끌고, 얼굴이 아름다우며, 쓸데없이 나서지 않을 정도로 머리도 좋은 여자. 그래, 틀림없어. 오늘 아침에 나는 위대한 아노(A. E. W. 메이슨의 작품에 등장하는 프랑스인 탐정)가 되어 보겠어."

"흥!" 터펜스는 코웃음을 쳤다.

"여러 탐정 중에서도 당신과 가장 거리가 먼 탐정이라면, 그것은 바로 아노라고 말하고 싶군요. 당신은 그런 식으로 자주 사람이 변하나 보죠? 위대한 희극배우가 되는가 하면, 부랑아가 되기도 하고, 착실하며 다른 사람의 기분을 잘 아는 친구가 되기도 하고. 그게 가능하다고 생각하나요, 그것도 5분 동안에?"

"내가 아는 것은……." 토미는 거세게 책상을 두들겼다.

"내가 이 배의 선장이라는 점이야. 그것을 잊지 말아 줘, 터펜스. 나는 그 여자를 이곳으로 들어오게 하겠어."

그는 책상 위의 벨을 눌렀다. 앨버트가 아까의 손님을 안내해 왔다.

젊은 여자는 결심을 하기가 어려운지 문 입구에 멈춰 섰다. 토미는 앞으로 나아갔다.

"아가씨, 들어오셔서 이쪽에 앉으십시오." 그는 정중하게 말했다.

터펜스는 들릴 정도로 숨이 막힌다는 듯한 소리를 냈다.

토미는 재빨리 태도를 바꾸어 뒤돌아보았다. 그는 위협하는 듯한 목소리로 말했다.

"로빈슨 양, 뭐라고 했지? 아, 아무것도 아니라고? 난 또 뭐라고 말한 줄 알고."

그는 다시 젊은 여자 쪽을 향했다.

"우리는 거드름을 피우거나 형식적인 겉치레는 하지 않습니다. 당신이 가진 문제에 대해 자세히 이야기해주십시오. 그리고 당신을 도우려면 어떻게 하는 것이 가장 좋은지를 의논해 봅시다."

"친절에 감사드립니다." 그녀는 말했다.

"실례지만 당신은 외국 분이세요?"

또다시 터펜스의 숨이 막히는 듯한 소리—토미는 그녀 쪽을 노려보았다.

"그렇지는 않습니다." 그는 간신히 말했다.

"하지만 요즘은 외국에서 일을 하는 경우가 많아서, 우리 수사 방법은 프랑스 경찰의 방법입니다."

"어머나!" 아가씨는 감격한 듯한 모습이었다.

그녀는 아까 토미가 말했듯이 상당히 매력적인 아가씨였다. 젊고 몸매도 날씬하며, 귀여운 갈색 펠트 모자 아래로 금발이 보이고, 커다란 눈은 진실해 보였다.

그녀가 흥분해 있다는 것은 분명하게 보였다. 계속 자그마한 손을 비비 꼬기도 하고, 에나멜을 칠한 빨간 핸드백의 고리를 탁탁 소리가 나도록 여닫고 있었다.

"블런트 씨, 먼저 제 소개부터 하겠어요. 저는 로이스 하그리브스라고 해요. 선리 농장으로 불리는 크고 오래된 집에서 살고 있지요. 그 마을의 중심부에 있습니다. 가까이에 선리라는 마을이 있지만, 그 마을도 아주 작은 한촌이지요. 겨울에는 수렵을 주로 하고 여름에는 테니스를 치며 지내기 때문에 그런 곳이라도 별로 쓸쓸하다고 생각한 적은 없어요. 솔직히 말해서, 저는 도회생활보다도 전원생활을 훨씬 더 좋아하고 있어요.

이런 이야기를 하는 것은 우리가 사는 시골에서는 조그만 일이 일어나도 상당히 소란스럽게 된다는 것을 아셨으면 해서예요. 약 1주일 전에 저는 초콜릿 한 상자를 소포로 받았어요. 누가 보냈는지는 전혀 알 수가 없었어요. 저는 초콜릿을 그다지 좋아하지 않기 때문에 집 안의 다른 사람들에게 그 초콜릿을 모두 나누어 주었지요. 그러자 초콜릿을 먹은 사람은 한 사람도 빠짐없이 모두 탈이 나고 만 거예요. 우리는 급히 의사를 불렀지요. 의사는 다른 어떠한 음식을 먹었는지 알아본 뒤에 나머지 초콜릿을 갖고 돌아가서 분석해보았답니다. 블런트 씨, 그 초콜릿에는 글쎄 살충제가 들어 있더란 거예요! 생명을 빼앗을 정도의 분량은 아니었지만, 심한 탈이 나게 하기에는 충분할 정도로."

"기이한 일이군요." 토미는 말했다.

"의사인 버튼 선생님도 이 문제에 매우 흥분하셨답니다. 그 부근에서 이런 사건이 일어난 것이 이것으로 세 번째였다는 거예요. 어느 경우에도 모두 큰 집이 선택되었고, 집안의 가족들이 의문의 초콜릿을 먹은 뒤에 탈이 났다는군요. 마치 어떤 정신병자가 잔인한 장난이라도 치고 있는 것 같아요."

"그럴 수도 있겠군요, 하그리브스 양."

"버튼 선생님은 분명히 사회주의자의 선동일 거라고 하시더군요—제 생각은 다르지만. 그러나 선리 마을에도 한두 명은 불만을 품은 사람이 있기 마련이니, 그 사람들이 이번 사건과 뭔가 관계가 있을지도 모른다는 것은 추측할 수 있는 일이지요. 버튼 선생님은 모든 것을 경찰에게 맡기라고 계속 저에게

권유하시더군요."
"극히 당연한 권고로군요." 토미는 말했다.
"그런데 당신은 그렇지 않다고 보십니까?"
"예." 아가씨는 그의 물음에 대답했다.
"저는 그 뒤에 일어날 소동이나, 또 신문이 쓸데없이 떠벌리는 게 싫어요. 사실 저는 그 지방의 경감을 알고 있어요! 하지만 그 사람이 뭔가를 찾아내리라고는 상상도 할 수 없어요! 저는 당신이 낸 광고를 몇 번이나 보았기에, 사립탐정을 부르는 편이 훨씬 좋겠다고 버튼 선생님에게도 이야기했지요."
"그러셨군요."
"광고에는 절대 사적인 비밀을 보장한다고 강조되어 있더군요. 그래서 그, 저는……, 저의 동의가 없는 한은 아무것도 공표하지 않겠다는 의미로 해석하고……."
토미는 호기심을 갖고 그녀의 얼굴을 쳐다보았고, 대답한 쪽은 터펜스였다.
"하그리브스 양, 하나도 숨김없이 이야기하셔도 괜찮습니다."
그녀는 조용히 말했다.
그녀가 '하나도'라는 말에 특히 힘을 주어서 말했기 때문에, 로이스 하그리브스는 괴로운 듯이 얼굴을 붉혔다.
"그래요, 로빈슨 양이 말한 대로입니다." 토미가 말을 이었다.
"모든 것을 저희에게 숨김없이 말해주시기 바랍니다."
"틀림없이 당신들은……."
그녀는 말을 하다가 망설였다.
"당신이 이야기하는 모든 것을 극비로 처리하겠다고 약속드리지요."
"감사합니다. 저도 당신들에게는 숨김없이 이야기하는 편이 좋다는 것을 잘 알고 있습니다. 경찰에 가고 싶지 않은 이유도 있으니까요. 블런트 씨, 사실 그 초콜릿 상자는 저희 집안의 누군가가 보낸 것이었어요!"
"아가씨는 어떻게 그걸 알게 되었죠?"
"아주 간단해요. 저는 연필을 잡으면 항상 바보 같은 작은 그림을(세 마리의 물고기를 서로 얽히게 하는 것인데) 그리는 버릇이 있어요. 그리 오래된 일은 아닌데, 런던의 어느 상점으로부터 비단 스타킹을 소포로 받은 적이 있어요. 그때 우리는 아침식사를 하기 위해 식탁에 앉아 있었지요. 저는 신문기사에 무슨 표시를 하고 있느라 소포를 뜯지도 않고 있었어요. 그러다가 문득 무의식적으로 소포 포장지의 상표에 평소의 그 바보 같은 작은 물고기 그림을 그렸어요. 그 뒤 그런 일은 까맣게 잊고 있었는데, 우연히 초콜릿을 보내온 갈색 포장지를 살피고 있다가, 이전의 상표의 한쪽 끝이(그 대부분은 뜯겨 있었지만) 남아 있는 것을 발견했답니다. 그런데 거기에 제가 그린 그 바보 같은 그림이 있는 거예요."

토미는 의자를 앞으로 끌어당겼다.

"그것은 매우 중대한 사실이군요. 당신이 말한 대로 초콜릿을 보낸 주인은 당신 집안사람의 일원이라고 강하게 추정할 수 있겠습니다. 그런데 실례지만, 왜 당신이 경찰 부르는 것을 주저하는지 우리는 아직도 잘 모르겠군요."

로이스 하그리브스는 진지한 표정으로 그를 바라보았다.

"솔직히 말하겠어요, 블런트 씨. 저는 이 사건을 입 밖에 내고 싶지 않은 심정이에요."

토미는 점잖은 태도로 뒤로 물러섰다.

"우리도 그러한 경우를 당한 사람의 입장을 이해하고 있습니다."

그는 말했다.

"하그리브스 양, 그러니까 당신은 누구에게 의심을 두고 있는지 말하고 싶지 않다는 얘기군요."

"아니, 저는 아무도 의심하고 있지 않아요. 여러 가지 가능성은 생각되지만."

"흠, 그렇다면 댁의 집안사람들에 대해서 자세하게 이야기해주시지 않겠습니까?"

"하인들은(거실의 하녀는 예외이지만) 모두 여러 해 동안 저희 집에서 일하고 있는 사람들이에요. 좀더 사정을 얘기해 둘 필요가 있을 것 같군요. 블런트 씨, 저는 고모인 레이디(귀족의 부인에게 붙이는 경칭) 래드클리프 밑에서 자랐답니다. 고모는 상당히 부유한 사람이었어요. 고모부께선 큰 자산을 만들어 놓고 나이트(기사) 작위까지 받은 분이셨죠. 선리 농장을 산 것도 고모부였는데, 이사한 지 2년 뒤에 돌아가시자 그때부터 고모가 함께 살자고 저를 불렀지요. 저는 고모의 유일한 혈육이었어요. 그리고 다른 한 사람이 같이 살고 있는데 고모의 조카인 데니스 래드클리프라는 사람이에요. 저는 그를 언제나 사촌으로 부르고 있지만, 실제로 그런 육친관계는 아니죠.

루시 고모는 저에게 약간의 몫을 분배하고는 재산을 전부 데니스에게 상속시킬 생각이라고 언제나 공공연하게 말해 왔답니다. 이것은 래드클리프의 재산이니까 당연히 래드클리프의 혈통에게 건네주어야 한다는 의견이었죠. 그런데 데니스가 22세가 되었을 때 고모는 데니스와 심한 말다툼을 했어요. 그 사람이 많은 돈을 빌려 쓴 것이 원인인 것 같았어요. 그러고 나서 1년 뒤에 고모가 돌아가시게 되었는데, 전 재산을 저에게 남긴다는 유언장을 써놓은 것을 알고 저는 깜짝 놀랐습니다. 데니스도 큰 충격을 받은 것은 분명했죠. 그가 받아들여 주기만 한다면 재산을 그 사람에게 넘겨주고 싶었지만 그런 일은 불가능하다고 하더군요. 그러나 저는 21세가 되었을 때 모든 재산을 그에게 양도한다는 유언장을 만들었습니다. 그것은 저의 최소한의 성의를 다한 것이에요. 그러니 제가 자동차에라도 치여 죽는다면, 데니스는 재산을 상속받게 되는 셈이지요."

"틀림없이 그렇겠군요." 토미는 말했다.

"실례지만, 당신은 언제 21살이 되었습니까?"

"바로 3주 전이에요."

"허어! 그러면 이제는 당신의 집안사람들에 대해서 좀더 자세히 이야기해주십시오."

"하인들이요? 그렇지 않으면 다른 사람들 말씀이세요?"

"양쪽 모두."

"하인들은 아까도 말했듯이 꽤 오래전부터 저희 집에 있는 사람들입니다. 요리사인 늙은 할로웨이 부인과 그녀의 조카인 부엌일을 하는 로즈. 나이 든 하녀가 두 사람. 그리고 이전에는 고모를 시중들었던 하녀인데 저에게도 헌신적으로 해주는 한나가 있죠. 거실 하녀는 에스더 퀀트라고 하는 매우 착하고 조용한 아이죠. 이전에는 루시 고모의 말동무였었고 지금은 저를 위해 집안을 돌봐주는 로건 양과 래드클리프 대위(아까 얘기했던 데니스입니다)가 있죠. 그리고 메리 칠콧이라는 제 학교 친구가 함께 머무르고 있습니다."

토미는 잠시 동안 생각에 잠겨 있었다. 1~2분 뒤에 그는 이렇게 말했다.

"매우 정확하고 솔직한 이야기라고 생각합니다. 당신이 우리에게 부탁하고자 하는 것은 특히 그중의 누군가를 의심하지 말아 달라는 것이지요? 당신이 염려하는 것은 이 사건이, 하인의 범행이 아니라고 판명될지도 모른다는 것이겠죠?"

"맞습니다, 블런트 씨. 솔직히 말해서 저는 누가 갈색 포장지를 사용했는지 전혀 짐작이 가지 않아요. 필적도 활자체로 되어 있었고."

"취할 방법은 단 한 가지밖에 없습니다. 제가 현장에 가봐야겠군요."

토미가 말했다.

아가씨는 의아스럽게 그의 얼굴을 쳐다보았다.

토미는 잠시 생각하고 나서 이렇게 말을 계속했다.

"당신은 우리를 맞이할 준비를 해주시죠. 미국인 친구인데 밴 더센 부부라고 하고. 아주 자연스럽게 하셔야 합니다."

"예, 그것은 별로 어렵지 않을 것 같군요. 언제 오시겠어요? 내일요? 그렇지 않으면 모레?"

"괜찮다면 내일이 어떨까요? 시간을 낭비할 필요는 없으니까."

"그러면 그렇게 하기로 하죠."

그녀는 일어서더니 한쪽 손을 내밀어 악수를 청했다.

"또 한 가지, 하그리브스 양, 아무에게도, 절대로 아무에게도 이야기해서는 안 됩니다. 우리가 미리부터 방문하기로 되어 있었다는 사실을."

손님을 배웅하고 돌아온 토미는 터펜스에게 물었다.

"터펜스, 이 사건을 어떻게 생각하지?"

"왠지 기분이 나쁜 사건 같아요." 터펜스는 단호히 말했다.

"게다가 초콜릿에 살충제가 그렇게 조금밖에 들어가지 않았다는 것이……."

"무슨 뜻으로 그런 말을 하는 거지?"

"모르겠어요? 앞서 다른 사람들에게도 초콜릿이 보내졌다는 것은 하나의 예행연습이었다는 것을? 그 지방의 어느 미치광이의 소행이라고 생각하도록 하기 위해 일부러 그렇게 해놓으면, 그 아가씨가 진짜로 독살되었을 때에도 마찬가지로 생각할 수 있게 말이에요. 만일 운 좋게 독살을 면했다 해도, 그 초콜릿을 보낸 사람이 실제로 그 집안의 누구라는 것은 아무도 상상하지 못할 거예요."

"그건 뜻밖의 행운이었어. 당신이 말한 그대로야. 당신은 누군가 계획적으로 그 아가씨를 죽이려 한다고 생각하는 거지?"

"그렇지 않을까 걱정이 돼요. 레이디 래드클리프의 유언장 내용은 나도 읽은 적이 있어요. 그 아가씨는 막대한 재산을 상속받았어요."

"그런 것 같아. 그녀는 3주 전 성년에 달하자 곧 유언장을 만들어 놓았어. 형세는 불리해, 데니스 래드클리프에게 말이야. 그 남자는 그녀의 죽음으로 이익을 얻을 게 분명하니까."

터펜스는 고개를 끄덕였다.

"무엇보다도 안된 것은, 그 아가씨도 그렇게 생각하고 있다는 거예요! 그러니까 경찰을 부르지 않으려고 하는 거죠. 이미 그 남자를 의심하고 있어요. 더구나 이런 식의 방법을 취하기로 한 것을 보면, 그녀는 그 남자에게 몹시 빠져 있음이 틀림없어요."

"그렇다면……." 토미는 생각에 잠겼다.

"도대체 왜 그는 그 아가씨와 결혼하지 않을까? 그러는 것이 훨씬 간단하고 안전할 텐데."

터펜스는 그의 얼굴을 물끄러미 바라보았다.

"지금 한 말은 꽤 중요한 지적이에요. 이런! 나는 벌써 밴 더센 양이 될 준비를 하고 있는 것 같네요."

"합법적인 방법이 가까이에 있는데 일부러 범죄를 저지를 필요는 없지 않을까?"

터펜스는 곰곰이 생각해보고는 말했다.

"나는 알았어요. 틀림없이 그 남자는 옥스퍼드 재학 중에 바의 여자와 결혼했어요. 고모와의 싸움의 원인도 거기에 있었던 거지요. 그렇게 생각하면 모든 것이 설명되지 않아요?"

"그렇다면 왜 그 바의 여자에게 독이 든 과자를 보내지 않았지? 그것이 훨씬 실제적이잖아. 당신도 그런 터무니없는 결론으로 비약하는 것은 그만두는 게 좋겠어."

"이것은 추론이라는 거예요." 터펜스는 괜히 위엄을 부리면서 대답했다.

"당신에게는 이번이 첫 무대이니까 그렇게 생각하는 것도 무리는 아니지만, 투우장에 20분 정도만 있어 보면……."

토미는 사무실용 쿠션을 그녀에게 내던졌다.

죽음이 숨어 있는 집(하)

"터펜스, 이봐요, 터펜스, 빨리 와 봐."

다음 날 아침식사 시간이었다. 터펜스는 서둘러 침실에서 뛰어나와 식당으로 들어갔다. 토미는 신문을 펼쳐들고서 성큼성큼 걸어 다니고 있었다.

"대체 무슨 일이에요?"

토미는 돌아서서 신문을 그녀에게 넘겨주면서, 다음과 같은 표제를 가리켰다.

의문의 중독사건

무화과 샌드위치, 사망자를 내다.

터펜스는 기사를 읽어 내려갔다. 이 의문의 프토마인 중독이 일어난 장소는 바로 선리 농장이었다. 지금까지 보고된 사망자는 다음과 같다. 선리 농장의 소유주인 로이스 하그리브스 양과 거실 하녀 에스더 퀀트. 그리고 래드클리프 대위와 로건 양은 중태에 빠졌다고 했다. 원인은 샌드위치에 들어 있던 무화과의 독성 때문일 것이라고 한다. 왜냐하면 그 샌드위치를 먹지 않았던 한 명의 여성, 칠콧 양은 이상이 없었기 때문이라고 쓰여 있었다.

"우리도 곧 가봐야겠어." 토미가 말했다.

"그 아가씨가! 그런 상황에서 아무런 불평도 하지 않던 그 멋진 아가씨가! 나는 왜 어제 함께 가지 않았던가!"

"가 있었다면, 당신도 차 마시는 시간에 무화과 샌드위치를 틀림없이 잔뜩 먹었을 테니까, 지금쯤은 사망자 명단엔 들어가 있겠죠. 자, 어서 출발해요. 신문에는 데니스 래드클리프도 위독하다고 쓰여 있었어요."

"아마 속임수겠지. 속이 검은 사람이니까."

두 사람은 정오 무렵에 선리라는 작은 마을에 도착했다. 선리 농장에 가니 몹시 울어서 눈이 퉁퉁 부은 중년 여자가 문을 열고 그들을 맞이했다.

그녀가 말을 하기 전에, 토미는 재빨리 앞으로 나섰다.

"나는 신문기자나 그런 류의 사람이 아닙니다. 하그리브스 양이 어제 나를 찾아와 이쪽을 방문해 달라는 부탁을 받았습니다. 누군가 뵐 수 있는 분은 없습니까?"

"버튼 선생님이 지금 여기 계시니까, 좋으시다면……."

그 여자는 의심스러운 듯이 말했다.

"아니면 칠콧 양이라도. 그녀가 모든 일을 맡아서 관리하고 있으니까요."

"버튼 의사를 만나겠습니다." 토미는 잘라 말했다.

"여기 와 계시는 거라면 곧 만나뵙고 싶습니다."

여자는 두 사람을 좁은 거실로 안내했다. 약 5분 정도가 지나자 문이 열리면서, 키가 크고 등이 굽었으며 친절해 보이나 근심을 띤 표정의 중년 남자가 들어왔다.

"버튼 선생님이신가요?" 토미는 직업용 명함을 내밀었다.

"하그리브스 양이 어제 독이 든 초콜릿 문제로 절 찾아왔더군요. 저는 그녀의 요구에 따라서 그 문제를 조사하기 위해 찾아왔는데, 유감스럽게도 너무 늦었습니다."

의사는 예리한 눈으로 그를 살펴보았다.

"블런트 씨가 본인이십니까!"

"그렇습니다. 이쪽은 저의 비서인 로빈슨 양입니다."

의사는 터펜스에게 잠깐 머리를 숙였다.

"이렇게 되고 보니 숨길 필요도 없겠군요. 저도 그 초콜릿 사건만 없었다면, 이번 경우의 죽음을 심한 프토마인 중독의 결과라고 믿었을지도 모릅니다. 프토마인 중독이라 해도 이상할 정도로 강한 독성을 나타내긴 했습니다만, 위장에 염증과 출혈이 일어나 있습니다. 그런 실정이기 때문에 무화과 반죽을 분석하기 위해 갖고 가려고 하는 참입니다."

"살충제 중독의 가능성은 어떻습니까?"

"아니, 이번의 독약은(만일 독약이 사용되었다면) 살충제보다도 훨씬 강력하고 효력도 빠른 것입니다. 뭔가 강력한 식물성 독소일 가능성이 크다고도 생각됩니다."

"알았습니다. 물어보고 싶은 것이 있는데요, 버튼 선생님, 래드클리프 대위도 같은 중독 증상이라는 것에 대해서는 의문의 여지가 없습니까?"

의사는 그의 얼굴을 쳐다보았다.

"래드클리프 대위는 지금 아무런 중독 증상도 없어요."

"아, 저는……."

"래드클리프 대위는 오늘 새벽 5시에 죽었습니다."

토미는 완전히 허를 찔린 듯한 기분이었다.

의사는 돌아갈 준비를 했다.

"또 한 사람의 희생자인 로건 양은 어떤 상태입니까?"

터펜스가 물었다.

"지금까지 생명이 계속되는 것으로 보아 그 사람은 회복될 가능성이 있다고 보아도 좋습니다. 다른 사람들보다 나이가 많으므로 영향을 적게 받은 것 같군요. 분석 결과는 곧 알려 드리지요. 그동안 칠콧 양이 알고 싶으신 것을 모두 얘기해 드릴 겁니다."

그가 그렇게 말했을 때 문이 열리면서 젊은 여자가 나타났다. 햇빛에 그은 얼굴, 침착한 푸른 눈을 가진 키가 큰 여성이었다.

버튼 의사가 그녀에게 그들을 소개했다.

"블런트 씨, 잘 와주셨습니다." 메리 칠콧은 말했다.

"너무나도 끔찍스러운 사건이에요. 알고 싶으신 것이 있다면 제가 아는 대로 대답해 드리겠어요."

"그 무화과 반죽은 어디에서 구한 것입니까?"

"그것은 런던에서 보내온 특별한 제품이에요. 그전에도 몇 번이나 받은 적이 있어서 전혀 의심을 하지 않았었죠. 저는 무화과의 맛을 싫어하기 때문에 그 덕분에 이렇게 무사한 겁니다. 그런데 데니스는 어떻게 중독되었는지 저로서는 도무지 짐작이 가지 않습니다. 그 사람은 차를 마실 때 외출해 있었으니까요. 아마도 집으로 돌아온 뒤에 샌드위치를 집어먹었던 모양이에요."

토미는 터펜스가 넌지시 팔을 찌르는 것을 느꼈다.

"그가 몇 시쯤에 돌아왔나요?" 그는 물었다.

"저는 전혀 모릅니다. 조사해보면 알 수 있을 텐데요."

"감사합니다, 칠콧 양. 그건 아무래도 괜찮습니다. 그보다 하인들에게 몇 가지 물어보고 싶은데, 괜찮겠지요?"

"예, 좋도록 하십시오, 블런트 씨. 저는 미칠 것만 같아요. 틀림없이, 누군가를 암살하려는 흉악한 음모가 있었다고 생각하지는 않으시겠죠!"

그렇게 물었을 때 그녀의 눈빛은 몹시 진지해 보였다.

"저도 어떻게 생각해야 좋을지 모르겠습니다. 뭐 곧 알게 되겠지만."

"그렇겠죠. 틀림없이 버튼 선생님이 그 독성을 분석해주실 테니까요."

그녀는 곧 그곳을 떠나서 밖으로 나가더니 정원사에게 말을 걸었다.

"터펜스, 당신은 하녀들에게로 가 봐요. 나는 부엌으로 가겠어. 그런데 칠콧 양이 미칠 것 같다고는 말했지만 전혀 그렇게 보이지 않는데."

터펜스는 아무 말도 없이 고개만 끄덕일 뿐이었다.

부부는 그러고서 30분 뒤에 다시 만났다.

"그러면, 조사 결과를 맞혀 보기로 하지." 토미가 말했다.

"그 샌드위치는 차 마시는 시간에 내온 것인데 거실 하녀도 한 조각 먹었어—덕분에 큰 봉변을 당한 것이지. 데니스는 차를 마신 뒤에도 돌아오지 않았었다고 요리사가 단언하더군. 문제는, 그 남자는 어떻게 중독되었을까 하는 점이야."

"그 사람은 7시 15분 전에 돌아왔어요." 터펜스가 말했다.

"하녀가 창문으로 그 모습을 보았다는군요. 그 사람은 저녁식사 전에 칵테일을 마셨대요—서재에서. 좀 전에 마침 하녀가 그 유리컵을 씻으려 하는 걸 다행히 컵을 씻기 전에 내가 가지고 왔어요. 그 사람은 칵테일을 마신 뒤, 기분이 나쁘다고 했다니까……."

"좋아, 그 유리컵은 당장 버튼 의사에게 갖고 가기로 하지. 그밖에는 없었어?"

"당신도 한나라는 하녀를 만나보면 좋을 것 같은데요. 그 여자는……, 아무래 이상해요."

"대체 무슨 뜻이오, 이상하다는 것은?"

"그 여자는 좀 머리가 어떻게 된 것 같아요."

"그럼 만나보도록 하지."

터펜스는 앞서서 계단을 올라갔다. 한나는 자신만의 좁은 거실을 갖고 있었다. 그녀는 높은 의자에 몸을 비스듬히 기대고 앉아 있었다. 무릎 위에는 성경책을 펼쳐 놓고 있었다. 낯선 두 사람이 들어와도 쳐다보지도 않았다. 그러기는커녕 오히려 소리 내어 성경을 읽기 시작했다.

"그들에게 뜨거운 석탄을 내리퍼부으시고 그들을 지옥불 속으로 던져 놓고 두 번 다시 나올 수 없도록 벌하셨도다."

"저, 잠깐 실례 좀 해도 되겠습니까?" 토미가 물었다.

한나는 불안한 듯이 손을 내저었다.

"지금은 그럴 시간이 없어요. 적절한 때가 다가오고 있으니까. '우리는 적의 뒤를 따라붙어야 한다. 그자들을 멸망시킬 때까지는 절대로 뒤로 물러서지 않을 것이다.' 이와 같이 쓰여 있습니다. 주님은 저에게 말씀하셨습니다. 저는 주님의 채찍입니다."

"완전히 미쳤군." 토미는 중얼거렸다.

"계속 저런 식이에요." 터펜스가 속삭였다.

토미는 테이블 위에 펼쳐진 채로 엎어져 있던 책을 집어들었다. 그리고 제목을 슬쩍 보고는 그것을 주머니에 집어넣었다.

갑자기 그 노파가 일어서더니 위협하듯이 두 사람에게 말했다.

"여기에서 나가. 때가 가까워졌어! 나는 신의 도리깨야. 바람은 원하는 대로 불지. 그처럼 나도 쳐부수는 거야. 불신자를 근절시켜 주겠어. 이 집에는 사악함이 가득 차 있어. 사악이 가득하다고! 주님의 노여움을 깨닫는 것이 좋아. 나야말로 주님의 몸종이다."

노파는 험악한 표정을 지으며 두 사람에게로 다가왔다. 토미는 반항하지 않고 그대로 물러서는 것이 최상책이라고 생각했다. 문을 닫는 틈 사이로 노파가 또다시 성경책을 집어드는 것이 보였다.
"저 노파가 전부터 계속 그랬는지 의문스럽군." 그는 말했다. 그리고 테이블 위에서 집어온 책을 주머니에서 꺼냈다.
"이걸 봐. 무지한 하녀의 수준에는 좀 어울리지 않는 책이잖아?"
터펜스는 그 책을 받아들고는 《약물학》이라고 쓰인 겉장을 넘겼다.
"에드워드 로건. 이 책은 꽤 오래된 것이군요. 토미, 로건 양을 만날 수 없을까요? 버튼 의사가 차도가 있다고 말했으니까."
"칠콧 양에게 물어볼까?"
"그건 안 돼요. 다른 하녀에게 물어보고 오라는 편이 좋아요."
잠시 침묵이 흘렀다. 로건 양에게서 그들을 만나겠다는 전갈이 왔다. 두 사람은 잔디가 내다보이는 넓은 침실로 안내되었는데, 침대에는 병고에 시달려 초췌해진 백발의 노부인이 누워 있었다.
"나는 몸이 몹시 좋지 않아요." 그녀는 희미하게 말했다.
"그다지 오랫동안 이야기할 수는 없지만, 엘렌이 당신들이 탐정이라고 일러주더군요. 로이스가 당신들에게 의논하러 갔었나요? 사실 그렇게 할 생각이라고는 말했지만……."
"그렇습니다." 토미가 대답했다.
"당신을 괴롭혀 드리고 싶지는 않지만, 몇 가지 물어보겠습니다. 한나라는 하녀는 머리가 정상입니까?"
로건 부인은 깜짝 놀라면서 두 사람의 얼굴을 쳐다보았다.
"물론이에요! 신앙심이 매우 깊긴 하지만, 별로 이상한 점은 없어요."
그러자 토미는 아까 테이블 위에서 갖고 온 책을 꺼냈다.
"이것은 당신의 책입니까, 로건 양?"
"예, 내 아버지의 장서(藏書)였지요. 아버지는 뛰어난 의사로, 혈청 요법의 창시자 중 한 사람이기도 하셨답니다."
노부인은 자랑스러운 듯이 말했다.
"그렇습니까? 저도 어디선가 들은 적이 있는 이름이라고 생각했는데……. 그런데 말입니다, 이 책을 한나에게 빌려주셨습니까?"

"한나에게?" 로건 양은 몹시 화가 나서 침대에서 벌떡 일어났다.

"어떻게 그런 일을. 그녀는 그 책의 한 줄도 이해하지 못할 거예요. 이것은 상당히 수준 높은 책이라고요."

"예, 저도 알고 있습니다. 하지만 이 책이 한나의 방에 있기에 말씀드리는 겁니다."

"그럴 리가. 나는 벌써 하녀들에게 나의 물건에 손을 대지 못하게 하고 있었어요." 로건 양이 말했다.

"그러면 이 책은 어디에 있었나요?"

"내 거실의 책장 안에……, 아, 잠깐 기다려 봐요. 그 책을 메리에게 빌려주었었어요. 그녀는 약초에 상당한 흥미를 갖고 있지요. 한두 번 실험을 해보기도 했어요. 나의 작은 부엌에서. 나는 나만의 작은 공간을 갖고 있는데, 거기에서 재래의 방법으로 술을 담그거나, 설탕절임 등을 만들기도 하지요. 다정한 루시(레이디 래드클리프)는 내가 만든 쑥차를 아주 칭찬하며 마시곤 했지요. 코감기에 잘 듣는 묘약이에요. 유감스럽게도 그녀는 언제나 감기에 걸려 있었으니까요. 데니스도 그랬어요. 귀여운 소년이었죠. 그 아이의 아버지는 나의 사촌이었고요……."

토미는 그러한 추억담을 가로막았다.

"당신의 부엌 말인데요. 당신과 칠콧 양 외에 그곳을 사용한 사람이 또 있습니까?"

"한나가 그곳 청소를 맡고 있어요. 그리고 우리가 새벽에 마실 홍차도 거기서 끓이지요."

"예, 됐습니다, 로건 양, 매우 고마웠습니다." 토미는 말했다.

"지금으로서는 더 이상 물어볼 것이 없는 것 같군요. 이제는 편히 쉬십시오."

그는 방을 나와서 얼굴을 찡그리며 계단을 내려갔다.

"이봐, 리카르도 씨, 여기에는 몇 가지 이해가 가지 않는 점이 있는 것 같아."

"난 이 집에 있으니까 오싹한 느낌이 들어요."

터펜스는 몸을 부르르 떨면서 말했다.

"산책이라도 하면서 잘 생각해보지 않겠어요?"

토미도 동의했고, 그래서 두 사람은 밖으로 나갔다. 우선 아까의 칵테일 잔을 의사 집에 맡겨놓고, 이번 사건을 서로 이야기하면서 호젓한 시골길을 마음껏 돌아다니기로 했다.

"바보짓을 하고 있으면, 일이 좀더 쉬워질지도 몰라." 토미가 말했다.

"아노의 경우가 전부 그래. 아마 내가 주의 깊지 못한 사람이라고 생각하는 사람도 있을 거야. 하지만 실제로는 엄청나게 마음을 쏟고 있다고. 이번 비극을 어떻게든 우리가 막았어야 했다는 기분이 들어."

"그런 바보 같은 생각 하지 마세요." 터펜스는 말했다.

"우리가 로이스 하그리브스더러 경시청에 가지 말라고 말리지는 않았으니까요. 그것이 어떤 일이었다 해도 그녀는 애당초 경찰에 사건을 맡길 생각은 없었던 것 같아요. 우리에게라도 오지 않았다면, 전혀 아무런 도움도 받지 못했을 거예요."

"그 경우에도 결과는 마찬가지겠지. 틀림없이 당신의 말이 옳아, 터펜스. 자기가 도움을 줄 수 없었던 것에 대해 자기 자신을 책망한다는 것은 병적인 태도야. 지금으로서 내가 하고 싶은 일은 그 비극을 최대한 보상하자는 거야."

"그런데 그것이 쉽지 않을 것 같아요."

"그래, 쉽지는 않겠어. 많은 가능성이 있긴 하지만 전혀 엉뚱한 추측인지도 모르고 확실하지가 않아. 만일 데니스 래드클리프가 샌드위치에 독약을 넣었다고 가정해봐. 그 남자는 자기는 차 마실 시간에 외출해 있었다는 사실을 주장하겠지. 이러한 상황은 꽤 순조롭게 생각할 수 있어."

"그래요. 거기까지는 아무런 의문의 여지가 없어요. 하지만, 그 이후에 그 남자도 독약을 먹었다는 사실에 부딪치게 돼요. 따라서 데니스는 제외할 수밖에 없을 것 같아요. 그리고 우리가 잊어서는 안 되는 한 사람이 있어요. 바로 한나예요."

"한나라고?"

"인간은 종교에 몰두하면 어떤 기묘한 일이라도 하게 되니까요."

"그 여자의 광신은 지나쳐." 토미도 말했다.

"당신이 버튼 의사에게 슬쩍 그 이야기를 꺼내도 좋을 것 같아."

“그 광신은 갑자기 심해진 것임이 틀림없어요. 로건 양의 이야기를 기초로 해서 말하자면 그래요.” 터펜스는 말했다.

“광신이란 원래 그런 것 같아. 즉, 몇 년 동안이나 자기 침실에서 문을 열어놓은 채 찬송가를 부르다가 갑자기 한계선을 뛰어넘어서 광폭해졌음을 의미하는 거지.”

“틀림없이 한나는 다른 누구보다도 불리한 증거를 갖고 있어요.”

터펜스는 생각에 잠긴 듯한 얼굴로 말했다.

“그래서, 나는 그 생각이…….” 그녀는 말을 끊었다.

“뭐라고?” 토미가 물었다.

“사실은 이 생각도 단순한 편견일지 몰라요.”

“누구에 대한 편견이지?”

“토미, 당신은 메리 칠콧에게 호감이 가나요?”

토미는 잠시 생각해보는 것 같았다.

“그래, 호감을 느끼고 있어. 매우 유능한 실무자라는 느낌을 받았지. 아마 대단한 것이 아닐지도 몰라. 하지만 굉장히 신뢰할 수 있는 사람이야.”

“그녀가 좀더 당황해 하지 않는 게 이상하다고 생각하지 않아요?”

“그건 어떤 의미에서는 그 사람에게 유리한 점이야. 만일 뭔가 사건을 저질렀다면, 반드시 이성을 잃은 태도를 취할 테니까—약간 도가 지나칠 정도로.”

“그건 그래요.” 터펜스도 말했다.

“어쨌든 그녀의 경우에는 동기가 없는 것 같아요. 그런 대량 살인을 한다 해도 아무런 이익도 되지 않을 거고.”

“나는 하인들은 모두 그 사건과 관계가 없다는 생각이 드는데?”

“나도 그래요. 모두 착실하고 믿을 만한 사람들 같아요. 거실 담당 하녀인 에스더 퀸트는 어떤 사람이었을까?”

“그녀가 젊고 아름답다면, 어떤 형태로든 사건에 휘말렸을 가능성이 있다는 얘긴가?”

“그래요.” 터펜스는 한숨을 쉬었다.

“모두 시원찮은 것들뿐이에요.”

"경찰이 정확한 진상을 밝혀 줄 거야." 토미가 말했다.

"어쩌면 그것이 우리에게도 잘된 일일지도 몰라요. 그런데 당신은 로건 양의 팔에 붉은 반점이 많이 있는 것을 깨달았나요?"

"아니, 못 본 것 같아. 그것이 어찌 됐다는 거지?"

"마치 피하 주사의 흔적 같아요." 터펜스가 말했다.

"아마 버튼 의사가 무슨 주사를 놓았겠지."

"그건 있을 수 있지만, 그래도 한꺼번에 주사를 40대씩이나 놓지는 않을 거예요."

"코카인(마취제의 일종) 상용자에게는 그럴 수도 있지." 토미는 말했다.

"그런 경우라면 나도 벌써 생각해보았어요. 하지만 그 사람의 눈은 정상이었어요. 코카인이나 모르핀 상용자라면 금방 알아볼 수 있지요. 게다가 그 사람은 그런 종류의 노파 같지는 않아요."

"상당히 품위가 있고 신앙심이 깊은 사람 같더군." 토미도 맞장구를 쳤다.

"꽤 어렵군요. 우리는 오랫동안 서로 이야기를 나누었지만 사건 해결엔 아무런 진척도 없었어요. 돌아갈 때 의사 선생님 집에나 들러 봐요."

의사의 집에 도착하니 키가 큰 15세 정도의 소년이 그들을 맞이하러 나왔다.

"블런트 씨죠? 선생님은 지금 외출 중이신데 당신에게 편지를 남겨 두셨어요."

편지를 건네받은 토미는 겉봉을 뜯었다.

블런트 씨,
사용된 독약은 리친인데, 그것은 상당히 효력이 강한 식물성 유독 단백질입니다. 그러나 당분간 이 일은 비밀로 해주십시오.

토미는 편지를 떨어뜨렸으나 서둘러 주웠다.

"리친……." 그는 중얼거렸다.

"터펜스, 당신은 이 약품에 대해서 뭔가 아는 것이 있겠지? 당신은 이런 것에는 다소 지식이 있으니까."

"리친, 틀림없이 피마자에서 짠 것이에요."
"나는 피마자유를 상당히 싫어하는데, 앞으로는 더욱더 싫어하게 되겠군."
토미는 말했다.
"피마자유라면 괜찮아요. 리친은 피마자의 씨앗에서 추출되는 거니까요. 그러고 보니 오늘 아침에 정원에 피마자가 심어져 있는 것을 본 것 같아요. 잎이 반들반들하고 커다란 식물이지요."
"그렇다면 그 집에서 누군가가 그 독약을 추출했다는 건가? 한나가 그런 일을 할 수 있을까?"
터펜스는 머리를 흔들었다.
"불가능해요. 그럴 만한 지식이 없으니까요."
갑자기 토미가 소리를 질렀다.
"그 책이야. 아직도 내 주머니에 있어!"
그는 책을 꺼내더니 황급히 페이지를 넘겼다.
"내 생각이 맞아. 오늘 아침에 여기가 펼쳐져 있었어. 이봐, 터펜스, 리친이라고 되어 있잖아!"
터펜스는 그의 손에서 책을 넘겨받았다.
"당신은 무슨 뜻인지 알겠어? 나는 전혀 모르겠는데."
"난 분명히 알 수 있을 거예요." 터펜스는 말했다.
그녀는 한쪽 팔을 토미의 팔에 의지하고는 걸으면서 급하게 읽어 내려갔다. 그러더니 이윽고 책을 덮었다. 마침 두 사람이 집에 거의 다 왔을 때였다.
"토미, 이 사건을 나에게 맡기지 않겠어요? 이번만이라도 좋으니. 나는 투우장에서 20분 이상이나 싸운 적이 있는 투우예요."
토미는 끄덕였다.
"좋아, 터펜스, 그럼 당신이 이 배의 선장이 되는 거야. 우리는 이 사건의 바닥까지 파헤쳐야 해." 그는 심각하게 말했다.
집으로 들어가자 터펜스가 말했다.
"우선 로건 양을 다시 한 번 만나야 해요."
그녀는 2층으로 뛰어올라 갔고, 토미도 그 뒤를 쫓았다. 그녀는 노부인의 방문을 노크하고는 안으로 들어갔다.

"어머, 당신이군요? 당신은 탐정이 되기에는 너무 젊고 아름다워요. 뭔가 알아냈나요?" 로건 양이 말했다.

"예, 알아냈어요." 터펜스는 대답했다.

로건 양이 묻는 듯한 표정으로 그녀를 쳐다보았다.

"나는 내가 아름다운지 어떤지는 모르지만, 젊기 때문에 전쟁 중에는 병원에 근무하기도 했어요. 따라서 혈청요법에 대해서도 다소 알고 있지요. 리친을 소량씩 주사했을 경우에는 면역이 생기거나 항(抗) 리친 체질이 형성된다는 사실도 알고 있습니다. 바로 이 사실이 혈청요법의 기초가 된 셈이지요. 당신도 그것을 알고 있겠죠, 로건 양? 당신은 얼마 동안 계속해서 당신의 몸에 리친을 주사했어요. 그리고 자신도 다른 사람들과 함께 중독에 걸리게 했지요. 당신은 아버지의 일을 도운 적이 있었으므로, 리친을 구하는 방법이나 씨앗에서 추출하는 방법을 모두 알고 있었어요. 당신은 데니스 래드클리프가 차 마실 시간에 외출해 있는 날을 택했어요. 데니스가 동시에 독살되면 모든 일이 틀어지게 되죠. 로이스 하그리브스보다도 먼저 죽으면 안 되니까. 로이스가 먼저 죽음으로써 데니스가 그 재산을 상속받게 되고, 데니스가 죽음과 동시에 재산은 다음 친척인 당신에게 물려집니다. 당신은 오늘 아침 데니스의 아버지가 당신의 사촌이라고 우리에게 말했었죠."

노부인은 소름이 끼치는 눈빛으로 터펜스를 노려보았다.

갑자기 옆방에서, 미치광이 같은 모습을 한 사람이 뛰어들어 왔다. 한나였다. 한 손에 횃불을 들고서 그것을 미친 듯이 휘둘러댔다.

"사실이 밝혀졌어. 바로 저 여자의 짓이야. 나는 저 여자가 그 책을 읽으면서 혼자 히죽히죽 웃는 것을 보고 이미 알았으니까. 나는 저 여자가 읽고 있는 책을 들여다보았지. 하지만 그것이 무슨 뜻인지 몰랐어. 그러나 하나님의 목소리가 나에게 가르쳐 주셨어. 저 여자는 나의 주인을, 이 집의 귀부인을 미워했고 언제나 질투했으며 샘내고 있었지. 나의 아름다운 로이스 아가씨를 증오하고 있었던 거야. 저 여자는 죽어서 지옥 불에 던져져야 해."

그녀는 횃불을 흔들면서 침대 쪽으로 뛰어갔다.

노부인이 비명을 질렀다.

"저 여자를 끌어내, 제발 끌어내 줘. 그건 모두 사실이야. 하지만 저 여자만은 끌어내 줘."

터펜스가 한나를 붙잡으려고 했지만 횃불을 빼앗아 불을 끄기도 전에 한나는 침대 주위의 커튼에 불을 붙였다. 그러나 토미가 바깥 계단 쪽에서 뛰어들어 와 침대의 장식을 뜯어내고 깔개를 덮어씌워서 다행히 불은 꺼졌다. 그리고 터펜스와 둘이서 열심히 한나를 진정시키고 있는데, 버튼 의사가 달려 들어왔다.

몇 마디 말을 하지 않아도 의사에게 이 상황을 알리기에는 충분했다.

의사는 서둘러 침대 옆으로 가더니 로건 양의 손을 들어 올렸다. 그러더니 갑자기 소리를 질렀다.

"이 사람은 화재 쇼크로 이미 숨이 끊어졌습니다. 지금으로서는 오히려 그 편이 더 낫겠지만……."

그는 잠시 말을 멈추더니 이렇게 덧붙였다.

"칵테일 잔에서도 리친이 검출되었습니다."

한나를 의사에게 넘겨주고 둘이만 남게 되자 토미가 말했다.

"일이 잘 해결되었어. 그리고 터펜스, 당신은 정말 훌륭했어."

"이번 사건에는 그다지 아노다운 점이 없었군요."

터펜스가 말했다.

"연극을 하기에는 너무나도 심각한 사건이었어. 나는 그 아가씨를 생각하면, 지금도 견딜 수가 없어. 그녀의 일은 생각하고 싶지가 않아. 방금도 말했듯이 당신은 훌륭했어. 오늘의 영광은 당신 것이야. 잘 아는 인용구를 다시 한 번 빌리자면 '총명하면서도 총명한 체하지 않는 것은 위대한 장점이다.'"

"토미, 당신은 잔소리꾼이에요." 터펜스가 말했다.

철벽의 알리바이

토미와 터펜스는 바쁘게 우편물을 분류하고 있었다. 그러다가 갑자기 터펜스가 환성을 지르며 편지 한 통을 토미에게 건네주었다.

"새로운 의뢰자예요."

"허어, 그래! 왓슨, 자네는 이 편지에서 어떤 추측을 할 수 있나? 대단한 것은 아니지만, 다소 명백한 사실을 추정할 수 있어. 이 몽고메리 존스라는 인물은 철자법에 대해서만은 상당히 뛰어난 사람이야. 그것은 바로 이 남자가 비싼 수업료를 내면서 교육을 받았다는 증거라고 생각할 수 있지."

"몽고메리 존스라고요? 몽고메리 존스라면 언젠가 들은 적이 있어요. 아, 그래그래, 생각나요. 재닛 세인트 빈센트가 말한 사람이에요. 어머니는 레이디 아이린 몽고메리라고 하는데, 몹시 완고한 고교회파(高敎會派, 교회의 권위와 의식을 중히 여기는 영국 교회의 한 파)에 소속되어 있고 금십자가와 다른 무엇인가를 갖고 있다는군요. 굉장히 부자인 존스라는 남자와 결혼했다고 했어요."

"뭐, 그다지 새로운 이야기는 아니잖아." 토미가 말했다.

"그런데 이 몽고메리 존스 씨가 몇 시에 찾아오겠다고 했지? 아, 11시 30분이군."

정각 11시 30분에 천진난만하고 친밀감을 주는 얼굴의 매우 키가 큰 청년이 바깥 사무실로 들어와서, 접수계의 앨버트에게 말을 걸었다.

"저……, 블런트 씨를 만날 수 있겠소?"

"약속이 되어 있습니까?" 앨버트가 물었다.

"저, 글쎄 어떻게 말해야 할지. 그래 맞아요, 약속을 했어요. 편지를 써서……."

"성함이 어떻게 되십니까?"

"몽고메리 존스요."

"소장님께 이름을 알리고 오겠습니다."

그리고 잠시 뒤에 되돌아와서 이렇게 말했다.

"2~3분만 기다려 주시겠습니까? 소장님은 지금 매우 중요한 회의 중이셔서요."

"아, 그건, 예, 괜찮소" 몽고메리 존스는 대답했다.

의뢰자에게 충분히 감명을 주었을 시간을 가늠한 뒤 토미는 책상 위의 벨을 눌렀고, 몽고메리 존스는 앨버트에게 안내되어 사무실로 들어왔다.

토미는 일어나서 악수로 맞이하며, 빈 의자를 가리켰다.

"자, 몽고메리 존스 씨, 어떤 용건으로 오셨습니까?"

그는 근엄한 태도로 물었다.

몽고메리 존스는 불안한 듯이 이 사무실의 세 번째 인물을 쳐다보았다.

"제 비서, 로빈슨 양입니다." 하고 토미는 소개했다.

"이 사람 앞에서라면 아무런 주저 없이 이야기해도 좋습니다. 뭔가 신중을 요하는 집안 내의 일입니까?"

"그것이……, 그렇지도 않아요." 몽고메리 존스가 말했다.

"그건 뜻밖이군요. 그러면 혹시 당신 자신이 뭔가 위험한 사건에 휘말린 것은 아닌가요?" 하고 토미는 말했다.

"아니, 그렇지도 않습니다." 몽고메리 존스는 말했다.

"그렇다면 당신이, 그 사실을 분명하게 이야기해주시지 않겠습니까?"

토미가 말했다.

그런데, 그것이 몽고메리 존스에게는 무엇보다도 하기 힘든 일 같았다.

"제가 의뢰하려 하는 것은 너무나도 어이없고 이상한 일이라서."

그는 머뭇거리면서 말했다.

"저는, 저는……, 이제 어찌해야 좋을지 정말 알 수가 없습니다."

"이곳에서 이혼문제는 절대로 취급하지 않기로 되어 있습니다."

토미는 말했다.

"아니, 맙소사, 그런 문제가 아닙니다. 다만, 그……, 농담 같은, 정말 바보 같은 일이지요. 그것뿐입니다."

"누군가가 당신에게 도저히 이해가 가지 않는 장난이라도 쳤습니까?"

토미가 물어보았다.

그러나 몽고메리 존스는 또 고개를 흔들었다.

"그렇다면, 당신이 직접 말씀해주셔야만 하겠군요." 태연스럽게 말하면서 토미는 의자에 등을 기대고 앉았다.

잠시 침묵이 흘렀다.

"실은……." 존스가 간신히 입을 열었다.

"만찬에서의 일이었습니다. 저는 어느 젊은 여성의 옆에 앉아 있었지요."

"그래서요?" 토미는 격려하듯이 말했다.

"그 여성은, 그 모습을 자세히 묘사할 수는 없지만, 하여간 그처럼 스포츠를 좋아하는 여성과는 만난 적이 없습니다. 호주 사람인데 다른 여자 친구와 함께 영국에 놀러 와서 클래지스 로(路)에 있는 아파트에 머물고 있습니다. 멋있고 활기에 넘치는 아가씨지요. 그녀에게 나는 완전히 반해 버렸는데, 어떻게 표현할 수 없을 정도입니다."

"우리도 충분히 상상할 수가 있는 일이군요, 존스 씨."

터펜스가 끼어들었다. 그녀는 몽고메리 존스의 고민을 밖으로 끌어내려면 블런트 씨의 사무적인 방법이 아닌 동정이 섞인 여성적인 방법이 필요하다는 것을 재빨리 깨달았던 것이다.

"우리도 이해할 수 있어요." 그녀는 다시 격려하듯이 말했다.

"모든 것이 나에게 갑작스런 충격으로 다가왔습니다."

몽고메리 존스가 말했다.

"얼굴에 근심이 좀 어린 것 같지만 건강하고—당신이라도 넘어갈 겁니다. 그전에 다른 여성이 있긴 있었지요. 솔직히 말해서 두 여자가 있었습니다. 한 사람은 매우 발랄하기는 했지만 말버릇이 좋이 않았어요. 무엇보다도 춤을 멋지게 추었고 어릴 때부터 친한 친구였으므로 편안함을 느꼈죠. 그리고 또 한 사람은 소위 '바람기'가 있는 여자였습니다. 노는 상대로는 재미있었지만, 그 여자로 인해 많은 소란을 일으킬 수는 없는 일이었지요. 게다가 저로서는 실제로 양쪽의 그 누구와도 결혼할 생각이 없었습니다. 이런 상태에서, 갑자기 하늘에서라도 떨어진 듯한 그녀 옆에 앉는 순간……."

"세상이 빙그르 돌면서 꿈을 꾸는 듯한 기분이었겠군요."

터펜스가 부드러운 목소리로 또 끼어들었다.

토미는 지루한 듯이 의자에서 몸을 뒤척였다. 그는 이미 몽고메리 존스의 사랑 이야기에는 약간 진절머리가 나 있었다.

"정말 정확한 표현입니다. 완전히 그대로였어요. 다만 그녀 쪽에서는 나에게 별로 관심이 없는 듯했지요. 당신들은 어떻게 생각할지 모르지만, 나는 그다지 머리가 좋은 편이 아니래서요." 존스가 말했다.

"아, 그것은 지나친 겸손이에요." 터펜스가 말했다.

"아니, 제가 대단한 놈이 아니라는 것은 저 자신도 알고 있습니다."

존스는 매력 있는 미소를 띠며 말했다.

"특히 그런, 이 세상에 둘도 없을 정도로 멋진 여성이 상대인 경우에는 더 말할 것도 없지요. 그러니 이번 일은 꼭 해결해야 합니다. 이것이 저의 유일한 기회이니까요. 그 아가씨는 스포츠를 매우 좋아하기 때문에, 일단 약속한 것은 절대로 깨지 않을 것이라고 생각합니다."

"그렇다면 우리도 당신의 행운을 빌겠어요." 터펜스는 친절하게 말했다.

"하지만 당신이 우리에게 무엇을 원하고 있는지 잘 알 수가 없군요."

"이런, 제가 아직 설명하지 않았군요." 몽고메리 존스가 말했다.

"아직 이야기하지 않았습니다." 토미가 말했다.

"실은 이렇습니다. 우리는 탐정소설 이야기를 했습니다. 유나도(바로 그녀의 이름입니다만) 저에 못지않게 탐정소설을 좋아하더군요. 우리는 특히 어떤 소설에 대해 서로 토론했지요. 그 소설은 모든 것이 알리바이에 걸려 있는 내용이어서 이야기는 자연히 알리바이에 대해, 혹은 가짜 알리바이를 만드는 문제로 옮겨갔습니다. 그곳에서 나는 말했지요. 아니, 그녀가 말했어요. 아니, 어느 쪽이었더라?"

"어느 쪽이든 그런 것은 상관없어요." 터펜스가 말했다.

"저는 그런 일은 쉽게 할 수 없다고 말했고, 그녀는 그렇지 않다, 잠시 머리만 돌리면 가능하다고 말했지요. 우리는 그 문제를 놓고 한참 동안 이야기했는데, 나중에 그녀가 이렇게 말하더군요. '그렇다면 내가 한 가지 내기를 제안하겠어요. 내가 아무도 뒤집을 수 없는 알리바이를 내놓을 테니까, 당신은 무엇을 내기로 걸겠어요?' 저는, '아무것이나 당신이 좋은 것으로.'라고 대답했죠. 그래서 즉석에서 내기를 하기로 이야기가 결정된 겁니다. 그녀는 그 문제에 대해 상당히 자신만만했습니다. '틀림없이 내가 이길 거예요.'라고 말했지요. 그래서 저는 '미리 단정 짓지 않는 것이 좋아요. 만일 당신이 진다면, 나도 내가 원하는 것을 요구할 테니까.'라고 말해주었지요. 그러자 그녀는 웃으면서, '나도 내기를 좋아하는 혈통에서 태어났어요. 무엇이든 요구해도 상관없어요.' 하고 말하는 겁니다."

존스는 거기에서 말을 끊고, 뭔가를 호소하듯이 터펜스의 얼굴을 쳐다보았으므로 터펜스는, "그래서요?" 하고 물었다.

"아시겠어요? 이것은 완전히 제게 달렸어요. 제게는 이것이 그 여성과 저를 결부시키는 절호의 기회가 될 겁니다. 그녀가 얼마나 스포츠를 즐기는지 당신들은 상상도 할 수 없을 거예요. 작년 여름, 그녀가 보트를 타고 놀러 나갔을 때, 어떤 사람이 옷을 입은 채로 물속으로 뛰어들어 해변까지 수영해 갈 수는 없을 거라며 그녀에게 내기를 걸었답니다. 그런데 그녀는 그렇게 했다는 겁니다."

"굉장히 흥미 있는 제안일 것 같군요. 나는 아직도 확실히는 모르겠지만요."

토미가 말했다.

"매우 단순해요." 몽고메리 존스는 말했다.

"당신은 시종 이런 종류의 일을 하고 계실 테니까, 가짜 알리바이를 조사하거나, 어디에 허점이 있는가를 알아내는 정도는……."

"아, 그래요, 물론입니다. 그런 종류의 일은 얼마든지 할 수 있지요."

"저 대신 누군가가 그 일을 해주었으면 해서요. 저 혼자서는 제대로 해낼 수 없을 것 같거든요. 그녀의 의도를 알아내 주시기만 한다면 모든 일이 제대로 풀릴 겁니다. 당신은 바보 같은 일을 하는 듯한 기분이 들겠지만 제게는 상당히 중요한 문제입니다. 그, 필요한 비용이나 그 이외의 경비는 전부 지불해 드리겠습니다."

"잘 될 거예요. 소장님은 틀림없이 그 제안을 받아들일 테니까."

터펜스는 말했다.

"잘 알았습니다. 꽤나 기분 전환이 되는 사건이겠는데. 정말 기분 전환이 될 거야." 토미도 말했다.

몽고메리 존스는 그제야 안도의 숨을 내쉬고는, 주머니에서 커다란 서류뭉치를 꺼내더니 그중에서 한 장을 뽑아냈다.

"바로 이겁니다. 그녀는 이렇게 썼어요. '내가 두 장소에 동시에 있었다는 증거를 보냅니다. 그중 하나는 이렇습니다. 나는 소호의 본템프스 레스토랑에서 혼자 점심을 먹고서 듀크 극장에 갔으며, 사보이 호텔에서 친구인 르 마르상 씨와 가벼운 저녁식사를 함께한 것으로 되어 있습니다. 그러나 한편 나는 또 토키의 캐슬 호텔에도 머물러 있었으며, 그 다음 날 아침에야 런던으로 돌아왔습니다. 당신은 이 두 가지 이야기 중에서 어느 것이 사실이고, 어느 것이 거짓인가를 찾아내야만 합니다.' 이런 내용입니다. 이것으로써 제가 원하는 것이 무엇인지를 잘 아셨으리라고 생각합니다만."

"머리 회전에 큰 도움이 될 것 같군요. 약간 유치하기는 하지만."

토미가 말했다.

"그리고 이것이 유나의 사진인데, 필요할 것 같아서 갖고 왔습니다."

존스는 말했다.

"그 아가씨의 성과 이름을 모두 말해보세요." 토미가 말했다.

"유나 드레이크 양입니다. 주소는 클래지스 로 180번지이고요."

"됐습니다, 몽고메리 존스 씨. 그럼 우리가 당신 대신에 이 문제를 조사해보도록 하지요. 그리고 며칠 내로 좋은 소식을 알려 드리겠습니다."

"뭐라고 감사의 말씀을 드려야 할지." 존스는 말하고는 일어나서 토미의 손을 잡고 흔들었다.

"이것으로 제 가슴 속의 무거운 짐을 완전히 던 기분입니다."

토미는 손님을 배웅하고 나서 다시 사무실로 돌아왔다.

터펜스는 유명한 추리소설들이 꽂혀 있는 책장 앞에 서 있다가 말했다.

"프렌치 경감(F. W. 크로프츠의 작품에 등장하는 탐정)이에요."
"뭐라고?" 토미가 되물었다.
"프렌치 경감에게 맡기면 돼요. 그 사람은 언제나 알리바이 문제를 다루니까. 그 방법은 나도 자세히 알고 있어요. 모든 점을 다 조사한 뒤에 하나씩 확인해 가는 거지요. 처음에는 전혀 어긋나지 않은 것처럼 보이지만, 면밀하게 다시 검토해보면 어딘가에서 결점이 발견되게 마련이에요."
"별 어려움은 없을 것 같군. 결국 한쪽 이야기는 조작임을 처음부터 알고 있으니까, 사건에 변동이 없는 것이 당연하지. 나는 그 사실이 오히려 염려돼."
"뭐가요? 염려할 것은 전혀 없다고 생각하는데요."
"내가 염려하는 것은 그 아가씨야. 틀림없이 원하지도 않는 그 청년과 결혼하게 될 테니까."
"당신은 참으로 어리석군요. 여자는 겉으로는 그렇게 보여도 절대로 가능성이 없는 내기는 걸지 않아요. 그 아가씨야말로, 인상은 좋지만 약간 머리가 빈 듯한 청년과 결혼할 생각을 이미 하지 않고서는 그런 종류의 내기를 하려고 할 리가 없어요. 하지만 토미, 다른 방법을 생각하기보다는 상대방이 이 내기에 이기는 편이 여자의 입장에서 봐도 더욱 이상적인 정열과 경의를 갖고 결혼할 수 있다고 생각하진 않나요?"
"당신은 지나치게 잘 아는 체하는 것이 탈이야." 토미가 말했다.
"그건 나도 인정해요."
"그러면 이제부터 자료를 조사해보기로 하지."
그렇게 말하면서 토미는 서류를 뒤적거렸다.
"사진을 먼저 보자고. 흐음, 꽤 아름다운 아가씨로군. 게다가 사진도 상당히 잘 찍었어. 선명하고 구별하기가 쉬워."
"다른 여자들의 사진을 몇 장 더 구하는 것이 좋을 것 같아요."
"어째서?"
"그들은 늘 그러던걸요. 웨이터에게 서너 장의 사진을 보이고 그중에서 옳은 것을 찾아내게 하는 거예요."
"그들이 그랬다고 생각해? 옳은 사진을 골라내라고?" 토미가 물었다.

"그럼요, 책에서는 그렇게 하던걸요." 터펜스가 말했다.

"현실 생활이 소설과 그렇게 다르다는 것이 유감스럽군." 토미가 말했다.

"그런데 이건 뭐지? 아아, 런던에 있었다는 증거로군. 7시 30분에 본템프스에서 식사를 하고, 듀크 극장에서 '델피니엄스 블루(푸른 참제비고깔)'를 관람했어. 극장표의 절반이 동봉되어 있군. 그러고 나서는 사보이 호텔에서 르 마르상 씨와 간단한 저녁식사를 했고. 그래, 르 마르상이라는 사람을 만나보면 알겠군."

"만나봐도 소용없을 거예요. 그 남자가 그 아가씨를 돕고 있다면 이 알리바이의 조작 여부를 얘기할 리가 없잖아요. 따라서 그 남자의 말은 믿을 필요가 없어요."

"그러면, 다음은 토키 쪽이야." 토미가 말을 계속했다.

"패딩턴(런던 시내 서쪽의 정거장)발 12시 열차를 타고 식당차에서 점심식사를 했어. 영수증을 동봉해 왔군. 캐슬 호텔에서 하룻밤을 묵었고, 그 영수증도 동봉해 왔어."

"모두 근거가 희미한 것 같아요. 극장표 같은 거야 누구든 살 수 있으니까 굳이 그 극장까지 갈 필요도 없어요. 틀림없이 그 아가씨는 토키에 갔을 거예요. 런던에서의 일들은 모두 조작한 것이고요."

"그렇다면 더 잘 된 것 같은데. 어쨌든 르 마르상 씨를 만나러 가보는 것이 좋겠어."

르 마르상은 매우 쾌활한 청년으로, 두 사람이 찾아온 것에 그다지 놀라지도 않았다.

"유나가 무슨 게임을 하고 있군요. 당신들은 그녀가 저지른 일을 결코 알 수 없을 겁니다."

"르 마르상 씨, 제가 들은 바로는 드레이크 양은 지난주 화요일 밤에 사보이 호텔에서 당신과 저녁식사를 함께했다는데, 그게 사실입니까?"

토미가 물었다.

"맞아요. 그날이 화요일이라는 것도 기억하고 있지요. 그때 유나가 나에게 요일을 강조해서 일러주고는 내 수첩에까지 적어 놓게 했답니다."

그는 자랑스러운 듯이 수첩에 희미하게 연필로 적어놓은 것을 보여 주었다.

'유나와 저녁식사. 사보이 호텔 19일 화요일.'

"그날 저녁 함께 식사하기 전에 드레이크 양이 어디에 있었던 것 같습니까? 혹시 알고 있으면……."

"'분홍색 작약'인가 하는 시시한 쇼인지 뭐 그런 것을 구경했다더군요. 전혀 말도 되지 않는 내용이었다고 했어요."

"그날 밤 드레이크 양은 분명히 당신과 함께 있었습니까?"

르 마르상은 기가 막힌다는 듯이 그의 얼굴을 쳐다보았다.

"물론입니다. 방금 그렇게 말하지 않았습니까?"

"혹시 그녀가 당신더러 우리에게 그렇게 말해 달라고 부탁하지 않았나 해서요."

터펜스가 말했다.

"그러고 보니, 사실 어딘지 이상한 이야기를 했어요. 뭐였더라? 아, 그래, '지미, 당신은 지금 이렇게 나와 함께 저녁식사를 하고 있지만 사실 나는 2백 마일이나 떨어진 데븐셔(영국 잉글랜드의 남서쪽의 군)에서 저녁을 먹고 있답니다.'라고요. 지금 생각해보니 좀 이상하군요. 그렇지 않습니까? 마치 또 다른 자기가 하나 더 있는 것처럼. 더 이상한 것은, 내 친구인 디키 라이스도 데븐셔에서 그녀의 모습을 본 듯한 기분이 든다고 하는 겁니다."

"라이스 씨는 누구죠?"

"뭐, 단지 친구일 뿐이지요. 토키에 있는 자기 큰어머니 집에 머물고 있답니다. 그 노파는 변덕이 매우 심한데, 디키는 그 비위를 꽤 잘 맞추어 주는 조카죠. 그가 이렇게 말하더군요. '나는 어느 날, 호주 여자—그래, 유나라는 아가씨였어. 그 아가씨를 우연히 만났지. 옆으로 다가가서 말을 걸고 싶었지만 바퀴 달린 의자에 앉아 있는 큰어머니가 이야기를 하자는 통에 끌려가 버렸어.' 라고요. 내가 그때가 언제였느냐고 묻자, '화요일 차 마시는 시간 무렵이었어.' 라고 대답하는 겁니다. 물론 나는 그에게 잘못 본 거라고 말해주었지만, 그렇다 해도 이상하지 않습니까? 유나도 그날 밤, 나에게 데븐셔에 대해 이야기를 했으니까요."

"정말로 이상하군요. 르 마르상 씨, 사보이 호텔에서 혹시 당신이 아는 분이 근처에서 식사를 하고 계시진 않았습니까?"

"오글랜더 가족 몇 명이 옆 테이블에 있었지요."

"그 사람들도 드레이크 양을 알고 있습니까?"

"예, 알고 있어요. 친구 관계는 아니지만."

"르 마르상 씨, 여러 가지로 고마웠습니다. 그럼 우리는 이만 실례하겠습니다."

"그 남자는 뻔뻔스럽고 거짓말을 잘하는 사람이야. 도무지 진실해 보이지가 않아." 거리로 나오자 토미가 이렇게 말했다.

"맞아요. 그건 그렇고 나는 생각이 달라졌어요. 지금으로서는 유나 드레이크는 그날 밤 사보이 호텔에서 저녁식사를 했다는 확신이 생겨요."

터펜스가 말했다.

"그럼 이제는 본템프스에 가 보기로 합시다. 우리 탐정들도 먹어야 사니까. 그전에 젊은 여자의 사진을 몇 장 구할 수 없을까?"

그러나 사진 구하는 일은 생각보다 어려웠다. 사진관에 들어가서 여러 사람의 사진 몇 장이 필요하다고 말했다가 쌀쌀하게 거절만 당한 것이다.

"소설에서는 쉽게 구할 수가 있었는데, 어째서 실제로는 이렇게 어려울까?"

터펜스가 한탄하면서 말했다.

"그들이 우릴 얼마나 의심스럽게 쳐다보던가요? 우리가 사진을 갖고 무슨 나쁜 짓이라도 할 것 같은 눈초리로 말이에요. 그렇다면 이제는 제인의 집에라도 찾아가 봐야겠어요."

터펜스의 친구인 제인은 매우 인간성이 좋은 여성이었다. 이야기를 듣더니, 별로 캐묻지도 않고 여자 사진 4장을 골라 주었다.

아름다운 여자들의 사진을 가지고 본템프스로 가 보았지만 여기에서도 또 다른 어려움에 봉착했다. 토미는 웨이터 한 사람 한 사람을 붙들고 팁까지 주면서 모아온 사진을 보였다. 그러나 그러한 노력에도 아무런 소득을 얻지 못했다. 그러나 그들 사진 중 세 사람은 지난 화요일에 이곳에서 식사를 했으므로, 어느 정도는 실마리가 될 것 같았다. 사무실로 되돌아와서 터펜스는 철도 시간표를 열심히 조사했다.

"패딩턴발 12시, 토키에 3시 55분 도착. 이것이 그 열차인데, 르 마르상의 친구인 새고인지 태피오카인지 하여튼 뭐 그런 이름을 가진 남자가 차 마시는 시간 무렵에 그녀의 모습을 보았다잖아요."

"우리는 아직 그 남자의 말을 확인하지 않았어. 당신이 처음에 말했듯이 르 마르상이 유나 드레이크의 친구라면, 아까의 이야기는 거짓일지도 몰라."

"그렇다면 꼭 라이스라는 사람을 찾아내야겠군요. 나는 어쩐지 르 마르상이 말한 것이 사실인 것 같은 느낌이 들어요. 그런 것보다도 지금 내가 확인하려 하는 것이 있어요. 유나 드레이크 양이 12시 기차로 런던을 떠나서 호텔에 방을 정하고 짐을 푼다. 그리고 또다시 기차로 런던으로 돌아와서, 시간에 맞추어 사보이 호텔에 도착한다. 토키를 오후 4시 40분에 출발하여, 9시 10분에 패딩턴에 도착하는 열차가 있으니까요."

"그러고 나서?" 토미가 물었다.

"그러고 나서가 문제예요. 패딩턴을 한밤중에 떠나는 열차가 있기는 하지만, 그건 시간이 너무 이르기 때문에 탈 수도 없었을 거예요."

"자동차를 타고 빠른 속도로 달리면 어떨까?" 토미가 말했다.

"글쎄요, 거리가 거의 2백 마일이나 되니."

"전부터 자주 들은 이야기인데, 호주 사람들은 무서울 정도로 속도를 내서 달린다고 하니까 가능할 것 같기도 해."

"그럴 수도 있겠군요. 만일 그 방법을 이용했다면 아침 7시 무렵에는 토키에 도착할 수 있어요."

"당신은 그 아가씨가 아무도 모르게 캐슬 호텔에 잡아놓은 방으로 잠입했다고 상상하고 있어? 그렇지 않으면 그곳에 도착한 시간으로 보아 밤새도록 외출해 있다가 계산을 마친 것으로 했다고 생각해?"

"토미, 우리가 어리석었어요. 그녀는 토키에는 전혀 돌아갈 필요가 없었어요. 다른 친구에게 그곳 호텔로 가게 해서 짐을 정리하고 계산을 하게 했을 수도 있잖아요. 그렇게 하면 그날의 영수증을 받을 수 있으니까요."

"대체로 우리는 굉장히 확실한 가설을 세우고 있는 것 같은데. 다음으로 해야 할 일은 내일 12시 토키행 열차를 타고, 우리의 멋진 결론을 실증해 내는 거야."

다음 날, 토미와 터펜스는 사진을 넣은 손가방을 가지고 1등 차에 올라타 곧장 점심식사 좌석을 예약했다.

"아마, 똑같은 웨이터가 타고 있기를 바라는 것은 지나친 기대겠지? 그 웨이터를 만나기 위해 며칠 동안 기차를 타고 토키를 왔다 갔다 해야 하는 것 아닌지 몰라."

"알리바이 조사라는 것은 정말로 괴로운 일이군요. 소설에서는 두세 마디로 끝나 버리는데. 경감은 그곳에서 토키행 열차를 타고 식당차의 웨이터에게 질문을 했다. 그것으로 이야기는 끝이에요." 터펜스가 말했다.

그런데 이번엔 참으로 운이 좋았다. 계산서를 갖고 온 웨이터가 우연히도 지난 화요일에 근무한 웨이터였음을 알게 되었던 것이다. 그래서 우선 10실링의 팁을 준 뒤, 터펜스는 가방에서 사진을 꺼냈다.

"내가 알고 싶은 것은, 이 여자들 가운데 누군가가 지난 화요일에 이 열차에서 점심식사를 하지 않았는가 하는 건데 말이오." 토미가 말했다.

그 남자는 매우 만족스러운 태도로 곧 유나 드레이크의 사진을 가리켰다.

"이 여자라면 기억하고 있습니다. 그날이 화요일이었다는 것도요. 왜냐하면 이분이 언제나 화요일은 자신에게 있어 가장 운이 좋은 날이라고 말했거든요."

식사를 마치고 좌석으로 돌아와서 터펜스는 말했다.

"지금까지는 모든 일이 순조롭게 진행되고 있어요. 아마 그녀가 호텔도 예약했음이 판명되겠죠. 런던으로 돌아온 것을 입증하는 일은 그리 간단하지 않을 것 같아요. 그러나 역원 중 한 명 정도는 기억하고 있을지도 모르죠."

그러나 거기에서는 아무런 성과도 거두지 못했으므로, 두 사람은 플랫폼 쪽으로 가서 개찰원이나 여러 짐꾼에게 물어보았다. 물어보기 전에 우선 반 크라운의 은화를 주면서. 그러나 짐꾼 중 두 사람이 그날 오후 4시 40분 상행열차를 탄 것 같다는 막연한 기억만으로 다른 여자의 사진을 한 장 골라냈을 뿐, 유나 드레이크를 기억하는 사람은 아무도 없었다.

역을 나오면서 터펜스가 말했다.

"그것만으로는 아무런 증명도 되지 못해요. 설령 그 기차에 타고 있었다 해도, 아무도 그 사실을 모를 수도 있으니까요."

"다른 역에서, 가령 토레 역에서 탔을지도 모르잖아."

"그럴 수도 있겠죠. 하지만 그것은 호텔에 가 본 뒤에 생각하는 것이 좋겠어요."

캐슬 호텔은 바다를 정면으로 볼 수 있는 위치에 자리 잡은 매우 큰 호텔이었다. 하룻밤 묵겠다고 하고서 숙박부에 서명을 한 뒤, 토미는 상냥하게 말을 걸었다.

"지난 화요일에 우리의 친구도 여기에 왔었는데, 유나 드레이크 양이라고 해요. 혹시 기억하십니까?"

프런트의 젊은 여자가 그에게 살짝 미소를 지었다.

"예, 잘 기억하고 있어요. 호주에서 오신 젊은 여성이지요."

토미가 옆구리를 찌르자 터펜스는 사진을 내놓으면서 말했다.

"이 사진, 정말로 매력적이지요?"

"어머, 정말로 아름답군요. 상당히 멋진데요."

"이 사람이 여기에 오래 있었나요?" 토미가 물었다.

"아뇨, 딱 하룻밤이었어요. 다음 날 아침에 급행으로 런던으로 돌아가셨어요. 하룻밤 머무르기만 했는데도 꽤 오래 계신 것 같은 생각이 들어요. 그 호주 아가씨는 여행하는 중에 들른 것 같아요."

"그녀는 스포츠를 매우 좋아해요. 그리고 항상 모험을 즐기지요. 저, 혹시 그 아가씨가 친구와 밖에서 식사를 한 뒤 드라이브를 했다거나, 또는 차가 고장 나서 아침까지 돌아오지 않았거나 하지는 않았습니까?"

"아니에요. 드레이크 양은 분명히 이 호텔에서 식사를 하셨어요."

"그게 확실합니까?" 토미는 다짐을 시켰다.

"그런데, 당신은 어떻게 그것을 알고 있죠?"

"실제로 보았으니까요."

"사실 이런 것을 묻는 것은, 그녀가 토키에서 친구들과 함께 식사를 했다는 이야기를 들었기 때문이지요." 토미는 설명했다.

"그렇지 않아요. 그분은 이곳에서 식사를 하셨어요."

젊은 여자는 살짝 웃으면서 얼굴을 붉혔다.

"사실은 굉장히 멋지고 아름다운 드레스를 입었기 때문에 잘 기억하고 있지요. 요즘 유행하는, 제비꽃 모양이 잔뜩 장식된 시폰 드레스였어요."

"터펜스, 이것으로 우리의 예상은 완전히 빗나갔어."

계단을 올라 자신들의 방으로 안내되어 둘만 남게 되자 토미는 이렇게 말했다.

"그래요. 물론 그 프런트 아가씨가 잘못 보지는 않았을 거예요. 식사 시간에 웨이터에게 다시 물어보죠. 요즘 같은 계절에는 손님도 그다지 많지 않을 테니까."

이번에도 터펜스가 질문을 했다.

"저, 잠시 물어볼 것이 있는데요. 지난 화요일에 우리의 친구가 이곳에 오지 않았나 해서요. 드레이크 양이라고 하는데. 제비꽃이 잔뜩 장식된 드레스를 입고 있었지요."

그녀는 사진을 꺼내 보여 주면서, "바로 이 사람이에요." 하고 상냥하게 말했다.

웨이터는 기억이 나는 듯이 얼굴에 웃음을 띠었다.

"아, 예, 드레이크 양! 그분이라면 잘 기억합니다. 호주에서 오셨다고 하더군요."

"이곳에서 식사를 했나요?"

"예, 지난 화요일이었습니다. 마을을 구경하고 싶은데 뭐 좀 볼 것이 없느냐고 묻더군요."

"그래서요?"

"제가 파빌리온 극장을 권했는데 결국은 가지 않고 이 호텔에서 오케스트라 연주를 들으셨습니다."

"빌어먹을!" 토미는 입속으로 중얼거렸다.

"그녀가 몇 시쯤에 식사를 했는지 혹시 기억이 나세요?"

터펜스가 물었다.

"약간 늦게 내려오셨어요. 8시 무렵이었지요."

"골치 아프군." 식당을 나오자 터펜스가 말했다.

"토미, 이젠 완전히 잘못된 길을 들어서고 말았어요. 처음에는 분명하고 애교 있는 문제라고 생각했었는데."

"사건은 아무래도 그리 쉽게 풀리지 않을 것 같아. 우리도 그건 각오하고 있어야 해."

"저녁식사 뒤에라도 그녀가 이용할 수 있는 열차가 혹시 있지 않았을까요?"

"사보이 호텔에 제시간에 맞추어서 도착할 수 있는 런던행 열차는 없어."

"이제 마지막 희망으로 객실 담당 하녀와 이야기를 해 봐야겠어요. 유나 드레이크 양도 우리와 같은 층의 방에 머물렀으니까." 터펜스가 말했다.

그 하녀는 거침없이 이야기를 잘하는 부담 없는 여자였다.

"예, 그 숙녀분이라면 잘 기억하고 있어요. 그 사진이 틀림없습니다. 정말 좋은 분이었죠. 밝고 명랑하며 이야기를 좋아해서 호주에서의 일과 캥거루, 그리고 다른 많은 얘기를 해주셨어요. 그 숙녀분은 9시 30분쯤에 벨을 울려서 욕탕에 더운물을 받아달라고 말씀하셨지요. 그리고 다음 날 아침 7시 30분에 깨워 달라고 했고, 홍차 말고 커피를 타 달라고 했어요."

"당신이 아침에 들어갔을 때 그 사람은 침대에 누워 있었나요?"

터펜스가 물었다.

하녀가 기가 막힌 듯 그녀를 쳐다보았다.

"그야, 물론이죠."

"혹시 아침 체조나 무슨 다른 일을 하고 있지는 않았나 해서 그냥 물어본 것뿐이에요." 터펜스가 당황해서 변명했다.

"아침 일찍 일어나서 체조를 하는 사람도 많으니까요."

하녀가 나가자 토미가 말했다.

"이거 정말 난감하게 됐군. 이제 끌어낼 결론은 단 한 가지야. 런던 쪽에 있었다는 얘기가 바로 조작이었던 거야."

"르 마르상 씨는 생각했던 것보다 훨씬 더 교묘한 거짓말쟁이예요."

터펜스도 말했다.

"우리는 그 남자의 말을 확인해볼 수가 있어. 옆 테이블에 유나를 아는 사람들이 있었다고 했었지? 그 사람들의 이름이 뭐였더라……? 아, 그래, 오글랜더야. 오글랜더 집안의 사람들을 찾아내야 해. 그러고 나서 클래지스 로에 있는 드레이크 양의 아파트에서도 정보를 얻어내야 하고."

두 사람은 다음 날 아침 계산을 마치고 약간 실망한 표정으로 그곳을 나왔다.

오글랜더의 집을 찾아내는 것은 전화번호부 덕분에 비교적 쉬었다. 이번에는 터펜스가 작전을 바꿔서 신문기자가 되기로 했다. 그녀는 오글랜더 부인을 찾아가서, 화요일 밤 사보이 호텔에서의 '멋진' 만찬 파티에 대한 자세한 일들을 몇 가지 물었다. 오글랜더 부인은 솔직하게 말해주었다.

자리를 뜰 무렵에 터펜스는 아무렇지도 않은 듯이 물어보았다.

"저, 파티를 열 때 부인의 옆 테이블에 혹시 유나 드레이크 양이 있지 않았습니까? 그분이 퍼스 공작과 약혼했다는 것이 사실입니까? 물론 부인도 그녀를 알고 계시겠지요?"

"좀 알고 있어요. 굉장히 매력적인 아가씨지요. 그녀는 르 마르상 씨와 함께 옆 테이블에 있었어요. 그녀의 일이라면 우리 집 딸들이 더 잘 알고 있지요."

터펜스의 다음 목적지는 클래지스 로의 아파트였다. 드레이크 양과 함께 지내고 있는 그녀의 친구 마조리 리세스터가 현관으로 나왔다.

"도대체 무슨 일이시죠? 유나가 뭔가 이상한 게임을 하는 것 같은데, 저는 거기에 대해서 전혀 몰라요. 물론 화요일 밤에 유나는 이곳에서 잤어요."

"그녀가 돌아오는 것을 보았습니까?"

"아뇨, 나는 자고 있었으니까요. 물론 현관 열쇠는 그 아이도 갖고 있어요. 유나는 새벽 1시쯤이나 되어서 돌아온 모양이에요."

"언제 그녀가 돌아온 것을 알았습니까?"

"다음 날 아침 9시 무렵, 아마 거의 10시가 다 되었을 거예요."

아파트를 나오다가 터펜스는 막 들어오고 있던 키가 크고 야윈 여자와 부딪쳤다.

"어머, 실례했습니다." 그 여자가 말했다.

"당신은 여기서 일하고 계신가요?" 터펜스가 물었다.

"예, 매일 출근하고 있어요."

"아침에는 보통 몇 시에 오시죠?"

"9시경에요."

터펜스는 서둘러 반 크라운짜리 은화를 그 비쩍 마른 여자의 손에 쥐여 주었다.

"지난 화요일 아침의 일인데요, 당신이 왔을 때 드레이크 양은 방에 있었나요?"

"예, 계셨어요. 깊이 잠들어 있어서 제가 홍차를 갖고 들어가도 눈을 뜨지 않았을 정도였지요."

"예, 됐습니다." 터펜스는 침울한 기분으로 계단을 내려왔다.

그녀는 소호의 어느 작은 음식점에서 토미와 만나 점심식사를 하면서 서로 의견을 교환했다.

"나는 그 라이스라는 남자를 만났어. 그가 토키에서 유나 드레이크의 모습을 보았다는 것은 분명히 사실인 것 같아."

"그렇다면, 이것으로 우리는 그녀의 알리바이를 재증명해 준 셈이군요. 토미, 종이와 연필 좀 주세요. 대부분 탐정들이 그러듯이 우리도 정확하게 기록해보는 게 좋을 것 같군요."

화요일

오후 1시— 30분 열차 식당에서 유나 드레이크의 모습을 본 사람이 있음.

4시— 캐슬 호텔에 도착.

5시— 라이스가 그녀의 모습을 보았음.

8시— 호텔에서 저녁식사 시간에 그녀의 모습을 본 사람이 있음.

9시 30분— 욕탕에 뜨거운 물을 부탁함.

11시 30분— 르 마르상 씨와 사보이에서 만났음.

수요일

오전 7시 30분— 캐슬 호텔에서 하녀가 그녀를 깨움.

9시— 클래지스 로의 아파트에서 파출부가 홍차를 갖고 들어감.

두 사람은 서로 마주 보았다.

"아무래도 블런트의 우수한 탐정들도 패배를 인정할 수밖에 없겠는데."

토미는 말했다.

"벌써부터 단념해서는 안 돼요. 틀림없이 누군가가 거짓말을 하고 있어요!"

"그런데 이상하게도 아무도 거짓말을 하지 않는 것 같은 기분이 들어. 모두 솔직하게 있는 그대로를 이야기한 것 같다고."

"그래도 어딘가에 결점이 있어요. 그건 분명해요. 나는 자가용 비행기를 몇 번이나 머리에 떠올렸지만, 그것도 실제로는 사건 해결에 아무런 도움이 안 돼요."

"나는 영체설(靈體說)을 생각하고 있어."

"이렇게 되면, 그 문제를 생각하면서 자는 수밖에 도리가 없군요. 잠자고 있는 동안에 잠재의식이 활약해 줄 테니까." 터펜스가 말했다.

"말도 안 되는 소리야. 내일 아침에 당신의 잠재의식이 이 수수께끼에 완전한 해답을 준다면, 나는 당신의 잠재의식을 최대한으로 존경하겠어."

두 사람은 저녁 내내 한마디의 말도 하지 않았다. 터펜스는 아까의 시간 기록표를 계속 들여다보면서 종이에 뭔가를 써 넣기도 했다. 그리고 혼잣말을 중얼거리면서 당혹한 얼굴로 철도 안내서를 자세히 조사하기도 했다. 그러나 결국은 아무런 단서도 발견하지 못한 채, 잠자리에 들기 위해 일어났다.

"완전히 실망해 버렸어." 토미는 말했다.

"나도 이렇게 비참한 저녁을 보내기는 처음이에요." 터펜스도 말했다.

"뮤직홀에라도 가는 편이 좋겠어. 시어머니나 쌍둥이, 혹은 맥주병 따위를 소재로 한, 재치 있는 우스갯소리라도 듣는 것이 어쩌면 도움이 될지도 몰라."

"바보 같은 소리 말아요. 이렇게 머리를 집중하고 있는 것이 결국은 도움이 되는 거예요. 앞으로 여덟 시간 동안 우리의 잠재의식이 틀림없이 바쁘게 활약해 줄 거예요."

그런, 희망에 가득 찬 말을 끝으로 두 사람은 잠자리에 들었다.

"그래, 잠재의식이 뭔가 활약해 주었어?"

다음 날 아침 토미가 물었다.

"한 가지 머리에 떠오른 것이 있어요." 터펜스가 대답했다.
"허어, 그래? 어떤 것이지?"
"그게 말이죠. 좀 묘한 생각이에요. 탐정소설에서도 지금까지 전혀 읽은 적이 없는 것이죠. 실은 그 생각을 하게 한 것은 바로 당신이에요."
"그렇다면 틀림없이 좋은 생각이겠군. 그렇지, 터펜스? 어서 말해봐."
토미는 기분이 좋은 듯이 말했다.
"그 생각을 입증하기 위해서는 해외 전보를 쳐야 해요. 아, 아니야, 당신에게는 말하지 않겠어요. 정말로 엉뚱한 생각이에요. 하지만 사실에 딱 들어맞는 생각은 그것밖에 없어요."
"그렇다면 나는 사무실로 나가야겠어. 잔뜩 실망해 있는 의뢰자들로 사무실이 가득 찰 텐데 쓸데없이 기다리게 해서는 안 돼. 이 사건은 나의 유능한 부하에게 맡기기로 하지."
터펜스는 밝은 표정으로 고개를 끄덕였다.
그녀는 하루 종일 사무실에 나타나지 않았다. 토미가 그날 저녁 5시 30분쯤에 돌아와 보니, 기쁨에 잔뜩 들떠 있는 터펜스가 반갑게 맞이해 주었다.
"토미, 나는 해냈어요. 그 알리바이의 수수께끼를 풀었다고요. 이제는 몽고메리 존스 씨에게 지금까지 쓴 반 크라운짜리 은화와 10실링짜리 지폐를 전부 청구할 수 있게 됐어요. 우리의 보수도 요구할 수 있고, 그 사람도 곧 연인을 차지할 수 있게 되었어요."
"그 해답이 뭐지?" 토미는 성급하게 물었다.
"아주 간단해요. 바로 쌍둥이에요." 터펜스가 말했다.
"뭐라고? 쌍둥이?"
"단지 그것뿐이에요. 물론 그것이 유일한 해답이기도 하고요. 당신이 어젯밤 시어머니, 쌍둥이 혹은 맥주병이라는 말을 꺼낸 것에서 힌트를 얻었지요. 나는 호주에 전보를 쳐서 필요한 정보를 얻어냈어요. 유나에게는 베라라는 쌍둥이 여동생이 있는데, 그 여동생이 지난주 월요일에 영국에 온 거예요. 따라서 베라는 자연히 이번 내기에 가담한 셈이죠. 가엾은 몽고메리 존스를 놀리기에는 이 방법이 가장 적합하다고 생각한 거죠. 그 동생이 토키에 가 있었고, 유나는 런던에 있었던 거예요."

"그 아가씨는 내기에 지고 몹시 실망하겠지?" 토미는 물었다.

"아뇨, 그 점에 대해서는 전에도 말했듯이, 덕분에 그 아가씨는 몽고메리 존스의 새로운 면모를 보게 될 거예요. 남편의 능력에 대한 경의는 결혼 생활의 기초가 된다고 나는 언제나 생각하고 있어요."

"내가 그런 느낌을 당신에게 주었다고 생각하니 상당히 기분이 좋군."

"하지만 이번의 활약은 그다지 만족스럽지 못해요. 프렌치 경감이 밝혀내곤 하던 그런 교묘한 결함은 아니었잖아요."

"바보 같은 소릴, 내가 음식점의 웨이터들에게 사진을 보여 준 방법은 프렌치 경감과 똑같았잖아."

"프렌치 경감이라면 우리같이 그렇게 자주 반 크라운짜리 은화나 10실링짜리 지폐를 사용하지 않았을 거예요." 터펜스가 다시 말했다.

"상관없잖아. 그 돈은 모두 몽고메리 존스에게 청구하면 되니까. 그 남자는 어리석게도 구름 위에 뜬 것 같은 행복감에 빠져서, 아무리 거액의 청구서라도 불평하지 않고 지불해 줄 거야."

"물론 그렇겠죠. 블런트의 우수한 탐정들은 멋지게 성공을 거두었잖아요? 그래요, 토미, 우리는 뛰어나게 머리가 영리한 것 같아요. 때로는 스스로도 무서워할 정도로."

"다음 사건은 로저 셔링엄(앤터니 버클리가 창조한 탐정) 식으로 해결합시다. 터펜스, 당신이 로저 셔링엄이 되는 거야."

"그러면 내가 너무 많은 말을 해야 하잖아요."

"당신이라면 자연스럽게 할 수 있을 거야." 토미가 말했다.

"내가 한 가지 제안을 하겠는데, 어젯밤의 계획을 실행에 옮기면 어떨까? 어디 뮤직홀에 가서 시어머니나 맥주병, 혹은 '쌍둥이'를 소재로 한 재담이라도 들어 보는 것이 어떻겠어?"

목사의 딸

터펜스는 우울한 얼굴로 사무실을 왔다 갔다 하면서 말했다.

"우리도 목사의 딸을 도울 수 있으면 좋을 텐데."

"어째서?" 토미가 물었다.

"당신은 벌써 잊었을지도 모르지만, 나도 목사의 딸이잖아요. 그때의 생활이 어떠했는지는 지금도 생각이 나요. 따라서 이렇듯 남을 사랑하고 싶은 충동, 다른 사람을 헤아리는 정신, 또……."

"허어, 당신은 벌써 로저 셔링엄이 될 준비를 하고 있는 것 같군. 내가 한 마디 하겠는데, 당신은 그 남자에 못지않은 다변가이지만, 도저히 그렇게 잘할 수는 없어."

"그 반대예요. 내 이야기의 여성적인 미묘함에는 거칠고 촌스러운 남자가 흉내 낼 수도 없는 맛이 있어요. 그뿐 아니라 나는 주위 사람들에게는 없는 재능도 갖추고 있어요. 뭐랄까, 말이란 상당히 그 개념이 부정확해서, 적합한 표현인 것 같아도 다른 사람에게는 정반대의 의미로 전달될 수도 있거든요."

"계속해 봐요." 토미는 부드럽게 말했다.

"말을 끊지 말아요. 잠시 숨을 돌렸을 뿐이니까. 요즘의 내 희망은 나의 그 재능을 살려 목사의 딸에게 도움을 주는 것이에요. 토미, 두고 봐요. 이제 블런트의 우수한 탐정들에게 도움을 청해 올 첫 번째 손님은 틀림없이 목사 딸일 거예요."

"나는 그렇게 생각하지 않아. 내기를 해도 좋아." 토미가 말했다.

"좋아요, 내기해요. 쉬잇! 타이프치는 소리를 내야겠어요! 누군가가 왔어요."

앨버트가 문을 열고 다음과 같이 알렸을 때, 블런트 씨의 사무실 안은 몹시 바쁜 듯한 타자기 소리로 가득 차 있었다.

"모니카 딘 양이 오셨습니다."

늘씬한 자태에 다갈색 머리를 지니고 다소 초라한 옷을 입은 젊은 여자가 들어와서 망설이는 듯이 멈춰 섰다.

토미가 앞으로 나갔다.

"안녕하십니까, 딘 양. 이리 앉으셔서 용건을 말씀해주시죠. 그리고 저의 비서 셔링엄 양을 소개하겠습니다."

"처음 뵙겠습니다, 딘 양." 터펜스가 말했다.

"당신 아버님께서 혹시 교회에 성직을 맡고 계시진 않으셨습니까?"

"예, 그랬어요. 그런데 그것을 어떻게 아셨죠?"

"아! 그건 말이죠, 이 사무실의 독특한 방법으로 알 수 있죠. 제가 이런 식으로 술술 이야기한다 해도 염려하지 마세요. 소장님은 제 이야기 듣는 것을 좋아하지요. 듣고 있다가 좋은 생각이 떠오르면 언제나 말씀하신답니다."

아가씨는 어이없는 표정으로 그녀의 얼굴을 바라보았다. 그녀는 미인은 아니었지만 몸매가 날씬하고 얼굴엔 슬픈 듯한 우수가 어려 있었다. 부드러운 갈색 머리에 짙푸른 눈, 그 언저리에는 그동안 겪었던 고통과 염려를 말해주는 듯 검은 그림자가 드리워져 있었지만, 매우 사랑스러웠다.

"딘 양, 당신의 이야기를 해보세요." 토미가 말했다.

아가씨는 감사의 뜻으로 그에게 약간 고개를 숙였다.

"그럼 얘기하겠어요. 저의 이름은 모니카 딘이라고 합니다. 아버지는 서퍽(영국 잉글랜드의 군)의 리틀 햄프슬리에서 교구목사를 하셨어요. 3년 전에 아버님이 돌아가시자, 그 뒤에 남겨진 어머니와 저는 몹시 고생스러운 생활을 해야 했지요. 저는 어느 집의 가정교사로 가 있었지만 얼마 안 있어 어머니가 자리에 눕는 바람에 다시 집으로 와야만 했답니다. 우리가 생활의 가장 밑바닥에서 허덕이고 있는데, 어느 날 변호사에게서 편지가 왔어요. 아버지의 백모님이 돌아가시면서 전 재산을 저에게 물려주셨다는 겁니다. 그 할머니가 몇 년 전부터 아버지와 사이가 좋지 않다는 것은 자주 들었었고, 또 그 할머니가 아주 부유하게 산다는 것도 알고 있었어요.

그래서 그것으로 우리의 고생도 끝이라고 생각했습니다. 그런데 모든 것은 우리의 뜻대로 되지는 않더군요. 할머니에게서 유산을 물려받기는 했지만, 몇 가지 상속세를 지불하고 나니 나중에는 동전 한 닢도 남지 않는 거예요. 전쟁 중에 재산을 잃어버렸는지, 그렇지 않으면 그동안 가지고 있던 돈을 몽땅 써 버린 모양이에요. 하지만 우리에게는 아직 그 집이 남아 있었고, 곧 굉장한 가격으로 팔아넘길 기회도 왔습니다. 그러나 어리석게도 저는 그 제안을 거절했지요. 우리는 좁은 방인데도 방세를 비싸게 물면서 생활하고 있었어요. 그래서 저는 우리가 레드 하우스 저택으로 옮겨서 살면 어머니도 편안한 방에서 지내게 할 수도 있고, 하숙인을 두면 생활비도 벌 수 있을 거라고 생각했답니다.

그 집을 사고 싶어 한 사람은 그 뒤에도 몇 번이나 집을 팔라고 했지만, 저는 끝까지 팔지 않았어요. 우리는 이삿짐을 다 옮기고 하숙인을 구하는 광고를 냈지요. 처음 얼마 동안은 일이 잘 풀려서 몇 명의 하숙인이 들어왔어요. 옛날부터 있던 할머니의 하녀가 그대로 남아 있었기 때문에, 그 하녀와 제가 가사 일을 돌보았지요. 그런데 도저히 이해가 되지 않는 일이 생기기 시작한 거예요."

"무슨 일이 생겼나요?"

"그게 워낙 이상한 일이라서……. 집 안 전체가 마치 마법에라도 걸린 듯했어요. 벽에 걸어둔 그림이 떨어지고 도자기가 방 안을 날아다니면서 깨지기도 하는 거예요. 어느 날 아침에는 내려와 보니 모든 가구들이 제멋대로 옮겨져 있지 뭐예요. 처음에는 누군가의 장난이라고 생각했지만 그게 아니었어요. 때로는 집안 식구들이 모두 만찬 테이블에 앉아 있는데 갑자기 머리 위에서 굉장히 큰 소리가 나기도 하는 거예요. 올라가 보니 사람은 아무도 없고, 가구 하나가 거칠게 내던져져 있을 뿐이었지요."

"폴터가이스트(야단스러운 장난꾸러기 요정)의 짓이군요!"

터펜스는 완전히 이야기에 빠져들어 자신도 모르게 소리를 질렀다.

"예, 오닐 박사도 그렇게 말씀하셨어요. 저는 그게 어떤 의미인지 잘 모르지만요."

"여러 가지 장난을 치는 악령의 일종이지요."

터펜스는 그렇게 말했지만, 사실 그녀도 그에 대한 지식은 전혀 없었다.

"그건 그렇고, 어쨌든 그 영향은 굉장했어요. 하숙인들은 두려움에 떨며 서둘러 이사를 갔지요. 새로운 하숙인들이 들어왔지만 그들도 곧 떠나 버렸어요. 집안은 점점 더 썰렁해졌지요. 그 약간의 수입조차도 급격히 줄어져 갔습니다. 게다가 주식을 투자한 회사도 파산하는 바람에 우리는 완전히 절망에 빠져 버렸어요."

"저런, 안됐군요. 상당히 괴로움을 받으셨겠군요. 그럼 당신은 블런트 씨에게 그 '악령' 소동을 조사해 달라고 의뢰하러 오신 건가요?"

터펜스가 말했다.

"그렇지는 않아요. 사실 3일 전에 한 신사분이 찾아왔었는데 바로 오닐 박사였어요. 그는 자기가 자연과학 연구협회의 회원이라고 하면서, 우리 집에서 이상한 현상이 일어나고 있다는 소문을 듣고 상당히 흥미를 갖고 왔다고 하더군요. 그래서 가능하다면 실험을 해보고 싶으니 그 집을 파는 게 어떠냐고 하더군요."

"그래서요?"

"물론 처음에는 저도 매우 기뻐했고, 이제는 모든 어려움에서 벗어날 수 있겠다고 생각했지요. 그러나……."

"그러나?"

"아마 당신들은 저를 공상에 빠진 여자라고 생각하시겠죠. 사실 그럴지도 모르지만, 역시, 저는 거절했어요. 그렇지만 제가 실수했다고는 절대 생각하지 않아요. 똑같은 사람이었거든요."

"같은 사람이라니요?"

"이전에도 그 집을 사려 한 바로 그 사람이었어요. 분명해요."

"어떻게 그렇게 단정을 지을 수 있나요?"

"당신들은 이해가 가지 않을 거예요. 그 두 사람은 겉보기엔 전혀 다른 사람이었어요. 이름도 다르고 모든 것이 달랐지요. 첫 번째 사람은 꽤 젊었어요. 약 30세 정도로 보이는 깔끔하고 피부색이 거무스름한 청년이었죠. 오닐 박사는 50세쯤 되어 보였고 희끗희끗한 턱수염에 안경을 썼고 등은 굽어 있었어요. 하지만 이야기를 하는 동안, 이빨의 한쪽에 금으로 된 의치 하나가 있는 것을 보았어요. 그것은 웃을 때만 보이죠. 처음에 온 젊은 사람도 같은 위치에 금니가 있었어요. 그래서 저는 오닐 박사의 귀를 주의 깊게 살펴보았어요. 그전의 젊은 사람의 귀가 귓불이 거의 없어서 약간 모양이 이상했었기 때문에 기억하고 있었던 거죠. 그런데 오닐 박사의 귀도 똑같은 거였어요. 두 가지씩이나 우연의 일치라고 보기에는 어렵지 않겠어요? 저는 곰곰이 생각한 끝에, 결국 1주일 뒤에 대답해 주겠다는 편지를 보냈습니다. 저는 블런트 씨의 광고를 얼마 전부터 보아 왔어요—솔직히 말해서 부엌에 있는 낡은 신문에서였지만. 그래서 그것을 따로 오려두었다가, 이번에 이렇게 찾아오게 된 겁니다."

"당신의 말을 듣고 보니 반드시 조사해볼 필요가 있을 것 같군요."

터펜스가 강력하게 수긍해 보였다.

"딘 양, 매우 흥미 있는 사건 같군요. 기꺼이 조사해보겠습니다. 어때요, 셔링엄 양?"

"물론이에요. 문제의 근본부터 파헤쳐 보기로 해요."

"딘 양, 지금까지의 이야기로는 가족은 당신과 어머니와 하녀뿐인데, 그 하녀에 대해서 좀더 상세히 이야기해주시지 않겠어요?" 토미가 물었다.

"이름은 크로켓이고, 할머니 밑에서 8년인가 10년 동안 일한 사람이에요. 이젠 꽤 나이가 많으며, 그다지 상냥하지는 않지만 좋은 하녀예요. 그녀의 언니가 신분이 다른 사람과 결혼을 했는데, 누구에게나 그 사실을 자랑스럽게 이야기하곤 해요. 크로켓에게는 조카가 한 명 있는데, 언제나 우리에게 그를 '훌륭한 신사'라고 말하지요."

"흐음."

토미는 어떻게 해야 좋을지 모르겠다는 표정을 지었다.

터펜스는 아까부터 계속 모니카를 예리하게 바라보고 있더니, 갑자기 결정을 내린 듯이 이렇게 말했다.

"딘 양, 나와 함께 밖에 나가서 점심식사라도 하지 않겠습니까? 좀더 자세한 이야기를 듣고 싶고, 또 마침 점심시간도 되었으니까요."

"그렇게 해주시오, 셔링엄 양. 그것참 좋은 생각이오." 토미도 말했다.

이리하여 두 사람이 음식점의 어느 한 테이블에 편안히 앉자, 터펜스가 곧 말을 꺼냈다.

"알고 싶은 게 있어요. 당신이 이번 문제의 진상을 밝혀내고 싶다고 생각하게 된 데에는 뭔가 특별한 이유라도 있나요?"

모니카는 얼굴을 붉혔다.

"그건, 저……."

"괜찮아요. 이야기해보세요." 터펜스가 격려하듯이 말했다.

"실은……, 두 사람에게서 청혼을 받았어요."

"흔히 있는 일이지요. 한 사람은 부자이고 다른 한 사람은 가난하지만, 그 가난한 쪽을 더 좋아하는 경우!"

"어떻게 당신은 그런 것을 모두 알고 있죠? 정말 놀랍군요."

아가씨는 중얼거렸다.

"자연의 법칙이니까요. 누구에게라도 자주 있는 일이지요. 나도 경험해봤고요."

"실은, 만일 그 집을 판다고 해도 우리의 물질적인 생활에는 별 도움이 되지 않아요. 제럴드는 사람은 좋지만 몹시 가난해요. 그러나 꽤 우수한 기술을 갖고 있어서 약간의 자본만 있으면 회사 운영에 참여할 수도 있을 정도예요. 그리고 다른 사람인 패트리지 씨도 사람이 아주 좋아요. 생활에도 여유가 있어서, 만일 그분과 결혼한다면 우리의 모든 괴로움도 끝나겠지요. 하지만, 하지만……."

"알았어요. 사정이 완전히 반대군요. 그 사람은 매우 선량하고 부자이고, 게다가 다른 장점까지 모두 합쳐도, 결국은 단지 감정을 더 냉각시킬 뿐이군요."

모니카는 고개를 끄덕였다.

"그렇다면, 우리가 댁의 근처까지 원정을 가서 현지에서 직접 문제를 조사하는 편이 더 좋을 것 같은데, 주소가 어떻게 되죠?"

"머쉬의 스터튼에 있는 레드 하우스예요."

터펜스는 수첩에 주소를 적었다.

"아직 물어보지는 않았는데, 보수는……."

그렇게 말을 하고 모니카는 약간 얼굴을 붉혔다.

"우리는 결과에 따라서 대가를 받는 것으로 엄중히 정해 놓고 있어요."

터펜스는 나무라듯이 말했다.

"만일 레드 하우스의 비밀이 유리한 것이라면(사람들은 앞을 다투어 그 집을 손에 넣으려고 할 정도로), 그런 경우에는 약간의 비율로 받겠지만, 그렇지 않다면, 무료로도 괜찮아요!"

"정말로 감사합니다."

아가씨는 감격한 듯이 말했다.

"이제는 염려하지 마세요. 잘 해결될 테니까요. 자, 그럼 점심을 먹으면서 다른 재미있는 이야기를 하도록 해요." 터펜스가 말했다.

레드 하우스

'왕관과 닻'이라는 여인숙의 창문으로 밖을 내다보면서 토미가 말했다.

"결국 우리도 구멍 안의 두꺼비인가 뭔가 하는 이 쓸쓸한 마을로 찾아왔어."

"사건을 검토해보지 않겠어요?" 터펜스가 말했다.

"물론, 찬성이야. 우선 내 의견은 그 병든 어머니가 의심스럽다는 거야."

"어째서요?"

"그건 말이야, 터펜스, 만일 이 장난꾸러기 요정 소동이 모두 술책이라면, 그 아가씨에게 집을 팔도록 설득하기 위해서 누군가가 집 안의 물건을 마구 던지고 있는 거야. 그런데 그 아가씨의 말로는 집안 식구들은 모두 식사를 하고 있었다는데, 어머니만은, 만일 틀림없이 환자라고 하면, 2층에 있는 자기 방에 있지 않았을까?"

"환자라면 가구를 던질 수 없을 거예요."

"맞아! 하지만 그 어머니는 틀림없이 진짜 환자가 아닐 거야. 꾀병을 부리고 있는 거라고."

"왜요?"

"생각해봐, 터펜스. 사실 나는 가장 그럴 것 같지 않은 사람을 의심하는 아주 일반적인 원칙을 적용하는 거야."

"당신은 뭐든지 신중히 생각지 않는 게 탈이에요."

터펜스는 엄하게 나무랐다.

"사람들이 그렇게까지 그 집을 손에 넣고 싶어 하는 데에는 뭔가가 틀림없이 있어요. 당신이 이 문제를 근본적으로 파고들어갈 생각이 없다면 내가 하겠어요. 나는 그 아가씨가 좋아요. 얼마나 사랑스러워요."

이번에는 토미도 진지하게 수긍했다.

"그 의견에는 나도 동감이야. 하지만 나는 항상 당신을 놀려주고 싶어져, 터펜스. 틀림없이 그 집에는 어딘가 이상한 데가 있는데 그것이 무엇이든 간에 쉽게 알아내기는 힘들 것 같아. 그렇지 않으면 단지 도둑의 소행이든지. 그렇지만 그 집을 사기 위해 기를 쓰는 것을 보면 우리가 마룻바닥을 들어 올리든지 벽을 헐든지, 아니면 뒷마당에서 석탄이라도 캐낼 수 있을지 몰라."

"석탄 같은 건 아닐 거예요. 차라리 보물이 묻혀 있다고 생각하는 것이 훨씬 더 로맨틱해요."

"흐음, 그렇다면 나는 이 지방의 은행장을 찾아가 크리스마스를 이곳에서 보내기 위해 머무르고 있는 사람인데 아마 레드 하우스를 사게 될지도 모르겠다고 설명하고는, 은행 계좌를 설치하는 문제를 상담해보겠어."

"무엇 때문에……?"

"잠자코 보고만 있어."

그 말을 하고 나간 토미는 30분 뒤에 돌아왔는데, 그의 눈은 반짝이고 있었다.

"터펜스, 좋은 소식이야. 아까 내가 말한 대로 그 사람을 만났어. 그런 다음에 나는 요즘 시골 은행에서는 대개 그렇듯이 여기 은행에도 금화를 갖고 오는 사람이 많으냐고 넌지시 물어보았지—전쟁 중에 금화를 소중히 여겨 감추어 두었던 소작인들이 있기 때문이야. 거기에서부터 이야기는 매우 자연스럽게 노부인들의 괴상한 행동양식으로 옮겨갔지. 나는 전쟁이 막 시작될 무렵에 나의 백모가 4륜 마차를 타고 육해군의 창고에서 햄을 16봉지나 갖고 왔다는 거짓말을 했어. 그 사람도 곧 그 은행의 고객인 어느 노부인의 이야기를 꺼냈는데, 그 노부인이 예금해 놓은 돈을 몽땅 찾겠다고 말했대. 그것도 가능하다면 전부 금으로 달라고 했다더군. 증권이나 공채류도 시세가 올랐다고 말해도 막무가내였다는 거야.

그래서 내가 하도 어이없어하자, 그 은행장은 그 노부인이 레드 하우스의 이전 주인이었다고 마침내 실토해 버린 거야. 알겠지, 터펜스? 그 노부인은 방금 말했듯이 재산을 전부 찾아서 어딘가에 숨겨 놓은 거야. 모니카 딘이 자기

할머니의 재산이 너무나 적어 놀랐다고 했잖아. 노부인은 그것을 레드 하우스의 어딘가에 숨겨 놓았는데, 누군가가 그 사실을 알고 있는 것이지. 그 사람이 누구인지 나는 대강 짐작이 가."

"그게 누구죠?"

"그 충실한 하녀인 크로켓이 아닐까? 그 여자라면 주인의 편벽을 모두 알고 있을 테니까."

"그렇다면, 금니를 하고 있던 오닐 박사는?"

"물론 신사 타입인가 하는 조카야! 틀림없어. 그건 그렇고 그 노파는 어디에다 금화를 숨겼을까? 터펜스, 당신은 나보다도 노인에 대해서 더 잘 알고 있겠지. 노인들은 대체로 어디에다 물건을 숨겨 놓지?"

"양말이나 페티코트 속, 혹은 침대 밑이에요."

"보통 그렇겠지. 하지만 이번 경우는 약간 달라. 만일 누군가가 우연히 그것을 발견하면 들통이 나 버리기 때문이지. 아무래도 걱정이 되는데. 그런 노인은 마루판자를 들어 올리거나 마당에 구멍을 팔 수는 없어. 그러나 레드 하우스의 어딘가에 보물이 있는 것은 분명해. 크로켓도 아직 찾아보지는 않았지만, 묻혀 있다는 것만은 알고 있어. 일단 그 집을 자기 소유로 해놓기만 하면 귀여운 조카와 함께 그곳을 전부 파서 목적물을 찾아낼 수가 있는 거지. 우리는 그들을 미리 앞질러 가 있어야 해. 자, 터펜스, 우리도 레드 하우스로 가자고."

모니카 딘이 그들을 맞이하러 나왔다. 어머니나 크로켓에게는 레드 하우스 저택을 살 사람이라고 소개했는데, 그편이 집 안이나 집 전체를 돌아볼 수 있는 좋은 이유가 되기 때문이었다.

토미는 모니카에게 자기가 밝혀낸 결론을 이야기하지 않고 여러 가지를 물어보았다. 죽은 할머니의 의류나 평소에 자주 사용하던 물건은 어느 정도는 크로켓에게 주고, 나머지는 불쌍한 사람들에게 나누어 줄 것이라고 했다. 일단 모든 물건을 꺼내서 살펴보았다.

"노부인께서 서류 같은 것을 남기진 않았습니까?"

"책상 안에 잔뜩 들어 있고 또 침실 서랍에도 어느 정도 있지만, 중요한 것은 전혀 없는 것 같아요."

"그 서류들을 모두 버렸습니까?"

"아니오, 어머니가 옛날 서류를 버리는 것을 싫어하세요. 전통 요리법을 써 놓은 것도 섞여 있기 때문에 언젠가 그것들을 조사해보시겠다고 하셨지요."

"잘했어요."

토미가 만족한 듯이 대답했다. 그러고는 정원에서 화단 정리를 하고 있던 노인을 가리키며 물어보았다.

"저 사람은 노부인께서 있을 때부터 여기에서 일했나요?"

"예, 이 마을에 살고 있는데 1주일에 세 번씩 왔죠. 그렇지만 너무 늙었기 때문에 실제적으로는 일에 별 도움이 되지 않아요. 우리가 오고 나서부터는 경제적인 이유로 1주일에 한 번씩만 오도록 했어요."

토미는 모니카를 붙들어 놓도록 터펜스에게 눈짓을 하고는 그 정원사에게 걸어갔다. 그리고 비교적 상냥하게 노인에게 말을 걸으면서, 노부인이 있을 때부터 죽 있었느냐고 묻고는 별것 아니라는 듯이 다시 이렇게 물었다.

"이전에 혹시 부인의 부탁으로 상자 같은 걸 묻은 적은 없었습니까?"

"아니, 그런 일은 전혀 없었어요. 상자 같은 걸 묻어서 뭐하겠소?"

그는 눈살을 찌푸리면서 집 쪽으로 다시 돌아왔다. 노부인의 서류를 연구하면서 실마리를 잡는 것만이 유일한 희망인 듯했다. 만일 여기서 단서를 찾아내지 못한다면, 이 문제의 해결은 무척 어려울 것이라는 생각이 들었다. 레드 하우스 자체는 상당히 고풍스러웠지만, 숨길 방이나 비밀 통로는 따로 만들어져 있을 것 같지가 않았다.

떠나기 전에, 모니카는 끈으로 묶은 커다란 종이 뭉치를 안고 두 사람이 있는 곳으로 내려왔다.

"서류를 전부 그러모았어요. 이것을 갖고 돌아가셔서 천천히 조사해보면 좋겠는데, 이 집의 수수께끼 같은 사건 해결에는 별 도움이 되지는 않겠지만……."

모니카는 작은 목소리로 말했다.

머리 위쪽에서 쨍그랑하는 커다란 소리가 나는 바람에, 그녀는 말을 중단했다. 토미는 재빨리 2층으로 달려 올라갔다. 탁자 위에 놓여 있던 물병과 그 받침접시가 산산조각이 나서 마룻바닥에 흩어져 있었다.

"유령의 짓이야. 또 장난을 쳤군." 그는 빙그레 웃으면서 중얼거렸다.

그는 생각에 잠긴 얼굴로 아래층으로 내려왔다.

"딘 양, 괜찮다면 하녀인 크로켓과 잠시 이야기를 하고 싶은데요."

"아, 예, 이리고 데리고 오겠어요."

모니카는 부엌으로 가더니, 아까 현관에서 본 중년 여자를 데리고 왔다.

"우리는 이 집을 사려고 생각하고 있지요." 토미는 상냥하게 말을 걸었다.

"만일 그럴 경우, 내 아내가 당신도 계속 이곳에 남아 주기를 바라는데 어떻습니까?"

크로켓의 얼굴에는 아무런 감정의 변화도 나타나지 않았다.

"감사합니다. 원하신다면 받아들이겠습니다." 그녀는 대답했다.

토미는 모니카를 쳐다보았다.

"딘 양, 저는 이 집이 마음에 듭니다. 그런데 듣자니 다른 사람도 이 집을 사려 한다더군요. 그러나 저는 그 사람이 부르는 가격에 100파운드를 기꺼이 더 추가하겠습니다. 그 값이라면 꽤 괜찮은 셈이죠."

모니카는 쾌히 승낙을 했고, 베레즈포드 부부는 작별을 고하고 그 집을 나왔다.

현관문을 나서면서 토미는 터펜스에게 말했다.

"내가 생각한 대로야. 크로켓도 한패야. 당신도 그녀가 숨을 헐떡이는 것을 보았어? 그건 물병과 받침접시를 깨뜨려 놓고 뒷계단으로 서둘러 내려왔기 때문이야. 그녀는 조카를 몰래 집 안으로 데리고 들어왔던 게 틀림없어. 그리고 그녀가 태연한 얼굴로 집안 식구들과 함께 있는 동안에, 조카는 괴상한 짓을 하며 유령 흉내를 내고 있었던 거지. 자 두고 보라고. 오늘 중에 그 오닐 박사가 새로이 신청을 해 올 거야."

아닌 게 아니라, 저녁식사 뒤 편지가 한 통 도착했는데, 그건 모니카에게서였다.

"오닐 박사가 전의 가격보다 150파운드를 더 올려 주겠다는 말을 전해 왔다는군요."

"그 조카 녀석은 상당한 부자인 모양이군. 게다가 그 녀석이 노리는 보물도 상당히 가치 있는 것이 분명해." 토미가 말했다.

"아! 우리의 손으로 찾아낼 수만 있다면!"

"어쨌든 발굴 작업을 시작하는 것이 좋겠어."

두 사람은 큰 상자에 잔뜩 담겨 있는 서류들을 분류해 나갔지만, 워낙 뒤죽박죽으로 섞여 있었으므로 몹시 힘들었다.

"터펜스, 가장 최근의 것은 무엇이 있지?"

"오래된 영수증 두 장과 쓸모없는 편지가 세 통, 그리고 새로운 감자 저장법과 레몬 치즈케이크를 만드는 방법을 쓴 것이 각각 한 장씩 있어요. 당신은 어때요?"

"영수증 한 장과 봄의 시를 쓴 것이 한 장, 신문 오려놓은 것 두 장—'왜 여성들은 진주를 사는가?—건전한 투자법.' 그리고 '4명의 아내를 거느리고 있는 남자—이상한 이야기' 그러고 나서 토끼 고기 요리법을 쓴 것이 한 장."

"정말 실망이군요." 터펜스는 그렇게 말하고는 다시 일에 착수했다.

서류를 모두 훑어보고 나서 두 사람은 서로의 얼굴을 쳐다보았다.

토미는 노트를 반으로 찢은 종이를 집어 들었다.

"좀 이상한 생각이 들어서 이것을 따로 두었는데 말이야. 우리가 찾는 것과는 전혀 무관한 듯하지만."

"나에게도 보여 줘요. 아! 재미있는 놀이 같군요. 뭐라고 부르더라? 문자 수수께끼 놀이였던가 아니면 단어놀이라던가."

그러더니 그녀는 그것을 읽어 나갔다.

최초의 나를 당신은 불 위에 얹고
그 안에 나를 통째로 넣는다.
두 번째의 나는 사실은 첫째이다.
세 번째의 나는 겨울의 건조한 바람을 싫어한다.

"흐음, 이 시인의 운율은 도저히 맞출 수가 없군." 토미가 비평을 했다.

"하지만 당신이 말한 만큼 이상한 데는 없어요. 누구나 약 50년 전에는 이런 종류의 것을 모았으니까요. 겨울밤에 난로 옆에서 즐기기 위해서 쓴 것이에요."

"나는 문장을 말하는 것이 아니야. 그 아래에 쓰여 있는 말이 이상하다는 거지."

"누가복음 11장 9절? 이건 성서를 말하는 거잖아요." 그녀는 말했다.

"그래, 이상하다고 생각지 않아? 신앙심이 깊은 노인이 수수께끼 문구 바로 밑에 성서의 말을 썼다는 것이?"

"약간 이상하군요." 터펜스도 말했다.

"당신은 목사 딸이니까 성서 정도는 가지고 왔겠지."

"갖고 왔어요. 잠시만 기다려요."

터펜스는 여행 가방에서 작고 붉은 표지로 된 성서를 갖고 다시 돌아왔다. 그러고는 서둘러 성서를 넘겼다.

"여기예요. 누가복음 11장 9절. 이런! 토미, 여기 좀 봐요."

토미는 터펜스가 가리키는 문제의 문구를 읽었다.

"구하라, 그리하면 얻을 것이다."

"이거예요. 우리는 마침내 찾아냈어요! 이 암호를 풀면 보물은 우리의 손으로, 아니, 모니카의 것이 되는 거예요."

터펜스는 소리를 질렀다.

"그렇다면 당신이 말한 대로 암호를 해독해보자고. '최초의 나를 당신은 불 위에 얹고' 이것은 어떤 의미일까? 다음은 '두 번째의 나는 사실은 첫째이다.' 이것은 정말로 종잡을 수가 없군."

"사실은 매우 단순해요. 일종의 요령 문제일 테니까. 나에게 맡기세요."

터펜스는 부드럽게 말했다.

토미는 기꺼이 종이를 건네주었다. 터펜스는 안락의자에 앉아서 어깨를 움츠리고 중얼중얼 혼잣말을 했다.

약 30분 정도가 지나자, 토미가 중얼거렸다.

"분명히 아주 단순한 것 같군."

"가만히 좀 있어요! 이것은 우리 세대의 사람은 풀지 못해요. 나는 내일 런던으로 돌아가서 이 수수께끼를 쉽게 풀 수 있을 만한 노인을 찾아가겠어요. 일종의 요령 문제이니까."

"어쨌든 다시 한 번 해보자고."

"불 위에 얹어 놓는 것이라면 그리 많지는 않아요."

터펜스가 진지하게 말했다.

"물이 있어요. 그러기 위해서는 물 끓이는 주전자가 필요하겠죠."

"한 음절로 된 말인 것 같아. 그렇다면 장작은 어떨까?"

"하지만 장작 안에는 물건을 넣을 수가 없잖아요."

"물을 대신할 한 음절의 단어는 없지만, 물 끓이는 주전자류에는 한 음절로 된, 불에 얹어 놓는 것이 있어."

"소스를 만드는 팬." 터펜스는 생각해 봤다.

"프라이팬. 팬? 아니면 포트라면 어떨까요? 팬이나 포트로 시작되는 단어로 요리할 때 쓰는 것이 뭐가 있을까?"

"포터리(Pottery, 도기)는 어떨까? 당신도 그걸 불 위에 올려놓고 빵을 굽는 데 쓰잖아. 꽤 비슷하지 않아?"

"뒷부분의 내용에는 맞지 않아요. 팬케이크는? 아니야. 아! 정말 힘들군."

자그마한 하녀가 잠시 뒤에 저녁식사 준비가 끝난다는 것을 알리러 왔으므로, 두 사람은 잠시 이야기를 중단했다.

"럼리 부인이 감자를 튀기는 것을 좋아하는지, 아니면 껍질째 삶는 것이 좋은지 물어보라고 하셨어요."

"껍질째로 삶는 편이 좋아요. 나는 감자를 좋아해요."

터펜스는 말을 하다가 갑자기 입을 다물었다.

"왜 그래, 터펜스? 유령이라도 보았나?"

"토미, 당신 모르겠어요? 바로 그거예요! 감자라고요Potatoes! '최초의 나를 당신은 불 위에 얹고'—그건 'Pot'이에요. '그 안에 나를 통째로 넣는다', '두 번째의 나는 사실은 첫째이다' 그것은 알파벳의 첫 문자인 'A'예요. '세 번째의 나는 겨울의 건조한 바람을 싫어한다'—이건 '언 발toes'이에요!"

“당신의 말대로야, 터펜스. 멋진 두뇌회전이야. 하지만, 우리는 쓸데없이 시간을 낭비하는 듯한 기분도 들어. 감자와 분실한 보물과는 전혀 관계가 없으니까. 아니, 잠깐 기다려. 조금 아까 서류를 조사할 때 당신이 뭔가를 읽었었지? 새로운 감자 저장법에 대한 비결이었어. 거기에 뭔가가 숨겨져 있는 것은 아닐까?”

그는 조리법에 대한 것을 분류해놓은 종이 더미를 급하게 뒤지기 시작했다.

“있어. ‘새로운 감자를 보존하는 법—새로운 감자를 양철통에 넣고 정원에 묻어둔다. 그러면 한겨울에도 금방 캐낸 듯한 맛이 난다.’”

“마침내 찾아냈군요. 바로 그거예요. 보물은 정원에 있어요. 양철통에 넣어서 묻혀 있는 거라고요.” 터펜스는 흥분해서 소리를 질렀다.

“그러나 내가 정원사에게 물어보았을 때는 아무것도 묻은 적이 없다고 했어.”

“그건 알고 있어요. 하지만 인간은 실제로는 결코 상대방의 물음에 대답하는 것이 아니라, 상대방이 묻고 있을 거라고 생각한 말에 대답하지요. 그 정원사는 이상한 물건은 아무것도 묻은 기억이 없었던 거예요. 내일 그 사람에게 가서 감자를 어디에 묻었느냐고 물어봐요.”

다음 날은 크리스마스 이브였다. 두 사람은 정원사의 집을 물어서 찾아갔다.

잠시 동안 잡담을 나눈 뒤 터펜스는 본론을 꺼냈다.

“크리스마스에 새로운 감자가 필요할 것 같아요. 칠면조에 곁들여서 내놓으면 맛있지 않겠어요? 이 부근의 사람들은 감자를 양철통에 넣어서 묻어 두지는 않나요? 그렇게 하면 신선함을 보존할 수 있다고 들었는데.”

“예, 보통 그런 식으로 하지요. 레드 하우스의 딘 부인도 매해 여름에 양철통을 세 개나 파묻었는데, 그때마다 꺼내는 것을 잊어버리고 말았다우!”

“대개 집 옆의 꽃밭에 파묻거나 하지 않나요?”

“아니, 반대편 담 쪽의 전나무 옆에다 묻었지요.”

궁금한 것을 다 알아낸 두 사람은 크리스마스 선물로 5실링을 정원사 영감에게 주고는 곧 그곳을 떠났다.

“그럼, 당장 모니카에게로 가야지.” 토미가 말했다.

"토미! 당신은 너무 덤벙대는군요. 내게 맡겨 줘요. 나에게 멋진 계획이 있어요. 토미, 구걸을 하든지 빌든지 훔치든지 어떻게 해서든 삽 좀 구해다 줄 수 있어요?"

어떤 방법으로 구했는지는 모르지만 토미는 삽을 구해 왔고, 그날 밤 늦게 레드 하우스의 정원으로 잠입해 들어가는 두 명의 그림자가 있었다. 정원사가 가르쳐 준 장소는 금방 알 수 있었고, 토미는 곧 일에 착수했다.

이윽고 삽이 금속에 부딪히는 듯한 소리가 났고, 잠시 뒤에는 커다란 비스킷 양철통이 나왔다. 양철통은 석고로 단단하게 봉해져 있었지만, 터펜스는 토미의 칼을 받아서 쉽게 뚜껑을 열었다. 그 순간 그녀는 신음소리를 냈다. 양철통 안은 감자로 가득 차 있었던 것이다. 감자를 다 쏟아내고 양철통을 완전히 비웠지만, 달리 아무것도 없었다.

"토미, 계속해서 파는 거예요."

한참 동안 파서 두 번째 양철통을 꺼냈고, 터펜스는 뚜껑을 열었다.

"어때?" 토미는 초조한 듯이 물었다.

"또 감자예요!"

"빌어먹을!" 그렇게 말하면서, 토미는 또 땅을 팠다.

"원래 세 번째가 행운이 있는 것이잖아요." 터펜스는 토미를 위로했다.

"결국은 헛수고로 끝날 것 같은 기분이 들어."

토미는 가라앉은 목소리로 말하면서도 계속 땅을 팠다.

마침내 세 번째 양철통을 꺼냈다.

"또 감자—" 말을 하던 터펜스가 입을 다물었다.

"토미, 찾아냈어요. 감자는 위에만 있어요! 자, 봐요!"

그녀는 벨벳으로 된 커다란 고풍스러운 자루를 꺼냈다.

"그럼, 빨리 돌아가지. 날씨가 너무 추워. 그 자루는 당신이 갖고 가는 거야. 나는 구멍을 다시 메워야 하니까. 하지만, 터펜스, 내가 가기 전에 그 자루를 열어본다면 무한한 저주를 퍼붓겠어!"

"공평하게 할게요, 후훗! 너무 추워서 얼어붙을 것 같아요."

그녀는 서둘러 돌아갔다.

여인숙으로 돌아온 뒤 오래 기다릴 필요가 없었다. 토미가 구멍을 빠른 속도로 메우고 땀투성이가 되어 바로 뒤에서 따라왔기 때문이다.

"자, 그럼—" 토미가 말했다.

"이것이야말로 사립탐정의 묘미야! 부인, 전리품을 열어 주시죠."

자루 안에는 윤이 나는 비단 천으로 싸인 포장과 무거운 섀미가죽 자루가 각각 하나씩 들어 있었다. 두 사람은 나중의 것을 먼저 열어 보았다. 안에는 금화가 잔뜩 들어 있었는데, 토미가 그것을 세었다.

"2백 파운드야. 은행에서 이 정도밖에 금화를 주지 못했겠지. 그 포장을 뜯어 봐."

터펜스가 포장을 뜯으니, 거기에는 깨끗한 지폐 뭉치가 가득 있었다. 그것을 세어 보니 전부 2만 파운드였다.

"어휴!" 토미는 자기도 모르게 감탄의 소리를 냈다.

"우리가 부자이고, 또 정직하다는 사실이 모니카의 입장으로서는 몹시 다행이군. 그런데 그 얇은 종이에는 뭐가 싸여 있지?"

터펜스가 그 작은 포장을 열어보니, 황홀한 진주가 한 줄로 꿰어져 있었다.

"나는 이런 것에 대해서는 잘 모르지만……." 토미가 천천히 말했다.

"하지만 이들 진주는 적어도 5천 파운드 이상의 가치가 있는 게 분명해. 이 크기를 봐. 노부인이 진주는 좋은 투자가 된다는 신문 기사를 오려놓은 이유를 이것으로 알 수 있어. 유가 증권을 전부 팔아서 지폐나 보석으로 바꾼 것이 틀림없어."

"토미, 정말 멋지지 않아요? 귀여운 모니카, 이것으로 그녀도 좋아하는 청년과 결혼하여 우리처럼 계속 행복하게 살 수 있게 됐어요."

"터펜스, 정말 듣기 좋은데. 당신 정말로 나와 함께 사는 것이 행복하오?"

"솔직히 말해서, 그래요. 하지만 그런 것을 밖으로 표현할 생각은 없었는데, 사건이 해결되고 또 오늘이 크리스마스 이브인 바람에 흥분해서 그만……."

"당신이 정말로 나를 사랑하고 있다면 한 가지 묻고 싶은 말이 있는데, 대답해 주겠어?"

"뭔가 술수에 걸려드는 것 같아서 싫지만, 저……, 그렇게 할게요."

"그래, 모니카가 목사의 딸이라는 것을 어떻게 알았지?"
"아, 그것은 잠시 속임수를 썼을 뿐이에요."
터펜스는 유쾌하게 말했다.
"그 아가씨에게서 온 편지를 뜯어보았죠. 그리고 이전에 딘 씨라는 부목사가 있었는데 그에게 나보다 네댓 살 적은 모니카라는 어린 딸이 있었지요. 이 두 가지 사실을 합해서 알아낸 것뿐이에요."
"당신은 정말 엉뚱하군." 토미가 말했다.
"아, 벌써 12시를 치는데. 터펜스, 메리 크리스마스!"
"메리 크리스마스, 토미. 모니카에게도 행복한 크리스마스가 되겠군요. 그것도 전부 우리 덕분이죠. 가엾게도 그녀는 지금까지 너무 비참한 생활을 해 왔어요. 그것을 생각하면, 토미, 나는 왠지 가슴이 뭉클해져요."
"사랑스러운 터펜스." 토미는 말했다.
"사랑하는 토미." 터펜스도 말했다.
"우리는 지금 몹시 센티멘털해져 있어요."
"크리스마스는 1년에 한 번밖에 오지 않아."
토미가 점잔을 빼며 말했다.
"이 말은 우리의 증조할머니들이 한 것이지만, 아직도 이 말에는 많은 진리가 담겨 있는 것 같은 기분이야."

대사의 구두

"어머나, 어휴……." 터펜스는 버터를 듬뿍 바른 과자를 뒤집었다.

토미는 잠시 그녀의 모습을 바라보다가 얼굴에 가득 미소를 띠며 이렇게 중얼거렸다.

"우리는 좀더 신중에 신중을 기할 필요가 있어."

"그래요." 터펜스는 밝은 표정으로 수긍하며 말했다.

"잘 맞혔어요. 나는 유명한 포튠 의사(H. C. 헤일리 작품에 등장하는 의사 탐정)이고 당신은 벨 총경이에요."

"왜 당신이 레지널드 포튠이 되지?"

"그건 말이죠. 사실 버터를 듬뿍 바른 뜨거운 과자를 먹고 싶어서예요."

"그건 재미있는 면이군." 토미가 말했다.

"그렇지만 다른 면도 있어. 엉망진창으로 두들겨 맞은 얼굴과 괴이한 시체를 수도 없이 조사해야 하니까."

그 대답으로 터펜스는 한 통의 편지를 내밀었다.

토미는 놀란 듯 눈썹을 찡그렸다.

"미국 대사, 랜돌프 윌못. 무슨 용건일까?"

"내일 11시가 되면 알게 될 거예요."

정확히 시간에 맞추어 영국 국왕을 방문 중인 미국 대사 랜돌프 윌못 씨가 블런트 씨의 사무실로 안내되어 들어왔다. 그는 헛기침을 하여 목을 가다듬고는 침착하고 독특한 태도로 이야기를 꺼냈다.

"블런트 씨, 내가 찾아온 건 다름이 아니라—그런데, 당신이 블런트 씬가요?"

"그렇습니다. 제가 소장인 데어도어 블런트입니다." 토미는 대답했다.

"소장과 직접 말하는 게, 그게 좀더 효과적이고 만족한 결과를 얻을 수 있을 것 같아서요. 블런트 씨, 이제 말씀드리겠지만 이번 사건이 날 몹시 괴롭히는군요. 경시청을 끌어들일 만큼 문제가 대단한 건 아니고, 그렇다고 조금이라도 피해를 보고 싶지는 않고, 아마 모두 단순한 실수일 테니까 말이오. 그런데 어째서 그런 실수가 유발되었는지 도무지 이해가 가지 않습니다. 어떤 범죄적인 요소는 없는 것 같고. 그렇지만 아무래도 모든 일을 확실히 해 두고 싶군요. 왜 그러는지 이유를 모르고 있으니 정말 미칠 지경입니다."

"물론 그러시겠죠." 토미가 말했다.

윌못 씨는 말을 계속했다. 그는 느긋한 어조로 아주 사소한 사실까지 얘기했다. 겨우 토미에게도 말을 할 기회가 왔다.

"아, 그러면 이런 상황이군요. 당신은 1주일 전에 정기선 노매딕 호로 도착하셨는데, 어떻게 된 노릇인지 당신의 여행 가방이 당신과 머리문자가 똑같은 랠프 웨스터햄이라는 다른 사람의 여행 가방과 바뀌어 버렸군요. 당신은 웨스터햄 씨의 여행 가방을 갖고 가고, 그분은 당신의 가방을 갖고 갔고요. 웨스터햄 씨는 곧 그 실수를 깨닫고 당신의 여행 가방을 대사관에 돌려주고 자신의 것을 찾아갔다. 거기까지는 그대로죠?"

"맞습니다. 그 두 가방은 겉으로 보기엔 아주 똑같다고 해도 좋을 겁니다. 게다가 모두 'R. W.'라는 똑같은 머리문자가 붙어 있었기 때문에 착각했다고 해도 이해하기 어렵지는 않지요. 나도 비서가 그 실수를 알려줄 때까지는 전혀 그 사실을 깨닫지 못했을 정도였으니까. 웨스터햄 씨는(이분은 상원의원으로 내가 대단히 존경하는 분이기도 합니다만) 내 가방을 돌려주려고 사람을 보내기도 했답니다."

"그러면 아무것도……."

"아니, 이제부터 시작입니다. 지금까지의 사실은 이 사건의 발단에 불과합니다. 어제 일입니다. 웨스터햄 상원의원과 뜻밖에 마주치게 되어서 우스갯소리로 그 이야기를 꺼냈지요. 그런데 몹시 놀랍게도 그 사람은 내가 뭘 말하는지 전혀 알 수 없다는 듯한 표정을 짓더군요. 그래서 사정을 설명하니 절대적으로 부정하는 겁니다. 착각해서 가방을 바꿔 들고 간 적이 없다고, 사실, 그런

가방을 갖고 여행한 적도 없다고 말입니다."

"그것참 이상하군요!"

"블런트 씨, 정말 이상한 일입니다. 전혀 앞뒤가 맞질 않아요. 그런데 만일 누군가가 내 가방을 훔칠 작정이었다면 이런 복잡한 방법을 쓰지 않더라도 간단히 훔칠 수 있지 않았을까요? 게다가 샅샅이 뒤져봐도 도둑맞은 건 없고, 또 다시 돌려받았잖습니까. 혹 일부러 가져갔다고 가정하더라도 왜 웨스터햄 상원의원의 이름을 사용했을까요? 완전히 미친 짓거리 같아요. 그래서 난 그저 단순한 호기심으로 이 사건의 원인을 캐보고 싶어졌습니다. 그런 하찮은 사건은 취급하지 않는다고 말씀하시진 않겠죠?"

"아니, 아니, 천만의 말씀입니다. 매우 흥미 있는 문제입니다. 말씀하신 대로 여러 가지 단순한 해석을 할 수도 있지만 그래도 얼른 짐작이 가지 않는군요. 물론 첫째로 생각할 수 있는 건 이것이 바꿔치기 사건이라고 했을 때 그 이유입니다. 가방을 다시 돌려받았을 때에 아무것도 잃어버린 게 없었다고 하셨죠?"

"내 비서가 그렇게 말하더군요. 뭔가 없어졌다면 곧 알 수 있었겠지요."

"실례지만, 안에 뭐가 들어 있었습니까?"

"평범한 구두였습니다."

"구두요?" 토미는 실망한 듯한 어조로 말했다.

"그래요. 구두라니까 이상하지요?"

"이런 걸 물어도 될지 모르겠습니다만……." 토미는 말했다.

"무슨 비밀문서나 그런 종류의 것을 구두의 안 가죽에 꿰맸다든가 가짜 굽에 끼워 넣었다든가 하시진 않았습니까?"

대사는 이 질문이 무척 재미있는 듯한 모습이었다.

"비밀 외교문서가 그 속에 들어갈 수는 없을 것 같은데요."

"단지 소설 속의 이야기죠."

토미도 슬쩍 웃음으로 넘기며 다소 변명 같은 태도로 말했다.

"그렇지만 뭔가 해석을 붙이려고 하다 보니까……. 그러면 그 가방을 가지고 온 사람은 어떤 인물이었습니까?"

"웨스터햄의 비서라고 했습니다. 아주 조용하고 평범한 사람이라고 하더군요. 내 비서는 별로 이상하게 여기지 않았던 것 같습니다."

"가방 안의 물건을 꺼낸 흔적이 있던가요?"

"모르겠습니다. 아마 그러지는 않았겠죠. 그렇지만 내 비서에게 직접 몇 가지 물어보고 싶으시겠죠? 그가 이 사건에 대해선 나보다 자세히 알고 있을 테니까 말이오."

"그게 최선의 방법이라 생각되는군요."

대사는 명함에 간단한 글을 써서 토미에게 건네주었다.

"직접 대사관에 가서 질문하시겠습니까? 그렇지 않으면 그를(리처드라고 합니다만) 이쪽으로 보낼까요?"

"감사합니다만 그건 사양하겠습니다. 저희가 방문하는 편이 더 나을 것 같군요."

대사는 흘끗 시계를 보면서 일어섰다.

"이런, 약속 시간에 늦은 것 같군요. 그러면, 블런트 씨, 실례하겠습니다. 이 사건을 당신에게 맡기겠어요."

그는 급하게 나갔다. 토미는 지금까지 유능한 비서인 로빈슨 양으로서 얌전히 메모를 하고 있던 터펜스를 돌아보았다.

"당신은 어떻게 생각해? 당신도 대사의 말대로 전혀 이치에 맞지 않는 사건이라고 생각해?"

"전혀요." 터펜스는 가볍게 대답했다.

"어쨌든 그것도 하나의 출발점이 될 거야. 그 뒤에 뭔가 깊은 수수께끼가 감춰져 있는 걸 나타내는 셈이니까."

"당신은 그렇게 생각하세요?"

"그것이 일반적으로 수용될 수 있는 가설이야. 셜록 홈스와 버터 안에 파슬리가 빠져 있는 깊이를(바로 그 반대라도 괜찮고) 생각해봐. 난 그전부터 그것들이 무슨 관계가 있는 건지 알고 싶어서 참을 수 없었어. 아마 왓슨이 그 이야기를 노트에서 찾아내 줄 거야. 그러면 나도 행복한 기분이 되어 죽을 수 있을 테지. 그나저나 우리도 빨리 일에 착수해야 하겠군."

"그래요." 터펜스는 말했다.

"조급한 사람은 아닌 것 같아요, 윌못 씨는. 그보다는 확실한 사람 같지요?"

"그 여자, 사람을 보는 안목이 있군." 토미는 말했다.

"그렇지 않으면 그 남자가 사람을 보는 안목이 있다고 말을 할까? 당신이 남자 탐정 역을 맡는다고 하면 아무래도 너무 혼란스러워질 것 같아."

"뭐라고요, 당신? 뭐라고요, 세상에."

"터펜스, 좀더 강하게 몸짓을 하고 말의 반복을 피해야겠어."

"고전적인 문구는 몇 번씩 반복하더라도 지나치지 않은 거예요."

터펜스는 거만하게 말했다.

"자, 과자라도 먹어요." 토미는 부드럽게 말했다.

"고맙지만, 아침 11시예요. 정말 바보 같은 사건이군요. 구두라니! 왜 구두죠?"

"글쎄, 그렇다고 안 될 건 없잖아." 토미가 말했다.

"도저히 이해가 가지 않잖아요, 구두라니!"

그녀는 고개를 저었다.

"전혀 이치에 맞지 않아요. 남의 구두를 갖고 싶어 하는 사람이 어디 있겠어요? 모든 게 제정신이 아닌 것 같아요."

"아마 다른 가방을 가져갔을 거야."

토미는 문득 머리에 떠오른 대로 말해보았다.

"그럴 수도 있죠. 그렇지만 서류를 노렸다면 분명 서류가방을 골랐을 거예요. 대사와 관련지어서 생각할 수 있는 거라면 문서뿐이니까요."

"구두는 발자국을 의미하지." 토미는 생각에 잠긴 채 말했다.

"어딘가에 다가 윌못의 발자국을 남겨 놓으려고 하는 거라고 생각되지 않아?"

터펜스는 자신의 역할을 포기하고 그 의견을 생각해봤지만 이윽고 고개를 저었다.

"도저히 불가능해요. 역시 구두는 그 사건과는 아무런 관계도 없다는 사실을 인정할 수밖에 없지 않을까요?"

토미가 한숨을 쉬었다.

"어쨌든 우선 할 일은 리처드를 만나는 일이야. 이 의문에 뭔가 실마리를 던져 줄지도 모르니까."

대사의 명함을 내밀자 토미는 대사관 안으로 안내되었고 이윽고 아주 정중한 태도와 차분한 목소리를 가진 창백한 얼굴의 청년이 답변을 하기 위해 그의 앞에 나타났다.

"제가 윌못 씨의 비서인 리처드입니다. 절 만나고자 하는 이유는 저도 알고 있는 것이지요?"

"그렇습니다, 리처드 씨. 대사께서 오늘 아침 찾아오셔서 당신에게 두세 가지 질문을 해보면 어떻겠냐고 말씀하셨지요. 그 여행가방 문제로요."

"대사님이 그 일로 좀 혼란에 빠지신 건 저도 알고 있습니다. 저도 이유를 모르겠습니다. 아무런 피해도 보지 않았으니까요. 또 가방을 돌려주려고 온 사람은 그것이 웨스터햄 상원의원의 것이라고 분명하게 말했는데—물론 제가 잘못 들은 건지도 모릅니다."

"어떤 남자였나요?"

"중년 남자였습니다. 희끗희끗한 머리에 풍채도 상당히 좋았고, 품위 있는 인상을 풍기는 남자였습니다. 전 웨스터햄 상원의원의 비서일 거라고 생각했지요. 그 남자는 대사님의 가방을 놓고 다른 걸 갖고 갔습니다."

"안의 물건은 전혀 손대지 않았습니까?"

"어느 쪽을 말입니까?"

"당신이 배에서 갖고 온 것 말입니다. 그리고 다른 것, 즉, 윌못 씨의 진짜 가방도 알고 싶습니다. 안의 물건을 꺼낸 흔적이 있다는 기분이 들진 않았나요?"

"그런 흔적은 없었던 것 같아요. 배에서 제가 묶어 둔 그대로였으니까요. 그 신사가(누구라도) 열어보고는 곧, 자기 것이 아닌 걸 알고는 다시 닫았으리라 생각합니다."

"정말 아무것도 잃어버리지는 않았나요? 아주 사소한 것이라도?"

"잃어버린 것은 없는 것 같습니다. 그 점은 확실합니다."

"그러면 당신은 그 바뀐 가방을 열고 물건을 꺼내 보지 않았나요?"

"사실대로 말씀드리자면 웨스터햄 상원의원의 비서가 찾아왔을 때, 마침 그것을 열어보려고 하던 참이었습니다. 가죽끈을 풀고 있었지요."

"그래서 그것을 열었나요?"

"이번엔 실수하지 않도록 확인하려고 두 사람이 함께 열어봤지요. 그 사람은 틀림없다고 말하며 끈을 다시 묶어서 가지고 돌아갔습니다."

"안에 뭐가 들어 있던가요? 역시 구두였나요?"

"아니오, 대부분 목욕용품이었던 것 같습니다. 목욕용 소금통을 본 것이 기억납니다."

토미는 그 방면의 수사는 단념했다.

"배에서 그 윌못 씨의 선실 주변을 서성거리는 사람이 없었나요?"

"예, 전혀 없었습니다."

"무슨 의심이 갈 만한 일이라도?"

'도대체 이런 질문이 무슨 의미가 있지?' 그는 좀 우스꽝스럽다는 생각이 들었다. '의심스럽다고 생각되다니, 단지 형식적인 질문이잖아!'

그런데 그 남자는 더듬거리며 말했다.

"지금 생각해보니 말입니다……."

"그래서요." 토미는 세찬 기세로 재촉했다.

"뭡니까?"

"이번 일과는 아무런 관련이 없을 거라고 생각되지만, 어떤 젊은 여자가 있었어요."

"그래요? 그 젊은 여자가 뭘 하고 있었나요?"

"정신을 잃었어요. 아주 발랄한 아가씨였지요. 이름은 아일린 오하라라고 했습니다. 매력적인 모습에 키는 자그마하고 검은 머리를 한 아가씨였죠. 어딘지 외국인 같은 느낌이 들었어요."

"그래서요?" 토미는 더욱더 관심을 갖고 물었다.

"방금 말씀드린 대로 그 여자는 잠시 현기증이 난 것 같았어요. 대사님의 선실 바로 앞에서였습니다. 제게 의사를 불러 달라고 부탁했지요. 전 그녀를 소파 위에 눕혀 놓고 의사를 찾으러 갔었습니다. 찾는 데 시간이 좀 걸렸죠. 겨우 의사를 찾아서 데리고 왔을 땐 그 여자는 거의 기운을 차렸더군요."

"음!" 토미는 말했다.

"설마, 당신의 생각은……."

"어떻게 생각해야 할지 어려운 문제로군요."

토미는 애매모호하게 얼버무렸다.

"그 오하라 양은 혼자 여행하는 중이었나요?"

"예, 그런 것 같았습니다."

"상륙한 이후엔 한 번도 본 적이 없습니까?"

"그렇습니다."

"그러면……." 토미는 잠시 생각한 뒤에 말했다.

"이제 됐습니다. 감사합니다, 리처드 씨."

"저야말로 감사했습니다."

탐정사무소로 돌아가자 토미는 리처드가 말한 내용을 터펜스에게 말해주었다. 터펜스는 주의해서 듣고 있었다.

"의사들은 갑자기 실신한 사람에게 항상 의심을 품지요! 너무나 편리한 방법이잖아요. 게다가 아일린이니 오하라는 실제로는 있을 것 같지도 않은 아일랜드 이름이잖아요?"

"간신히 실마리를 잡은 것 같아. 터펜스, 지금부터 내가 어떻게 할 것 같아? 그 여자를 찾는 광고를 내는 거야."

"뭐라고요?"

"그래, 이런 이런 날에 이런 배를 타고 여행을 한 아일린 오하라 양에 대한 정보를 찾는다고 하는 거야. 그 여자가 진짜라면 스스로 나올 거고, 그렇지 않더라도 누군가가 그 여자에 대한 정보를 알려줄지도 모르니까. 지금까지로 봐서 실마리를 잡을 만한 희망은 그것뿐이야."

"그 여자를 쓸데없이 경계하도록 할 수도 있잖아요."

"그건 그렇지만 다소 모험을 해볼 수밖에 없잖아."

"난 그 방법은 이해하기 힘들군요." 터펜스는 눈썹을 찡그리며 말했다.

"가령 악당들이 대사의 가방을 한두 시간 갖고 있다가 나중에 되돌려주었다고 한들 그런 짓이 도대체 그 일당들에게 무슨 도움이 되겠어요? 그 가방 안에 그들이 베끼고 싶어 하는 문서라도 들어 있었다면 몰라도 그런 건 아무것도 없었다고 윌못 씨는 단언하고 있잖아요."

토미는 뭔가 골똘히 생각하는 모습으로 그녀의 얼굴을 멍하니 쳐다보고 있었다. 이윽고 그는 이렇게 말했다.

"터펜스, 당신이 방금 한 말은 참 좋았어. 덕분에 문득 어떤 생각이 떠올랐거든."

그리고 이틀 뒤의 일이었다. 터펜스는 점심 식사하러 나가고 없었다. 데어도어 블런트 씨의 엄숙한 사무실에 혼자 남은 토미는 기분 전환을 하기 위해 최근에 나온 아주 강한 스릴러물을 읽고 있었다.

사무실의 문이 열리고 앨버트가 나타났다.

"젊은 여자가 찾아왔습니다. 시슬리 마치라는 아가씬데요. 광고를 보고 왔다고 하는데……."

"빨리 이리로 들여보내."라고 외치면서 토미는 소설을 가까운 서랍에 얼른 집어넣었다.

잠시 뒤 앨버트가 그 젊은 여자를 안내해 왔다. 토미가 갑자기 나타난 여자를 보며 금발의 대단한 미인이라고 생각한 순간 놀랄 만한 사건이 일어났다.

앨버트가 막 나간 입구의 문이 세찬 기세로, '쾅!' 하고 열렸다. 그리곤 그림에서나 볼 수 있을 것 같은 사람이 입구에 갑자기 우뚝 선 것이다.

스페인 사람 같은 모습에 타는 듯한 붉은 넥타이를 한 거무튀튀하고 덩치가 큰 남자였다. 얼굴은 노여움으로 일그러지고 손에는 번쩍번쩍 빛나는 권총을 쥐고 있었다.

"여기가 주제넘은 블런트라는 놈의 사무실이군."

그는 분명한 영어로 말했다. 목소리는 낮고 악의를 품고 있었다.

"똑바로 손들어! 그렇지 않으면 쏘겠다."

단지 협박하는 말이라고는 생각할 수 없었다.

토미는 곧 양손을 올렸다. 여자는 벽을 등지고 움츠려서 공포의 신음소리를 내고 있었다.

"이 여자는 내가 데리고 가겠다." 그 남자가 말했다.

"당신, 알겠어? 당신은 아직 한 번도 날 만난 적이 없겠지만 그런 건 아무래도 좋아. 당신 같은 건방진 계집 때문에 내 계획을 깨뜨릴 순 없어. 어디서 본 기억이 있는데, 당신도 노매딕 호에 탔었지. 자기와 아무런 상관도 없는 일에 나서다니. 그렇지만 이 블런트인가 하는 놈에게 술술 비밀을 털어놓게 내버려 둘 순 없어! 그건 뜻대로 되지 않을걸! 블런트, 그런 당치 않은 광고를 내다니 당돌한 놈이군. 그렇지만 난 광고란에도 신경을 썼지. 그러니까 네놈의 책략을 알아차린 거야."

"매우 흥미 있는 얘기군요. 계속 말씀해주시죠." 토미가 말했다.

"그따위 건방진 소리를 지껄이면 재미없어. 이제부터 당신도 눈치 챘을 테니까. 이런 조사는 단념해. 그러면 나도 당신을 자유롭게 해주지. 그렇지 않으면 어떤 일이 벌어질지 몰라! 우리의 계획을 방해하는 놈은 쥐도 새도 모르게 저 세상으로 보내 버릴 테니까."

토미는 아무런 대답도 하지 않았다. 마치 유령에라도 씌운 듯한 표정을 하고 침입자의 어깨너머로 앞만 바라보고 있었다.

그는 사실 유령보다도 훨씬 더한 걱정거리를 보고 있었던 것이다. 그때까지 그는 앨버트가 이 소동에 큰 몫을 하리라곤 꿈에도 생각하지 않았다. 앨버트는 이미 이 난폭한 미지의 인물에게 처치되었다고 생각하고 있었다. 그에 대해 조금이나마 떠오른 생각이라곤 바깥 사무실 카펫 위에 정신을 잃고 쓰러진 모습이었다.

그런데 지금 그 앨버트가 기적적으로 무사했던 것이다. 앨버트는 아주 정상적인 영국인의 기질대로 경찰을 부르러 달려가지 않고, 혼자 힘으로 어떤 활약을 해볼 마음이 들었던 모양이었다. 악한의 등 뒤로 문이 소리도 없이 열렸고 그 입구에 매듭을 지은 밧줄을 쳐든 앨버트가 우뚝 서 있었던 것이다.

토미는 참지 못하고 제발 그만두라는 소리를 질렀지만 그때는 이미 너무 늦었다. 앨버트는 고리를 만든 밧줄을 악한의 머리 위로 던져 홱 잡아당겨서는 그를 넘어뜨렸다.

이어서 귀청이 찢어질 듯한 커다란 소리를 내며 권총이 발사되었고, 총알이 바로 토미의 옆을 통과해서 회벽에 파묻혔다.

"해치웠어."

앨버트는 얼굴이 붉게 달아올라서는 승리에 찬 환호성을 질렀다.

"밧줄로 체포했어! 전 시간이 날 때마다 밧줄 던지는 연습을 했습니다. 도와주시겠습니까? 이 녀석이 너무 난폭해서요."

토미도 이 충실한 추종자를 도우러 달려갔지만, 마음속으로는 앞으로 앨버트에게 한가한 시간을 갖게 하면 안 되겠다고 결심했다.

"이 바보 같은 녀석!" 그는 꾸짖었다.

"왜 경찰을 부르러 가지 않았어? 네가 그런 바보 같은 흉내를 내는 바람에 내 머리를 총알이 관통할 뻔했잖아? 생각만 해도 오싹해! 그렇게 숨이 멎는 듯한 순간은 처음이었어."

앨버트는 흥분이 채 사라지지 않은 상태로 계속 말했다.

"이럴 때 밧줄로 체포하다니! 초원에서 사는 사람들은 정말 멋질 거예요."

"그건 그렇지만 여긴 초원이 아니야. 우리는 고도의 문명화 된 도시에 살고 있다고."

토미는 주의를 주고, 그러고는 굴복한 적을 향해 덧붙였다.

"그런데 당신, 당신을 어떻게 하면 좋을까?"

상대는 반항하며 외국어로 욕지거리를 마구 해댔다.

"입 다물어!" 토미는 말했다.

"무슨 말을 하는지 한마디도 모르겠지만 여성 앞에서 할 만한 인사는 아닌 것 같군. 부디 이 남자의 무례를 이해해 주십시오, 미스……, 이런, 갑작스런 소동으로 흥분하는 바람에 이름을 잊어버렸군요. 뭐라고 하셨더라?"

"마치예요." 젊은 여자는 대답했다.

그녀는 아직도 창백한 얼굴로 떨고 있었다. 그러면서도 토미의 옆에 서서 밧줄에 묶인 이름도 모르는 남자의 모습을 내려다보았다.

"이 사람을 어떻게 하실 생각이세요?"

"이렇게 되면 경찰서로 끌고 가도 됩니다."

앨버트가 부탁도 하지 않았는데 참견을 했다.

그렇지만 젊은 여자가 천천히 고개를 젓는 것을 보고 토미는 그녀의 의사에 따르기로 했다.

"좋아, 이번만큼은 봐 주지. 그렇지만 이 녀석을 계단에서 차 버리는 쾌감을 만끽하고 싶군. 이 녀석에게 여성에 대한 예의를 깨닫게 해주기 위해서 말이야."

그는 밧줄을 풀고 남자를 일으켜 세우곤 지체 없이 바깥 사무실을 빠져나갔다.

날카로운 비명이 한 차례 들리고 이어서 쿵 하는 소리가 났다. 토미가 상기된 얼굴로 웃음을 지으며 되돌아왔다.

젊은 여자는 접수계까지 나와서 휘둥그렇게 눈을 뜨며 그를 바라보았다.

"그 남자를, 혼내 주셨나요?"

"그렇게 되었으면 좋겠습니다. 그런데 그런 외국인들은 다치기 전에 비명부터 지르는 버릇이 있어서, 제대로 혼을 내주었는지 어떤지 모르겠습니다. 그러면, 마치 양, 제 사무실로 돌아가서 이야기를 계속할까요? 또다시 방해받을 일은 없을 테니까요."

"그럴 경우를 대비해서 저도 밧줄을 준비해 두겠습니다."

앨버트가 재빨리 말했다.

"그런 건 치워 버려."

토미가 엄하게 명령했다. 그는 자신의 사무실로 들어가 책상 앞에 앉고 그녀도 맞은편 의자에 앉았다.

"무엇부터 말씀드려야 될지 모르겠지만……." 그녀는 말을 꺼냈다.

"아까 그 남자가 말했듯이 저도 노매딕 호에 타고 있었어요. 당신이 광고를 내신 오하라 양과 같은 배지요."

"그런 것 같군요. 그건 이미 저도 짐작했습니다만 아무래도 당신은 그 여자가 배 안에서 한 행동에 대해 뭔가 아시는 게 있군요. 그렇지 않다면 그 그림에서나 나올 듯한 험상궂은 남자가 방해를 하러 올 리가 없을 테니까요."

"다 말씀드리겠어요. 미국 대사가 같은 배에 탔지요. 어느 날 대사의 선실 앞을 지나치는데 그 여자가 선실에 있는 걸 봤어요. 그런데 그녀가 너무나 이상한 짓을 하고 있기에 문득 멈춰 서서 엿보았지요. 그 여자는 남자 구두를 한 손에 들고……."

"구두요?" 토미는 흥분한 어조로 소리쳤다.

"아, 실례! 계속해 주십시오."

"작은 칼로 안을 찢고 있었어요. 그리고 뭔가를 그 안에 쑤셔 넣더군요. 바로 그때 의사와 한 남자가 통로를 달려왔어요. 그러자 그 여자는 곧 소파 위에 쓰러져 신음소리를 내는 거예요. 전 그 사람들이 말하는 걸 엿듣고는 그 여자가 기절한 체한 것임을 추측했지요. 분명했어요. 제가 처음에 봤을 땐 분명히 멀쩡했었거든요."

토미는 고개를 끄덕였다.

"그래서요?"

"이건 말씀드리기 곤란한데……, 전 사실 호기심이 났어요. 시시한 소설을 읽던 중이라 어쩌면 그 여자가 폭탄이나 독침, 그런 것을 대사의 구두에 넣은 게 아닐까 생각했지요. 바보 같은 상상이라는 건 알지만 그렇게 생각한 게 사실이랍니다. 어쨌든 그다음에 그 선실에 아무도 없을 때 전 살짝 들어가 그 구두를 조사해봤어요. 그래서 안 가죽 속에서 종잇조각을 꺼냈지요. 바로 그 종잇조각을 손에 넣은 순간 배의 승무원 발걸음 소리가 들리기에 전 들키지 않도록 서둘러 나왔어요. 그 문제의 종잇조각은 물론 갖고 나왔지요. 그리고 제 선실로 돌아와 그걸 읽어보니, 블런트 씨, 그 안엔 글쎄, 성서의 구절이 적혀 있는 게 아니겠어요?"

"성서 구절이라고요?"

토미도 호기심을 나타내 보이면서 말했다.

"적어도 그 당시는 그렇게 생각했어요. 도저히 이해할 수 없었지만 아마 광신자나 그런 류의 사람의 짓일 거라고만 생각했지요. 그래서 본래대로 해 놓아야 할 가치도 없다는 생각이 들었어요. 여태까지는 별로 대단하게 마음 쓰지 않고 갖고 있었는데, 바로 어제 조카가 목욕탕에서 그 종이로 배를 접어

놀았어요. 그런데 종이가 물에 젖자마자 이상한 모양이 종이에 나타나지 않겠어요? 전 서둘러 그 종이를 꺼내서는 조심해서 평평하게 펼쳐 보았지요. 물에 젖으면서 비밀스런 내용이 드러난 것이에요. 그건 그림을 베낀 것 같았어요—항구 입구 같기도 하고. 그런 다음에 곧 여기서 낸 광고를 읽은 거죠."

토미는 의자에서 벌떡 일어났다.

"중대한 일이군요. 이제 다 알았습니다. 그 그림은 아마 어떤 중요한 항만방비계획도일 겁니다. 그 여자가 훔쳐낸 거에요. 누군가에게 미행당할 염려가 있으므로 감히 자기 물건 속에 감춰 놓을 수는 없고 해서 그런 은밀한 장소를 궁리했던 겁니다. 나중에 그 구두가 든 가방을 손에 넣었지만, 그때는 이미 문제의 종잇조각은 없어진 뒤였던 거지요. 그런데 마치 양, 그 종이를 지금 갖고 계십니까?"

젊은 여자는 고개를 저었다.

"그 종이는 제 가게에 놓고 왔어요. 전 본드 가(街)에서 미용실을 경영하고 있답니다. 뉴욕의 '시클라멘' 화장품 대리점이기도 하고요. 그래서 가끔씩 미국으로 건너가곤 하지요. 그 종이는 중요한 걸지도 모른다는 생각이 들어서 이리로 오기 전에 금고 안에 넣어두었어요. 경시청에 신고해야 하지 않을까요?"

"물론입니다."

"그러면 저와 함께 가셔서 그걸 꺼내 가지고 경시청으로 가면 되겠군요?"

"전 오늘 오후엔 아주 바빠서……."

토미는 평상시의 직업적인 태도를 취하며 시계를 보았다.

"런던의 주교께서 어떤 사건을 맡아 달라고 의뢰가 들어와서요. 사제복과 두 분의 신부가 관계된 아주 이상한 사건입니다."

"그러면……." 마치 양은 말하면서 일어섰다.

"저 혼자서 가야겠군요."

토미는 제지하는 듯 한 손을 들었다.

"할 수 없군요. 주교의 의뢰 건은 조금 미룰 수밖에. 앨버트에게 메모를 남겨두죠. 마치 양, 당신이 분명히 위험에 빠질 것 같아서 말입니다. 문제의 그 종이를 경시청에 넘기기 전에 말이죠."

"그렇게 생각하세요?" 마치 양은 의심스러운 듯 말했다.

"생각 정도가 아니라 확신합니다. 잠시 실례하겠어요."

그는 앞에 놓인 메모지에 뭔가 흘림글씨로 적어서 그것을 찢어 접었다.

그리고 모자와 지팡이를 들고 이제, 나가자는 몸짓을 했다. 밖의 접수처로 가서는 심상치 않은 태도로 그 접은 메모지를 앨버트에게 건넸다.

"난 긴급한 사건으로 나가네. 주교께 연락이 오면 그렇게 전해 주게. 이건 이 사건에 대한 기록이니까 로빈슨 양에게 주고."

"알았습니다. 그럼 공작부인의 진주 사건은 어떻게 하시겠습니까?"

앨버트도 장단을 맞추어 연극을 했다.

토미는 초조한 듯 손을 저었다.

"그것도 나중이야."

토미와 마치 양은 서둘러 나갔다.

계단을 반쯤 내려갔는데 터펜스와 마주쳤다. 토미는 그녀가 스쳐 지나갈 때 퉁명스럽게 말했다.

"로빈슨 양, 또 늦었군. 난 중요한 사건으로 나가는 중이오."

터펜스는 계단에 멈춰선 채 두 사람의 뒷모습을 바라보았다. 그리곤 눈썹을 찡그리며 사무실로 올라갔다.

두 사람이 거리로 나가자 택시 한 대가 그들에게 다가왔다. 토미는 멈추어 섰다가 마음을 바꾸었다.

"마치 양, 걷는 걸 좋아합니까?" 그는 걱정스러운 얼굴로 물었다.

"예, 왜요? 저 택시를 타는 게 좋지 않을까요? 더 빠르니까요."

"아마 당신은 눈치 채지 못했겠지만 저 택시 운전사는 조금 전에 손님을 거절했습니다. 우리를 기다린 겁니다. 당신의 적들은 망을 보고 있는 거죠. 당신만 괜찮다면 본드 가까지 걸어서 가는 편이 좋을 듯한데요. 사람들의 왕래가 많은 거리에선 놈들도 손쓸 도리가 없을 테니까요."

"좋아요." 그녀는 조금 의심쩍은 듯 대답했다.

두 사람은 서쪽으로 걸어갔다. 그 거리는 토미가 말한 대로 사람들의 왕래가 잦아서 천천히 걸을 수밖에 없었다. 토미는 예리하게 주위를 살펴보았다. 그녀에게는 수상한 것이 전혀 보이지 않았는데도, 때때로 그는 재빨리 그녀를 한쪽으로 밀곤 했다.

그리고 갑자기 흘끗 그녀의 얼굴을 보면서 그는 걱정스러운 듯 이렇게 말했다.

"아니, 굉장히 안색이 나쁘군요. 아까 그 쇼크 때문인 것 같군요. 여기 들어가 진한 커피라도 한잔 마십시다. 브랜디라도 한잔하자고 말하고 싶지만……."

젊은 여자는 엷게 미소를 띠며 고개를 저었다.

"그러면 커피로 하십시다. 설마 커피에 독약을 넣을 염려는 없을 테니까."

두 사람은 커피를 마시면서 잠시 시간을 보내고 난 다음 아까보다 활기차게 걷기 시작했다.

"이젠 놈들을 따돌렸을 겁니다." 토미는 어깨너머로 뒤를 돌아보았다.

시클라멘 화장품 대리점은 본드 가에 있는 자그마한 가게였으며, 엷은 분홍색 커튼이 쳐져 있고 창에는 세안용 크림과 비누가 장식되어 있었다.

시슬리 마치가 안으로 들어갔고 토미도 그 뒤를 따랐다. 가게 안은 좁았다. 왼쪽에는 목욕용품을 올려놓은 유리 카운터가 있었다. 카운터 뒤에는 백발이 아름다운 중년 여성이 있었는데 시슬리 마치가 들어가자 고개를 끄덕이며 가볍게 인사를 하고 상대를 하던 손님과 이야기를 계속했다.

그 손님은 새까만 머리를 한 몸집이 작은 여자였다. 등을 향하고 있어서 두 사람에겐 얼굴이 보이지 않았다. 그녀는 알아듣기 힘든 영어로 천천히 말하고 있었다. 오른쪽에는 소파와 의자 두 개, 그리고 잡지를 올려놓은 테이블이 있었다. 거기에는 두 남자가 앉아 있었다. 아내를 기다리는 지루한 남편들 같았다.

시슬리 마치는 곧바로 안쪽의 막다른 문을 열고 들어가서 토미도 들어올 수 있도록 문을 열어 주었다.

토미가 안으로 들어가려는 순간 여자 손님이, "아니, 저 사람은 내 친구 같아."라고 소리치며 두 사람의 뒤를 쫓아와 한 발을 문틈에 끼어 문이 닫히지 못하게 했다.

동시에 두 남자도 일어났다. 한 사람은 여자 손님의 뒤를 따라 안의 문으로 들어가고 다른 사람은 점원에게 다가가서 그녀의 입을 막고 소리 지르지 못하게 했다.

그 사이에 문 맞은편에서도 사태는 급속한 속도로 진행되고 있었다. 토미가 들어가자마자 머리 위로 보자기가 뒤집어 씌워지고 가슴이 콱 막히는 냄새가 코를 찔렀다. 그렇지만 거의 동시에 보자기가 다시 벗겨지고 여자의 비명이 울려 퍼졌다.

토미는 잠시 눈을 깜박거리고 헛기침을 하면서 눈앞의 광경을 바라보았다. 그의 오른쪽에는 몇 시간 전에 사무실을 습격한 그 험상궂게 생긴 악한이 있었고, 그 악한에게 수갑을 채우려고 서두는 사람은 가게에서 지루한 듯 기다리던 남자 중 한 사람이었다. 그의 바로 앞에서는 시슬리 마치가 가게에 있던 여자 손님에게 두 팔을 묶인 채로 쓸데없는 발버둥을 치고 있었다. 여자 손님이 이쪽으로 고개를 돌리자 쓰고 있던 베일이 저절로 떨어지고 그 순간 친숙한 터펜스의 얼굴이 나타났다.

"터펜스 잘했어!"

토미가 양쪽으로 다가서면서 소리쳤다.

"내가 도와줄게. 나라면 더 이상 발버둥치지 않을 텐데, 오하라 양. 아니, 마치 양이라고 부르는 게 더 마음에 듭니까?"

"토미, 이분은 그레이스 경감님이세요." 터펜스가 말했다.

"당신이 남겨 놓은 메모를 읽자마자 곧 경시청에 전화를 걸었지요. 그래서 그레이스 경감님과 다른 한 분을 이 가게 앞에서 만나기로 했어요."

"이 악당을 체포할 수 있어서 아주 기쁩니다."

경감은 말하고 수갑을 채운 남자를 가리켰다.

"이놈은 전부터 수배하고 있었지요. 그건 그렇고, 이 가게는 정말 우리도 전혀 눈치 채지 못했었는데, 진짜 미용실이라고만 생각하고 있었습니다."

"그러니까 신중에 신중을 기할 필요가 있는 겁니다."

토미는 친절하게 설명해주었다.

"대사의 여행 가방을, 그것도 한두 시간 정도만 왜 손에 넣으려고 했을까? 전 그 문제를 역으로 생각해봤습니다. 어쩌면 다른 한쪽 가방이 중한 것이 아니었을까? 누군가가 그 가방을 한두 시간 대사의 손에 두고 싶었던 게 아닐까? 그렇게 생각하면 훨씬 설명하기 쉬워지죠. 외교관의 짐이라면 세관에서 조사당하는 일을 겪지 않을 테니까요. 명백한 밀수입니다. 그러면 무엇을 밀수한 것일까? 별로 부피가 크지 않은 물건임이 틀림없습니다. 그 하나로서 전 마약을 생각했지요. 그런데 제 사무소에서 코미디 같은 일이 벌어졌어요. 악당들은 제 광고를 보고 제가 수사하는 걸 단념시키려고—그게 잘 안 되면 절 없애버리려는 계획이었습니다.

그런데 앨버트가 밧줄로 악당을 꼼짝 못하게 했을 때, 이 매력 있는 여자의 얼굴에 일이 잘못되었구나 하는 실망의 빛이 떠오르는 걸 전 눈치 챘지요. 그건 이 여자가 그전에 보여준 행동과는 도무지 어울리지 않는 표정이었거든요. 그 정체불명의 남자의 습격은 저에게 이 여자를 확실하게 신뢰하도록 하기 위한 연기였던 겁니다. 전 남을 쉽게 신뢰하는 인상 좋은 탐정 역할에 전력을 다했지요. 이 여자가 있을 법하지도 않은 이야기를 지어내며 이곳으로 가자고 하더군요. 그래서 못 이기는 체 오게 되었지요. 물론 그런 상황에 대처하기 위해 자세한 지시를 주의 깊게 해두었지요. 그리고 여러분에게 충분한 시간을 주기 위해 구실을 만들어 여기에 도착하는 걸 최대한 미룬 거고요."

시슬리 마치는 돌처럼 굳은 표정으로 그를 지켜보았다.

"미쳤군. 도대체 여기에 뭐가 있다는 거예요?"

"대사의 비서가 목욕용 소금통을 봤다고 하니 우선 그것부터 조사해보면 어떨까요, 경감님?"

"좋은 생각이오."

그는 멋진 분홍색 통 하나를 집어 들고 테이블 위에 안의 내용물을 쏟아놓았다. 여자는 소리를 내어 웃었다.

"이건 진짜인데요. 탄산소다보다 해롭지 않은 것이에요." 토미가 말했다.

"금고를 조사해보세요."

터펜스가 말을 꺼냈다.

구석에 조그만 금고가 있었다. 열쇠는 구멍에 끼워진 채 있었다. 토미가 천천히 금고의 문을 열고 만족한 듯 소리를 질렀다. 금고의 뒤는 벽 안의 꽤 넓은 공간과 통해 있고, 거기에 똑같은 멋진 소금통이 쌓여 있었던 것이다. 상당히 많은 양이었다. 그는 그중 하나를 꺼내어 뚜껑을 비틀어 열었다. 위에는 아까와 마찬가지로 분홍색 결정체였지만 아래쪽은 고운 흰색 분말이었다.

경감도 환호성을 질렀다.

"찾았군요. 십중팔구 틀림없습니다. 그 병에 담긴 건 순수한 코카인입니다. 웨스트 엔드 가까이 어디 이 근처에 그걸 배포하는 곳이 있을 거라는 건 알고 있었지만 지금까지 그 증거를 잡지 못했던 겁니다. 이건 정말 대단한 수확입니다."

"분명히 블런트의 우수한 탐정들의 승리였지?"

토미는 함께 거리로 나오자 터펜스에게 말했다.

"결혼했다는 건 감사한 일이야. 당신의 꾸준한 가르침 덕분에 나도 이제야 겨우 옥시풀로 표백한 머리를 구별할 수 있게 되었어. 선천적인 금발이 아닌 금발에 나는 이젠 속지 않아. 대사에겐 이야기를 좀 꾸며 사무적인 편지를 써서 문제는 만족한 해결을 봤다고 알려주어야겠어. 그리고 어때? 홍차라도 마실까? 그리고 뜨거운 버터를 바른 과자를 잔뜩 먹지 않겠어?"

16호였던 남자

토미와 터펜스는 대장실에서 대장과 은밀히 이야기하고 있었다. 대장의 칭찬은 온정과 성실로 가득 찬 것이었다.

"자네들은 아주 훌륭하게 일을 해주었네. 덕분에 우리가 굉장히 관심을 갖고 있던 다섯 명을 체포할 수 있었고, 더구나 그들을 통해 많은 귀중한 정보를 입수했지. 한편, 믿을 만한 소식통에 따르면 모스크바에 있는 본부에서는 부하에게서 보고가 두절된 것에 대해 상당히 경계를 하는 것 같더군. 우리의 모든 예방책에도, 그들은 그들의 지부인 데어도어 블런트 사무소가(즉, 국제탐정사무소지) 잘되지 않는다는 걸 눈치 채기 시작한 모양이야."

"그러면 곧 우르르 밀어닥칠 거라고 봐도 되겠군요."

토미는 말했다.

"자네 말대로 그런 일이 벌어지길 원하는 바네. 그런데 내가 좀 걱정되는 것은 바로 자네 부인이라고."

"아내를 보호하는 정도는 제 힘으로도 충분합니다."

토미가 대답하는 것과 동시에 터펜스도, "제 몸 정도는 제가 지킬 수 있어요."라고 말했다.

"음!" 카터 씨는 한숨을 쉬며 말했다.

"전부터 자신만만한 게 자네들 두 사람의 특징이었지. 자네들이 지금까지 무사한 것이 초인적인 영리함 덕분인지 그렇지 않으면 다소 행운이 있어서인지, 그건 나도 뭐라고 말하기 어렵군. 그렇지만 사람의 운명이란 변할 수 있는 거야. 그러나 그런 얘기를 해봐야 소용없겠지. 나도 부인에 대해 잘 알고 있고, 앞으로 1~2주일 동안 몸을 피해 달라고 부탁해 봐야 헛수고일 것이 뻔한 것 같은데."

터펜스는 세차게 머리를 흔들었다.

"그렇다면 내가 할 수 있는 일이라곤 내가 아는 모든 정보를 전해 주는 것밖에 없군. 특명을 띤 스파이가 모스크바에서 우리나라로 왔다는 믿을 만한 증거가 있네. 그 사람이 어떤 이름으로 여행하는지, 언제 도착할지는 우리도 모른다네. 그렇지만 그 사람에 관해선 조금 알고 있지. 전쟁 중에 아군에게 상당히 피해를 입혔고, 우리를 따라다니며 어디서든지 모습을 나타냈어. 태생은 러시아이며 외국어 실력이 대단하고—우리나라 말을 포함해서 6개 국어 정도는 어디에 가도 그곳 국민으로 통할 정도이네.

변장술도 수준급이고 머리도 좋아. 16호 암호법을 고안해 낸 것도 바로 그 사람이야. 그 남자가 언제 어떤 모습으로 나타날지는 나도 몰라. 그러나 어쨌든 모습은 나타낼 거야. 우리는 이런 정보도 알고 있어. 그 남자는 데어도어 블런트와는 직접적으로는 만난 적이 없어. 따라서 뭔가 사건을 의뢰한다는 구실로 자네의 사무실을 찾아가서 적당한 말로 자네를 시험할 거야.

우선 자네도 알고 있는 그 16이라는 숫자를 말할 걸세. 거기에 대해선 역시 같은 숫자를 포함한 문구로 대답해야 해. 두 번째는 이건 아주 최근에 안 일인데, 자네가 영불해협을 건넌 적이 있는지 없는지를 물을 거야. 그 대답은 이걸세. '나는 지난달 13일에 베를린에 있었소.' 우리가 아는 접선 암호는 그것뿐이야. 실수 없이 대답해서 상대방의 신뢰를 얻을 수 있도록 힘써 주게. 가능한 한 연극을 계속하는 거야. 그러나 상대방이 완전히 속아 넘어간 것처럼 보여도 방심해선 안 되네. 상대는 어디서도 찾아볼 수 없을 만큼 빈틈이 없는 남자고 남의 허를 찌르는 데는 자네에 못지않은, 아니 자네 이상의 수완을 가졌으니까 말이야.

그렇지만 아무리 뛰어난 놈이라도 틀림없이 자네가 그 녀석을 붙잡을 거라고 난 확신하네. 오늘부터 나도 특별 경계를 할 참이야. 바로 어젯밤 자네 사무실에 도청기를 설치해 두었지. 오늘 이후 자네 방에서 일어나는 일은 어떤 작은 일이라도 아래층에 잠복해 있는 내 부하가 듣고 있을 걸세. 이렇게 하면 무슨 사건이 일어나더라도 내게 곧장 보고가 들어올 테니까. 자네와 자네 부인의 안전을 지킴과 동시에 내가 노리는 그놈을 체포하기 위한 확실한 방법이 될 수 있는 거지."

그 밖에 두세 가지 지시를 받고 전술에 대한 논의를 한 다음, 젊은 두 탐정은 그곳을 나와 빠른 길을 택해 블런트의 탐정사무소로 향했다.

토미는 시계를 꺼내 보았다.

"늦었군. 정각 12시야. 대장실에서 꽤 오래 있었어. 우리가 없는 동안 가슴 두근거릴 만한 짜릿한 사건을 놓치는 일이 없어야 하는데."

"전체적으로 그리 나쁜 실적은 아니었죠?" 터펜스는 말했다.

"며칠 전에 난 그동안의 성과를 꼽아 봤어요. 우리는 원인불명의 살인사건을 네 건이나 해결했고, 위조지폐 갱단도 검거하고, 밀수 갱도……."

"두 건의 갱과 대결했지." 토미도 말을 했다.

"우리 손으로 검거한 거야! '갱' 검거라니, 정말 우리가 직업탐정이 된 듯한 기분이 드는데."

터펜스는 손가락으로 꼽으며 말을 계속했다.

"보석 도난사건이 한 건, 위기일발의 고비를 넘긴 일이 두 번, 살을 빼기 위해 행방불명된 부인 사건, 젊은 아가씨를 도운 사건이 하나, 알리바이를 완전히 밝혀낸 경우가 한 건, 그리고 유감스럽게도 우리가 아주 바보 흉내를 낸 사건이 한 건이에요. 그렇지만 전체적으로 보면 멋진 성공이에요! 그러고 보면 우리도 굉장히 머리가 좋은 모양이죠?"

"당신은 아마 그렇게 생각할 거야. 당신은 언제나 그러니까. 그런데 난 한두 번은 오히려 운이 좋았다는 생각이 들어."

"바보 같은 말 하지 마세요. 모두 회색 뇌세포 덕분이에요."

"그래도 한 번은 소름끼칠 정도로 운이 좋았던 거야. 앨버트가 그 밧줄 던지는 묘기를 한 날! 그런데 터펜스, 당신은 마치 우리의 임무가 끝난 것처럼 말을 하는군."

"그래요." 터펜스는 의미심장하게 목소리를 낮추었다.

"이번 사건이 우리의 최후의 사건이 될 거예요. 강력한 스파이를 체포하고 나면 위대한 탐정들은 은퇴해서 꿀벌을 기르든지 호박이라도 재배하고 싶어 해요. 항상 그렇게 했지요."

"벌써 지친 거야, 터펜스?"

"그래요. 게다가 지금 우리는 성공해서 정상에 올라 있어요. 계속 운이 따를 거라고는 할 수 없잖아요."

"뭐? 이번엔 당신이 운이니 뭐니 하는군!"

토미가 우쭐대며 소리쳤다.

그 순간 그들은 국제 탐정사무소가 있는 건물 모퉁이로 돌아갔으므로 터펜스는 대답을 하지 않았다.

앨버트는 접수처에 앉아서 사무용 자를 코 위에 세우려고 한창 열을 내며 무료한 시간을 보내고 있었다.

블런트는 엄하게 상을 찡그리며 자기 방으로 들어갔다. 그는 코트와 모자를 벗고 유명한 탐정들을 다룬 고전이 즐비하게 꽂혀 있는 책장을 열고는 중얼거렸다.

"선택 범위가 좁아졌군. 오늘은 누굴 모델로 할까?"

"토미, 오늘이 며칠이죠?"

평상시와는 다른 터펜스의 목소리에 그는 획 돌아보았다.

"글쎄……, 11일이야. 왜?"

"이 달력을 보세요."

매일 한 장씩 찢어내는 일력이 벽에 걸려 있었는데 거기엔 16일, 토요일이라고 되어 있었다. 오늘은 월요일인데.

"이상하군. 앨버트가 정신을 어디다 두고 있는 거야? 이렇게 많이 뜯어내다니. 워낙 덜렁덜렁한 녀석이니까."

"난 앨버트가 그랬다고는 생각하지 않아요. 그렇지만 한번 물어봐요."

불러서 물어보니 앨버트는 매우 놀라는 듯한 표정이었다. 자기는 분명 토요일과 일요일 두 장을 찢었을 뿐이라고 말했다. 그리고 곧 앨버트의 말은 입증되었다. 그가 찢은 두 장은 문틈에서 찾았지만 그 뒷부분은 쓰레기통 속에 깨끗이 들어 있었기 때문이다.

"아주 깔끔하고 꼼꼼한 범인으로 보이는군." 토미가 말했다.

"앨버트, 오늘 아침 여기에 들어온 사람이 있나? 의뢰자라도 왔었나?"

"예, 한 사람."

"어떤 남자였지?"

"여자분이었습니다. 간호사예요. 매우 당황해서는 꼭 당신을 만나야 한다고 하는 거예요. 돌아오실 때까지 기다리겠다고 하더군요. 그래서 그쪽이 따뜻할 거라고 생각해서 '비서실'에서 기다리라고 했습니다."

"그러면 당연히 자네가 눈치 채지 못하게 이 방에 들어왔던 것이 틀림없군. 그 여자가 돌아간 지 얼마나 되었나?"

"30분 정도 됐습니다. 오후에 다시 들른다고 했어요. 인상이 좋고 엄마 같은 풍채를 가졌어요."

"인상이 좋고, 엄마 같은……. 알았어. 됐네."

앨버트는 고개를 갸웃거리며 나갔다.

"발단이 아주 묘하군!" 토미가 말했다.

"좀 무의미한 행동 같아. 우리를 경계하게 할 뿐이니까. 설마 폭탄을 난로 속에 몰래 넣지는 않았겠지?"

그는 그 점을 확인하고 책상 앞에 앉아 터펜스에게 말을 걸었다.

"이봐, 친구! 우리는 드디어 아주 중대한 사태에 직면했어. 아마 자네도 4호(애거서 크리스티의 《빅포》에 나오는 악독한 범죄자)라고 불리던 남자가 생각날 거야. 내가 돌로미트 산맥에서 계란껍질처럼 부숴버린 놈—물론 고성능 폭탄의 힘을 빌렸지만. 그러나 그놈은 실제로는 죽지 않았어. 이들 대범죄자들은 절대로 죽지 않아. 이번에도 그런 작자야. 아니, 그 이상으로, 그야말로 4호를 제곱한 녀석, 다른 말로 하자면 16호라고 불리는 놈이야. 알겠나, 친구?"

"당신 완전히 에르큘 포와로군요." 터펜스가 말했다.

"맞아, 콧수염은 없지만 회색 뇌세포만은 충분히 갖추고 있지."

"난 이번 모험이 '헤이스팅스의 승리(헤이스팅스는 포와로를 돕고 사건을 기록하는 역할을 한다)'라고 부르게 될 것 같은 예감이 들어요."

터펜스는 말했다.

"절대로 그럴 리는 없을걸? 그런 예는 없었으니까. 한번 어리석은 친구였으면 언제나 어리석은 친구인 거야. 이런 문제에도 예의가 있는 거라고. 그런데,

친구! 그런 식으로 옆가리마를 하지 말고 한가운데로 바꾸면 어떨까? 지금은 균형이 잡히지 않아서 보기가 싫구먼."

토미의 책상 위에 버저가 요란하게 울렸다. 그는 얼른 태도를 바꾸었고 이어 앨버트가 명함을 갖고 들어왔다.

"블라디로프스키 공작."

토미는 낮은 소리로 명함을 읽고 터펜스를 쳐다보았다.

"드디어 온 건가? 앨버트, 들여보내게."

들어온 사람은 35세 정도의 품위가 있어 보이는 태도에 금발의 턱수염을 기른 중간키의 남자였다.

"블런트 씨입니까?" 그는 확인을 했다. 완벽한 영어였다.

"당신을 극구 칭찬하며 추천해 준 사람이 있습니다. 사건 하나를 맡아 주시지 않겠습니까?"

"사정을 자세히 말씀해주셨으면 하는데요."

"물론입니다. 실은 친구 딸에 대한 문제입니다—16살 된 소녀예요. 이해하시겠지만 우리는 스캔들을 피하고 싶습니다."

"우리도 그 원칙을 엄격히 지켜서 16년 동안 이 사업을 성공리에 추진하고 있습니다."

토미가 말했다.

상대의 눈동자가 일순간 번쩍 빛나는 듯한 기분이 들었다. 그러나 곧 그 빛은 사라졌다.

"당신은 해협 맞은편에도 지사를 두셨다는 것 같던데요."

"예, 사실은……, 저는 지난달 13일에 베를린에 가 있었습니다."

그는 그 말을 천천히 꺼냈다.

"그러면 이런 연극은 계속할 필요도 없겠군요." 상대는 말했다.

"친구의 딸 문제는 잊어버려도 좋겠소. 내가 누군지는 당신도 알고 있겠고, 내가 온다는 소식은 받은 것 같군요."

그는 턱으로 벽의 달력을 가리켰다.

"확실하게!" 토미가 대답했다.

“당신들, 난 이곳 사태를 조사하러 왔소. 도대체 무슨 일이 일어난 거지?”

“배신입니다.”

터펜스가 더 이상 참을 수 없다는 듯 말을 했다.

러시아인은 그녀를 쳐다보며 눈썹을 추켜세웠다.

“뭐라고? 역시 그런가? 나도 그렇지 않을까 생각했지. 세르기우스의 짓이었소?”

“그런 것 같습니다.” 터펜스는 눈 하나 깜빡하지 않고 말했다.

“예상 못 했던 일은 아니오. 그런데 당신들도 따로 의심을 받고 있지는 않소?”

“그럴 리 없습니다. 우리는 대단히 많은 일을 취급하니까요.”

토미가 설명했다.

러시아인은 고개를 끄덕였다.

“잘했소. 그건 그렇고 난 여기에 다시 오지 않는 게 좋을 것 같소. 난 블리츠 호텔에 묵고 있소. 마리즈를 데리고 가기로 하지. 이 사람이 마리즈요?”

터펜스는 끄덕였다.

“여기선 어떤 이름으로 불리지요?”

“로빈슨입니다.”

“좋아요, 로빈슨 양. 당신은 나와 함께 블리츠 호텔로 가서 점심을 함께 하기로 합시다. 3시에 모두 본부에서 모이기로 했소. 분명하지요?”

그는 토미를 향해 물었다.

“틀림없습니다.”

토미는 대답했지만 본부가 어디에 있는지는 짐작도 가지 않았다.

그러나 카터 씨가 무엇보다도 알아내고 싶어 하는 것이 그 본부임이 틀림없다는 건 추측하고도 남았다.

터펜스는 일어나서 표범가죽 깃이 달린 길고 검은 코트를 들었다. 그리고 침착하게 공작과 동행할 준비가 되었노라고 말했다.

두 사람이 함께 나가고 나자, 뒤에 남은 토미는 여러 가지로 뒤섞인 감정에 사로잡혀 버렸다.

혹시 도청기가 고장 난 게 아닐까? 아니면 그 수상한 간호사가 어떤 수단으로든 도청기가 붙어 있는 걸 알고 없앤 것은 아닐까?

그는 수화기를 들어 번호를 신청했다. 잠시 기다리자 이윽고 귀에 익은 친숙한 목소리가 들려왔다.

"모두 잘 되었네. 곧 블리츠 호텔로 와 주게."

5분 뒤 토미와 카터 씨는 블리츠 호텔의 나무숲에서 만났다.

카터 씨는 자신만만한 태도였다.

"멋지게 해주었네. 공작과 자네 부인은 지금 식당에서 식사 중일세. 부하 두 명을 웨이터로 변장시켜서 안에 들어가게 했지. 그자가 눈치 챘는지 어쨌는지는 모르겠지만, 그는 이제 우리 수중에 있어. 그의 방을 감시하기 위해 위층에 두 명을 배치해 두었고, 어디로 가든 미행하도록 밖에도 대기시켜 두었네. 자네 부인에 대해선 걱정하지 말게. 한시라도 눈을 떼지 말라고 단단히 명령했으니까. 난 절대 위험을 방치하진 않는다네."

때때로 첩보요원이 진척되는 상황을 보고하러 왔다. 처음에 온 사람은 그들에게 칵테일 주문을 받은 웨이터였다. 두 번째는 유행하는 복장을 입은 약간 멍해 보이는 얼굴의 청년이었다.

"식당을 나가는 것 같군." 카터 씨가 말했다.

"만일 여기에 앉으려고 올 경우엔 이 기둥 뒤에 숨기로 하지. 그런데 아무래도 자기 방으로 데리고 갈 것 같은 기분이 드는데. 아, 역시 생각대로야."

그들이 있던 자리에서 아까 그 러시아인과 터펜스가 홀을 가로질러 승강기 안으로 들어가는 것이 보였다.

조금 지나자 토미는 불안해졌다.

"어떻게 좀 해주십시오. 그 방에 터펜스 혼자 있다고 생각하니……."

"부하 한 명이 안에 숨어 있네—소파 밑에. 걱정하지 말게."

웨이터 한 사람이 홀을 가로질러 카터 씨에게로 다가왔다.

"올라갔다는 신호는 받았는데, 아직 나타나진 않았습니다. 괜찮을까요?"

"뭐라고?" 카터 씨는 휙 돌아보았다.

"난 직접 두 사람이 올라가는 걸 봤어. 그것도 똑똑히!"

그는 흘끗 벽시계를 올려다보았다.
"4분 30초 전에. 그런데 아직 나타나지 않았다면……."
그는 얼른 승강기로 달려가 제복을 입은 종업원에게 말을 걸었다.
"조금 전에 금발 턱수염을 기른 신사와 젊은 여성이 2층까지 올라갔소?"
"2층이 아닌데요. 그분은 3층으로 가 달라고 했습니다."
"아!"
대장은 토미에게 따라오라고 신호하며 승강기에 올라탔다.
"3층으로 갑시다."
"도무지 이해가 가지 않는군."
대장은 작은 목소리로 중얼거렸다.
"그렇지만 안심해도 될 거야. 호텔의 출구란 출구에는 모두 보초를 세워두었고 3층에도 한 명 배치했어. 3층만이 아니라 모든 층에 말이야. 난 전력을 다할 생각이야."
3층에 도착해서 승강기 문이 열리자 두 사람은 서둘러 복도를 달려갔다. 반쯤 뛰어갔을 때 웨이터 복장을 한 사람과 마주쳤다.
"안심하십시오. 두 사람은 318호실에 있습니다."
카터 씨는 안도의 숨을 내쉬었다.
"그러면 안심이군. 다른 출구는 없을 테니까!"
"방엔 연결문이 있지만 복도로 나오는 출구는 이 두 문밖에 없고 계단이나 승강기로 가려면 우리 앞을 지날 수밖에 없습니다."
"그러면 됐어. 당장 프런트로 전화를 해서 이 방에 누가 묵고 있는지 물어봐 주게."
웨이터는 금방 되돌아왔다.
"디트로이트에서 온 코틀란트 판 슈나이더 부인입니다."
카터 씨는 매우 걱정스러운 표정이 되었다.
"그러면 문제군. 그 판 슈나이더 부인이 공범인가, 그렇지 않으면……."
그는 뒤는 말하지 않고 갑자기, "안에서 무슨 소리가 들리나?"라고 물었다.
"아무 소리도. 문이 꽉 닫혀 있어서 전혀 들리지 않습니다."

카터 씨는 갑자기 결심을 굳혔다.

"아무래도 이상해. 안으로 들어가 보기로 하지. 예비 열쇠를 갖고 있지?"

"예."

"에반스와 클라이드슬리를 불러와."

두 사람이 와서 전력이 보강되자, 그들은 문제의 방으로 다가갔다. 열쇠를 돌리자 문은 소리도 없이 열렸다.

들어간 곳은 자그마한 홀이었다. 오른쪽으로는 욕실 문이 열린 채 있었고, 앞쪽은 거실이었다. 왼쪽에는 닫힌 문이 있고 그 안에서는 아주 희미한 소리가, 천식환자의 신음 같은 소리가 들려왔다. 카터 씨는 그 문을 열고 안으로 들어갔다.

거기는 장밋빛과 금색으로 장식한 커다란 더블 침대가 있는 침실이었다. 침대 위에는 손발이 묶이고 수건 재갈을 물린 채 고통과 노여움으로 튀어나올 것 같은 눈동자를 휘둥그렇게 뜨고 있는 최신식 복장을 한 중년 여성이 누워 있었다.

카터 씨의 간결한 명령에 따라 다른 요원들은 그 방 전체로 흩어졌다. 침실에는 토미와 대장만이 남았다. 카터 씨는 침대 위로 몸을 굽혀 밧줄을 풀면서도 쉴 새 없이 실내를 둘러보고 있었다. 엄청나게 커다란 짐이 놓여 있을 뿐 실내는 텅 비어 있었다. 그 러시아인도 터펜스도 흔적 없이 사라진 것이다.

아까 그 웨이터가 급하게 들어와 다른 방에도 아무도 없다고 보고했다. 토미는 창문으로 가 봤지만 결국 고개를 저으며 물러날 수밖에 없었다. 거기엔 발코니도 없었다. 아래쪽으로는 수직으로 깎아지른 벽이 있을 뿐이었다.

"분명히 이 방에 들어갔나?"

카터 씨가 추궁하듯 물었다.

"틀림없습니다. 그런데……."

웨이터는 침대 위의 여자를 가리켰다.

카터 씨는 주머니칼로 질식할 정도로 꽉 묶인 스카프를 잘라냈다. 그러자 코틀란트 슈나이더 부인은 분개해서 소리치면서 자기의 고통을 호소했다.

그녀의 분개의 아우성이 가라앉자 그는 부드럽게 말을 했다.

"사정을 처음부터 자세히 말씀해주시겠습니까?"
"이번 일에 대해 난 호텔을 고소할 거예요. 이런 무법천지가 어디 있어요? 마침 난 '킬라그리프'병을 찾던 중이었어요. 그런데 갑자기 뒤에서 남자가 뛰어들어 오더니 작은 유리병을 깨서는 내 코 밑에 갖다 대는 거예요. 난 곧 정신을 잃었죠. 정신을 차리고 보니 이렇게 묶여서 침대에 누워 있는 거예요. 분명 내 보석 같은 걸 갖고 갔을 거예요."
"부인의 보석은 이상 없을 겁니다." 카터 씨는 냉정하게 말했다.
그는 방 안을 한 바퀴 둘러보고 바닥에서 뭔가를 집어들었다.
"부인, 그 남자가 뛰어들어 왔을 때 부인은 지금 제가 있는 이곳에 서 계셨습니까?"
"맞아요." 판 슈나이더 부인이 대답했다.
카터 씨가 주워든 것은 얇은 유리조각이었다. 그는 그 냄새를 맡아 보고서 토미에게 건네주었다.
"에틸 클로라이드야." 그는 중얼거렸다.
"순간마취제인데 1~2분밖에 마취가 안 돼. 부인, 의식을 되찾았을 때도 그 남자는 분명히 아직 이 방에 있었죠?"
"내가 말하려는 게 그거예요. 정말 미칠 것 같았어요. 그놈이 달아나는 것을 보면서 어쩔 수 없이 보고만 있자니……."
"달아났다고요?" 카터 씨는 날카롭게 되물었다.
"어디로?"
"저 문으로 빠져나갔어요." 그녀는 맞은편 벽의 문을 가리켰다.
"젊은 여자를 데리고 있었는데 그 여자에게도 똑같은 약을 먹였는지 어째 좀 이상했어요."
카터 씨는 문을 주의 깊게 조사하다가 불쑥 일어나 침대 쪽을 보았다.
"판 슈나이더 부인, 당신은 정말로 그 남자가 여기로 나갔다고 주장하시겠습니까?"
그는 조용히 물었다.
"사실 그랬어요. 그게, 왜 잘못됐나요?"

"왜냐하면 이 문엔 빗장이 걸려 있으니까요."

카터 씨는 냉담하게 대답하며 손잡이를 찰칵 찰칵해 보았다.

판 슈나이더 부인의 얼굴에 경악의 표정이 점점 더해갔다.

"그 남자가 나간 뒤에 누군가가 잠갔다면 모르지만 그렇지 않는 한 여기에서 나갈 수가 없습니다." 카터 씨가 말했다.

그는 그때 막 들어온 에반스를 쳐다보았다.

"분명히 그 두 사람은 이 방 어디에도 없나? 이 밖에 옆방으로 통하는 문은 없나?"

"없습니다. 그 점은 확실합니다."

카터 씨는 날카로운 시선으로 여기저기를 둘러보았다. 그는 옷장을 열어보기도 하고 침대 밑이나 굴뚝을 올려보고 또 커튼 뒤까지도 전부 조사를 했다. 마지막엔 갑자기 무슨 생각이 떠올랐는지 판 슈나이더 부인의 찢어지는 듯한 비명 섞인 항의에도 아랑곳하지 않고 커다란 트렁크를 열어 민첩하게 속을 뒤지는 것이었다.

갑자기 옆방으로 통하는 문을 조사하던 토미가 커다란 소리를 질렀다.

"이쪽으로 와서 이걸 보세요. 여기로 나간 게 틀림없는 것 같습니다."

문의 빗장은 아주 교묘하게 줄로 갈아져 있어서 눈에 보이지 않을 만큼 가까이 소켓에 다가가 있을 뿐이었다.

"이 문은 맞은편에서 빗장이 걸려 있어서 열리지 않은 겁니다."

토미가 설명했다.

즉시 그들은 다시 복도로 나왔고 웨이터가 예비 열쇠로 옆방의 문을 열었다. 그 방엔 손님이 묵고 있지 않았다. 옆방으로 통하는 문으로 가보고 그곳에서도 같은 술수를 썼음을 알 수 있었다. 빗장은 줄로 갈아져 있었으며 문은 자물쇠로 채워져 있고 열쇠는 없었다.

이 방에도 터펜스나 금발 턱수염을 기른 러시아인의 모습은커녕 그림자도 보이지 않았다. 이 문 외에는 통하는 문이 없고 단지 복도로 나오는 문이 있을 뿐이었다.

"그렇지만 두 사람이 나오는 모습은 보지 못했습니다. 나왔다면 못 봤을 리가 없으니까요. 맹세할 수 있습니다. 절대로 나오지 않았습니다.”라고 웨이터가 완강히 말했다.

“빌어먹을!” 토미가 소리쳤다.

“연기도 아니고 사라져 버릴 리가 없잖아.”

카터 씨는 이미 냉정함을 회복하며 예민한 두뇌를 움직이고 있었다.

“프런트에 전화를 걸어서 이 방에 최근까지 누가 묵었는지, 언제 나갔는지 물어보게.”

에반스가 클라이드슬리를 다른 방의 보초로 세워두고 이쪽에 와 있었으므로 그 명령에 따랐다. 곧 그는 수화기에서 머리를 들었다.

“폴 드 바레라는 병이 난 프랑스 소년인데 간호사가 함께 있었다고 합니다. 그들이 오늘 아침 호텔을 나갔답니다.”

첩보부원인 웨이터가, “앗!” 하고 소리를 쳤다. 그는 새파랗게 질려 있었다.

“병이 난 소년, 간호사…….” 그는 더듬거렸다.

“그 두 사람이라면 복도에 있을 때 제 옆을 지나갔어요. 전 꿈에도 생각하지 못했습니다. 그 두 사람은 자주 만났었으니까요.”

“그게 똑같은 사람이었던 건 확실한가?”

카터 씨도 흥분한 목소리로 추궁했다.

“틀림없나? 자네 그 두 사람의 얼굴을 잘 보았나?”

웨이터는 고개를 저었다.

“그저 흘끗 봤을 뿐입니다. 전 다른 사람, 아시다시피 금발 턱수염의 남자와 젊은 여자만을 살피고 있었으니까요.”

“놈들의 수법에 당했군.” 카터 씨는 신음소리를 냈다.

갑자기 토미가 비명을 지르며 움츠렸다가 소파 밑에서 뭔가를 꺼냈다. 그건 자그마한 검은 꾸러미였다. 겉에 싼 것은 터펜스가 입었던 길고 검은 코트였고 안에 싸여 있는 것은 그녀의 옷과 모자, 그리고 긴 금색 턱수염이었다.

“이제 확실해졌군.” 그는 비통하게 말했다.

“터펜스는 놈들에게 잡혀 포로가 된 거야. 그 러시아인 악마는 감쪽같이 우리를 빼돌렸어. 그 간호사와 소년도 한 통속이었어. 그 두 사람은 호텔 사람들에게 자신들의 모습을 눈에 익혀 두기 위해 하루 이틀 여기에 묵고 있었던 것이지. 그 러시아 놈은 점심식사를 하면서 덫에 걸린 걸 알고 이 계획을 실행하기 시작한 거야. 문의 빗장을 손보면서 아마 옆방이 빈 걸 계산에 넣었겠지. 그래서 옆방의 부인과 터펜스 두 사람은 재갈 물려서 묶어 놓고, 터펜스를 여기로 데려와 소년의 옷을 입히고 자기도 변장하여 당당히 나간 거지. 옷은 언제든지 바꿔 입을 수 있도록 감추어 두었음이 틀림없고. 그런데 어떻게 터펜스를 굴복시켰는지 알 수 없군."

"난 알겠네."

카터 씨는 말했다. 그는 바닥에서 반짝반짝 빛나는 작은 철 조각을 집어 올렸다.

"이건 주삿바늘 조각이야. 분명 마약을 주사한 거지."

"맙소사!" 토미는 신음소리를 냈다.

"게다가 그놈은 유유히 달아났으니!"

"아직 그렇게 단정 지을 순 없네." 카터 씨는 곧바로 말했다.

"모든 출구에는 보초를 세워두었으니까."

"남녀 두 사람에 대해서 그렇죠. 간호사와 병든 소년에 대한 건 아니잖습니까. 아마 지금쯤 그 두 사람은 호텔을 나가 버렸을 겁니다."

조사해보니 사실대로였다. 간호사와 소년은 5분쯤 전에 택시를 타고 나갔다는 것이다.

"베레즈포드, 마음 단단히 먹고 힘을 내게." 카터 씨가 말했다.

"자네, 부인은 전 세계를 이 잡듯이 뒤져서라도 찾아내겠네. 난 곧 첩보국으로 돌아가 5분 내에 전 기관의 요원을 동원하겠어. 꼭 놈들을 체포하겠네."

"악마처럼 약삭빠른 놈인데 그렇게 될까요? 이번의 수법도 생각해보십시오, 물론 당신이 최선을 다 해주실 거라는 건 믿습니다. 다만, 너무 늦지 않길 기도하는 수밖에 없겠죠. 놈들은 우리에게 이를 갈고 있을 테니까 말입니다."

그는 블리츠 호텔을 나와 닥치는 대로 걷고 있었다. 어디로 가야 할지 갈피를 잡지 못할 형편이었다. 머리가 완전히 마비된 듯한 느낌이었다. 어디를 찾으면 좋단 말인가? 어떻게 해야 할까?

그는 그린 공원으로 들어가 무너지듯 벤치에 앉았다. 누군가 반대쪽 끝자리에 앉아 있는 사람이 있었는데도 거의 눈치 채지 못할 정도였으므로 낯익은 목소리가 들렸을 때 매우 깜짝 놀란 건 당연했다.

"저, 소장님, 좀 건방진 말씀을 드리는 것 같은데……."

토미는 얼굴을 들었다.

"아, 앨버트."

그는 생기가 없는 목소리로 말했다.

"전 다 알고 있습니다. 그러니까 그렇게 슬퍼하지 마십시오."

"슬퍼하지 말라고……." 그는 짧은 웃음소리를 냈다.

"말로 하기는 쉽지."

"생각해보십시오. 블런트의 우수한 탐정들이 아닙니까! 한 번도 패배한 적이 없어요. 화를 내실지도 모르겠지만, 전 오늘 아침에 두 분이 농담하며 말하는 걸 들었습니다. 포와로와 그 회색 뇌세포에 대해서 말입니다. 그러니까 소장님도 그 작은 회색 뇌세포를 움직여 활동을 시작하면 되잖아요?"

"소설 속이라면 작은 회색 뇌세포를 사용하기가 쉽지만 실제 문제는 그렇지가 않아."

"그렇지만 절대로 아주머니를 해칠 수는 없을 겁니다."

앨버트는 강력히 단언했다.

"아주머닌 개의 장난감으로 사 주는 고무 뼈 같은 분이세요. 절대로 망가지지 않아요."

"앨버트, 자네의 말 덕분에 나도 힘을 얻었어."

"그러면 지금부터 소장님의 작은 회색 뇌세포를 작동시키면 어떨까요?"

"자네는 끈질기군. 확실히 광대역을 해준 것이 지금까지 굉장히 도움이 되었네. 다시 한 번 시도해보기로 하지. 절차와 방법을 써서 사실을 처음부터 차분히 배열해 봐야겠군. 우리가 노리던 목표는 바로 2시 10분에 승강기를 탔고, 그리고 5분 뒤 우리도 승강기 보이의 말을 듣고 3층으로 올라갔어. 대충 2시 10분경에는 우리도 판 슈나이더 부인의 방으로 들어갔지. 그런데 거기서 우리의 주의를 끌 수 있는 의미 있는 사실은 무엇이었지?"

그런 의미가 있을 듯한 사실은 아무래도 머리에 떠오르지 않았으므로 잠시 말을 끊었다.

갑자기 앨버트가 눈동자를 반짝거리며 물었다.

"그 방에 트렁크 같은 물건은 없었습니까?"

"이 봐, 친구, 자네는 파리에서 막 돌아온 미국 여자의 심리를 이해하지 못하는군. 그 방에는 트렁크가 자그마치 19개 정도나 있었어."

"제가 말하는 건 시체를 처리해야 할 경우에 편리한 트렁크 말입니다.아주머니가 돌아가셨다고 생각하지는 않지만."

"사람이 들어갈 만한 크기의 트렁크가 두 개 있었는데 우리는 그 안도 조사해 봤어. 순서대로 말하면 그다음에 오는 사실은 무엇일까?"

"하나 빼먹은 것이 있습니다. 아주머니와 간호사로 변장한 녀석이 복도에서 있는 웨이터 앞을 지나갔을 때 말입니다."

"그건 틀림없이 우리가 승강기로 올라가기 직전이었을 거야. 우리와 마주치지 않았다고는 할 수 없어. 정말 약삭빠른 놈이야. 나는……."

그는 말을 중단했다.

"예? 뭡니까?"

"가만, 어떤 생각이 떠올랐어, 엄청난 생각이. 에르큘 포와로라면 조만간 반드시 찾아낼 법한 착상이야. 그런데 가령 그렇다고 하면 어쩌면, 아! 하나님, 제발 때에 맞추어 갈 수 있도록."

그는 공원을 달려나갔고 앨버트도 바로 뒤에 붙어 달리면서 숨을 헐떡거리며 물었다.

"어떻게 하시려고요? 전 도무지 모르겠습니다."

"그럴 거야. 자네는 모를 거야. 헤이스팅스는 한 번도 이해한 적이 없었으니까. 자네의 회색 뇌세포가 나보다 조금도 뒤떨어지지 않는다면, 나는 이 놀이에서 아무런 즐거움도 얻을 수 없지 않겠나? 내가 몹시 떠벌리는 거 같은데, 말하지 않곤 참을 수 없군. 앨버트, 자네는 좋은 소년이야. 자네는 터펜스가 얼마나 가치 있는 사람인지를 알아. 터펜스는 자네나 나보다 12배 이상의 가치가 있는 여성이니까."

그렇게 달리면서 말을 했으므로 토미는 숨을 헐떡거리면서 블리츠 호텔의 현관으로 들어갔다. 에반스의 모습을 발견하자 옆으로 오게 해서 재빨리 몇 마디 말을 했다. 두 사람은 승강기에 올라타고 앨버트도 뒤를 따랐다.

"3층이야." 토미가 말했다.

318호실 문 앞에서 그들은 발을 멈추었다. 에반스가 예비 열쇠를 갖고 있었으므로 곧 그걸 사용했다. 인기척도 없이 그들은 곧바로 판 슈나이더 부인의 침실로 들어갔다. 부인은 여전히 침대에 누워 있었는데 지금은 잘 어울리는 잠옷으로 갈아입고 있었다. 그녀는 놀라서 그들의 얼굴을 쳐다보았다.

"노크를 하지 않은 실례를 용서해 주십시오."

토미는 붙임성 있게 말했다.

"그런데 난 아내를 찾고 싶습니다. 그 침대에서 잠시 나와 주시겠습니까?"

"당신 미쳤군요." 판 슈나이더 부인은 소리쳤다.

토미는 고개를 한쪽으로 기울이며 찬찬히 그녀의 모습을 쳐다보았다.

"굉장히 교묘하게 꾸몄지만 그건 헛수고예요. 우리는 침대 밑은 조사했지만 침대 안은 조사하지 않았지요. 나도 어렸을 때 그곳을 비밀 장소로 이용한 걸 기억하지요. 긴 베게 밑에 침대를 가로질러 누워 있었지요. 게다가 나중에 그 사람을 옮기기 위해 저 멋진 트렁크가 준비되어 있군요. 그런데 이번엔 우리가 그저 조금 선수를 친 셈이오. 당신은 터펜스에게 마취약을 주사해서 베개 밑에 숨겨두고 옆방의 패거리에게 명령해서 자기에게 수건 재갈을 물리고 묶으라고 할 정도의 시간은 있었어요. 우리도 그때는 분명히 당신의 말을 그대로 받아들인 걸 인정하지요.

그렇지만 잘 생각해보니(순서와 방법으로 정리해보니까 말이오) 젊은 여자에게 마취 주사를 놓은 뒤 소년의 옷으로 갈아입히고, 다른 여자에게 수건 재갈을 물려서 묶고, 자신도 변장한다는 건, 그 전부를 5분 동안 해치운다는 건 도저히 불가능해요. 전연 물리적으로 불가능한 일이야. 간호사와 소년을 미끼로 쓴 것이지. 그 두 사람을 추적하게 해서 우리를 따돌리고, 판 슈나이더 부인은 희생자로서 동정을 받게 한 거야. 에반스, 그 부인이 침대에서 내려오도록 도와주겠소? 당신은 권총을 갖고 있겠지요? 좋아, 됐소."

세차게 고함을 지르며 항의했지만 판 슈나이더 부인은 누워 있던 장소에서 억지로 끌어내려 졌다.

토미는 침대보와 베개를 치웠다. 그러자 침대의 위쪽에 눈을 감고 창백한 얼굴로 누워 있는 터펜스의 모습이 나타났다. 순간 토미는 불안에 휩싸였지만, 곧 그녀의 가슴이 아주 조금씩 오르내리는 것이 눈에 들어왔다.

터펜스는 마취약을 맞았지만 죽지는 않았던 것이다.

그는 앨버트와 에반스를 향해, "자 여러분, 마지막 일격을 가해 봅시다."라고 연극조로 말했다.

그러고는 갑자기 아주 민첩한 동작으로 판 슈나이더 부인의 정성껏 손질한 머리를 잡아챘다. 다음 순간 그 부인의 머리채는 그의 손에 들려 있었다.

"내 생각대로군." 토미는 말했다.

"바로 16호야."

터펜스가 눈을 뜨고 의사와 토미의 모습을 바라본 건 그러고 나서 30분쯤 뒤의 일이었다.

"사랑스러운 친구, 헤이스팅스" 토미는 부드럽게 말했다.

"자네가 아직 살아 있다니 난 정말 너무나 기쁘네."

"16호는 체포했나요?"

"그럼. 난 다시 한 번 그놈을 계란껍질처럼 납작하게 해주었어. 다시 말하면 카터 씨가 그 녀석을 체포했어. 이 작은 회색 뇌세포 덕분에 말이야. 그리고 난 앨버트의 월급을 올려줄 예정이야."

"다 얘기해줘요."

토미는 의기양양하게 진행 상황을 들려주었지만 어떤 부분은 덮어두었다.

"당신, 내가 걱정되어서 반은 미쳐 버릴 것 같지 않았나요?"

터펜스가 가냘픈 목소리로 물었다.

"당치도 않아! 당신도 알고 있듯이 평정을 지킬 필요가 있었으니까."

"거짓말!" 터펜스가 말했다.

"아직도 핼쑥한 얼굴을 하고 있으면서……."

"그거야 나도 아주 조금은 걱정했으니까. 그런데, 우리 이제 이런 일은 그만두기로 했지?"

"분명히 그래요."

토미는 휴 하고 안도의 숨을 내쉬었다.

"당신도 이제 좀 분별 있는 사람이 되겠지. 그런 쇼크를 받았으니까."

"쇼크라니요! 그렇지 않아요. 내가 쇼크 같은 걸 그다지 문제시하지 않는다는 건 알고 있을 텐데요."

"고무 뼈, 절대로 부서지지 않음을 보증할 수 있다고!"

토미는 중얼거렸다.

"난 더 나은 일을 할까 생각해요." 터펜스는 말을 꺼냈다.

"더욱더 흥분이 되는 일. 내가 지금까지도 한 번도 한 적이 없는 그런 일을요."

토미는 깊은 염려의 눈으로 그녀의 얼굴을 바라보았다.

"터펜스, 그런 일은 반대야. 내가 금지하겠어."

"그럴 수 없을 거예요. 자연의 순리인걸요."

"터펜스, 도대체 뭘 말하는 거야?"

"내가 말하는 건, 바로 우리의 아기예요. 요즘 아내들은 작은 소리로 속삭이지 않아요. 큰 소리로 외치죠. '우리의 아기!'라고 말이에요. 토미, 얼마나 멋진 일이에요?"

■ 작품 해설 ■

여기 소개하는 《부부 탐정(Partners in Crime, 1929)》은 애거서 크리스티(Agatha Christie, 영국, 1890~1976)의 11번째 추리소설이며, 두 번째 단편집이다.

크리스티 여사의 첫 번째 단편집은 《포와로 수사집(Poirot Investigates, 1924)》으로서, 여사의 단편집은 모두 20권에 이른다. 그러나 이 중 5권은 이전에 나온 15권의 단편집에 수록된 작품들을 재편집한 책이다. 이들 15권의 단편집에 수록된 단편은 모두 164편. 그러나 여기엔 중복되는 것도 상당히 있다.

《부부 탐정》에 등장하는 '토미—터펜스' 부부는 그 이전에 나온 《비밀결사(The Secret Adversary, 1922)》에 등장한 인물들로서, 크리스티 여사가 에르큘 포와로에 이어 두 번째로 창조한 탐정들이다. 크리스티 여사의 다른 탐정들은 대개가 조용하며 가만히 앉아서 추리하는, 그러면서도 별로 실수를 하지 않고 품위가 있지만 '토미—터펜스' 부부에겐 그러한 면을 찾아볼 수 없다.

남편인 토머스 베레즈포드와 아내인 프루던스 베레즈포드(결혼 전 이름 프루던스 카울리) 부부는 이 작품 뒤에도 《N 또는 M(N or M, 1941)》, 《엄지손가락의 아픔(By the Pricking of My Thumbs, 1968)》, 《운명의 문(Postern of Fate, 1973)》에 등장하여 그들 특유의 소란함과 실수투성이를 저지르며 결국 영국인 기질답게 끈질기게 사건을 해결한다. 여기서 토미는 토머스의 애칭이며, 터펜스는 프루던스의 애칭이다. 한편 터펜스(Tuppence)는 2펜스(Two Pence)라는 뜻으로 '보잘것없다'는 의미. 영국 시골 부주교의 딸로서, 키도 작고 생김새도 볼품없어서 붙여진 별명이다. 토미와는 고향 친구 사이.

토미는 제1차 대전이 끝나자 제대한 육군 중위. 터펜스는 간호사 출신. 이 둘은 《비밀결사》 사건에서 함께 활약한 뒤 결혼한다.

토미는 성격이 급하면서도 머리는 다소 둔한 편이지만 끈질기고, 기사도 정신이 투철하다. 노래 솜씨는 듣기에 괴로운 편. 그래도 남이야 듣든 말든 고래고래 소리 지르며 노래 부른다. 터펜스는 늘 말이 많고 재빠르며 '자존심이 강한' 여자. 키가 작고 볼품없이 생긴 것이 늘 불만이어서 남편이 바람이라도 피울까 봐 늘 신경을 곤두세운다. 그러나 토미의 눈에는 터펜스보다 미인은 찾아볼 수 없다—천생연분인 것이다. 이들 부부의 주 생활원은 토미의 숙부인 윌리엄 경이 남겨준 넉넉한 유산. 그 밖에 정부의 일(주로 첩보관계)을 약간 해서 거기에서 생기는 수입으로 살아나간다.

이 작품을 다 읽은 분들은 잘 알겠지만 여기 수록된 23편의 작품 중에는 일종의 '속편'이 많아 실제로 이들을 묶어 보면 15편으로 볼 수 있다. 그리고 이 단편집의 특징으로는 여러 추리소설의 명탐정들이 잠깐씩 소개되는 것을 들 수 있다. 즉, '토미—터펜스' 부부가 그들 명탐정 흉내를 내면서 그들의 탐정수법으로 사건을 해결해 나간다.